JEAN-PIERRE DUFREIGNE

Jean-Pierre Dufreigne se partage entre son métier d'éditorialiste culturel à *L'Express* et ses activités d'écrivain. Il est en effet l'auteur de nombreux ouvrages dont des romans historiques, notamment *Le dernier amour d'Aramis*, pour lequel il a reçu le prix Interallié en 1993, des essais, comme le *Bref traité de la colère* (2000) ou plus récemment une trilogie, *Louis XIV*, publiée chez Plon.

LOUIS XIV

*

Le lever du Soleil
1637-1661

JEAN-PIERRE DUFREIGNE

LOUIS XIV

*

Le lever du Soleil
1637-1661

PLON

ISBN : 2-266-13337-3

À Noëlle

« Le Roi de France n’a point de mines d’or
comme le Roi d’Espagne,
mais il a plus de richesses que lui,
parce qu’il les tire de la vanité de ses sujets,
plus inépuisable que les mines. »

MONTESQUIEU,
Lettres persanes.

« Qu’en quelque obscurité que le sort l’eût fait naître,
Le monde, en le voyant, eût reconnu son maître. »

RACINE,
Bérénice.

AVERTISSEMENT

Ceci est un roman, non un essai historique.

Mais toute ressemblance avec des personnages ayant réellement existé est voulue et certifiée.

Aucun personnage imaginaire n'a été introduit dans ce récit.

Les dialogues dans leur majorité sont « vrais », à ceci près que les propos tenus furent plus écrits que parlés, souvent imprimés dans des correspondances ou rapportés dans les nombreux Mémoires de l'époque.

L'auteur avoue avoir joué avec la durée ; certains événements s'étalant sur une semaine voire un mois ont été condensés parfois en une journée ; le lecteur nous permettra ce respect de la règle des trois unités, de temps, de lieu et d'action, à laquelle se sont tenus nos plus grands dramaturges, nos meilleurs auteurs de comédie (les autres aussi d'ailleurs) de cette époque classique, afin de condenser au mieux la réalité historique avec la nécessité dramatique.

Certains Mémoires, journaux intimes, correspondances ou « historiettes » que nous avons eu le plaisir de consulter (et nous en remercions les auteurs) se sont permis aussi, et dans le seul dessein de « plaire au public » comme l'eût dit Molière, qui s'y connaissait, cette même condensation.

Le temps d'une vie n'est fait que d'instants qu'il importe à tout auteur de saisir au vol afin de leur donner la vraie saveur de la vie. Et c'est d'une vie d'homme, longue, prodigieuse, glorieuse et tragique qu'il s'agit ici. Mais il ne s'agit pas d'une hagiographie : Louis XIV, archétype du Roi dans l'imaginaire français, fut aussi un despote, assez éclairé, un enfant qui n'aurait jamais dû naître, un monarque à nul autre pareil, un homme complexe qu'il faut tenter de comprendre sans l'aduler et qui teinta tout « son » siècle, l'éclairant ou l'assombrissant, mais lui laissant une épithète : le Grand Siècle.

Nous devions cet avertissement à nos lecteurs ; comme nous sollicitons humblement l'indulgence des historiens.

Nous devions aussi à Alexandre Dumas, qui entre au Panthéon quand « sort » ce livre, de le dédier à sa délicieuse mémoire qui enchanta notre jeunesse et nous donna, sans doute, l'envie d'écrire.

J.-P. D.

LIVRE PREMIER

« C'est assez que d'être. »

Mme de La Fayette.

UN ROI EN TEMPÊTE

Louis le Juste était triste, à son habitude, pis qu'à son ordinaire. Le roi Louis XIII souffrait ; ainsi entrait-il dans Paris au retour de la chasse en carrosse sans dorures, il les avait interdites, et non à cheval où il avait belle prestance et qu'il préférait de beaucoup à l'enfermement derrière les mantelets de cuir d'une voiture. Mais il faisait grand vent froid de novembre et Louis souffrait du ventre encore. Le mal ne l'avait point quitté depuis l'âge de ses quinze ans.

La douleur l'avait saisi au val de Galie. Guitaut, son capitaine de garde, avait alerté Héroard, le premier médecin. On s'était retiré dans un fourré, Guitaut veilla pendant qu'on administrait un lavement. Le deux cent douzième depuis le début de cette année 1637. Héroard tenait une comptabilité et un journal. Il soignait mal mais notait bien. Le Roi avait également subi quarante-sept saignées en ces onze mois. Se relevant, pâle, Louis XIII s'était appuyé sur le bras de son capitaine.

« Mon bon Guitaut, voilà que cela me reprend », et il avait, d'un geste, intimé silence au médecin que l'intention démangeait de pérorer sur l'inflammation des humeurs digestives et des vapeurs intestines.

Le Roi ce jour-là n'avait presque rien mangé : un pâté de venaison, une caille fourrée et deux truffes à l'huile arrosés de trois verres de clairet de Suresnes. Le capitaine avait appelé le carrosse. Louis avait acquiescé. Pas de chevauchée avec le ventre en ruine.

« Vous tiendrez ma portière, Guitaut. » Le capitaine salua machinalement pour un honneur qui lui revenait de droit. Le Roi voulait-il bavarder avec son discret capitaine ? Non, il voulait éviter la leçon d'anatomie du médicastre, qui normalement eût dû voyager sur un mulet, mais Louis le Juste avait ses faiblesses et ne détestait pas être accompagné quand le prenait l'envie de mordre. Lorsque l'on est d'exécrable humeur, il est bon de garder sous la dent un souffre-douleur.

Le vent soufflait si fort que la pluie hésitait à tomber. Quelques gouttes vous giflaient puis tarissaient. Le Roi détestait les gifles et les hésitations. Chez les autres.

De plus, en présence de Guitaut, on se taisait et Héroard n'oserait faire la leçon. Guitaut en imposait car il savait se taire comme le Roi aimait. Guitaut savait écouter, comprendre sans un mot. Ainsi avait-il, après l'administration du clystère, tendu son bras pour que Sa Majesté s'y appuyât, non pour infliger au Roi l'évidence de sa faiblesse physique, mais parce que son service commandait qu'il gardât le roi de France de toute faiblesse publique. Le Roi pouvait donner, sans déroger, le bras à un gentilhomme, qui plus est, à un de ses soldats. C'était marque d'honneur et camaraderie de combat. Il y en avait eu des combats, botte à botte, capitaine et Roi cousinant au plus près de la mêlée. La cuisse gauche de Guitaut lui rappelait parfois, par une douleur arrivant en coup de poignard, le passage d'une balle de la mousqueterie espagnole lorsqu'il avait fallu reprendre Corbie et fermer à jamais la route de Paris à l'ennemi qui, venu du Nord, avait franchi la Somme. La contre-attaque fut décidée contre l'avis du Cardinal. Louis XIII était encore fier de son coup d'audace, de l'enrôlement forcé des valets, chenapans, tire-laine, rôdeurs de Paris et de la confiscation de tous les carrosses pour mener les troupes contre l'Espagnol, audace que Guitaut saluait de brave à brave.

Une pensée fugace traversa l'esprit de Louis assis en sa berline de riche bourgeois : Guitaut qui chevauchait tout droit à sa portière, le menton haut, la moustache salée de blanc, était le seul à l'aimer sans rien quémander. Il soupira. Que celui-ci, au moins, on ne me l'enlève pas. Ou que je n'aie pas à l'exiler. Je le ferai mestre de camp. Promesse tacite que le Roi ne tiendrait pas.

Louis se trompait, Guitaut n'aimait pas son Roi, il le respectait. Il n'était plus jeune, Guitaut, qui comptait cinquante-six ans, mais il restait fidèle. Une complexion et un esprit faits pour être soldat. Qu'être d'autre quand on naît pauvre et nobliau ? On s'engage, on gravit les degrés au mérite, au combat, on ne craint rien quand on n'a rien à perdre, on commande enfin une compagnie de gardes puisqu'on ne peut s'acheter un régiment.

François de Peichepeyrou-Comminges, sieur de Guitaut, dit aussi comte de Comminges, était donc soldat. À la meilleure place, lui enviait-on, au plus près du Roi. À la plus triste place aussi, il le savait d'expérience, celle où l'on s'ennuie. Celle où l'on assiste en silence à l'ennuyeux rabâchage quotidien des vilenies.

Louis le Juste était cruel. À seize ans, il avait fait assassiner son Premier ministre, chéri de sa mère,

Concino Concini, maréchal de France et marquis d'Ancre, puis décapiter et brûler la femme de celui-ci, Leonora Galigaï. Sur une fausse accusation de sorcellerie, montée de toutes pièces par Luynes, le plus puissant et le premier des favoris du jeune roi. Il avait aussi fait la guerre à sa mère, qu'il maltraita ensuite et exila. Tuer Galigaï avait d'ailleurs été tuer sa mère, mais sournoisement, comme en effigie. Leonora n'était-elle pas la sœur de lait de Marie de Médicis ? Elles avaient été élevées ensemble à Florence, au palais Pitti, demeure des grands-ducs de Toscane.

Luynes avait su, du haut de ses quarante-deux ans, être un père de remplacement pour ce roi trop jeune, trop seul, trop peu sensuel pour être sensible, trop mal aimant car depuis toujours mal aimé, sa mère lui préférant son frère cadet, Gaston, un bellâtre, un élégant, plein d'esprit, et qui, lui, ne bégayait pas alors que Louis, rouge de honte quand les mots ne sortaient pas, menaçait de se déchirer la bouche avec ses mains nues. Luynes, aussi aventurier que le Concini dont il avait décidé la perte, en avait profité.

Louis le Treizième avait failli devenir Louis le Bègue, à la manière d'un vieux roi carolingien bien oublié. Parler lui était un effort tel, surtout en présence des dames, qu'il envoyait des émissaires à la Reine son épouse ou bien des lettres ; ce qui rendait peu fertile toute forme de conversation conjugale.

Il eût pu rester aussi dans l'Histoire comme Louis le Chauve, à l'instar de cet autre vieux Carolingien, Charles II. Car, à ses vingt-trois ans, ses cheveux chutèrent. La parade fut immédiate, il porta et fit porter ces grandes perruques bouclées tombant jusqu'aux épaules, qui allaient durer un siècle qu'on appellerait bientôt

Grand, qualificatif inimaginable ce jour-là, et remplacèrent les cheveux libres et fous qui donnaient, aux gentilshommes des règnes précédents, des allures de ruffians ; ce qui n'était guère menterie, toute noblesse s'étant taillée à coups d'épée dans le bien d'autrui, dans le butin, dans le pillage.

Plus modestement, Louis le Glabre lui eût également convenu. La barbe de son père Henri IV, aussi célèbre que la blancheur de son panache et la chaleur de ses frasques, n'était sur ses joues ou son menton que vestiges de chaume après le passage des glaneurs. Louis inventa la mince barbichette sous la lèvre inférieure, toupet taillé en fer de lance effilé, et qu'on nomma *illico* la « royale ». On l'adopta, et qui s'y refusa, fût-il duc et pair, se vit souvent rasé par le Roi soi-même, devant toute la Cour. Louis ne dédaignait pas de montrer des vertus de valet, de crainte de ne guère posséder celles d'un maître.

Il se choisit donc ses maîtres. Luynes et Richelieu.

Par désir d'éloigner ce surnom de revenir à Louis le Bègue, qui lui allait hélas comme un gant, les maîtres, qui savaient flatter pour mieux commander, de Louis le Treizième choisirent Louis le Juste, selon le qualificatif attribué par un Parlement de Paris convaincu – sous la menace – par les deux importants personnages au rappel d'une repartie du Roi, alors orphelin âgé de treize ans, à un gentilhomme qui lui adressait une plainte : « Mon ami, je vous ai présenté une oreille, je garde l'autre pour la partie adverse. »

Le qualificatif fut accepté avec un haussement d'épaules dans les ambassades des Cours étrangères, où l'on chuchota qu'il ne devait une telle épithète qu'à son signe de naissance, la Balance. On chuchotait beaucoup dans les années 1630, dans le royaume de France. Le silence règne quand un mot peut assombrir un Roi ou appeler le billot, par un simple geste du principal ministre tout vêtu d'écarlate.

Le roi Louis, d'assez belle stature, avait le visage long, la lèvre lourde, et offrait une triste et jaune figure. Car Louis le Juste était surtout Louis le Malade. Les intestins en bouillie, gavés de gibiers et de graisse, mal soignés par des incapables qui ignoraient tout de l'entérocolite et des tuberculoses.

Terrifié dans son enfance par la vue du cadavre ensanglanté de son père Henri IV dit le Grand, que sa mère, Marie de Médicis, l'avait forcé à contempler dans l'ancienne salle de bal de François Ier au Louvre, il en garda une curieuse manie, celle de contrefaire en public les grimaces des agonisants ; demandant, au temps des échafauds dont abusa le Cardinal, quelle tête avait faite tel ou tel condamné titré au moment où s'élevait et s'abattait la hache du bourreau ; et si celui-ci s'y était repris à plusieurs fois (vingt coups furent nécessaires pour décoller le comte de Chalais). Louis imitait même la grimace d'agonie de personnes qui lui avaient été chères. Après tout, ne lui avait-on pas infligé la grimace de douleur de son père assassiné, qui s'en allait rejoindre Mme Angélique Paulet qu'il n'avait pas eu loisir de trousser ce jour-là ?

Plus que la justice Louis aimait la vengeance. Comme, au contraire de son père, de l'amour il ne savait vivre que la jalousie.

Il se trouvait réduit, adulte, à craindre sa femme, qu'il n'aimait pas mais qu'il tenait en un filet d'espionnes et d'espions, et dont il ne partageait plus la couche depuis vingt-trois ans, embarrassé de ce qu'il craignait être sa propre impuissance. Il craignait aussi son frère, ne savait trop que faire de sa mère exilée, et se montrait plus embarrassé encore du cardinal de Richelieu dont il sentait le joug, qui n'avait rien de paternel. Et pourtant l'enfant étiré dans le temps qu'était encore Louis, roi de France, décida de trouver en son ministre un nouveau père. Il camoufla ce désir de parenté en l'affichant et donna du « mon cousin » à l'Éminence.

Le Cardinal était plus cruel encore que son royal maître et valet, et fit couler le sang sur le billot. Le sang des Grands, des princes, des maréchaux. Bientôt ce serait le sang des amis, des favoris, dont Cinq-Mars, grand écuyer de France, Monsieur le Grand. Mais on n'en était pas là. Quoique le Cardinal déjà y pensât : Luynes mort, le Roi avait épuisé le catalogue des favoris, et Richelieu avait repéré ce jeune marquis de quinze ans, fils de la maréchale d'Effiat. Il en ferait sa créature, croyait-il. Comme des autres, ou alors il lui en cuirait. Comme aux autres. Pour l'instant, il l'avait fait entrer dans les gardes, là où régnait l'irréprochable Guitaut. Trop irréprochable au gré du ministre, mais nécessaire auprès du Roi, car Guitaut, en dehors des factions, protégeait Sa Majesté, sans laquelle Richelieu ne serait rien. Guitaut permettait que l'esprit du Cardinal fût libre, libre de décider ; Cinq-Mars, lui, serait utile par sa joliesse pour séduire, espionner mais, hélas, comploter à en perdre la tête.

Du temps de Louis le Juste, il n'y eut pas dans le royaume d'année sans factions. Il n'y eut pas de paix. La guerre s'éternisait contre les Habsbourg de Vienne et désormais rougeoyait contre les Habsbourg d'Espagne. Or la Reine était deux fois Habsbourg, des deux côtés qui prenaient le royaume en tenaille, d'outre-Pyrénées et d'outre-Rhin, que la mélancolie native du Roi traduisait en deux fois ennemie. Pourtant la bouche du Roi affichait elle aussi la lippe des Habsbourg, venue de son ancêtre Marguerite d'Autriche. Mais le Cardinal aidait à l'addition chez la Reine, à la soustraction chez le Roi.

Les soupçons, la crainte, la désolation baignaient la famille royale et la Cour. Ils rôdaient partout dans Paris. Ils ajoutaient à la boue de ses rues et à l'aigreur des chansons. Et aux puanteurs du Louvre.

Contre la mélancolie, les débâcles intestinales, les querelles intestines, les trahisons, les embarras de Paris et l'ennui, Louis le Juste cuisait des confitures, fabriquait des arquebuses et des canons de cuir, lardait des longes de veau, cousait des tentures, jouait de la guitare et chassait. Sa guitare sonnait des chaconnes tristes ; le Roi composa, on juge sa gaieté, un *Office des ténèbres* et un *De profundis*. La chasse prenait la plus grande partie de son temps. Il avait fait Luynes connétable de France, gloire indue puisque ce faux nobliau surtitré n'avait jamais mené bataille, pour son habileté à dresser les pies-grièches.

Louis aimait les oiseaux. Dès ses dix ans, il avait eu son « cabinet des volatiles », et six cents personnes soignaient dans sa fauconnerie du château de Saint-Germain cent quarante rapaces : gerfauts, laniers, crécerelles, émerillons. Luynes n'avait pas commandé de troupes mais un régiment de charognards.

Régiment n'est pas trop fort. Le Connétable des pies menait quatre lieutenants de vénerie, louveterie et autres, quatre sous-lieutenants, trente-neuf gentilshommes, cinq valets de chiens, quatre fourriers, quatre valets ordinaires, deux pages, deux maréchaux-ferrants, un chirurgien (qui haïssait Héroard et que ce dernier méprisait), plusieurs dizaines de lieutenants et valets de meute, des gardes forestiers, des piqueux, des gardes à pied, des gardes à cheval, autant de mercenaires engagés au service du seul « plaisir du Roi ».

Luynes était mort comme il avait vécu, cocu. Sa femme, la belle Marie de Rohan, avait épousé son amant, le duc de Chevreuse, et cette « Chevrette », amie de la Reine qui la traitait en sœur, était, elle, une ennemie du Roi. Et toujours une femme infidèle. Mais ravissante ; M. de Guitaut, capitaine aux gardes, fouetté par le vent sur la route de Paris, sourit sous son chapeau. Un souvenir, sans doute.

Louis détestait cette engeance et lui préférait la chasse aux oiseaux. Les valets lançaient ses gerfauts contre des pigeons auxquels ils avaient crevé les yeux avant de les libérer. Ils filaient droit vers le ciel et les faucons de Sa Majesté les rattrapaient et les lardaient de tant de coups de becs qu'ils en retombaient déchiquetés. Cette forme de volerie donnait beaucoup de plaisir à Louis le Juste. Mais le plaisir l'inondait quand, en juin, les pies-grièches si chères à son cher Luynes s'en revenaient d'Afrique.

Il en frissonnait alors. Les pies-grièches à la vêture modeste de bon chasseur, cape brune et ventre gris, attendent perchées sur une cime de roncier. Passent les libellules, toutes de saphir, de turquoise et d'émeraude au soleil, dansant autour des mûriers comme autant d'élégantes autour de la Reine.

Bien qu'à peine plus grosses qu'un moineau, les pies-grièches se lancent dans la chasse au vol comme leurs grands cousins les aigles et les faucons. Leurs becs crochus, acérés, puissants, tranchants embrochent les courtisanes légères. Le Roi, immobile, jubile.

Alors, elles fondent du ciel au sol, vers une grenouille, un lézard, un mulot, une musaraigne imprudents, sortant des abris pour goûter le soleil. Ces minuscules rapaces empalent leurs proies sur les lardoires offertes par la nature, sur les épines des ronciers et des acacias. Là, elles écorchent leurs victimes, les déchiquettent pour en offrir les morceaux sanglants à leurs petits. Le Roi pouvait rester des heures à les observer. Et Luynes, qui aidait la nature cruelle du Roi à se repaître de ce spectacle où Sa Majesté lisait maints symboles, aidait la Nature, la vraie, qui n'est ni cruelle, ni affectueuse, mais divinement indifférente, en faisant tailler en pointes aiguës badines et baguettes, pour fournir des haies de lardoires mieux placées pour le spectacle du Roi vêtu lui aussi de cape brune et de veste grise. Voilà comment on fait sa cour de favori, quand on renifle chez le maître le goût du sang. Sans oublier de rappeler que pie-grièche désigne aussi, dans le familier de la langue, une femme acariâtre. Louis souriait devant le massacre.

À l'automne, ou aux grosses chaleurs d'août, le Roi et ses meutes forçaient des cerfs, des biches dans les bois entourant une butte venteuse à l'ouest de Paris, où un moulin à vent, une tour ruinée étaient les seuls fanions d'un domaine de cent dix-sept arpents, nommé Versailles, que le Roi avait confisqué autant qu'acheté à la famille de Gondi, famille distinguée venue d'Italie sous Henri II, celle de l'archevêque de Paris, qui n'avait que faire de ces bois et ces marécages, avant de le porter par un nouvel achat à cent soixante-sept arpents pour y chasser plus à l'aise dans un désert personnel et vaste comme l'oubli.

Louis XIII, le mélancolique, ne souffrait pas de nostalgie. Il haïssait son passé, son enfance et sa jeunesse, rêvait de futur qu'il ne réussissait pas à imaginer, mais qu'il eût aimé s'acharner à magnifier. Parfois il faisait montre d'audace, laissait voir son courage guerrier, ou s'enfermait en sa tristesse face à ses desseins contrariés.

Sur la butte trop venteuse il fit construire un pavillon pour ne plus dormir sur la paille du vieux moulin ou dans l'auberge sale, quand la chasse s'éternisait. Le pavillon était de briques rouges, de pierres blanches et d'ardoises bleu nuit. Le rouge et le bleu de Paris honni, mais aussi le rouge et le bleu des gardes de Sa Majesté, rehaussés par le blanc du Roi. On ferait un drapeau avec cela. Il n'y invitait plus personne depuis que sa seule inclination féminine, Marie de Hautefort, avait déclaré s'y ennuyer. Hautefort s'était moquée de lui, de ses chasses, de ses oiseaux, de son « château de cartes » fouetté de courants d'air ; et qui plus est, en présence de la Reine dont elle était dame d'atour. Et la plus chère amie.

Une gamine de seize ans à qui l'on disait Madame, et qui avait détesté Versailles et ses grands vents. Elle détestait la chasse et n'aimait pas le Roi ni son babil hésitant. Lui l'avait aimée. Le Cardinal aussi. Richelieu avait songé à se servir de Marie pour espionner au plus près, mais aussi à l'entraîner en son lit. Elle qui, revenant de Rueil, avait averti tout Paris qu'il arrivait à l'Éminence de hennir, faisant le cheval de manège autour d'une table, en la présence de la favorite du Roi, et ce pour la séduire. Devant les deux refus, espionner et coucher, Richelieu avait décidé de la perdre. Elle vivait actuellement un exil feutré d'ennui dans un manoir grand-maternel près du Mans, le château de La Flotte.

« Qu'elle s'y noie ! » avait simplement commenté le Roi.

Ici, au pied de la butte de Versailles, le Roi galopait, loin du Cardinal, loin de Paris, loin des ragots, loin de la Cour, loin de l'ironie, loin des femmes, donc loin de la Reine. Le vent ôtait l'odeur des intrigues, même autour de l'étang Puant, pourtant bien nommé, mais qui entêtait moins que tous les parfums de félonie de la Cour ou des couloirs du Louvre.

Louis ricana dans son carrosse, son médecin se pencha vers lui, le Roi le foudroya du regard. Héroard n'ajouta rien, le Roi avait sa mine à « tâter le vinaigre », ainsi que le médecin l'écrirait ce soir de novembre 1637 en son journal au seul profit des historiens du futur, et d'Alexandre Dumas.

Louis le Juste était cruel comme une épigramme. À la seconde fausse couche d'Anne d'Autriche, il y avait seize ans de cela, il décréta que « son ventre était un cimetière ». Autant gifler l'Espagne tout entière ! Il n'en approchait plus. Chaque jour, dans les couvents et monastères, moines et nonnettes priaient, chaque dimanche à toutes les messes les prêtres et les fidèles imploraient Dieu que le Roi se couche près de la Reine et que le royaume ait un Dauphin.

Dieu ignorait la France comme le Roi ignorait la Reine. L'Europe ricanait, Paris chansonnait, Locret rimait ses gazettes. Monsieur, Gaston d'Orléans, frisait sa moustache et souriait aux Grands ; il demeurait seul héritier direct du trône, dont l'éloignait encore la stature courte et rouge de Richelieu, à l'ombre pourtant immense, qui tenait autant à conserver ses quatre pieds carrés dans le cabinet du Roi qu'à réduire les places aux frontières et tenter d'unifier un royaume décousu. Gaston désirait l'abattre et le remplacer, ayant choisi déjà son titre de Lieutenant général du Royaume. Ou bien de Régent, ou de Roi, si Louis le Malade trépassait sans héritier mâle.

Gaston aimait les complots, on ne pouvait l'embastiller, étant frère de Sa Majesté. Alors, Monsieur, veule, fourbe, intriguait impunément. Avec tout le monde avant de trahir chacun. Il avait intrigué contre le Cardinal avec la favorite, la chastement favorite, Marie de Hautefort, mais avait laissé exiler la belle quelque part, près d'un bout de la Loire. Les autres, tous les autres, avaient perdu la tête ou la liberté.

Gaston était plaisant mais indécis. Louis le Juste n'était pas aimé. Son ministre était craint. Paris brocardait les trois. La plume acérée menait droit à la Bastille, forteresse près de la porte Saint-Antoine, prison et coffre-fort du Trésor royal. Les geôles et les caisses y répondaient au principe savant des vases communicants. Richelieu emplissait les unes et puisait dans les autres. Elles s'ouvraient d'ailleurs derrière de mêmes portes bardées de fer et scellées de trois serrures.

Ce jour-là, donc, un jour froid du mois le plus triste de l'année, novembre finissant, Louis, au ventre enfin apaisé après les débâcles de la chasse, approchait de l'ombre des tours de la vieille forteresse pour se rendre à quelques pas de là, au couvent des Sœurs de la Visitation Sainte-Marie ; il rendait visite en effet. Et à une vierge, bien humaine, celle-là.

Louis le Juste, le Cruel, le Malade soupirait une nouvelle fois. Guitaut, son capitaine des gardes, se taisait. Son premier médecin, Héroard, tentait de se faire oublier. Le Roi en ce jour de fin novembre 1637 était de mauvaise humeur. Le vent soufflait trop fort dans le val de Galie, près de la butte de Versailles, et un gerfaut s'était perdu dans la bourrasque. Louis le Juste perdait ses derniers amis : après Luynes mort, et Saint-Simon, premier écuyer, exilé pour un mot de trop sur une dame, après Saint-Amour, le cocher, Haran, le valet de chiens, le marquis de Montpouillan, François de Barradat, chassés hors de Paris, il perdait son faucon préféré. « Ce sont amis que vent emporte », avait chanté Rutebeuf trois siècles auparavant. Et le vent soufflait comme jamais en cette fin de novembre.

M. de Guitaut ordonna la halte à sa troupe. On ouvrit la portière de la berline du Roi qui en descendit maussade, dans le velours feuille morte de sa tenue de chasse ornée simplement de la poussière grise de la chevauchée venteuse. Son uniforme de rapace. Ce soir il dormirait à Saint-Maur. En attendant... on l'attendait au couvent.

Elle n'a pas dix-neuf ans, elle est brune et pourtant ravissante alors que les canons en vigueur chantent plutôt la blondeur ; elle est intelligente, musicienne elle aussi. Ancienne suivante de la Reine, Louise Angélique de La Fayette fait retraite et pense à choisir définitivement le couvent.

Le Roi est fou d'elle ; elle ne songe nullement à céder aux ennuyeuses volontés de ce barbon dont le non-désir lui répugne. Autant parce que les trente-six ans de Sa Majesté lui paraissent canoniques, à elle qui en compte la moitié, que parce qu'elle sait trop bien que ladite Majesté ne se résoudra pas à la toucher. Ainsi le Roi a-t-il éloigné son très cher Claude de Saint-Simon, son premier écuyer, laid comme un pou, un vrai « punais », mais excellent chasseur, qui lui conseilla d'user de toute sa prérogative royale pour basculer la blonde Hautefort en son lit. Louis le Juste, s'il a ses amours de tête, est chaste comme un nonain. Après Mme de Hautefort, Mlle de La Fayette. Et de celle-ci, à son habitude, le Cardinal se méfie, et ne se trouve pas mécontent qu'elle loge ici en un couvent.

Louis le Chaste est pieux. Déjà, il a usé six confesseurs : le RP Coton, qui fut celui de son père le roi Henri, et dont il entendit donc de belles au registre des péchés les plus plaisants ; les RP Arnoux, Séguiran, Suffren, Maillant et Gordon, un Écossais épuisé par les ans autant que par l'ennui du trop véniel des péchés du roi Louis. Tous appartiennent à la Compagnie de Jésus, installée elle aussi en ce faubourg Saint-Antoine. Tous usés en effet, usés par leurs efforts à pousser le Roi dans le lit de la Reine.

Leur successeur, le RP Nicolas Caussin AMDG, a décidé de réussir là où ses saints confrères ont échoué. S'il réussit, il arborera vite le chapeau de cardinal. Et un cardinal peut en chasser un autre. Richelieu règne sur le présent du Roi, et croit Caussin de son clan, mais Caussin songe, lui, qu'il pourrait régenter l'avenir de la monarchie. Déjà il est du mieux possible avec le frère du Roi, Gaston, le seul héritier qui patiente devant la litanie des maladies de son royal frère, mais le jésuite n'ignore pas qu'il serait encore plus en grâce s'il fournissait au trône l'héritier légitime, ce Dauphin impossible. Aussi, le pieusement politique Nicolas Caussin visite-t-il fort souvent le couvent des Sœurs de la Visitation, et la jeune future novice Louise Angélique. Il parle, elle écoute, il conseille, elle promet. Elle a choisi l'établissement de la porte Saint-Antoine pour répondre à la volonté de Dieu.

Et puis la porte Saint-Antoine est dite porte des Champs, celle par laquelle il est le plus aisé de fuir Paris. Sous le ministère du Cardinal-Duc, la fuite n'est pas une lâcheté, mais une sage décision de prudence. Il n'est que deux portes ici, au faubourg ; l'une s'ouvre par la clef des champs, l'autre par celles, plus funestes et mieux gardées, de la Bastille.

Dieu le veut, avait dit le RP Caussin comme s'il prêchait une nouvelle croisade. Dieu veut que le Roi engrosse la Reine.

On n'a pas encore coupé les cheveux bruns de Louise Angélique, dont quelques mèches s'échappent du voile de linon. Son visage est tout d'enfance. Le Roi sourit pour la première fois aujourd'hui. Louise Angélique est belle et sa rêche tenue de novice la rend plus attirante et fraîche que ses anciens atours de suivante et de dame de cour. C'est au Louvre, ou sur l'esplanade de Saint-Germain, d'où l'on a une si belle vue sur la forêt giboyeuse de la Laye, dans les jardins de Fontainebleau, il ne sait plus, la Cour est si nomade, que le Roi a remarqué son minois. Marie de Hautefort échangea alors un sourire complice avec la Reine. Le Roi les haïssait.

Le monarque et l'enfant chuchotent dans l'ombre du parloir maigrement éclairé par deux chandelles. Une religieuse assiste à l'entretien dans un recoin. De par sa volonté, le Roi pourrait exiger la solitude. Mais il est chez Dieu, et pense qu'il n'y commande pas. Solitaire et torturé, il se confie sans se confesser ; il croit découvrir ici, devant ce visage de pureté, la sérénité qui le fuit depuis sa naissance. Une jeune fille douce et forte, droite, vierge, et éprise de lui car sa couronne ne lui vient que de la grâce de Dieu. L'amour du Roi, qui n'a rien de charnel, survit, sublimé, à cet enfermement dû à l'héroïque décision de la demoiselle.

Que se disent-ils, ce jour de novembre à travers le vain mais infranchissable obstacle de la clôture ?

Même la sœur surveillante ne l'entend pas. Ce qu'on en sait est que le Roi ne bredouille ni ne bégaie.

Dehors, Guitaut qui attend voit le ciel se couvrir. Les casaques bleu et rouge des gardes se soulèvent dans le grand vent. Il vient de l'ouest, de Versailles et de l'Océan, il a poursuivi le Roi après lui avoir volé un gerfaut. M. de Guitaut pèse de la main sur son chapeau. Fasse Dieu que le Roi ne tarde pas. Cet homme qui a reconquis à peu près son royaume, qui mène une guerre étrangère interminable depuis vingt ans, a eu la ténacité, contre l'avis des stratèges, de reprendre Corbie, la cuisse gauche du capitaine ne l'ignore pas, échoue au siège du cœur d'une pucelle afin de la ramener au monde des vivants.

Et ce vent, mon Dieu, ce vent qui a gâché la journée et renforcé le caractère sombre du Roi ! Sa détestation de tout ce qui est gai, joyeux, charmant, galant. Le fils du Vert-Galant se rembrunit devant les femmes, quand il ne rougit pas. La Hautefort s'amusait de cette palette de couleurs, et ce, devant lui, et le Roi s'en retournait pleurer. Dans son dos, Chevreuse, sœur de cœur de la Reine, toutes deux blondes aux yeux verts, en plaisanta jusqu'à l'exil. Guitaut soupire dans le violent courant d'air de la rue Saint-Antoine. Chevreuse, la plus rouée des Rohan, veuve du dernier connétable, maîtresse d'un ambassadeur d'Angleterre, d'un évêque, d'un envoyé de l'Espagne, épouse nouvelle d'un duc et pair, est actuellement occupée à séduire le duc de Lorraine, à moins que ne ce soit le roi d'Espagne. Chevreuse change souvent de nid. Comme de lit. Guitaut sourit.

Guitaut aimait les femmes. S'il respectait le Roi, il aimait la Reine, d'une affection chaste, d'une admiration sincère, et, malgré la petitesse de sa noblesse, avec une véritable compassion pour les tourments à elle infligés. Et puisque M. de Guitaut avait un demi-flacon de sang gascon par les Peichepeyrou, son cœur allait donc à Mme de Hautefort. La belle Marie, premier grand amour raté de Louis le Chaste. Une Gasconne qui, homme, fût devenue mousquetaire et qui, femme, belle et jeune, remplaça la rapière par une langue acérée. Au contraire du silencieux Guitaut. Mais comme le capitaine des gardes, la jolie Marie qui flattait l'œil vouait un parfait amour à sa Reine.

L'inclination de Marie de Hautefort pour Anne d'Autriche était telle que, négligeant les bonnes grâces du Roi qui lui étaient acquises – pour Marie, le Roi joua de la guitare et organisa des ballets, choses qu'il détestait mais se surprit à aimer –, hasardant entièrement sa fortune, Marie préférait secourir une princesse d'un tel mérite dans son malheur que profiter de sa faveur. Guitaut saluait la fidélité. Il avait connu le père de la délicieuse Marie, Charles, marquis de Hautefort, qui, en bon et franc Gascon, enfilait cinq ou six titres dès son lever. Le marquis était aussi comte de Montignac, baron de Themon, seigneur de Savignac, d'Auriac, de Saint-Orse, de La Motte, de La Borie, d'Ajat. Guitaut en oubliait, parmi les titres et lieux en ribambelles, lui qui n'avait que trois noms dont un d'emprunt, Comminges, pour se vêtir au matin.

Aujourd'hui Cheveuse est en exil en Flandres, Hautefort au Mans, La Fayette au couvent, Guitaut capitaine aux gardes, le Roi aux pieds d'une nonnette, et ce qui n'était que mauvais temps de novembre tourne à la tempête.

— Mais Dieu est avec nous, Capitaine.

Une ombre s'est approchée. Guitaut se penche sur l'encolure de son cheval.

— Dieu vous bénisse, mon Père.

Il vient de reconnaître le confesseur du Roi, le RP Caussin. Une belle âme. Un artiste qui a tenté de tromper Richelieu et que Guitaut soupçonne donc de niaiserie patentée.

— Dieu nous bénit en effet par cet orage. Par cette tempête et vos conseils, Capitaine, le Roi ne doit pas coucher à Saint-Maur.

— Trop tard. Ses appartements y sont déjà tendus...

— Le ciel ne le veut pas.

En effet, un éclair jaillit et dans l'instant le tonnerre craque au-dessus de Paris.

— Capitaine, reprend le jésuite, vous êtes bon chrétien et dévoué à la monarchie.

Guitaut se signe sans répondre.

— Le Roi doit dormir au Louvre, insiste le confesseur.

— Vous voulez dire chez la Reine.

Le RP Caussin sourit.

— Un bon catéchumène comprend à demi-mot.

— Un bon jésuite n'emploie que le quart d'un mot. Mais le Roi veut Saint-Maur.

— Voulait. Il change d'avis.

— Louise Angélique de La Fayette ?

— Oui, mon fils. Bénies soient les Sœurs de la Visitation.

Guitaut se signe une nouvelle fois.

— Amen. Vous finirez ministre, mon Père.

— Et vous maréchal de France. Si...

— Si le Roi loge au Louvre cette nuit. J'ai compris. Mais ses appartements n'y sont pas tendus.

— Justement. Il demandera asile à la Reine.

— Elle le lui offrira. De bon gré. Je connais la sèche mais parfaite courtoisie espagnole de Sa Majesté Anne.

— Bon gré, mal gré, c'est ainsi que cela doit être. Voyez, il pleut.

— Je sais, hélas, mon Père, je fréquente cette tornade depuis quatre heures.

— Dieu fertilise la terre.

Guitaut rit.

— Oui, mais la Reine ?

— Elle fut indisposée il y a treize jours.

— Je ne vous savais pas si féru des mystères du ventre féminin.

— Je soigne les âmes, les âmes vivent dans les corps, les corps sont surveillés par les médecins. Ames et corps ont leurs secrets liés...

— Sauf pour médecins et confesseurs. Et quand ceux-ci sont amis...

— Vous êtes un bon chrétien, Capitaine, et un esprit éclairé. Notre Compagnie n'oppose pas la science à la foi. Et œuvre dans le monde entier pour le rapprochement des peuples.

— Cette nuit, entre la France et l'Espagne, votre Compagnie souhaiterait qu'il n'y eût plus de Pyrénées. Fussent-elles métaphoriques et au mitan d'un lit.

— Et donc plus de guerre ; qu'elle reste en Flandres

et ne menace plus Paris ! Pour un soldat vous êtes fort diplomate.

— Mais le Roi et la Reine ont passé leurs trente-six ans déjà.

— Vous êtes brave, diplomate mais piètre théologien ! Selon saint Luc, Zacharie était vieux et son épouse Élisabeth avancée en âge, comme dit l'Évangéliste, quand l'ange Gabriel les avertit que Dieu les rendrait fertiles d'un fils qui « sera un sujet d'allégresse et plusieurs se réjouiront de sa naissance. Il sera grand devant le Seigneur. Il marchera devant Dieu avec l'esprit et la puissance d'Élie pour ramener les cœurs des pères vers les enfants, et les rebelles à la sagesse des justes, afin de préparer au Seigneur un peuple bien disposé ». Ainsi naquit le Baptiste. Ainsi nous naîtra un Dauphin.

— Belle prophétie : « ramener les rebelles à la sagesse des justes ». À défaut d'ange, nous avons une Angélique.

— Suivez-moi, Capitaine, allons chercher Sa Majesté. Je l'ai surprise à sourire. Cela vous réchauffera.

— Si le feu couve, mon Père, tisonnons.

— Dieu et la France nous en donneront raison.

Guitaut qui méprisait la médisance et l'évitait, voyant trop comment son goût assombrissait encore plus son Roi qui s'y complaisait, Guitaut qui évitait aussi de juger son prochain, connaissant trop les faiblesses de l'humaine nature, et préférait s'en tenir au premier coup d'œil pour jauger un homme à moins qu'une action ne le démente, ayant confiance en cette impression acquise d'office dont on disait qu'il fallait se méfier, mais que lui savait être la bonne car il avait vécu, ce Guitaut tenait le RP Nicolas Caussin, confesseur du Roi, pour un imbécile. Un mauvais intrigant.

Le jeune Cinq-Mars, que Richelieu avait fait nommer aux gardes pour avoir une oreille de plus dans la compagnie du Roi, le jeune Henri d'Effiat, marquis de Cinq-Mars, était bavard. Guitaut y vit un défaut et en pesa l'utilité. Ainsi Guitaut savait, par la bouche de l'élégant et trop jeune homme (à seize ans et avec un nom, on mérite une carabine de parade au régiment des pages, pas une compagnie des gardes), comment Caussin avait été choisi par le Cardinal même et non par le Roi. Son lieutenant, Comminges, neveu de Guitaut, car un Guitaut n'a confiance qu'en un autre Guitaut, avait entendu le jeune marquis de Cinq-Mars le conter, car ce gamin, protégé du Cardinal et tenu en réserve de l'amitié du Roi, avait lui-même mené Caussin à Rueil, où logeait le Cardinal, lorsque le RP Gordon, sympathique Écossais, avait renoncé, épuisé par l'âge et par le chaste ennui des péchés du Roi ainsi que nous l'avons dit.

Mgr Desclaux, chanoine de Bordeaux et confesseur de Son Éminence, avait dressé une liste de religieux parmi lesquels Richelieu choisit un jésuite, réputé « simple et modeste », auteur d'un livre à succès, *La Cour sainte*, le père Nicolas Caussin. Ses supérieurs avertirent que le jésuite manquait « de cette prudence parfaite que ne suppléent ni l'intelligence, ni le bon vouloir, ni la vertu ».

Son Éminence s'en tint au bon vouloir et à la vertu, la prudence il l'enseignerait par la férocité et la menace distillée ; quant à l'intelligence, il en disposait à son gré. Le 24 mars 1637, il envoya donc le fils du maréchal d'Effiat quérir ce Caussin au siège de la Compagnie de Jésus pour le lui mener à Rueil.

Cinq-Mars se souvenait que l'Éminence avait chapitré le jésuite, lui recommandant d'éviter la politique, de ne pas se mêler des attributions de bénéfices ecclésiastiques et, surtout, « de ne pas prononcer des sermons excédant trois quarts d'heure », phrase retenue par le jeune marquis qui souvent sommeillait pendant l'office. Richelieu ajouta, et là Cinq-Mars fut tout ouïe :

« Le Roi est sans vices. Sa vertu fait la bénédiction de son état. À la vérité, il paraît actuellement attaché à une demoiselle de la Reine. Je n'y soupçonne aucun mal, mais une si grande affection entre personnes de sexe différent est toujours dangereuse... »

Le RP Caussin avait acquiescé en silence, obséquieux à souhait.

« Il ne faut pas rompre cette liaison tout à coup, mon Père, avait suggéré Richelieu, mais il serait à propos pour votre ministère de la découdre. »

Caussin promit de « faire le serpent », de juger ainsi les véritables sentiments de Mlle de La Fayette, dame d'honneur de la Reine.

Faire le serpent avait plu au jeune Cinq-Mars qui, dans son coin, oublié comme un meuble, ne perdait pas une miette et jugea le jésuite fourbe.

Il ne se trompait pas, du haut de ses quinze ans, à l'époque. Caussin était hostile à Richelieu pour avoir allié la France aux princes protestants d'Allemagne contre le très catholique roi d'Espagne.

Caussin fait le serpent, mais serpente mal. Il monte la jeune Louise Angélique contre ledit Cardinal, qu'il qualifie de mauvais prêtre. Elle dit ces choses à son royal soupirant. Richelieu fait semblant de les ignorer et de nouveau pousse Caussin à « découdre la liaison ».

Louise Angélique est fort pieuse et songe au couvent. Cette fois Caussin obéit à l'Éminence et encourage la jeune femme.

Celle-ci, moins niaise, avoue :

« Mon Père, alors que je vais quitter le monde, je n'en emporterai qu'un déplaisir, qui est de donner de la joie au Cardinal par ma retraite. »

Louis XIII pleure, veut l'enlever à la Reine, l'installer à Versailles. Mauvais choix, personne n'aime Versailles, ses courants d'air et ses lassants récits de chasse ; Louise Angélique préfère le couvent.

— Qu'est-ce qui la hâte ? demande le Roi à Son Éminence. Ne pourrait-elle attendre quelques mois, j'en suis à mourir ?

Son Éminence jubile, malgré son impatience à compter une « Espagnole » de moins près du Roi. Il console Sa Majesté, lui parle de Dieu dont les desseins ne peuvent être détournés. Louis se résigne :

— Mon cousin, dit-il à Richelieu, jamais rien ne m'a tant coûté, mais il faut bien que Dieu soit obéi.

Le Cardinal l'embrasserait s'il ne se retenait. Et regarde avec plaisir s'enterrer entre une enfant et un Roi déjà grisonnant une passion toute vive. Richelieu se croit chez Corneille, fort à la mode depuis un an. Son Éminence est friande de théâtre, de beaux écrits, de tragédie dans les règles. Il en a signé de fort mauvaises ; à sa décharge, il n'en a que peu composé de vers.

Caussin décide qu'il a rempli au mieux sa mission. Ignorant que le Cardinal sait tout de ce qu'il a dit sur le mauvais prêtre et patientera jusqu'à la prise de voile de Mme de La Fayette avant d'éjecter le « serpent » du confessionnal du Roi, et lui prépare déjà un exil à Rennes.

Le roi Louis était pensif. Pourquoi n'avait-il pas su détourner Mlle de La Fayette de sa vocation ni de son désir de prononcer ses vœux ? Fort pieux lui-même, le Roi respectait ce choix, mais, homme tout à coup, il regrettait l'émotion que ce visage angélique mettait en son corps.

Au travers de la grille de la clôture du parloir, il s'était enhardi à baiser une main et un front comme un père son enfant. Les derniers mots chuchotés avec plus de force par la voix douce de cette enfant promise à la Vierge auraient dû le mettre en colère. Pourtant, ils l'avaient apaisé :

— Le Roi se doit à la Reine puisqu'il se doit à la France. Dieu bénit et fructifie le saint sacrement du mariage. Et le royaume ne saurait perdurer autour d'un berceau vide. Sire, aimez la Reine.

Bah ! allons à Saint-Maur, nous y réfléchirons.

Le tonnerre reprit. Guitaut approchait, statue sombre dans un oratoire sombre, figure d'un saint vengeur ou d'un ange annonciateur en grand arroi.

— Sire, c'est tempête. Les chevaux s'affolent. Il faut renoncer à poursuivre. Le Louvre est à un quart de lieue. Sa Majesté veut-elle s'y réfugier ?

— J'ai dit, capitaine, que nous allions à Saint-Maur.

— Sire, permettez à ce capitaine d'insister. Je veille sur la sécurité de Votre Majesté. Et, vous conseillant ce détour, je remplis la fonction que vous avez eu la bonté de m'octroyer. Nous ne tenons plus les chevaux. Ils craignent plus le feu du ciel que celui des canons.

Le roi préférait Dieu et les animaux aux humains. À l'exception des soldats. Or Guitaut et ses gardes formaient une compagnie de braves. Louis XIII bougonna, marmonna, hésita. Guitaut chercha des yeux le confesseur mais en vain. Le « serpent » avait trouvé quelque fosse pour y patienter ou y digérer durant le mauvais temps.

— La Reine soupe trop tard, reprit le Roi. Et éteint ses feux trop tard.

— Sire, la Reine applique l'heure espagnole. Après votre courageuse décision de reprendre Corbie, la descendante de Charles Quint, qui, comme son aïeul, salue la bravoure, acceptera, pour vous, de retrouver l'heure française.

La foudre frappa quelque part vers la tour Saint-Jacques.

— Voyez, Sire, le Ciel nous montre la route.

— Tout le monde veut ce soir que je loge au Louvre.

— Tout le monde, Sire ?

— Oui. Sauf le Cardinal qui ne m'a pas encore donné son avis. Uniquement parce qu'il est absent et dans ses terres de Rueil. Savez-vous qu'on y fait un vin exécrable ? Il sied pourtant d'en boire pour lui complaire. Mais il m'est bien d'autres tâches plus amères.

Le vent s'engouffra sous le porche et fouetta le Roi.

— Il est vrai, Guitaut, que Paris connaît là une rude tempête.

— Celle-là même qui vous a volé un gerfaut entre l'étang de Clagnie et l'étang Puant et nous poursuit jusqu'ici. En route, son acharnement a forci.

— Bien. Allons au Louvre. Il ne sera pas dit que cette tempête me vole aussi des chevaux, ou le chapeau de mon plus valeureux capitaine.

Guitaut faillit en oublier de saluer ; Louis le rêveur triste avait souri en émiettant sans appuyer la rareté d'un compliment.

LA GAZETTE DE LA BASTILLE

C'est la Chandeleur. Toute la France est en fête. Le Roi, radieux d'une grossesse, a décidé de vouer sa personne et le Royaume de France à la Vierge Marie. Cette Chandeleur de février 1638, fête de la Présentation de Jésus au Temple mais aussi fête de la Purification de la Vierge, prend donc des allures de Pâques par le soleil qui assèche les boues de Paris, et de Noël, qui les glace ; et la grande ville-cloaque s'en trouve purifiée. Le gel tue les odeurs, fait sonner plus clair les cloches et le pas des chevaux, les cris et bruits de la vie et de la ville qui ne connaît jamais le repos.

Tous les hôtels des Grands et des princes sont illuminés même en plein midi, toutes les façades décorées de branchages et de draperies de bleu et de blanc aux couleurs de Marie. On y obéit aux vœux du Roi, ce qui n'est pas un mince détail, presque un changement politique. C'est qu'un bruit court, dans les salons et sur les places, jusqu'au Pont-Neuf, où tout se sait, même le faux, où tout s'affiche, cloué sur des poteaux, libelles et flagorneries : la Reine serait grosse d'enfant.

On n'y croit qu'à moitié. Deux fois déjà cela est arrivé. Autrefois. Il y a longtemps, il y a seize ans. Deux fois, l'enfant n'a pas tenu, et le Roi, si délicat, avait même dit à la Reine : « Votre ventre est un cimetière. » On ne fait pas plus galant.

Pourtant, en cette Chandeleur, on songe à cette nouvelle, on la suppute vraie, on en attend la confirmation, car ce serait en cet honneur que le Roi, radieux on l'a dit, ce qui arrive une fois par décennie, a décidé de vouer la France à la plus Sainte Mère de l'histoire du monde, celle du Christ. Les prières montent plus ferventes des églises. La France veut un Dauphin et prie avec la plus grande sincérité. Dieu s'est souvenu du plus grand royaume après celui des Cieux.

Il est un autre château dans Paris, où une fête s'organise, où les plats arrivent de chez M. Ragueneau, le meilleur traiteur, sis rue de la Cerisée. M. le Maréchal de Bassompierre a décidé de traiter tous ses amis du dîner jusqu'au souper, durant la journée entière de cette Chandeleur inespérée. Ce ne sera pas repas fait de crêpes et de beignets, mais de pâtés, de hures, de rôts, on parle même d'un chevreuil entier, à partager dans le logement occupé depuis huit ans par l'ami d'Henri IV, l'homme qui osa courtiser la reine mère, Marie de Médicis, « la grosse banquière », qui, mon Dieu, en fut troublée, ce dont le roi Henri avait ri. M. de Bassompierre jouit en cette Bastille d'une certaine liberté, pour l'avoir lui-même gouvernée pendant quelques mois, il y a bien de cela quinze ans.

Bassompierre regardait l'aménagement de sa réception, la disposition des nappes damassées, le cortège des gâte-sauce de Ragueneau apportant les couverts et plats d'argent d'où s'échappaient d'appétissants fumets, en bavardant avec le capitaine gouverneur de la forteresse, M. du Tremblay.

Charles Le Clerc du Tremblay, qui commandait le

château et ne se montrait pas mauvais hôte, était le frère cadet du père Joseph, terrible éminence grise de la terrible Éminence écarlate. Et puis, tout Paris savait que le Roi et la Reine étaient réconciliés depuis certaine tempête de novembre et que Richelieu devrait donc reconquérir une fois encore ses quatre pieds carrés dans le cabinet du Roi. Tout Paris soupçonnait depuis peu que la Reine était grosse d'enfant, il suffisait de contempler la mine exceptionnellement réjouie du Roi, et qu'Anne d'Autriche recouvrerait son pouvoir sur la Cour et le Roi, si visiblement fier de l'état de son épouse. M. du Tremblay en déduisit finement qu'il y aurait quelques changements et déménagements chez ses locataires. Il avait décidé de les bien traiter. Et puis la Chandeleur étant fête religieuse, il était d'un bon chrétien de permettre à ses hôtes forcés de la célébrer. M. du Tremblay pouvait se vanter que sa forteresse du faubourg Saint-Antoine fût le lieu le mieux fréquenté de France, mis à part la Cour.

Mais ce que Bassompierre attendait, outre les victuailles de Ragueneau, tout en devisant avec son aimable gouverneur (et successeur), n'était point cérémonie religieuse, mais des informations. Celles de M. La Porte, ancien porte-manteau de la reine Anne d'Autriche, et celle de Bois d'Arcy. Bois d'Arcy, majordome du maréchal, avait tout loisir de quitter la Bastille et d'y revenir, n'étant pas condamné mais ayant suivi son maître ici pour le mieux servir et veiller à son bien-être. Et Bois d'Arcy rôdait à cette heure dans Paris, faisant son marché de nouvelles pour divertir son maître et ses convives. La Porte, lui ? Il avait dit monter prendre l'air frais et pur sur les remparts. Promenade que M. du Tremblay permettait sans trop faire mine de s'en préoccuper à ses prisonniers les plus distingués.

Pierre La Porte prenait le froid sur les remparts. Le ciel était blanc d'acier, un ciel d'hiver quand il fait beau et sec sur Paris, comme souvent. La Porte contemplait Paris de la terrasse de la Bastille. Tout, étrangement, paraissait calme dans les rues de la ville. Seule une rumeur en montait, et l'on aurait pu se croire en une province assoupie. Pourtant, en se penchant au-delà des créneaux sous l'œil tout à coup inquiet du garde, La Porte distinguait les marchands qui s'époumonaient, les cochers qui insultaient les piétons, des gesticulations, des horions, des saute-ruisseau pataugeant dans la boue heureusement gelée qui huilait les pavés. Rien de ces cris ni de ces mauvaises odeurs n'atteignait le faîte de la forteresse. Le froid gelait les sons comme les puanteurs. Parfois un cri, une voix d'enfant, sonnait plus clair, comme un carillon. Et le pas des chevaux semblait un sec roulement de tambour sur une peau trop tendue.

Le gros canon inutile était gris de givre. Et le garde, à six pas, s'enveloppait de son manteau. Le canon avait peu servi, sauf certains jours de fête. La forteresse, formidable d'aspect, méritait sa réputation de fille des faubourgs (elle montait la garde au faubourg Saint-Antoine), car la Bastille se rendait sans résistance. Elle le fit durant des siècles, se donnant aux Bourguignons, aux Anglais, aux Ligueurs, à Henri IV enfin, toujours sans combat ou bien après un vague simulacre. Elle connaîtrait des jours plus aventureux.

En vraie fille des faubourgs, elle recevait en son giron la meilleure et la pire société, comme Marion de L'Orme ou Delorme, fille de baron et courtisane à la mode, que, disait-on, Richelieu disputait à des Barreaux. Duel inégal de versificateurs plus que de vrais poètes.

Dans le ciel froid mais clair de février 1638, Pierre La Porte attendait un signe. Le signe d'une main. D'une des mains les plus ravissantes du royaume, que Rubens et Mignard se complairaient à peindre, un signe de la main de Sa Majesté la reine de France, Anne d'Autriche, sœur du roi Philippe IV d'Espagne et arrière-petite-fille de Charles Quint. Pierre La Porte aimait la reine de France, née Doña Ana Maria Mauricia, du roi Felipe d'Espagne et de Marguerite d'Autriche, héritant de la lippe et de la morgue d'être deux fois Habsbourg, ce qui lui donnait une belle bouche et l'air hautain mais déplaisait au Roi et au Cardinal. Et ensorcelait La Porte. Pour elle, il avait appris l'espagnol, comme il avait appris l'histoire des Habsbourg et de leurs querelles avec la France depuis François Ier. Il n'ignorait rien non plus des codes secrets pouvant régir une correspondance ni de l'encre invisible qu'on tirait d'un jus de citron quand ce fruit ne manquait pas dans Paris. Il devait à cette science son séjour ici. Au citron et à la fidélité à sa Reine.

Un billet passé par le chevalier des Jars, qui servait de vaguemestre à toute l'honorable compagnie embastillée par la remarquable invention d'une poste non officielle mise sur pied au sein de la forteresse même, lui avait annoncé la veille qu'on parcourrait le faubourg Saint-Antoine ce matin. Le « on » roulait carrosse entouré d'un peloton de mousquetaires ou de gardes du Roi commandé par l'affable Guitaut.

La Porte guette donc un signe.

Le signe arrive, fait par la plus jolie main du royaume alors qu'il gèle à moitié sur sa tour.

La Porte a reconnu l'attelage sobre, mais entouré de gardes. La main se glisse au travers des mantelets de cuir frappés de lys d'argent, car le Roi interdit les ors, d'un carrosse. Le mouchoir que tiennent les fins doigts est blanc et La Porte, s'il ne les voit pas, y peut deviner, là encore, les lys du Roi. Cette main agite en fait un drapeau. La Porte, sur les créneaux, se sent vaillante estafette d'une victoire proche ; la Reine a investi le Roi, la citadelle de son indifférence est tombée. Les tambours pourraient battre la chamade, bruit doux à l'oreille des vainqueurs et que La Porte décèle dans le piaffement des sabots de la suite de la Reine sur la boue gelée. Victorieuse, Anne signifie à son féal ami qu'elle ne l'abandonnera pas ici.

La Reine sort du couvent des Sœurs de la Visitation, qui se trouve à deux pas, et où elle est venue embrasser sa chère Louise Angélique, et la remercier de ses bons conseils au Roi fort aidés par une tempête tombée du ciel. Puis, dans sa randonnée affectueuse, elle ne pouvait faire moins que d'avertir son porte-manteau, qui givrait sur les remparts et soufflait sur son onglée, de sa prochaine quoique encore putative libération.

La Porte redescend en sifflotant manger son pâté et faire bombance aux frais d'un maréchal de France. Cette main agitant un mouchoir, voilà de quoi dérider son noble ami Bassompierre. Et éviter ainsi à la compagnie invitée par le vieux maréchal son rabâchage éhonté sur les six mille lettres d'amour qu'il se vantait d'avoir brûlées au jour de son arrestation, seuls papiers compromettants en sa possession. Ce qui n'était nullement vanterie de vieux galant. Mme de Bassompierre l'avouait elle-même dans un sourire indulgent. On éviterait aussi la relation détaillée de ses démêlés avec le cardinal de Richelieu, que Bassompierre avait pourtant soutenu et appuyé à ses débuts sous la régence de la reine Marie de Médicis, et que le maréchal continuait d'appeler Monsieur de Luçon eu égard à l'évêché tenu de si loin par le Principal ministre de Sa Majesté.

Bassompierre n'avouait qu'un espoir : la mort d'Armand du Plessis, cardinal duc de Richelieu, afin de quitter sa geôle où il disposait de trois appartements car M. du Tremblay, et le Roi soi-même, n'avaient pas voulu que le maréchal, ancien ami d'armes et de bamboche du feu roi Henri, fût trop mal logé.

Au registre du confort octroyé au noble maréchal on notait une liaison charnelle avec une rare pensionnaire de la prison, une dame Marie d'Estournelle, liaison qu'il entendait garder secrète, mais dont M. du Tremblay faisait rapport au Cardinal, autant dire qu'elle était publiée dans Paris.

La Porte jugeait Mme d'Estournelle, dame de Gravelle, très sotte. Il l'avait connue libre et entretenue par M. de Rosny, un des fils du duc de Sully, ministre chéri du feu roi Henri. Sa sottise l'avait poussée à fort mal intriguer. Cela, La Porte ne le lui reprochait point, et même il lui vouait quelque affection, car Richelieu avait eu la cruauté de faire appliquer la question à cette femme ; La Porte se souviendrait longtemps de la visite guidée que lui infligea M. de Laffémas, lieutenant civil et bourreau du Cardinal, parmi les ustensiles destinés à briser, brûler et trancher de la chair vive. Aussi l'amourette entretenue en cette Bastille par ce vieux galant de maréchal avec cet étourneau femelle d'Estournelle laissait penser à notre ami Pierre que c'était là une manière douce de panser les plaies d'une torture. On dit bientôt la dame enceinte du maréchal, mais nul ne le put prouver : la Bastille n'avait pas d'oubliettes mais savait garder ses secrets ; bien parisienne et en fille des faubourgs, elle ne détestait pas non plus le ragot.

La Porte caressait un autre espoir en un autre ventre : la naissance d'un enfant, et il priait Dieu que celui-ci prospérât jusqu'à son terme dans les entrailles de sa Reine. Et qu'il fût un garçon.

Un Dauphin inespéré, miraculeux. S'il eût été dehors, La Porte eût fait une gazette de ce miracle. La Porte nommait cet espoir de Dauphin, accroché enfin aux entrailles de sa mère, l'enfant de son silence. Il l'écrirait plus tard dans ses *Mémoires*. Il s'était tu, il avait caché le courrier de la Reine à son frère le roi d'Espagne alors que la guerre était déclarée et que les Espagnols avaient pris Corbie, et quelques missives aussi, oh, deux seulement, entre Anne la reine délaissée par Louis le Juste et ce bellâtre de duc de Buckingham envoyé de Sa Majesté d'Angleterre. Donc, dans l'esprit logique de Pierre La Porte, si le Roi s'était enfin approché de la Reine, alors qu'il songeait surtout à la répudier, et le Cardinal s'y employait, c'était aussi que les sbires et envoyés du Diable rouge n'avaient rien trouvé chez lui puisque tout était celé dans le trou d'un mur.

Ignorant des manigances du RP Caussin et de l'influence notable de Mlle de La Fayette, La Porte s'attribuait un mérite qui le flattait et décorait sa cellule pas si inconfortable, meublée de coussins, fauteuils et tables de marqueterie venus directement des réserves mobilières de Sa Majesté Anne d'Autriche en son privé du Val-de-Grâce.

Quand La Porte entra, M. du Tremblay prit congé. Apprendre certaines choses eût pu ternir sa tranquillité. Et le vin de Faro que le maréchal de Bassompierre lui offrait était bien trop amer à son palais. Le gouverneur savait que le maréchal agissait ainsi exprès pour le mortifier, lui offrir le vin de la péninsule avec laquelle la France était en guerre ! Il fit simplement doubler la garde près des appartements du maréchal.

Tremblay sorti, Bassompierre sourit.

— Monsieur de La Porte (le maréchal anoblissait son commensal quand il était de bonne humeur, ou plutôt lui rendait son nom de petite noblesse retiré à sa famille pour avoir dérogé peu après la funeste Saint-Barthélemy), monsieur de La Porte, êtes-vous sûr de ce que vous avancez ? demanda Bassompierre en se servant une troisième tranche, épaisse comme un missel, de hure de sanglier.

— La nouvelle vient de Sa Majesté la Reine. Via des Jars ; qui me l'a passée par la voie directe.

— Votre plafond ?

— Mon plafond.

La Bastille était un lieu d'inventions.

En 1637, l'année précédente, si la reine Anne avait toute confiance dans le silence de La Porte, elle n'ignorait pas que La Poterie et Laffémas l'avaient sérieusement interrogé les 13, 15 et 18 août, et que si on ne le harcelait plus, le but pouvait en être de l'amollir et de le rendre moins résistant à la prochaine entrevue. Planait toujours aussi la menace qu'on lui administrât la question. Il convenait donc que La Porte sût ce qu'il pouvait avouer et ce qu'il devait taire. C'est Marie de Hautefort, fidèle amie, et moqueuse de roi chastement énamouré, qui inventa alors le stratagème.

À la Bastille logeait François de Rochechouart, chevalier des Jars, écuyer de la Reine, chassé par Richelieu pour avoir participé à l'intrigue amoureuse avec Buckingham et à une autre affaire plus grave. Exilé en Angleterre, de retour en 1632, il s'était compromis avec le marquis de Chateauneuf, garde des Sceaux, en

1633. Celui-ci livrait à la duchesse de Chevreuse, dont il était fou amoureux, les secrets du Conseil des ministres. Chevreuse les livrait à la Reine qui en bavardait par lettre avec ses frères espagnols. Cela peut se nommer de la haute trahison.

Il ne s'agissait pas moins non plus que de remplacer Richelieu, qu'on savait malade et que Chevreuse surnommait avec poésie « cul pourri », à cause des ravages de ses hémorroïdes. Or Chateauneuf était un bon ministre et pouvait prendre la place.

La répression fut féroce. Le trou dans le mur de Pierre La Porte fut utile à cacher certaines épîtres.

Bref, des Jars à la Bastille, La Porte à la Bastille, l'un et l'autre amis par le service de la Reine, Marie de Hautefort, non encore exilée mais cela ne tarderait pas, eut une idée. Par sa naissance, des Jars avait droit à des visites. Dont principalement celles de la marquise de Villarceaux, sa plus qu'amie, et, bien sûr, du clan de la Reine. Elle le rencontre aux grilles du corps de garde. Lui fait quelques présents, même d'argent pour améliorer son ordinaire et rafraîchir ses dentelles. Elle lui passe des missives en forme de billets doux. La garde s'habitue à cet échange de poulets. Donc Marie de Hautefort suggère qu'on utilise cette tolérance en passant non une lettre affectueuse de la marquise à des Jars mais, via des Jars, les recommandations de la Reine à La Porte. Au chevalier de se débrouiller puisqu'il est dans la place.

— Marquise, il n'en est pas question, Chateauneuf a failli me coûter la tête !

— Chevalier ; il n'en coûtera rien.

— Non, c'est non. De plus La Porte loge quatre étages en dessous de moi.

Alors la suivante de Mme de Villarceau s'approcha

de la grille, leva son fichu, la blondeur resplendit, le chevalier reconnut Mme de Hautefort. Elle montra un sceau imprimé dans la cire rouge d'un pli. Celui de la Reine.

— Ah madame ! est-ce vous ? Il faudra donc obéir à ce que commande la Reine.

Hautefort sourit. Il est des sourires irrésistibles aux prisonniers.

— Il n'est donc point de remède quand on est atteint de la maladie du complot. Voilà qu'il faut que je m'y remette.

Des Jars s'y remet avec une belle application.

Il bavarde avec Bois d'Arcy, maître d'hôtel de Bassompierre, ils baguenaudent sur la terrasse, des Jars joue avec une bague, tendre gage, que lui a donnée sa marquise, la laisse tomber, elle roule près du gros canon ; Bois d'Arcy la ramasse pour des Jars et remarque, en se penchant, une dalle disjointe et rompue à un coin. Le garde est de l'autre côté de la terrasse. Les compères soulèvent la pierre et entendent venir d'en dessous les voix de croquants parlant la langue d'oc ; des protestants enfermés pour sédition. On parlemente, on chuchote, on négocie, on paie. Avec la bague.

Les croquants creusent le plafond, puis leur plancher, et parlementent à leur tour avec le prisonnier d'en dessous, le baron de Tenance. À son tour il perce le plancher, camouflant le trou en portant sa table par-dessus.

Ainsi, par le passe-plat de M. des Jars, la lettre parvient à La Porte. Et, depuis ce jour, le chevalier des Jars distribue le courrier.

Bassompierre adore cette histoire et tire gloire que par le truchement de son maître d'hôtel, l'aimable Bois d'Arcy, il participe à cette muscade qui trompe toute la garde et cet excellent M. du Tremblay qui le traite en prince du sang.

— Des Jars a-t-il encore hurlé cette nuit ?

— Non, monsieur le Maréchal, le chevalier a sommeillé paisiblement, m'a écrit son voisin le baron de Tenance, répond La Porte.

Le chevalier des Jars, bel homme, grand gaillard, était sujet à des cauchemars épouvantables qui l'amenaient à pleurer nuitamment comme un enfant.

On lui avait fait au moment du procès de Chateauneuf une niche cruelle. Chateauneuf emprisonné, des Jars qui n'était point ministre fut condamné à mort. On l'avait traîné jusqu'à l'échafaud, le bourreau lui avait lié les mains et bandé les yeux, mis la tête sur le billot. Alors l'exempt avait lu la sentence. Des Jars occupé à recommander son âme à Dieu dit avoir toutefois entendu Monsieur de Paris essayer de son pouce le tranchant de la hache. Le crissement de l'acier sur le grain grossier de la peau du bourreau le faisait encore aujourd'hui frissonner dans le dos et, donc, il n'écouta guère les premiers mots de l'exempt mais comprit tout à coup, terminant sa courte prière, que celui-ci lisait non pas la sentence de mort pour haute trahison et rébellion mais la grâce accordée par le Roi, muant la décollation en prison. Grâce due à quelques larmes et maints cris de la Reine qui, en bonne infante d'Espagne, pouvait passer dans la seconde de la piété éplorée aux imprécations de la Chimène de son cher Corneille.

Ce bref séjour sur le billot hantait des Jars. Comme la visite des chambres de question et l'explication détaillée des utilisations de chaque instrument de

M. La Poterie et d'Isaac de Laffémas hantaient parfois La Porte et lui laissaient la bouche sèche.

Il reprit un verre du vin d'Espagne du maréchal de Bassompierre.

— Des Jars est un brave, monsieur de La Porte. Il a connu la pire peur, la mort lui a chatouillé le cou au plus près. Et il ne craint pas de la risquer encore pour l'honneur de sa Reine. C'est un Roland, un Perceval, un héros à l'antique que notre chevalier. Il devrait rester dans l'Histoire.

Des Jars y resterait, mais par la bande. Ami bientôt de Guitaut et de son neveu Comminges, durant la régence d'Anne d'Autriche, dont il sera au plus près, François de Rochechouart, chevalier puis commandeur des Jars, est aussi le cousin du marquis de Mortemart, qui sera gentilhomme de la Chambre du Roi, de ce Roi encore à naître dans les sept mois, dont le fils M. de Vivonne sera camarade de jeu du futur Louis XIV et la fille épousera le marquis de Montespan. De cette jeune et jolie marquise, on sait quel doux et fougueux usage ferait dans les vingt ans le futur bambin Louis le Quatorzième.

Aussi le chevalier des Jars occupait-il la place d'honneur à la table du maréchal de Bassompierre en ce jour de Chandeleur, où s'installait la compagnie : M. de Chavaille, lieutenant général d'Uzerche ; le comte d'Achon, qui avait projeté d'enlever Mme de Comballet, nièce trop aimée du Cardinal, songeant à l'échanger contre Montmorency, condamné à la décollation pour duel ; M. du Fargis, cousin du marquis de Rambouillet, ancien ambassadeur en Espagne, ami du comte de Cramail, amant de sa femme, dont les intrigues les faisaient se retrouver ici ensemble ; le maréchal de Vitry, fort sombre et silencieux, assassin, sur ordre d'un Roi allant sur ses dix-sept ans, de Concini, maréchal d'Ancre, ministre favori de Marie de Médicis. Son séjour ici résultait d'une gifle dûment assenée à l'évêque de Bordeaux, âne mitré qui l'avait calomnié au sujet de la non-reprise des îles de Lérins aux Espagnols. On ne giflait pas un évêque, même vipérin et injuste, au temps de Louis le Pieux et du Cardinal. Était aussi là M. Vautier, oublié, fort discret, qui avait été premier médecin de la reine mère Marie, et qui désormais s'intéressait plus à l'astronomie qu'à la chimie, que le lieutenant de police confondait trop souvent avec la distillation des poisons. Tous attendaient.

— Enfin, vous voici, Bois d'Arcy. La chasse fut-elle bonne ?

Le majordome du maréchal entra, apportant avec lui un exemplaire de *La Gazette* de Théophraste Renaudot.

Bois d'Arcy prit la pause devant l'assemblée et lut, de cette manière emphatique qui exaspérait La Porte mais que Bassompierre appréciait comme il avait aimé les pires cabotins jouant sur la scène de l'hôtel de Bourgogne :

— « Saint-Germain, le 30 janvier. Les princes, seigneurs et gens de qualité sont allés conjouir Leurs Majestés à Saint-Germain sur l'espérance conçue d'une très heureuse nouvelle de laquelle, Dieu aidant, nous vous ferons part dans peu de temps. »

— Si *La Gazette* le dit, il faut le croire, déclara M. de Cramail. Renaudot est protestant. Honnête, donc, comme un huguenot.

— Certes, ajouta Bassompierre. Mais on doit surtout le croire puisque *La Gazette* est dirigée par Richelieu. Vous voyez que ce bougre à chapeau rouge ne se mouille pas : « Une très heureuse nouvelle, Dieu aidant... », etc. Une autre fausse couche et il oblige le Roi à répudier la Reine. Quoi d'autre, Bois d'Arcy ?

— Monseigneur, la ville ne bruit que de cela. Pensez donc ! Vingt et trois ans d'union stérile et l'espoir d'un Dauphin ! Ah, si : on a ouvert pour l'occasion un concours de poésie. Une gamine de douze ans l'a emporté.

— Les Françaises sont douées en tout. Ma grand-mère, me revient-il, qui était toutefois allemande, me disait des vers de Louise Labbé. Récitez !

— Oh, je ne le sais point par cœur. Mais il y avait quelque chose d'assez plaisant, le titre d'abord : « Sur le mouvement que la Reine a senti de son enfant ».

La Porte grinça des dents devant cette infernale diction. Bien sûr que Bois d'Arcy savait le poème par cœur ; il avait dû le remâcher pendant tout le trajet pour le servir ici, bien ampoulé !

— Allez, Bois d'Arcy !

— Bien, monsieur le Maréchal. Cela donnait :

Cet invisible enfant d'un invincible père
Déjà nous fait tout espérer ;
Et quoiqu'il soit encore au ventre de sa mère
Il se fait craindre et désirer.
Il sera plus vaillant que le dieu de la guerre
Puisque avant que son œil ait vu le firmament,
C'est à nos ennemis un tremblement de terre.

— La gamine n'y va pas de main morte, dit Bassompierre, mais ce n'est pas du Corneille.

— À ce sujet, Monseigneur, la Reine, à laquelle désormais le Roi n'ose plus rien refuser, sur les conseils des médecins, a obtenu que le père de l'auteur du *Cid* soit anobli.

— Et pourquoi pas l'auteur lui-même ? demanda Bassompierre.

— C'est là grande finesse et élégance de Sa Majesté notre reine enceinte. À cette question qu'on n'a pas manqué de lui poser comme vous venez de le faire avec tant de justesse, elle a répondu : « Ainsi l'auteur du *Cid* pourra se dire de noble extraction. »

— Messieurs, du vin d'Espagne et portons une tostée à la Reine, dit Bassompierre en levant son verre. Voilà une trouvaille de vraie gente dame.

— Elle l'est, dit sombrement des Jars, on pourrait mourir pour elle.

— Il paraît, murmura simplement La Porte.

— Le Cardinal n'a pas protesté ?

— Pourquoi l'aurait-il fait ? demanda M. du Fargis. Il aime la tragédie. Et Monsieur *de* Corneille a eu la prudence élégante de dédier *Le Cid* à la nièce de Son Éminence, Mme de Comballet, duchesse d'Aiguillon, son incestueuse maîtresse.

— Belle prudence, reprit Bassompierre, car qu'est-ce que *Le Cid* ? Un chant à l'Espagne et aux duels, ces ennemis du Cardinal.

— Comment le savez-vous, Monseigneur ? Lors du triomphe de la pièce vous logiez déjà ici, et n'avez pas pu l'applaudir, sourit, moqueur, La Porte.

— Mon cher La Porte, Bois d'Arcy me l'a lue.

Pierre La Porte en frémit !

M. Bois d'Arcy continua le récit de ses découvertes hors les murs.

— Le Cardinal a offert à Sa Majesté une nouvelle compagnie de gardes, elle a été confiée au très jeune marquis de Cinq-Mars. Et le Roi, en cette Chandeleur, a émis le vœu, comme vous le savez, de confier sa personne et la France à la Vierge, en l'honneur de la grossesse de la Reine.

— Au fait, Bois d'Arcy, demanda Cramail, auteur d'un recueil de vers fort médiocres, *Le Jeu de l'inconnu*, qui avait fait hurler de rire Richelieu et Paul de Gondi, qui était pourtant ami de l'auteur et venait ici parfois le visiter. Qui est la pucelle poétesse déjà si flagorneuse ?

— Une jeune fille de douze ans. Elle se nomme Jacqueline Pascal, fille d'un second président à la cour des Aides de Montferrand en Auvergne. Mais ce père aurait participé à la protestation contre le non-paiement des rentes sur l'Hôtel de Ville depuis qu'il est installé à Paris, en face de l'hôtel de Condé. Il a fui, sinon il serait en votre auguste compagnie. Elle a aussi un jeune frère, Blaise, qui fait merveille dit-on en mathématiques ; il aurait retrouvé seul la trente-deuxième proposition d'Euclide, écrirait un *Traité des coniques* et parle en professeur à l'académie mathématique du Père Mersenne.

M. d'Achon qui se piquait, avec succès, de mathématiques, tentant de faire entrer un peu de haute logique dans son esprit aventureux, leva la tête puis haussa les épaules.

— Dommage en effet qu'on n'ait pas embastillé toute la famille, un *Traité des coniques*, voilà qui me passionne. Qu'il commette vite quelque sottise et qu'on nous amène ce jeune homme !

— Ce n'est pas tout, la jeune Jacqueline est la coqueluche du moment. Et Scudéry lui réserva le rôle de Cassandre dans son *Amour tyrannique*. Que croyez-vous qu'il arriva ? Notre poétesse en herbe donna la réplique à l'immense Mondory, devant le Cardinal qui applaudit et l'appela près de lui. La jeune fille se présente et éclate en sanglots. Eh bien, messieurs, le tyran écarlate a pris la gamine sur ses genoux, l'a câlinée fort paternellement et lui a annoncé la grâce de son père !

— Que n'avons-nous douze ans et des jupons ! dit Chavaille, qui écrivait un roman, selon le raisonnement que si la Scudéry, laide comme teigne, avait écrit *L'Astrée*, que n'écrirait-il pas, lui que la Nature avait si bien tourné ?

— Une autre jeune fille fait grand bruit. Quatorze ans, joue du luth comme un ange, chante à ravir des cantilènes espagnoles et orne les belles soirées de l'hôtel de Rohan. On la nomme Ninon de L'Enclos. Sa mère serait demoiselle, et son père un forban.

— C'est ainsi que l'on fait des reines dans Paris, soupira Bassompierre. Ou des duchesses.

— Rien d'autre à la Cour, monsieur Bois d'Arcy ? demanda doucement La Porte qui n'avait que faire des coniques ni d'Euclide ni du luth.

— La Cour est à Saint-Germain, le Louvre est redevenu une échoppe et un cloaque. Mais on chuchote que Mme de Hautefort pourrait bientôt revenir à Paris. Le Cardinal a tenté de trouver une autre favorite au Roi, Mlle de Chemelrault, grasse à souhait, mais ce dernier l'a récusée et le jeune marquis d'Effiat l'a mise dans son lit. Le Roi a réclamé plutôt son ancienne « inclination », comme il la nommait. Et puis la Reine aimait cette Hautefort, or je vous l'ai dit, on ne refuse plus grand-chose à la Reine.

Cela suffisait. Pendant que la journée s'étirait dans la bamboche et les souvenirs et racontars qu'il connaissait par cœur pour les avoir ouïs mille fois, La Porte quitta discrètement l'assemblée qui disputait sur l'avenir. L'après-midi sombrait déjà vers la nuit, le porte-manteau remonta sur cette terrasse qui lui avait tant plu dans la matinée. Certes un geste de la Reine n'était que fumée donnée à sa propre vanité, mais aussi, avec les rares moyens de liberté à elle accordés par le Roi et les espions du Cardinal, ce geste n'en était pas moins un présent.

La Porte se dirigea, sous l'œil indifférent du garde, du côté du canon. La pierre du passe-plats de M. des Jars était bien remise en place ; Bois d'Arcy était sérieux mais cette journée presque de liesse en une prison aurait pu le pousser à l'inattention. Tout allait bien du côté du canon. Une promesse d'abondance de nouvelles qui ne tarderaient pas.

La Porte sursauta. Là-bas, sur la tour de gauche, une ombre. Or le garde était sur sa droite. Il s'approcha. L'ombre fixait le ciel étoilé d'un ciel d'hiver, clair comme le verre. Ce n'était que Vautier, le médecin astronome qui observait les cieux.

— Savez-vous pourquoi les étoiles tremblent, monsieur Vautier ?

— Oui, monsieur La Porte, elles semblent trembler parce qu'elles sont éloignées plus que l'esprit humain enfermé dans notre coque ne peut l'imaginer, et que les millions de lieues que leur lumière doit parcourir à travers l'éther...

— Non, monsieur Vautier. Elles tremblent parce que le rire les secoue. Elles se moquent de nous. Elles rient de nous voir dans le froid les observer, rient des horoscopes que nous tirons de leurs voyages célestes, et rient ici et en ce moment d'un premier médecin d'une reine mère exilée, d'un porte-manteau d'une reine régnante espionnée, qui se trouvent en prison pour avoir cru en leur destin, en leur fortune faite et en la fidélité.

— Nous sortirons, monsieur La Porte, de cette prison où j'ai le bonheur de vous fréquenter. Les étoiles sont patientes et éternelles, elles sont blanches, certaines bleues, dit-on, ou bien rouges, en fin de leur vie, avant de se muer en autre chose d'encore inconnu mais que l'esprit humain un jour comprendra. L'étoile rouge qui gouverne le Roi et torture la Reine muera aussi un jour en quelque chose de connu, cette fois : un cadavre. Regardez mieux les étoiles, monsieur La Porte. Derrière ce rire que vous leur attribuez, moi je vois leur patience. Je ne tire pas d'horoscope, simplement chaque nuit je les retrouve, et chaque nuit elles m'apprennent que demain elles seront là, que le lendemain de demain elles seront là. Qu'elles n'ont pas d'âme, que le pape n'y peut rien, ni le diable, ni les Rois. Et que mon esprit qui les observe bien mieux que mes yeux, que les calculs que j'en tire, et que discute M. le comte d'Achon, avec pertinence souvent, que tout esprit, le mien comme le vôtre, fût-il ou non mathématicien, est libre comme elles qui semblent pourtant enchaînées à des lois mathématiques qui les obligent chaque nuit à se retrouver dans les mêmes constellations. Les lois ne sont pas des carcans, monsieur La Porte, quand ces lois sont justes. Elles sont des garants. Nous sommes dans la constellation de la Bastille. Nous n'en pensons pas moins librement. Le temps que nous y avons passé n'est plus à endurer et nous rapproche du jour de notre liberté. J'entends celle de nos corps qui dépend d'un décret. Celle de notre esprit ne dépend que de nous.

Vautier se tut, La Porte aussi.

— C'est ici un merveilleux observatoire. Grâce à

vous, La Porte, et au chevalier des Jars qui nous entretenez en nouvelles et gazettes, nous observons ces planètes errantes que sont nos très puissants seigneurs de la Cour, des armées, des évêchés. Jupiter peut entrer en Scorpion, aucune étoile, aucune partie du Ciel n'en bouge pour autant. Luynes fut une planète, il n'est que cendre. Richelieu, ce soleil rouge, nous a expédiés ici, il disparaîtra et nous luirons une nouvelle fois. Un Roi remplacera le Roi. Ce n'est point écrit dans les étoiles mais dans l'Histoire. On trouve toujours un Roi. Si ce n'est un fils ce sera un frère.

— Ce sera un fils, monsieur Vautier. Remerciez-en votre Ciel étoilé.

— Qu'en savez-vous ?

— La planète Vénus est passée ce matin et m'a fait un signe de la main.

— La Reine ?

— La Reine, monsieur Vautier. Peut-être est-ce pour cela aussi que les étoiles rient, de bonheur, et ne se moquent pas de nous.

— De qui ?

— Du Roi, du Cardinal, de Monsieur Gaston...

— Voici un autre bienfait de la patience, monsieur La Porte. Mais si c'est une fille ?

— Une fille ? Pour quoi faire ? Eh bien vos étoiles se moqueront de nous. Encore sept ou huit mois de votre sainte patience, monsieur Vautier.

— Huit mois sont vite passés. Même ici. J'y suis depuis cinq ans et ne me plains pas de la compagnie.

— Vous êtes gentilhomme, monsieur Vautier, en esprit.

Ce que La Porte ignorait c'est que si M. Vautier eût tiré un horoscope des constellations, il lui eût découvert un avenir doré.

La Porte serait le premier valet de chambre de ce Roi qui peinait tant à naître, Louis XIV, et verrait un de ses fils premier président du Parlement, et sa fille épouser un marquis.

La main fine au mouchoir blanc n'avait pas menti.

LE CHAPON DU PLUS BEAU CUL DE FRANCE

La Reine reposait sans dormir. Elle dissimulait derrière cet apparent sommeil mille pensées qui l'assaillaient. Certes, autour d'elle, tout avait changé. Le Roi la visitait chaque jour, assez timide, rajeuni presque, elle esquissait un sourire, mais inquiet que tout cela soit mené à bonne fin.

Tout cela était dans son ventre ; tout cela était encore un chérubin qui ne s'échapperait pas du chœur des anges avant septembre. Si tout se passait bien. Tout se passerait bien. Elle se le répétait, et sa fidèle dame de compagnie, la marquise de Sénecey, le lui rappelait chaque jour quand elle voyait le visage de sa souveraine et presque amie se refermer.

— Tout se passera bien, Majesté.

Mme de Sénecey était pieuse à la manière qu'Anne, très croyante elle aussi, aimait qu'on le soit : sincère mais non bigote.

Mme de Sénecey devenait une amie. Mais elle ne remplaçait pas Marie, la jolie et mutine Marie de Hautefort, au cœur de Gasconne, à la langue en rapière, et si amusante. Elle remplaçait toutefois Chevreuse, la « sœur » si aimée mais qui avait poussé Anne vers tant de sottises, que la Reine, désormais, se reprochait.

Un souvenir la terrifiait que ne pouvait connaître Mme de Sénecey. Ce qui vivait dans son ventre avait failli naître. À l'automne 1622. Mais il avait disparu au printemps. Anne venait de passer ses vingt ans, le Roi guerroyait en Languedoc contre les protestants. Il était tard un soir d'avril et, le Roi absent, la Reine vivait à l'espagnole, la nuit. La reine était accompagnée de sa Chevrette, encore veuve du connétable de Luynes, le favori, mais que courtisait (et bien plus !) déjà le duc de Chevreuse ; elle était accompagnée aussi de la sœur du feu connétable, Mme du Vernet, sa dame d'atour ; le reste de la Cour suivait ou s'était allé coucher.

Les trois jeunes filles, à peine si elles paraissent dix-huit ans dans leurs jupons simples et sur leurs talons plats – on reste vêtue dans son privé quand le Roi n'est pas là, et le Louvre et les Tuileries, si renfrognés, prennent des allures de collège –, traversent la grande salle, celle où se tient le trône sur son estrade. Elles se lancent, bras dessus, bras dessous, courant et glissant sur les dalles, aux applaudissements de ce qui reste de la Cour à veiller.

Anne bute, trébuche sur l'estrade, son ventre heurte l'accoudoir du trône, tête de lion d'or. Elle crie, elle souffre, elle pleure. Guitaut, capitaine aux gardes, La Porte, son porte-manteau et vrai confident, la soutiennent. Chevrette et du Vernet s'affolent. La Porte et Guitaut la mènent dans sa chambre. Le vieux maréchal de Bassompierre se penche sur elle, la console, il sait parler aux jolies femmes, fait mander son propre médecin et intime à tous qu'on taise la funeste aventure au Roi. Fausse couche. Du sang, et une éclaboussure de chair qui ne vivra pas. « Mon ventre est un cimetière. »

La terreur de ce souvenir est encore là. Ce soir près

de la Chandeleur. Il est souvent là. Elle se le reproche. Voilà qui à jamais a éloigné le Roi, qui n'attendait certainement qu'une bonne raison. Cette raison fut la pire.

La Reine feint le sommeil pour songer à cela et éloigner ce songe qui fut réalité. Elle tente de se rappeler, plus joyeux, plus tendres, ceux qui lui manquent et celui qui va advenir : un garçon. Elle sait que ce sera un garçon. Plusieurs saintes personnes ont eu des visions et le lui ont fait dire. Parfois, la superstition est douce et réconfortante. Surtout quand on est seule et que ceux que vous chérissez vous manquent.

Marie. Stéphanille. Stéphanille surtout en cet instant de paix menacée dans l'antichambre par les espions et espionnes appointés par le Cardinal et le Roi : les dames de Lansac, de Brassac, le valet La Chesnaye. Seule Mme de Sénecey est restée. Grâce à sa piété ? Elle l'ignore. Peut-être, oui, le Roi son mari respecte cette piété qui ne s'affiche pas. Tant mieux. Au moins une amie.

Entre ses paupières à peine closes, d'où ne filtrait pas le vert émeraude des iris qui enchantait la Cour, elle scrutait sa marquise de compagnie. Elle glissait vers le demi-siècle, et elle la trouvait fort belle pour cet âge avancé. Un peu de Marie quant à la beauté, beaucoup de Stéphanille quant à la ferveur et la fidélité.

« En mal d'enfant, formule idiote, pensa la Reine, c'est pour moi bonheur plus que mal » : Anne redevenait infante et songeait à sa nourrice et plus encore, bien plus, que nourrice.

Doña Estefania de Villarguiran... La Reine murmura ce nom en castillan, Mme de Sénecey crut que la Reine rêvait en son sommeil. Non, la Reine prononçait ce nom pour se rassurer, se conforter. Et éloigner définitivement le souvenir terrifiant d'un jeu d'enfants sur les dalles du Louvre, ce catafalque des espoirs éventrés.

Doña Estefania, dite Stéphanille, dès qu'elles eurent passé les Pyrénées, il y a si longtemps, quand l'infante avait treize ans et s'allait marier au roi de France. Vieille et affectueuse Stéphanille, rugueuse duègne, la seule personne des cent huit fidèles de sa suite espagnole qui avait suivi l'infante que son mari et le Cardinal ministre n'avaient pas au fil des ans renvoyée au-delà des Pyrénées. Mais Dieu s'en était chargé et l'avait reprise. Anne d'Autriche redevint Doña Ana Maria Mauricia, l'insolente gamine, et en voulut un peu à Dieu.

Elle soupira.

Mme de Sénecey s'approcha, la Reine ouvrit les yeux, lui sourit.

— Vous êtes ma seule amie.

— Je suis flattée de l'affection avouée de Votre Majesté.

— Vous souvenez-vous de Stéphanille ?

— Certes ! la femme la plus dévouée qu'eut à son service Votre Majesté.

— Oui. Mais je vous remercie, marquise, de tout tenter, je le sais, pour la remplacer par vos conseils et votre discret dévouement.

Révérence de la marquise.

La Reine lui fit signe de se relever.

— Le protocole est bon pour l'Espagne, il y est rude, croyez-moi. Nous sommes en France et nous sommes amies.

Elle insista sur le mot, la gracieuse marquise rougit de plaisir.

— Et nous allons, si vous le voulez bien, écrire à une autre amie.

— Marie... dit Sénecey.

— Oui, Marie de Hautefort. Merci de n'être point jalouse de cette amitié.

La Reine émit un gloussement moqueur.

— C'est si rare en cette Cour.

La marquise hocha la tête.

— Désirez-vous votre écritoire ?

— Je suis lasse, écrivez, je signerai. Mais cette lettre sera lue par les gens du Cardinal et du Roi, grondez-moi si je dicte un mot dangereux. Et corrigez-le.

— Bien, Votre Majesté.

— Je voudrais y parler non de moi, marquise, mais de l'enfant à naître. Il me semble que si je trace sa vie sur le papier, il existera déjà.

— Il existe déjà, selon Dieu.

— Encore au registre des anges.

— Dans votre chair, Majesté. Et, comme vous, il naîtra en septembre.

— Oui. Je n'y avais point pensé... Je suis née le jour de l'automne 1601, l'enfant naîtra en fin d'été si les médecins savent compter. J'aime cette saison. Pourtant...

Cette saison d'entre deux, encore belle et déjà nostalgique, cette saison où les jours rétrécissent mais que nimbe avec tant de superbe le soleil qui joue des ors, des rouge sang, des ocre clair sur les vertes forêts de France, sombres soies douces et musicales dans les brises, à l'opposé de l'aridité brutale des sierras espagnoles où rôdent les bourrasques et les peurs. Et de malheureux fantômes, disait Stéphanille.

— Oui, Madame, septembre est un beau mois pour venir au monde. Le soleil mûrit le raisin, illumine ses couchers, crée des ciels à faire pâmer les peintres et craindre aux libertins que Dieu existe malgré tout.

La Reine sourit et se releva sur sa couche pour s'asseoir.

— Oui, marquise, jusqu'aux libertins ! Mais je suis en mon automne, dont vous venez de brosser un si radieux portrait. À trente-six ans, je suis vieille parmi des demoiselles de quinze ou vingt ans.

— Sauf moi. Et vous êtes très belle, le soleil d'automne a la couleur même de vos cheveux quand il dore les toits de Paris ou la Seine et ses vaguelettes d'or assombri.

— Voilà un compliment que je ne prendrai pas pour une flagornerie.

— Je ne suis pas un petit marquis mais une vieille marquise, dit, coquettement, et la Reine en sourit en elle-même, Mme de Sénecey.

Mais la remarque de sa dame de compagnie avait rasséréné la Reine. Sur sa couche, elle se sentait belle. Elle jeta un œil au portrait qu'avait tiré d'elle M. Rubens, ce Flamand que toute l'Espagne et la France vénéraient. M. Rubens l'avait peinte dans une luminosité solaire qui ne venait de nulle part sinon de son visage, des dentelles du col immense en auréole. Sur ce tableau, la lumière émane d'elle, qui se morfond pourtant, de sa peau de lis, de ses yeux verts, de ses cheveux châtain clair à bouclettes qui triomphent de la nuit profonde des soies et velours noirs d'une robe furieusement espagnole. Une reine des solitudes, pense Anne.

Mme de Sénecey suit le regard de sa Reine. Ce portrait peint avec tout le génie des lumières du Nord est trop beau ; il en sourd une tristesse, comme une fin de moisson quand la terre et les hommes vont se résoudre au repos. Quand tout se prépare dans l'attente des récoltes futures... Mais il est vrai que la Reine est belle et l'enfançon à naître s'enchantera de la beauté de sa Maman.

— Écrivons-nous, Madame ?

— Oui, dit la Reine. Ne rêvons plus ! Faisons exister par les mots ce qui m'habite tant et m'amollit. « À ma chère Marie... »

C'est à la veille de la Chandeleur que Marie de Hautefort reçut le courrier de la Reine dans l'hôtel de sa grand-mère, la comtesse de La Flotte, en son exil du Mans. Elle y remarqua deux choses : l'écriture qui n'était point celle d'Anne d'Autriche mais de Mme de Sénecey. Dieu soit loué, elle la savait fidèle. Et que le sceau de Sa Majesté avait été décollé et replacé, signe que les espions de Sa Majesté le Roi et du cardinal « Cul Pourri » avaient pris connaissance des propos.

Pourtant ces propos étaient des plus encourageants. Non seulement la Reine confirmait sa grossesse mais évoquait un prochain retour de son amie exilée à la Cour. Et cela les censeurs l'avaient laissé passer... C'était donc vrai que le Roi admettait désormais bien des volontés de sa femme. Il accepterait que son ancien grand amour de tête reparût à ses côtés. Mais pas avant la naissance, très certainement. La Reine avait déjà eu deux fausses couches.

Marie compta sur ses doigts comme une petite fille en âge d'apprendre ses rudiments.

Septembre, il faudrait patienter jusqu'en septembre ! Et Marie n'était pas patiente.

Elle relut la lettre. Cette amitié, cette affection qui transparaissent, cet espoir aussi. Allons, la Chandeleur cette année était vraiment une fête.

Sa grand-mère la surprit alors qu'elle dépliait une nouvelle fois la lettre.

— La Reine est enceinte.

— Mais je le sais, ma fille, tout Le Mans le sait, où avais-tu la tête ?

— Je retournerai à la Cour.

— Certainement.

— Et je vous ferai nommer gouvernante du Dauphin !

— Et si c'est une fille ? plaisanta la comtesse.

— Nous l'habillerons en garçon, tromperons tout le monde, et nous aurons le premier roi de France de sexe féminin !

— Tu es folle, ma fille ! Mais quand tu es folle c'est que tu es heureuse. Prépare-toi, nous allons entendre prêcher ton chanoine préféré.

— Paul ?

— Oui, Paul Scarron le jeune, le fils de l'Apôtre.

— Cette Chandeleur est vraiment une fête.

Et Marie appela ses servantes pour se vêtir décemment (mais pas trop) pour paraître devant Paul Scarron, chanoine qui prêchait si bien en la cathédrale Saint-Julien et troussait, dans les salons, des vers licencieux encore mieux !

Marie rougit à quelque souvenir qui ne lui déplaisait pas. Si elle était sage, l'ancienne « inclination » du Roi n'était pas prude. Et le petit chanoine de Saint-Julien avait l'œil brillant, la main leste et la langue ravageuse. Il lui proférait des compliments osés dont elle n'aurait su se fâcher, ni se passer.

Paul Scarron avait été le chanoine favori de Mgr Lavardin, qui pour être évêque du Mans n'en était pas moins bonhomme et fort tolérant. Le prélat aimait les gens, en bon chrétien, et les gens d'esprit, en ancien Parisien. Parmi ses amis, un robin, juge à la cour des

Aides, M. Paul Scarron, dit Scarron l'Apôtre, car il exagérait à citer saint Paul dans ses péroraisons, muant chaque conseiller parisien en un Corinthien bâillant. Ce Scarron avait un fils de dix-huit ans, également prénommé Paul, qui fréquentait avec une belle assiduité des manants de la poésie, comme Saint-Amant, Tristan-L'Hermitte, Georges de Scudéry, et qui marquait son goût pour la beauté en ayant visité le lit de Mlle Marion Delorme ; comme bien des gens de qualité et autres libertins, dont un ami d'enfance, Paul de Gondi, connu au collège.

Mais M. Scarron père, membre du Parlement, était méfiant. Il jugeait que son fils serait mieux auprès d'un évêque que dans une chambre de courtisane. Et la seconde Mme Scarron était bien de cet avis, pour d'autres raisons.

Scarron l'Apôtre était seigneur de Beauvais et de La Guespière, fils d'un trésorier de France et échevin. Il ne manquait pas de bien. Il fut veuf quand son fils Paul eut trois ans, se remaria avec une femme qui détesta l'orphelin. Substitut du Roi au Parlement, l'Apôtre devint conseiller à la Grand-Chambre sous le roi Henri. Temps où l'on parlait assez librement. Temps enfui. Paul Scarron n'avait pas vu ce temps passer et continuait, citant Paul de Tarse, à critiquer les édits. Le cardinal de Richelieu appréciait fort peu ce tonitruant juriste évangéliste plus revêche que Caton. L'exila du côté de La Guespière en bord de Loire, et le priva de son office, donc par là diminua son crédit. Et l'avenir de son fils. Mme Scarron *bis* tourmenta son mari, le petit Paul II Scarron ne serait pas magistrat ainsi que son père, car il eût fallu lui acheter une charge, mais devait être d'Église pour ne rien coûter. Va pour le collet.

Mgr Lavardin engage le garçon. Il est brillant, cultivé, connaît son latin, l'espagnol (la langue de l'ennemi, mais de la Reine aussi, celle donc qu'il convient de parler et comprendre), et lui promet un canonicat à la cathédrale Saint-Julien, au Mans. M. Scarron est content, son fils Paul plutôt satisfait de devenir chanoine. L'exil ne durera pas longtemps, moins que celui de son père, pense-t-il, et puis être d'Église est un passeport pour entrer là où vous prend le désir d'entrer. Fût-ce en secret. On ouvre les portes des salons à un abbé, celle de chambres aussi quand on sait y gratter.

Paul est charmant ; son esprit fait rire les dames, parfois grincer les messieurs, et Mgr Lavardin sourit sous sa moustache et sa barrette violette. Ce secrétaire est bien divertissant. On commente les faits de la Cour, on commente plus encore les décisions du cardinal-duc et ministre, on s'amuse aussi. Paul Scarron trace quelques épigrammes, et fait rougir bourgeoises et aristocrates. Il a accompagné son évêque à Rome et s'est fort bien tenu. Il y a aussi appris l'italien. Ce jeune homme a tous les dons. Il est parfait.

En ce février 1638, Paul Scarron fils est fort adulte, déjà vingt-huit ans ou presque. Sa carrière est prometteuse, il ne manque de rien et Mgr Lavardin veut bien fermer les yeux sur quelques écarts de conduite, son secrétaire lui est trop précieux. Il donne à certains sermons, certaines homélies, une touche de style qui fait parfois, voire souvent, frissonner les fidèles. Or Mgr Lavardin meurt. Quel avenir sous le collet ? De plus Paul Scarron, fidèle en amitié et ce trait lui restera, est sincèrement triste de la disparition de son maître et protecteur. Il faudra quitter Le Mans. Et retourner à Paris ? Soit, mais qu'y faire ? Réfléchissons, ourdissons, puisque l'Église est veuve d'un excellent évêque et Paul orphelin d'un subrogé père, lui qui le fut de sa mère encore bambin. Il abandonnera le collet, c'est certain. Mais pas la prébende ni le bénéfice, seules sources de revenu compte tenu de l'avarice de sa marâtre. Et de l'exil de l'Apôtre.

C'est la Chandeleur. Le Mans est en fête ainsi que toute la France en espoir de Dauphin. Comme à Paris, les hôtels des nobles, des gens de robe et des financiers sont illuminés. Les cloches de la cathédrale Saint-Julien sonnent à la volée. Certes, il fait froid. Et M. le secrétaire de l'ex-évêque, ce petit chanoine dont on raffole pour ses traits d'esprit assassins mais sans vraie méchanceté, pour ses propos lestes, mais il l'est plus en discours que dans les actes, et ce de son propre et honnête aveu, est convié partout dans la ville. On a fort apprécié son prêche tout dédié à la Reine et au Roi, et à ce qui bouge déjà et vit dans le royal ventre. Certaines matrones ont même essuyé une larme.

Comment se distinguer par son déguisement pour ce carnaval ? Sous Monseigneur, il eût paru en abbé frivole ou en capitan Matamore, mais vêtu de rouge cardinal, afin qu'on vît bien l'allusion à ce ministre trop important dont il imitait à la perfection l'habileté à se grandir par des talons et le port de tête à la romaine. La mort de l'évêque lui rend certes toute liberté de conduite ou de pensée même si elle lui brise un peu le cœur. Faisons la fête et oublions les deuils.

Dans les rues du Mans qui prépare bombance, sa province d'adoption semble à Paul plus riche que Paris, où beaucoup vont pieds nus, où l'on vole pour manger, où l'on tue pour un denier. Ici, il voit aux étals des chapons, la plus grande production des paysans de la région, et la plus célèbre au nord de la Loire. La viande la plus douce et tendre, l'onction faite volaille.

Un chapon, il en est un pendu dans sa cuisine. Marie de Hautefort le lui a adressé pour cette fête. L'exilée du château de La Flotte, chez sa grand-mère, où elle partage son temps avec son hôtel du Mans, a remarqué dès son arrivée le jeune chanoine et surtout ses vers burlesques. Il la désennuie dans sa retraite forcée. Il parle avec drôlerie du « tyran à la robe écarlate » qui vaut à Marie ce séjour dans une province qui ne lui déplaît pas.

À une veille de Noël, le « petit Scarron », comme l'on dit, lui adressa même une *Étrenne*, qui faisait d'elle plus qu'une Reine, avec la pointe de vantardise qui ne saurait choquer une Gasconne recluse dans le Maine :

Objet rare et charmant, merveille incomparable,
Visible déité d'un monarque généreux
Qui logez dans le corps d'une fille adorable
Le courage et l'esprit d'un homme généreux,
Si le Ciel vous donnait ce que je désire,
Le Ciel d'où vous tenez vos rares qualités
Vous seriez pour le moins maîtresse d'un empire,
Et seriez pourtant moins que vous ne méritez.

Il y eut de meilleurs vers, mais pour Marie pas de meilleur Noël. Elle adore ce chanoine disert et drôle qui brosse le portrait des nobles dames mancelles avec férocité, quand il décrit « le parfum de leurs redoutables aisselles », leur abus de l'anis, de la cannelle, de la menthe, de la marjolaine, du thym, du pouliot, de la lavande, du mélilot pour refouler de leur haleine les éructations coutumières. Il y a une pointe de Rabelais dans les accumulations de mots ou d'épithètes, du Marot dans la sensualité des idées, que Scarron débite pour amuser sa belle et noble amie.

Promis, si d'aventure elle rentre à Paris, elle présentera son chanoine à la Reine dont la grandeur espagnole ne déteste pas les bons mots à la française, ni les médisances. Ni les propos lestes.

Paul sourit et devant elle demande un papier, une plume et de l'encre, et lui dit :

— Tenez-vous bien, Madame, je vais vous louer. En quoi puis-je vous peindre ? En votre avenir. En duchesse.

— Je le serai. Après la mort du tyran écarlate.

— Or quel est l'attribut d'une duchesse chez la Reine ?

— Un tabouret.

— Pour y installer quoi ?

— Cher chanoine, comme si vous ne le saviez pas.

— Le vôtre, Madame, mérite une symphonie. J'improvise ?

— Improvisez. Mais je n'écouterai pas.

— Un verre de bourgueil pour m'éclaircir les idées.

On sert le chanoine. Il boit. Renifle, il a pris froid. Et se lance :

On ne vous verra plus en posture de pie
Dans le cercle accroupie
Au grand plaisir de tous et de votre jarret
Votre cul qui doit être un des plus beaux culs de France
Comme un cul d'importance
A reçu chez la reine enfin le tabouret...

— Dois-je continuer ?

— Arrêtons au tabouret. On ne sait trop où le goût de la rime pourrait vous mener.

— À Chartres.

— Et pourquoi à Chartres ?

— Parce que, Madame, vous avez un pied à Paris et l'autre au Mans, et que Chartres est au mitan !

Marie n'est pas bégueule, elle rit beaucoup, et sans rougir, mais refuse un éloge de son « mitan ».

Le remerciement pour la *Symphonie en cul majeur*, et en mirliton, a tenu en ce chapon destiné à fêter dignement la purification de la Vierge.

Paul le regarde et l'admire.

Le chapon est dodu, Scarron n'est pas maigre. Le chapon est châtré, de belles Mancelles savent que Paul n'est en rien coupé. De cette notable différence naît justement l'idée d'un déguisement parfait.

Paul Scarron pour ce soir de fête se déguisera en chapon. Ce qui évitera l'achat et le fourniment d'un déguisement chez un fripier. Depuis la mort de Mgr Lavardin, son secrétaire est assez serré et a déjà dépensé le pécule que Monseigneur lui a laissé. Quant au bénéfice de l'abbaye, autant dire qu'il est mangé en naissant et que la prébende de chanoine au chapitre de Saint-Julien est une misère.

Il lui faut des plumes. Et de quoi les faire tenir sur ses cuissots et autres abattis dodus.

Scarron réfléchit.

Dans son garde-manger, trois pots de miel.

Dans sa chambre, un matelas, un édredon.

Dans un tiroir un couteau.

Paul éventre matelas et édredon et en répand la plume sur le sol. Il se met nu, s'enduit de miel. Et se roule dans tant de plumes épandues. Il tousse beaucoup. Mais qui remarquera sa toux, quand toute la France grelotte ? On dit le Roi lui-même enchifrené en ce février glacé. On sait que Sa Majesté n'a pas de santé, à la différence de Scarron qui, ce soir, se sent immortel.

Il a encore eu l'idée d'une nouvelle, *L'Espagnole*, qui plairait à la Reine. Il la faudra dédier à Marie de Hautefort. Après le chapon peut-être méritera-t-il un bœuf. Au moins un veau gras. On peut gagner sa vie avec des dédicaces. M. Voiture en vit, ce chien burlesque de Cyrano aussi.

Oui, décidément, après la fête, après le carnaval et ses amusements, Paul vendra son canonicat et rentrera à Paris. Il n'est que temps d'y luire de tout son talent. C'en est assez des succès faciles du Mans. Il peut être épique, il peut être comique, il peut écrire à l'italienne, à l'espagnole, il manie fort bien le style français.

Paul Scarron est sûr de lui : à Paris il connaîtra le vrai succès. On le jouera à l'hôtel de Bourgogne, on le recevra dans les salons, même celui si beau, si bleu de toute sa soie tendue, de la dolente marquise de Rambouillet.

Déjà, ici, il a fait sourire Mme de Sablé qui a des terres à trois lieues à l'ouest du Mans et qui à Paris est à la fois amie et rivale de la marquise. Elle reçoit Voiture et Ménage, on lui sait des faiblesses pour La Rochefoucauld, est amie avec le grand Arnauld, ne jure que par Guez de Balzac, étudie, raille ou défend, préfère Chapelain le Parisien docte académicien, puis s'entiche de Corneille le Normand, car Mme de Sablé est folle de galanterie espagnole à la manière de Perez de Hita.

L'Espagne est une mine d'or pour les écrivains français, qui la pillent. D'où ce fameux *Cid*. Et la nouvelle espagnole de Scarron.

Mme de Sablé a d'autres qualités ; elle est gourmande, on s'en moque ; elle est cultivée et plus que lettrée, on l'en admire ; elle codifie les règles de la « belle galanterie », les Précieuses en naissent ; elle est infidèle avec vigueur, on en chuchote et sourit. Enfin, elle connaît Scarron. Et semble l'apprécier.

Ce Paul Scarron qui s'emplume et grelotte sous sa carapace gluante en ce crépuscule du 2 février.

Paul Scarron est en train de sceller un pacte en effet avec le succès. Pour ses écrits, certes, pour son beau style aimable, plaisant, féroce, et pour autre chose qu'il ne saurait imaginer car, alors, peut-être tremblerait-il plus que de froid dans le logis qu'on lui laisse encore à l'évêché alors que nu et emmiellé il se couvre du duvet de son lit qui vit passer d'autres peaux plus douces que la sienne, non pour reposer mais pour également... plaisanter. Paul Scarron secoue la tête, ce soir il sera bon de s'amuser et d'étonner, une fois de plus, la noble et riche compagnie.

Et quel hommage, une fois de plus, à la charmante Marie de Hautefort que de se travestir en son cadeau ! Elle en rira quand on lui contera. À moins qu'il ne la rencontre au hasard d'une fête.

Vite une plume (d'oie) et un mot pour elle. Un *Rondeau du chapon*. Écrit à la va-vite, les doigts collants de miel, par un chapon géant tel qu'on n'en a jamais élevé entre Loué et Mamers.

En la voyant, chacun avec effort
Criait : « Vivat, l'illustre Hautefort ! » ;
Car ils savaient que cette illustre dame,
De qui le corps n'est pas si beau que l'âme,
Bien que le corps de cette âme animé,
De tous les corps soit le mieux formé,
Car ils savaient, dis-je, que libérale,

Par sa bonté qui n'eut jamais d'égale,
Elle m'avait envoyé ce chapon
Frais et friand, gros et gras, bel et bon.

Il relit, fait la moue, il s'est connu moins laborieux, mais pour un impromptu de la Chandeleur cela fera l'affaire.

Transformé en une volaille extravagante, il visite les hôtels du Mans, se mêle aux autres invités, battant des bras et piaillant au milieu de faux Richelieu, car le Cardinal abonde dans les déguisements, manière de ridiculiser sans grand risque puisque, la Reine enceinte, l'étoile rouge va se ternir, manière aussi de se moquer de Paris, jeu favori et général en province.

D'abord effrayés par cette apparition emplumée de chimère inquiétante qu'est Scarron, les autres masques le reconnaissent et les dames rient de bon cœur avant, émoustillées, d'entreprendre de le plumer.

Paul rit aussi puis comprend que ses folles admiratrices, à force de lui arracher son duvet, vont le laisser nu comme Adam au milieu du salon.

Le scandale, Scarron ne l'accepte que secret, non en public, encore moins en province. Il saute par une fenêtre, manque se casser une jambe, mais il est jeune et souple quoique replet. Les bacchantes hurlantes font mine de le poursuivre aidées par des chenapans qui sont leurs galants.

La chasse au chapon enflamme toute la société du Mans. Certains ont même sorti les chiens. Serré de près parmi les rues, Paul louvoie, choisit les plus sombres et gagne essoufflé les berges de l'Huisne où il se tapit dans les roseaux. La meute passe, crie, rit, boit, se lasse.

On est en février, l'eau est glacée. Scarron perd ses plumes durant ce bain forcé ; il grelotte, se raidit, sa peau devient cuirasse, il attend que la nuit noircisse encore pour rentrer chez lui. Évitant dans la rue les masques en goguette, les torches que l'on porte devant les gens de qualité, les fenêtres trop éclairées.

Il s'écroule enfin dans sa chambre. Il brûle de fièvre, ses articulations se révoltent. Il se frotte d'une couverture vite souillée de miel et de duvet, il tente d'activer sa cheminée, souffle sur les braises, ajoute deux bûches, mais chaque mouvement est douleur fracassante, il souffre trop, ses gestes sont maladroits, les vertiges l'assaillent, il croit mourir, s'évanouit et dans son évanouissement s'endort comme un plomb.

Au matin, il bouge à peine.

Dans la semaine, il ne bougera plus.

Le devoir d'un chanoine est d'assister au chapitre. Or en ce lendemain de Chandeleur il y a chapitre en la cathédrale Saint-Julien. Appuyé sur deux bâtons, Scarron tente de s'y rendre. Un vrai chemin de croix. Il s'avance dans le marché sur la place toute proche, il détourne les yeux des étals de volailles, aujourd'hui Scarron vomit tous les chapons !

Un homme en noir, jeune et souriant, l'aborde. Scarron s'excuse de ne le pas saluer. Le jeune homme le connaît, et se dit médecin. Attaché, c'est-à-dire domestique, à Mme de Sablé. Scarron sourit malgré ses douleurs, il sait Mme de Sablé à la mode du temps. Elle s'attache des médicastres et s'imagine, comme beaucoup de dames de qualité qui ont trop d'attache à une vie si généreuse à leur égard, s'assurer ainsi contre les attaques sournoises de la mort. Scarron pense qu'elles n'en mourront pas moins. Simplement l'issue fatale ne viendra-t-elle pas du mal mais des traitements infligés par leurs charlatans. Mais Mme de Sablé est intelligente et encore vivante.

— Vous semblez souffrir, monsieur le chanoine.

— Aucune partie de moi-même n'est autre qu'une douleur. Et une fièvre continue me ronge jusqu'à la moelle.

— Il vous faut garder le lit.

— Il y a chapitre aujourd'hui.

— Je connais des médecines merveilleuses dont Mme de Sablé dit grand bien. Ne voyez-vous pas sa santé, la fraîcheur de son teint ? Or elle a quarante années. Évidemment, Madame ne peut souffrir d'une « maladie de garçon » dont je vous soupçonne atteint.

— Mais non, monsieur, je pisse froid, il ne s'agit pas de cela, mais d'un rafraîchissement total dû au temps.

— Allons, monsieur Scarron, on connaît votre réputation.

— Elle n'est que légende.

— Admettons. Mais comment vous soignez-vous ?

— De bouillons, de bouillottes.

— Goûtez à ma médecine, après votre chapitre. Je vous attendrai devant la cathédrale.

Scarron, qui n'en pouvait mais, souffrit comme un diable durant la sainte assemblée, bourdonna les répons de l'office, ne retint rien de ce qui fut dit. Accepta que le médecin l'accompagne à son logis, l'aide à en gravir les degrés. Et avala avec une grimace le contenu d'une fiole orange, puis celui d'une fiole bleue.

Le résultat premier fut qu'il s'assoupit.

Une terrible contraction le réveilla. Il appela. Un valet monta et s'horrifia. Scarron sur son lit était recroquevillé, raide, contrefait. Et le valet alla avertir la ville que la vérole avait estropié Scarron.

Paul Scarron, poète dédicataire, chanoine d'occasion, abbé à bénéfice, était paralysé. La veille il voulait conquérir Paris. Ce soir il était cloué au lit.

Ce fut le désespoir. Sa vie était finie. Pour un déguisement mal choisi, pour une plaisanterie de trop. Il lui fallait d'abord quitter Le Mans. Impossible à cet esprit fin et inventif de mourir en province, il méritait des obsèques à Paris. Les homélies y étaient mieux écrites. On l'y enterrerait dignement.

Son ami d'enfance, Paul de Gondi, destiné de naissance ou plutôt par la mort d'un frère aîné à porter un jour un chapeau de cardinal, à tenir comme son oncle Retz l'évêché de Paris, l'aidera à trouver quelque église convenable où en chaire il aura droit à un véritable éloge funèbre et non, comme ici, à quelques saintes paroles, fielleuses et revanchardes, d'un curé effronté, jaloux et encouragé dans la médisance par la mort du protecteur Mgr Lavardin.

Paul Scarron doit écrire à son ami. Il peut encore écrire, il peut toujours penser, il peut rimer, il peut bander.

Mais à quoi tout cela sert-il ? À quoi surtout cela servira-t-il puisque le voilà cloué comme un magot au cul de plomb que les enfants font basculer en chantant des comptines ?

Paul Scarron s'interdit de pleurer alors qu'il a envie de se pendre, ce qui est un péché d'ailleurs.

Je suis de ces corps physiques non décrits par les savants, sauf peut-être par M. Gassendi, et qui ne tiennent pas leur conservation. C'est un péché en effet dont Dieu seul me rendra raison.

Il songe vraiment au suicide, un acte noble qu'on tolère sur les scènes de théâtre quand on y interdit le meurtre. Il a vingt-huit ans.

Non, écrire d'abord. Écrire à Paris. À celui qui pourra le comprendre, le garnement de Montmirail qui porte le collet et se bat en duel, l'ingambe abbé qui a servi lui aussi dans le corps de Marion Delorme, ce qui les fait camarades de régiment.

Paul de Gondi, mon ami, mets ta noblesse ancienne et italienne, et tout l'esprit de Machiavel, ton cousin de Toscane où ta famille est née, mets tout cela au service de ton pauvre ami roturier, ton pauvre et autre Paul. Le Scarron. Je fus chanoine au Mans tu le fus de Notre-Dame de Paris, à quatorze ans. Soyons des frères, au-delà des blasons. Ce que ne voulut point le sang, ce que désiraient enfants nos esprits.

Gondi est un enfant comme moi. Il faut donc le faire rire.

Scarron demande qu'on installe un fauteuil, sur ce fauteuil une planche retenue par les bras, qu'on taille deux plumes et lui porte un encrier. On lui obéit, comme au temps de l'évêque. Avec lui, on s'est tant amusé.

Soyons drôle quand les sanglots nous étouffent à ne pouvoir exploser. Voilà bien des fâcheux qu'il convient de tenir embastillés au plus profond de ce corps ruiné. Jamais un sanglot, Scarron. Toujours le rire, même si désormais les nerfs du visage sont brûlés par le poison du charlatan ignorant, ce souris ne sera que grimace. Laideur.

Gondi est laid. Noiraud, petit, tordu, et Paul Scarron vient de le rattraper dans la laideur, et conserve avec lui le cousinage de leurs sensualités effrénées. Comment Gondi séduit-il, lui qui accumule les bonnes fortunes ?

Par son esprit. Scarron, mon ami, tu dois l'imiter. C'est le seul bien qui te reste.

Certes, d'amis, nous deviendrons frères. « Frères de laid. »

Scarron sourit en souffrant. Oui, l'esprit fonctionne encore. Profitons-en.

On vient le visiter, comme un animal de foire, comme un monstre il trouve la force de plaisanter avec un abbé, un marchand, un baron. Qui s'empressent de colporter le nouvel aspect du chanoine. Il ordonne qu'on lui construise une caisse, plus pratique qu'un fauteuil, lui fait adjoindre des coussins et des roulettes. Le Mans ne parle que de cette « boîte ». Puis se désintéresse.

Tant mieux. Il peut enfin composer sa lettre à l'autre Paul, le riche, le chanoine de Paris.

« Mon ami, les uns disent que je suis cul-de-jatte, les autres que je n'ai point de cuisses et que l'on m'enfile sous une table comme en un étui où je cause telle la pie borgne. Et les autres, que mon chapeau tient à une corde qui passe dans une poulie et que je le hausse et le baisse pour saluer ceux qui me visitent.

« Sans prétendre faire un présent au public, je me serais bien fait peindre, si quelque peintre avait osé l'entreprendre. À défaut de la peinture, je vais te dire à peu près comme je suis fait. J'ai la taille bien prise, quoique petite, mais ma maladie l'a raccourcie d'un bon pied. Ma tête est un peu grosse pour ma taille ; j'ai le visage assez plein pour avoir le corps très décharné ; j'ai la vue assez bonne, quoique les yeux gros ; je les ai bleus, j'en ai un plus enfoncé que l'autre du côté que je penche la tête ; j'ai le nez d'assez bonne prise.

Mes dents, hier encore perles carrées, sont de couleur de bois, et seront bientôt de couleur d'ardoise ; j'en ai perdu une et demie du côté gauche, deux et demie du côté droit, et deux un peu égrignées. Mes jambes et mes cuisses ont fait premièrement un angle obtus, et puis un angle égal, et enfin un angle aigu. Mes cuisses et mon corps en font un autre et, ma tête se penchant sur mon estomac, je ne ressemble pas mal à un Z.

« J'ai les bras raccourcis aussi bien que les jambes, et les doigts aussi bien que les bras ; enfin, je suis un raccourci de la misère humaine. »

Paul Scarron se souvient qu'il a deux amis. L'autre est une femme. Elle est jeune et belle, et exilée. S'il ne s'est pas adressé à elle en premier, Paul le comprend en l'instant, c'est à cause du chapon. Marie de Hautefort est à deux pas, disons deux lieues, et ce n'est pas à elle qu'il a écrit mais au lointain Gondi de Paris.

Paul souffre dans ses membres et pour la première fois ressent une même paralysie de l'esprit. Du moins l'esprit renâcle-t-il autant que les muscles. Cette première missive l'a épuisé.

Mais il lui faut le secours de Marie. Et Paul revoit la lettre, en change deux ou trois formules, la féminise, elle aime ses vers burlesques, elle en a ri et en a déclamé elle-même chez la comtesse de Tude.

Paul Scarron recopie la lettre destinée à Gondi pour l'adapter à l'esprit du « plus joli cul de France » et la fait porter à l'hôtel de la Flotte, ou, si elle n'y réside pas, au château de Bellefille le bien nommé, chez la grand-mère de son amie, Marie de Hautefort.

À Paris, Paul de Gondi, vingt-cinq ans, rentrait d'Italie, où il avait failli se faire assassiner pour avoir courtisé une noble vénitienne, la contessa Vendramina. Il ne dut qu'à l'ambassadeur de France près la Sérénissime, le président de Maillé, de pouvoir filer vers la Lombardie. Il alla ensuite montrer sa soutane à Rome, se querella avec l'ambassadeur de l'Empereur, le prince de Schemberg, ce qui n'échappa pas à un dénommé Mazarini, employé à quelques œuvres de la papauté. Là encore, l'ambassade de France en la personne du secrétaire de Roze lui conseilla de décamper.

Il était donc, en ces lendemains de Chandeleur, place Saint-Sulpice où se tenait la foire de Saint-Germain.

Ce voyage italien qu'il contait à satiété avait été un voyage forcé. Paul de Gondi avait été reçu premier à la licence de théologie en Sorbonne, par une majorité de quatre-vingt-quatre voix des docteurs. Cela pourrait se fêter, Gondi pour une fois a préféré la modestie : il a battu et devancé dans une dispute fort savante son meilleur rival, l'abbé de La Mothe-Houdancourt, beau jeune homme, élégant, qui ajoute à ces mérites celui, plus dangereux pour son vainqueur, d'être un parent de Richelieu.

Richelieu avait envoyé en Sorbonne le grand prieur La Porte pour recommander La Mothe. Gondi, le sachant, fit dire à Son Éminence que par respect il se désistait de sa prétention à être premier à la licence puisque le ministre s'attachait au triomphe de son parent. Le Cardinal répliqua que M. La Mothe ne devrait pas sa première place au désistement d'un abbé.

Gondi sourit, fit la révérence. L'emporta. Le Cardinal menaça docteurs et recteurs de raser les travaux qu'il avait entrepris pour embellir la Sorbonne. Et la famille de Paul de Gondi s'épouvanta, envoyant l'intraitable théologien en Italie, dont il était ainsi rentré sans blessure.

Il piaffe aujourd'hui entre les tentes et les étals, entre les belles dames masquées et les nobles travestis qui s'encanaillent ici. Sa vision de taupe ne lui permet de reconnaître personne, parfois il bouscule quelqu'un. Mme de Guéménée le guide, le retient, le pousse, le gronde, le tance.

Il rit ou s'époumone à gloser devant un verre de sirop d'orgeat.

Un valet lui porte une lettre, Gondi lit, s'épouvante, décide, agit.

Le futur cardinal de Retz, le futur frondeur, déjà fort trublion, sait être un ami.

Il fallait une voiture. Il fallait un logement, il fallait de l'argent. Gondi les trouve l'espace de ce carnaval où tout Paris côtoie tout Paris. Et par coursier de Mme de Guéménée en avertit son ami du Mans.

L'ami du Mans est aux mains douces de Marie et de sa sœur Charlotte d'Escars. Elles fournissent pruneaux veloutés, pâtés énormes comme des forteresses, et de l'argent. Marie lui choisit des aides, des relations, le comte de Béthune, le comte de Saint-Aignan, Mme de Lesdiguières, Mme de Contade. Scarron n'est pas seul, Scarron ne veut plus mourir. Scarron a la plus jolie des marraines et le plus actif des parrains.

Au Mans il a appris la grossesse de la Reine, on lui apprendra à Paris, en l'hôtel de Troyes, dans sa chambre tendue de damas jaune, couleur opposée au bleu de la marquise de Rambouillet, il l'a voulu ainsi, la naissance d'un Dauphin.

Encore une dédicace à monnayer.

Ce qu'il ignore et le rendrait peut-être fier, mais rien n'est moins sûr, est qu'il va bientôt épouser, chose impossible à un estropié, invraisemblable mais vraie, une ravissante demoiselle ruinée, Françoise d'Aubigné, et que celle-ci sera le dernier amour et la dernière épouse (morganatique, certes) du bambin que la reine Anne porte encore en son ventre, une fois qu'elle sera devenue marquise de Maintenon.

Dieu est taquin comme un chanoine, monsieur Scarron. Il a parfois, Lui aussi, le goût du burlesque en créant l'Histoire.

PREMIER LEVER DE SOLEIL

Découvrons-nous, lecteur, et rendons grâces à Dieu, notre Héros va, enfin, apparaître.

Dimanche 5 septembre 1638.
Inter feces et urinas, Delphinus nascit.
À inscrire par de doctes personnes au registre des Archives du Royaume de France.

À midi moins le quart, il hurle. Trois médecins commentent, un bourdonnement incompréhensible l'environne, des exclamations, des voix autres, plus dures que celles déjà connues avant, au son feutré par les palpitations, les respirations du lieu où il était. Certains bruits lui semblent pleins de joie, qui sont rires ou sanglots, d'autres de douleur. Sa douleur, vive comme la foudre, s'est éteinte. L'entrée de l'air en sa bouche, son nez, sa poitrine, fut un trait de feu, il a crié, hurlé, puis tout s'est calmé.

Donc, voici le monde : flou, brillant, aveuglant, brûlant les poumons. Et si doux tout à coup.

Douceur des mains, d'un linge tiède, d'une peau, très bien la peau, et ce nom qu'on hèle, qu'on répète, qui ronronne, dame Péronne.

Cela pue.

Il bouge un doigt, deux, un bras, des jambes. Il entend le mot Dauphin.

Il entend Reine, il entend Roi. Mais son esprit est ailleurs encore, cherche à s'installer, prendre place ; c'est son corps tout neuf qui pense.

Il a la tête en bas, puis est remis en une plus agréable verticale, il y a donc un haut et un bas. On le presse avec délicatesse contre un linge bombé par deux hémisphères tendres. Encore un nom qui ronronne : dame Péronne.

Et puis des noms en « ard », plus durs, Bouvard, Héroard. Eux ordonnent. Dame Péronne approche un linge à la forte odeur, le linge glisse sur son corps, il est imbibé d'huile de rose. Son corps en est bien aise quand on le débarrasse, par ce mélange odorant, agréable, des derniers filaments venus du ventre de Maman.

Sur ses lèvres, un doigt frotte une pâte molle, miel thériaque détrempé de vin de grenache. Amertume et suavité, le médecin, Bouvard, dit qu'il y a aussi de la poudre d'os de cerf.

Il est séché dans de grands draps doux devant la cheminée, l'enfant voit l'éclat mouvant des flammes. Le feu est beau et chaud.

Dame Péronne, la sage-femme, présente l'enfant au Roi, et lui fait constater physiquement qu'il s'agit d'un garçon.

Le Roi tombe à genoux. Une jolie voix, une jeune femme, chuchote au Roi le conseil d'embrasser la Reine.

Et tout à coup il est emprisonné. Oh, bien doucement, les bras le long du corps, les jambes serrées, il est emmailloté. Ne peut plus bouger. Il proteste, on lui murmure des mots doux et pleins de respect. Toujours dame Péronne.

Épuisé, il s'endort.

Il n'a que trois minutes d'âge. Il s'est battu huit heures durant pour son chemin vers le monde des vivants.

Huit heures de souffrances pour la reine de France ; la prime douleur à quatre heures du matin. Bouvard, premier médecin de la Reine, prit le pas sur Héroard, premier médecin du Roi ; immédiat conflit de préséance, les trois autres bonnets noirs n'étaient là qu'au registre de l'assistance. Seule dame Péronne était efficace. Elle connaît tout du mal d'enfant qui est fortes douleurs mais pas grand mal.

La Cour doit assister pour authentifier l'événement. Duchesses, comtesses, princes du sang, M. le Chancelier Séguier, qui est une forme obligée de la Loi. Et Dieu par ses représentants, aumôniers, chapelains, moines bénédictins, l'évêque de Limoges. On sort de la chapelle la sainte relique, un os de cadavre, la mâchoire de sainte Marguerite, reine d'Écosse, fille d'Édouard le Confesseur, présent de la reine Marie Stuart qui fut un temps reine de France ; on adore un fragment de morte pour espérer cette vie toute neuve.

Accalmie.

Les douleurs reprennent à onze heures. Violemment.

Le Roi vient de se mettre à table, il interrompt son dîner de midi. Marche vers l'antichambre. Marie de Hautefort, son inclination passée, revenue de son bref exil à la demande de la Reine, est dans l'antichambre. Elle pleure. Le Roi la regarde. Il a eu la faiblesse d'accepter son retour, qu'elle ignore être éphémère.

Le Roi la voit et remarque ses larmes. Il déteste ces larmes-là.

— Ne pensez qu'à l'enfant. Vous vous consolerez de la mère.

Elle rougit. Ce père tout neuf et imprévu envisage crûment la mort de la mère !

— On m'a tant lu d'histoires de rois veufs qui épousèrent une sujette en secondes noces.

Elle le regarde. Comment a-t-elle pu aimer ce monarque ? L'a-t-elle aimé ? Mais là, ne vient-il pas de lui proposer sournoisement, à sa manière de malade, de l'épouser ? Marie, reine de France ? C'est honteux en ce moment, mais c'est tentant.

Le Roi entre dans la chambre de la Reine, Mme de Sénecey lui annonce la vraie nouvelle : « Sire, c'est un garçon. » Dame Péronne, la sage-femme, le lui prouve en lui mettant sous les yeux le « guilleri » en bas du ventre de cet espoir de chair encore violet, marbré de rose et tout ridé de plis, qu'on va laver et enfermer dans un cocon, chenille braillarde qui sera ou ne sera pas papillon.

Une main saisit celle de Louis. Une main ferme, la main de Marie dont les yeux s'assombrissent.

— Sire, allez vers la Reine.

Il hésite et obéit. Il sourit et baise la main de sa femme.

— Merci, Madame.

Il se penche encore, baise ses lèvres.

— Vous avez beaucoup souffert, m'a-t-on dit. (Le roi de France ne connaît sa femme que par on-dit.) Mais vous m'avez donné un fils.

— C'est Dieu, Sire, qui vous l'a donné.

Elle est pâle et sa peau si claire et lisse s'efface sous la sueur.

Dame Péronne donne l'enfant à son aide, Fillandre, qui le montre à sa mère.

Le Roi tombe à genoux. Imité par le chancelier Séguier, le duc d'Uzès, le comte de Tresme, le duc de Monbazon, gouverneur de Paris, l'archevêque de Bordeaux, les évêques de Lisieux, de Beauvais, de Dardanie et de Châlons.

Le frère du Roi, Gaston, reste debout près de la fenêtre et mâche sa moustache. Il fut le premier prince dans cette chambre de Saint-Germain-en-Laye, Monsieur Gaston aime savoir en premier, voilà pourquoi lui aussi paie des espions, et parle et correspond avec trop, beaucoup trop de monde. Des gens, princes, manants, militaires, religieux qui sont, aussi, des dangereux.

Il fut le premier en cette chambre, bien avant l'aube. Il vécut les premières douleurs de sa belle-sœur. Il tenait à savoir ce qui se passait, comment cela se passait, si cela se passerait. Il eut à ce sujet bien des pensées contradictoires mais dont aucune ne prit le pas sur l'autre. Il eut aussi envie de vomir, se réfugia dans l'antichambre, but un verre d'eau puis deux d'hypocras ; la nausée s'enfuit. Il retourna sur le champ de bataille et refusa de déloger de la fenêtre que Bouvard avait ordonné qu'on ouvre.

Le Roi, à genoux, remercie Dieu fort hautement devant son frère debout qui voit par cette fenêtre du château de Saint-Germain s'envoler à jamais son rêve de trône. Il restera Monsieur, il sera l'oncle, ne sera jamais roi. À moins d'un accident, d'une maladie. A-t-il vraiment rêvé d'être roi un jour ? Il ne sait plus, Monsieur Frère du Roi. Vraiment, Gaston n'en est pas certain. Une fugace pensée, éclairée par la lumière douce sous la désolante et discrète splendeur d'un ciel pommelé de fin d'été en Île-de-France, le traverse : on meurt beaucoup nourrisson. Quelque chose l'espère, et quelque chose, de peu connu de lui mais qui prend alors une grande place en son esprit, le refuse. Et ce refus lui donne un curieux bonheur. Il se sent noble en esprit et vraiment fils de France.

M. de Brienne entre. Et va baiser les doigts las de la main ravissante de la Reine, qui lui sourit. Quelques mots échangés à voix basse, à voix émue ; que nul ne comprend ni n'entend. Le Roi, relevé, lui tend la sienne, Brienne la baise aussi. Il est du Conseil, il entend y rester. Il a pour la Reine une respectueuse affection d'oncle extravagant ou de serviteur grincheux. Un cliché de la fidélité et de la noblesse, sur la scène des comédies de Tabarin. Les clichés sont des vérités qui fanent peu à peu.

— Vous participez à ma joie, mon cher comte, mais elle mécontente bien des gens, dit le Roi, évitant de regarder vers son frère.

— Sire, que ne les faites-vous jeter par la fenêtre ?

— Non, dit le Roi, Monsieur mon frère se consolera avec six mille écus. Il les recevra après le *Te Deum* en la chapelle.

— Trois grâces à la fois ! Frère de Roi, oncle d'un futur Roi, et trente mille livres de rente.

— Mon cher Brienne, Gaston est homme qui se console facilement. Rien ne semble jamais l'atteindre.

— Dieu aime les âmes simples, Sire.

— Brienne, demandez à Guitaut de faire doubler la garde autour du château. Cet enfant compte déjà des ennemis. Il ruine tant d'espoirs, il naît entouré d'une meute de perfidies.

— Sire, nul n'oserait.

— On ose tout, c'est la mode des temps troublés. Son premier vagissement a claironné la reddition de trop de prétentions. La famille de Monsieur le Prince est-elle ici ?

— Oui, Sire, le fils du prince Condé, Monsieur le Duc, est dans l'antichambre et dans le parc s'égaillent au moins cent de ses chevau-légers.

— Vendôme, Monsieur mon grand bâtard de frère ?

— Il est venu avec une compagnie de ses gens d'armes.

— Mon frère, ici présent ?

— Monsieur est discret, il n'a gardé que quatre officiers.

— Je ne crois pas en certaines discrétions. Dites à Guitaut de tripler la garde. Et qu'il consigne trois compagnies pour le jour de ma mort. Ce sera pire.

— Pourquoi, Sire, penser à la mort alors que l'espoir vient de naître ?

— Monsieur de Brienne, mon successeur annonce forcément ma disparition. Et que croyez-vous que regarde Gaston par cette fenêtre ? La flèche de la basilique de Saint-Denis où l'on enterre les Rois.

« Curieux bonheur quand une espérance, enfin réalisée comme par miracle, amène le spectre d'une mort certes inéluctable, mais encore lointaine », pensa Brienne qui sortit dans l'antichambre pour alerter Guitaut.

Le capitaine n'eut qu'une question :

— Monsieur le Conseiller, comment se porte la Reine ?

— Très lasse, capitaine. Mais heureuse, je crois.

— Comme toute cette assemblée... À quelques exceptions près. Je vais dépêcher les courriers vers le pont de Neuilly. Paris doit être averti. J'envoie mon lieutenant et neveu, Comminges.

Il se retourna à un bruit de pas et de portes qu'on ouvrait à deux battants, comme pour un prince du sang.

— Ah ! dit M. de Brienne, il n'était pas attendu mais le voici !

Le Cardinal entrait. Suivi d'un jeune homme, en qui Guitaut reconnut Cinq-Mars, et de son confesseur.

— On le disait à Saint-Quentin, murmura Brienne. Aux armées de Picardie, surveillant la Somme.

— Il y était mais Son Éminence est où il faut être et, aujourd'hui, il faut être ici. Le cardinal-infant d'Espagne n'attaquera pas alors qu'un neveu vient de lui naître. Il a envoyé ses ambassadeurs avec des présents. Il est encore des trêves qu'on se doit de respecter. Et puis notre armée est sous les ordres du maréchal de Châtillon et du marquis de Brézé. Il paraît qu'on assiégera Saint-Omer.

Guitaut abandonna Brienne, s'avança et salua l'Éminence chapeau bas.

— Bonjour, monsieur de Guitaut.

— C'est un bon jour il est vrai pour la France, Votre Éminence.

— Capitaine, toujours vous parlez vrai.

Richelieu sourit à l'homme qu'il n'avait jamais pu acheter. Il n'adressa qu'un signe de tête à Brienne, que le ministre savait de la coterie de la Reine. Il pénétra dans la chambre déjà fort encombrée. On fit place à l'homme en rouge.

Le roi en second venait féliciter le premier roi de la naissance du futur roi. Et faire, sincèrement, vraiment sincèrement, avec une sorte de joie, cela se lisait dans l'aigu de son visage, et au nom du royaume qu'il régentait et défendait de toutes ses dernières forces, son compliment à la Reine. Voilà bien le premier service politique que l'Espagnole rendait à son pays d'adoption. Ce service était de taille : un garçon.

— Madame, cet enfant entre Vos Majestés est l'ultime terme du contentement de votre ministre et serviteur. Aujourd'hui le Royaume vous doit son avenir et sa perpétuité. Permettez à un homme d'Église, et à un guerrier obligé par les circonstances, de se prosterner devant ce présent inestimable que vous venez de faire à votre vrai pays, la France. Le pays que vous avez conquis aujourd'hui.

Il souriait, et ce sourire ne dissimulait nulle menace, ni ironie. Anne aussi lui sourit, et aujourd'hui sans se forcer, sans la contrainte de la nécessité. Les deux ennemis ou, mieux, le bourreau et sa victime partageaient alors la même pensée : l'avenir était assuré et cessait d'être suspendu à la vie d'un monarque malade. Et cette pensée partagée était la vérité.

Puis le Duc Rouge se tourna vers le Roi :

— Sire, cet enfant est couronné des cheveux bruns de son royal père. Dieu vous l'a donné, mais le donne aussi au monde, et, je le crois, pour de grandes choses.

Les cheveux bruns étaient une trouvaille, Anne d'Autriche les avait châtain clair. L'enfant, Mgr le Dauphin, n'appartenait donc qu'au Roi et le ministre le faisait savoir publiquement. Un Richelieu ne se refait pas.

Ces cheveux bruns, oh, tout juste un duvet, faisaient taire aussi la rumeur qui avait enflé les couloirs du château de Saint-Germain, les estaminets et salons de Paris et autres officines de la médisance : qui était le père puisque le Roi, n'est-ce pas, le Roi avait si longtemps ignoré la Reine ?

— L'enfant du miracle, s'était exclamé, sûr de la

flagornerie de son bon mot, un courtisan qui ne tarderait pas à changer d'emploi.

— Le beau miracle pour un mari de voir sa femme enfanter quand il couche avec elle, avait rétorqué le Roi.

Le courtisan rentra sous terre, certain que dans le mois il devrait regagner les siennes avec ordre d'y rester à perpétuité.

Son Éminence était venue décréter qu'il n'était plus question de parler de miracle ou de douter de la paternité.

Les félicitations sincères passées – le trône était assuré, on ne cessait de le répéter dans tout le palais –, une autre lutte s'ouvrait ; une nouvelle lutte de pouvoir ; celui qu'il faudrait avoir sur cet enfant.

Richelieu regardait Mme de Sénecey, et dans ce regard brillait déjà le départ de cette autre fidèle de la Reine et cousine de cette peste de duc de La Rochefoucauld.

— Comme vous l'avez dit, mon éminent cousin, déclara haut et fort le Roi, et ce, sans bégayer, Dieu nous l'a donné (autant dire que la Reine n'y était pour rien). Il se nommera donc Louis Dieudonné. Nous avons fait dire au nonce que nous souhaitons que Sa Sainteté le Pape en soit le parrain.

— Sage proposition, Sire. Qui pansera la plaie de Sa Sainteté Urbain VII, plaie ouverte de voir Votre Très Chrétienne Majesté et Sa Très Catholique Majesté espagnole guerroyer.

« Par pitié, pas de politique en cet instant », pensa Brienne encore ému. Conseiller sévère au langage rugueux, Brienne était un tendre et contemplait encore la chevelure châtain doré étalée sur les oreillers, le visage las mais resplendissant, l'élégance des mains qui reposaient sur les draps froissés, les souillés ayant été changés à la hâte, que Mme de Sénecey avait fait recouvrir d'une courtepointe damassée.

Monsieur n'avait dit mot, depuis le baiser donné du bout des lèvres à la Reine sa belle-sœur, et ouvrit plus grand la fenêtre qu'il n'avait pas quittée, s'étant à peine détourné pour un signe de tête adressé en salut au Principal Ministre. Il se pencha pour mieux guetter les lointains ensoleillés et écouter, toutes oreilles en affût, ce qui se disait en cette chambre encore emplie des odeurs d'un accouchement et que les femmes et servantes venaient tout juste de débarrasser des bassines et des pots couverts d'un linge propre au-dessus des déjections nécessaires à la naissance de ce qui était plus qu'un prince.

Les princes justement, Gaston en comptait mentalement les troupes, amenées en hommage et aussi par bravade, qui piétinaient les allées et les pelouses du château royal de Saint-Germain-en-Laye. Il les connaissait trop bien, pour avoir partagé leurs complots et les avoir tous trahis.

Maintenant, cette chambre aérée par le frère du roi qui avait besoin de respirer après le décès de son avenir, aération faite désormais contre l'avis des sept médecins dont sept inutiles, la Nature, Mme de Sénecey et dame Péronne suffisant à aider Sa Majesté la Reine et son Dauphin nouveau-né à exécuter leur office de vivre et de survivre, allait recevoir les princes afin qu'ils admirent et constatent qu'un maître tout neuf existait et qu'il leur réclamait allégeance. Pure formalité exigée par la coutume, Gaston savait que ces importants continueraient d'agir comme ils l'entendraient.

Lui aussi.

L'objet de tant d'adoration obligée mais non feinte, car il y avait une once de la grâce de Dieu en tout Dauphin de France, et même un furieux libertin admettait cette idée, l'objet aussi de futurs conflits, il n'était nullement nécessaire de savoir tirer des horoscopes pour les prévoir, s'était endormi dans les bras de sa nourrice, Mlle La Giraudière, femme d'un procureur des finances d'Orléans, qui lui offrit son premier lait.

Il dormait.

On l'éveilla à peine quand M. de Meaux, premier aumônier du Roi, l'ondoya, le baptême cérémonial étant différé jusqu'à la reprise de santé de la Reine, la première victoire des armées royales qui se battaient en Picardie, et jusqu'à ce que le pape eût envoyé un *monsignore* pour figurer le parrain en représentant Sa Sainteté.

De cette froide et plate Picardie on avait tiré le Roi deux semaines auparavant, il avait d'ailleurs maugréé, où il ne désirait rien tant que retourner. Avec son cher et éminent « cousin », le Cardinal.

Puis on porta l'enfant entre deux haies de gardes commandés par Guitaut, plus beau de rubans, de dentelles, de plumets, plus « capitan » que jamais, vers les jardins. Et vers le Château Vieux qui lui servirait de résidence.

Il faisait beau, comme un dimanche en effet, et le futur Louis le Quatorzième connut son premier défilé triomphal, entre deux haies de Cent-Suisses alignés à la parade entre les deux châteaux, le chemin lui étant ouvert par le triple panache et la cuirasse étincelante de Guitaut.

Louis Dieudonné gagnait son logis du premier étage tendu de damas blanc pour être remis à sa gouvernante, imposée depuis un mois par Richelieu, Mme de Lansac, fille de M. de Souvré, qui avait été gouverneur de Louis XIII enfant. La reine Anne avait voté, elle, pour la grand-mère de son amie Marie de Hautefort, Mme de La Flotte, on imagine si on l'avait écoutée ! La gouvernante fit la révérence en nommant la petite chose aux cheveux bruns :

— Monseigneur le Dauphin, vous voici en vos appartements.

Du blanc. Partout du blanc et ces ombres parfumées et musquées, senteurs que l'enfançon, demi-réveillé, ne reconnaît pas. Ombres qui bougent et chuchotent et s'exclament. Il en cherche une autre qui n'est pas là et lui manque déjà.

La faim, la soif. Besoins nouveaux. La défécation et la miction. Besoins plaisirs. Il est grand plaisir à satisfaire un besoin. Il apprend vite. Un va-nu-pieds eût appris de même. Mgr le Dauphin apprend la nature humaine. Quelque chose gêne sa gencive. Quelque chose pousse dans sa chair. C'est dur et vivant. Sans souffrance. Le mal, la douleur (la douleur est-elle un mal ?), surgit parfois du ventre. Rien que du ventre ; il s'y fabrique quelque chose dont il n'a pas conscience mais qui existe.

Il crie. Il pleure. Il réclame. Nul ne comprend encore que désormais le servir est lui obéir.

Un bain, l'eau est tiède, comme dans l'avant de son apparition sur Terre ; il est nu. On le frotte, une poudre tombe en pluie de chatouilles sur sa peau, des linges à nouveau l'enveloppent. Des bras encore. Tiédeur.

Bruits de pas cadencés, disparition du blanc remplacé par une alternance de sombre et des trouées de lumière, le jardin encore, les gardes immobiles, les feuillages vert tendre qui bruissent, un soleil qui ocelle toute cette allée, il retourne d'où il est venu, quelqu'un l'a redemandé.

Il est contre deux volumes doux, on marche, on parle fort ; on annonce dans un bruit de portes qui s'ouvrent :

— Monseigneur le Dauphin !

La lumière est tamisée ici, le linge plus moelleux, des bras presque hésitants puis fermes, puis plus doux encore le saisissent délicatement, le pressent contre un corps où bat un cœur. Il en connaît le rythme. Et la voix qui susurre :

— Bonjour, Monsieur mon fils.

C'est bien. Cette voix, là, qui calme et réjouit d'aise, la Voix s'imprime quelque part en lui. Il ne l'oubliera pas. La Voix va avec l'odeur et les tambours doux du cœur.

— Je suis votre mère, Monsieur mon fils, mon gentil Dauphin. Je suis reine de France. Votre père est roi de France. Votre oncle, mon frère Philippe, est roi d'Espagne. Votre tante Henriette, la sœur du Roi votre père, est épouse du roi Charles Ier, qui règne sur l'Angleterre. Votre tante, Madame Chrétienne, autre sœur de votre père le Roi, est duchesse régente de Savoie. Votre tante Maria, ma sœur, est épouse de Ferdinand empereur des Allemagnes. Un autre oncle, mon jeune frère, le Cardinal-Infant, gouverne les Flandres et les Pays-Bas. Tous sont en guerre. Vous ignorez la guerre, mon gentil Dauphin, vous ignorez qu'une Pucelle appelait ainsi de ce doux nom de gentil Dauphin un futur roi Charles VII et que cette Pucelle battit les Anglais. Vous ignorez ce qu'est une pucelle.

La Voix et le rire cristallin et doux qui a surgi après

le son joliment modulé de pucelle. Il aime cela, un rire chez Elle. Comment a-t-elle dit ?

— Je suis votre Maman et je suis la reine de France... Un jour vous serez Roi, gentil Dauphin, et je ne sais si on le devra à une pucelle. On les dit bien rares en cette Cour.

D'autres rires venant d'autres cristaux alentour. Ils ne sont pas seuls. Jamais seuls. Il cherche, des yeux, dans ce vague brumeux, il cherche avec ses oreilles, il distingue des souffles, des mots, des ris, des bruissements de tissus, du bois qui souffre sous l'arrogance d'un talon, des entrechocs de verre ou de porcelaine, une corde qui vibre ; il cherche dans la direction de ce nouveau bruit plaisant.

— Cela se nomme un luth et cela une guitare. On en joue des berceuses, des psaumes et des chansons d'amour.

Il aime ce son-là aussi, il aime tout ce qu'il ne connaît pas mais il apprend vite. Il apprend tout, tout de suite. Tout un monde, ce monde qui vit autour de lui, qu'il a sans doute créé en naissant puisque, avant, il n'a rien vu ni entendu ni goûté ni senti. Un monde à maîtriser. À posséder, à régenter. La vie qu'il a déjà conquise est pour lui jeu d'enfant.

Il sursaute. Un bruit fort.

— On tire le canon en votre honneur. On tire le canon pour avertir le monde de votre naissance. Le comte de Comminges, neveu de M. de Guitaut, galope pour aller secouer son chapeau à Neuilly devant le pont qui est brisé, et son plumet blanc signifie sur l'autre rive : « C'est un garçon. » On court avertir Paris. Voilà, mon fils, ce canon qui vous a fait trembler n'annonce pas la guerre mais la joie et la fête. Il vous annonce au

Royaume. Et vous annonce à tous vos oncles et tantes qui règnent sur l'Europe.

L'Europe est loin, Paris est proche et Paris brûle. Paris tonne, chante, boit, s'énerve. Un grand feu luit sur le Pont-Neuf, toutes les cloches tonitruent, on installe des tréteaux, des nappes à même la rue, dans la « moutarde noire » faite de la boue et du crottin des chevaux. Des fontaines coulent du vin, on met des muids en perce, le banquier La Rallière a fait édifier un mur de tonneaux, toutes les lanternes brillent, on allume les flambeaux, les hôtels des nobles, des robins, des marchands brûlent les chandelles d'un an, le lieutenant civil, M. de Laffémas, l'a ordonné. On boit, on mange au seul prix de crier « Vive le roi, vive Monseigneur le Dauphin ». Très peu crient « Vive la Reine ». On chante. Tabarin joue, et Gros-Guillaume aussi, des prisonniers du commun, petits tire-laine, vagues escrocs soudainement élargis reprennent leur office.

Paris ne dessoûlera pas jusqu'à mardi.

Une pyramide de feu s'élève sur la place de Grève, une pyramide de quinze pieds, aux armes du Roi, de la Reine et du Dauphin. Elle est entourée d'allégories dénudées mais grandioses, la Prudence, la France, le Soleil, la Paix, l'Abondance, la Science, l'Harmonie, tout ce qui manque au pays. Tout ce qui manque, hormis le Soleil de septembre, le plus doux, le plus doré. On tient des discours sur ce « Soleil naissant qui rendra serein le ciel de France en chassant les nuées belliqueuses ». Au fil des heures de ce dimanche les discours s'avinent. On cite la Bible. On lance de bons mots et de très méchants.

Surtout à l'hôtel de Rohan.

Ce Dauphin né représente l'avenir assuré, qui rend l'ancienne politique inutile, et la politique c'est le Duc Rouge au cul pourri d'hémorroïdes. On le hait ouvertement. Quand la fête sera finie, recommençons à comploter.

« Comme il est facile ici de dresser des barricades », pense un petit homme noiraud, mal fait, tout myope, qui contemple des fenêtres de l'hôtel de Rohan, et voit mal les rues encombrées, la place Royale prise d'assaut. Il voit mal mais comprend bien. Les feux, les rassemblements de buveurs joyeux, les masques, les torches et les lanternes, brossent, dans sa brume due au ratafia, à l'hypocras et à son imagination bien plus corsée que toutes les boissons, le tableau d'une ville qui fait la fête comme elle se soulève. Ici, c'est de joie, mais il suffirait d'un tison de colère... Comme tout semble facile, comme il serait aisé de se révolter. Malgré sa laideur, il enlace la taille de Mme de Guéménée plus séduite par son esprit et son entregent que par sa beauté. Il y a une beauté de la grandeur chez le laid.

Paul de Gondi rêve dans son ébriété. Il va proférer une énormité.

— Il n'y a qu'un coup d'épée ou Paris, ce Paris que je vois tant remuer ici, qui puisse nous défaire du Cardinal.

Si sa vue est faible, sa voix est forte et porte. Mme de Guéménée interdit aux valets de lui remplir son verre.

Il n'a que trois jours. Et une dent, cette première dureté qu'il avait sentie pousser en lui.

La nourrice change. On ne sait plus à quel sein le vouer. Il a mordu au sang la demoiselle La Giraudière qui a renoncé. Sang plus lait, salé et fade, lait et amertume. Une goutte de sang dans le lait, sur ses lèvres et sa langue. La dent signifierait que Mgr le Dauphin est précoce.

Maman a ri. Un flatteur a déclaré que les voisins de la France devraient se méfier de la voracité de ce futur roi. Le flatteur sera ambassadeur quelque part en Europe.

L'Europe participe à la fête des trois jours de Paris. L'Angleterre offre à boire, la Savoie à souper, la Hollande illumine un quartier entier et déverse ses bières.

Venise triomphe. Aristocratique république arrogante, elle entend tout surpasser. Son ambassadeur, Alvise Contarini, fut le premier étranger arrivé à Saint-Germain pour présenter ses hommages au Dauphin et à Leurs Majestés. Il avait veillé la nuit entière en son carrosse, mangeant des massepains arrosés de vin de Frioul. À Paris, dès le lundi, après le *Te Deum*, l'ambassade Sérénissime fut un écrin de feu, lumignons colorés, cercles de flammes, feuillages, herbes, fruits, s'ouvrant pour laisser passer un char triomphal chargé de bergers et bergères ravissantes dansant au son de vingt violons.

La musique réveilla les rues hébétées par tant d'ébriété. Paris dessoûlé ne se souvint que de la splendeur de Venise.

Alors les jésuites qui attendaient la fin des beuveries donnèrent grand spectacle dans la cour de leur hôtel. Un feu d'artifice italien, un ballet, une comédie jouée par leurs écoliers devant des colonnes et des tentures couvertes d'argent autour d'un Dauphin de cire posé en un berceau comme Jésus en sa crèche. On distribua pitance et boissons à tous les pauvres. Et le mardi matin, on organisa la grande procession puisque, après celle du Dauphin, le calendrier voulait que l'on fêtât la Nativité de la Vierge.

Le Roi, la Reine, le Dauphin traversèrent Paris sous les acclamations.

À deux pas de là, sur la terrasse de la Bastille, une belle compagnie regardait et commentait les festivités, attendant nonchalamment sa liberté. Si l'on avait ouvert les prisons des manants, la Bastille, elle, restait fermée. Le maréchal de Bassompierre avait longuement secoué son meilleur chapeau, le plus emplumé, pour saluer le petit-fils d'Henri IV. Puis il redescendit, silencieux, vaguement ému, pour banqueter, il prit même par le bras son cher La Porte, ayant remarqué que ce dernier avait les larmes aux yeux. Chacun se taisait, chacun s'enfermant dans son propre espoir de liberté.

On s'est exclamé plus que de raison dans cette Cour bruyante où on le mène une heure par jour, comme à la dernière mode on exhibe au public son bichon qu'on dorlote.

Il n'est guère dorloté, lui. Après le tumulte du château, le tumulte des rues qui l'a étonné et qu'il a détesté, on ne lui parle plus. Une autre voix est omniprésente qui n'est pas la voix qu'il aime.

Une voix qui ordonne toujours. Une voix coupante, dangereuse, indifférente.

Celle de Mme de Lansac, dit-on. Qui est ce dragon ? Il apprend à détester certains noms.

Il s'ennuie. Détester l'ennuie et il déteste l'ennui ; il en fera le sceau de sa vie.

Il mord encore. On rit. Ce rire-ci aussi est tout douceur. Il a entendu le nom du rire : Perrette. Elle est fraîche et jeune. Elle rit de ses morsures. Elle le compare à son grand-père Henri IV, né lui aussi avec des dents. Elle y voit un signe, elle lui parle tout le temps pendant qu'il joue le vorace au bout de son sein si doux, si gonflé.

Perrette ne sera jamais oubliée. Il l'ignore encore, Perrette Dufour, jeune femme de vingt et un ans, veuve d'un voiturier de Poissy, aura l'insigne honneur, privilège unique jusqu'à sa mort, d'embrasser le roi Louis le Quatorzième, chaque matin à son réveil, dans son lit, à sept heures.

L'enfant se construit et y met du talent.

Le petit esprit qui englobe tout ce qui l'entoure n'oubliera jamais que ce qu'il décidera d'oublier.

On n'en est pas encore au cérémoniel lever, qu'il réglera en tyran minutieux, et là, il a les tyrannies d'enfant mené par la nature, il réveille Perrette la nuit aussi et sa bouche mord le sein de Perrette ; elle le gronde quand Monseigneur refuse la tétée ou pique une colère, hurlant dans tout le château pour une raison que l'ignorance ignore. Elle le gronde et il l'adore.

Il adorera bientôt qu'elle lui donne la fessée.

Une autre voix rôde autour de lui quand il tète, quand on le baigne, quand il remue, quand il s'endort. Une voix qui ne s'adresse pas à lui, comme si cette voix mâle était timide, aimante, vaguement apeurée, une voix qui parle aux dames, à Perrette, et qui ne parle que de lui. Voix plus rauque, plus forte, voix grave et triste, voix du Père. Une voix qui vient à lui manquer. Dont il remarque l'absence.

Le roi Louis le Treizième a repris sa baguenaude, se préoccupe d'autres affaires, fuit aussi.

Il a fui tôt, autant le dire. Apprenant la défaite du duc de La Valette et du prince de Condé, bousculés par les Espagnols et défaits alors qu'ils assiégeaient Fontarabie, Louis XIII a fui vers Chantilly, passer sa colère. C'était le 7 septembre, son fils avait deux jours. Rentre-t-il à Saint-Germain, qu'il loge au Château Vieux, celui de son père Henri IV, désormais celui de son fils, et non au Château Neuf où loge la Reine.

Le Cardinal entraîne le Roi au loin. Au plus loin de la Reine.

Richelieu emmène le Roi aux armées. Inspection de la Picardie, de la Bourgogne, de la Champagne. La trêve due à la naissance d'un dauphin de France, neveu du roi d'Espagne, est finie, on se bat de nouveau aux frontières.

Il emmène le Roi à Grenoble, car une nouvelle brouille vient de naître avec Madame Chrétienne, sœur du Roi et duchesse régente de Savoie. La Savoie commande le passage entre la Suisse et le Milanais, entre l'Allemagne et les terres d'empire d'Italie. S'il revient, c'est pour peu de temps.

On voit le roi à Versailles en octobre. Il chasse, s'aère.

Son fils a un mois.

Le Roi est à Saint-Maur, à Grosbois, à Rueil (chez le Cardinal où se tient le Conseil) en novembre. Son fils a deux mois.

Cela dure trois mois.

Trois mois sans roi.

Trois mois sans père.

Mgr le Dauphin, car pour le Cardinal, comme sans doute pour Louis, éloigné, le bébé est plus un titre qu'un enfant de chair, apprend l'oubli du père. Ce qu'on apprend d'entrée dans la vie ne s'efface jamais.

La mémoire de l'esprit, la mémoire de tout le corps se forme de ce qu'on oublie au premier trimestre de sa vie. Elle se forme aussi des présences habituelles. Des tendres comme des haineuses.

Il en est.

Mme de Sénecey était douceur. Une lettre du Roi, dictée par le ministre, la supplante par Mme de Brassac, dont le mari devient surintendant de la Maison de la Reine, autant dire son premier espion, son principal geôlier. Mme de Brassac alliée de Mme de Lansac veut choisir une nouvelle nourrice.

Alors, la Reine espagnole montre les dents, la colère, le poignard. On ne touchera pas à Perrette Dubois : Louis Dieudonné, seul amour d'une reine dans un monde hostile, devenu Petit Louis, aime Perrette. Il aimait aussi Mme de Sénecey.

Mgr le Dauphin goûte avec Perrette l'expression de l'ultime douceur. Et la Reine enhardie, et en pleine colère, a donc fait revenir Marie, son amie Marie de Hautefort que le Roi disait aimer.

Autant de bonnes raisons pour Richelieu d'emmener le Roi aux armées.

Aux armées, il n'y a plus Guitaut botte à botte avec le Roi. Richelieu a conseillé au Roi de le laisser commander la garde de Mgr le Dauphin, bien le plus précieux du royaume. En soi, l'idée est excellente. Guitaut est la confiance incarnée, la fidélité à la Couronne, la respectueuse tendresse envers l'héritier. Guitaut n'a pas, n'aura jamais de fils. Un guerrier peut s'enticher d'un enfant. Mais un roi peut rougir devant le regard d'un guerrier silencieux, qui juge selon l'honneur. Richelieu a vu Louis sous le regard de Guitaut, quand le Roi proférait une menace contre la Reine. Puis se rétractait. Cela aussi est à éviter.

Petit Louis a conquis, en deux sourires et en tripotant le panache d'un chapeau qu'un homme aux cheveux gris a baissé devant lui, une des meilleures épées et le meilleur cœur de son royaume. Un surplus d'amour bourru mais inexpugnable entoure donc le bambin. Tant mieux pour lui.

Les Princes, les Grands, les Importants, Gaston, l'oncle déçu, l'héritier déchu, n'oseraient rien devant Guitaut, ses gardes et ses silences aux sourcils en fascines. Guitaut est un rempart imprenable.

Aux armées, à la tête des gardes qui veillent au plus près du Roi, le jeune marquis de Cinq-Mars. L'arme secrète tenue en réserve pour gouverner les « amitiés » de Louis XIII et renvoyer l'incontrôlable Hautefort dans les jupons de la Reine, hors de l'esprit du Roi. Et le Roi, père d'un enfant, s'attache à celui qui pour lui, à dix-neuf ans, est encore un enfant. Un bel enfant insolent.

Quand on est Louis le Treizième on ne se refait pas.

D'ailleurs il n'est plus temps. Le Roi vieillit, le Roi est malade, le Roi danse éperonné, cuirassé, la dernière ronde de sa pavane.

Elle est glorieuse, elle est amère.

Trop peu sensuel pour être sensible, il ne connaît de l'amour que la jalousie. Une jalousie qui englobe ce qui l'entoure. Jaloux de la grandeur de son ministre, il ne peut être heureux avec lui, ni sans lui.

Aucune passion, aucune belle passion ne peut avoir place en son cœur ni son corps meurtris ; il le sait et s'en désespère. Il vient de refuser à sa mère, la reine Marie, qui vient de quitter la Flandre, où elle était chez l'ennemi, pour la Hollande, de venir voir son petit-fils le Dauphin.

Louis le Juste se connaît désormais, et ce qu'il connaît de lui ne lui plaît pas. Le Roi ne s'aime pas, on ne l'a jamais aimé.

Sa tendresse vraie pour son fils l'envahit à l'improviste, comme un coup de colère ou une de ses nombreuses estocades au ventre, et lui fait mieux ressentir ses douleurs et ses peines.

Dieu épargne le désespoir à mon fils ! Dieu lui épargne les impertinences du sexe féminin ! Dieu lui épargne la guerre dont la perpétuité ternit la beauté ! Et surtout le joug d'un ministre à qui j'ai tout donné et qui pense m'avoir créé.

Mon fils, la solitude est notre secrète couronne.

LIVRE DEUXIÈME

« Pourquoi me tuez-vous ? »

Blaise PASCAL.

DEUX ENFANTS DE FRANCE

La Reine s'était épanouie.

La blonde Habsbourg, infante d'Espagne, laissait place à la mère de France. On chantait encore en mauvais sonnets les yeux verts et les superbes mains qui faisaient défaillir les muguets de dix-neuf à soixante ans, dès que Sa Majesté Anne ôtait ses gants.

Petit Louis, comme le surnomme sa Maman, Mgr le Dauphin, vit en quelques mois le brun de ses cheveux muer en châtain venu des ancêtres austro-flamands de Maman. La Reine s'en réjouit, le Cardinal regretta son éloge des cheveux bruns du Roi qu'il avait fait si hautement au jour de la naissance.

Le Roi se rembrunit mais nul ne remarqua ce changement ordinaire du temps. Et puis le Dauphin avait ses yeux bruns dont on remarqua alors la douceur du regard, celle de son père qui échappait aux spectateurs de la royauté fascinés par la grandeur du titre et par le revêche du visage.

Louis XIII posait sur le monde un regard d'abord doux qu'il dissimulait immédiatement sous la sévérité. Nul et, pis, nulle ne s'étaient jamais demandé pourquoi, ni n'avaient mesuré la longueur de temps de l'entraînement qui fut nécessaire à Sa Majesté pour enfouir cette douceur première sous sa housse de fer. Mais Louis le

Treizième avait, lui, remarqué et aimé d'un seul mouvement, convenablement mesuré et estropié comme l'essentiel de ses sentiments, la douceur brune des yeux ourlés des cils Médicis de Louis son Dauphin.

C'était avec la plus grande solennité que le Roi disait « Mon Fils », telle était l'apparence voulue, ce qui amena certains à en déduire qu'il cherchait à se persuader lui-même de cette paternité inespérée, alors que le roi de France laissait dans ce possessif sourdre toute sa douceur native embastillée depuis plus d'un tiers de siècle dans son corps souffrant d'enfant mal vieilli.

La Reine reprenait goût aux plaisirs de la table, à la galanterie contée par ses dames, la galanterie honnête s'entend, celle des contes et *novellas* espagnols, et la naissance du Dauphin avait fait réapparaître ce qui avait marqué sa jeunesse avant son mariage avec le roi Louis : l'humeur joyeuse, le plaisir de la vie, le bavardage, la coquetterie, l'indolence.

Mère, Anne d'Autriche s'accordait le droit de montrer sa féminité, telle qu'on l'entendait alors ; et telle que le Roi la réprouvait, par méfiance innée de fils de ce dragon femelle, Marie de Médicis.

Les yeux verts de la reine Anne, aux regards pétillants ou adoucis, eux aussi, désarmaient même le Cardinal qui vieillissait et s'enfonçait dans la maladie. Il abandonnait le plus souvent la soutane rouge pour l'habit de cavalier qui lui donnait plus fière allure et le rajeunissait. La soutane qu'il bordait de fourrure et la cape étaient réservées aux cérémonies, car leur lourdeur le gênait maintenant et le fatiguait. Elles étaient nécessaires à l'imagerie de son pouvoir comme les sursauts douloureux de volonté étaient obligatoires à la tenue des affaires : la guerre, les révoltes, les factions chez les Grands et leur rapacité à avaler provinces et gouvernements.

Lui aussi était rapace et engouffrait les écus, les millions de livres, mais s'il ne cessait d'agrandir en plein Paris, face au Louvre, son hôtel pour le muer en Palais Cardinal, c'était aussi dans le noble dessein de le léguer à sa mort au seul héritier qu'il en jugeât digne : le trône de France, et principalement, à l'espoir même de ce trône, un tout petit enfant.

Son âme de ministre voulait laisser au Dauphin, dont la naissance l'avait empli d'une joie sincère alliée à l'intense satisfaction d'écarter Monsieur d'une couronne imméritée, une France apaisée, sinon en paix perpétuelle, un Royaume plus uni, même si l'on verrait longtemps encore les gros points des coutures du rapetassage au fil rouge comme sa barrette ou comme le sang.

Le temps lui manquait, il le sentait en ses membres, en ses entrailles, pis, en sa tête, mais ne s'en levait pas moins à six heures du matin pour contempler sur sa table de travail les dossiers et rapports sur les dernières déchirures de ce royaume dont il était devenu le tyran obligé ; et, comme tout tyran de bonne volonté et d'action féroce, il montrait désormais un visage d'une tragique beauté. Il avait signé de bien malheureuses tragédies mais se muait en héros d'une vraie, d'une sublime.

Le cardinal-duc de Richelieu mourrait grand. Immense sans doute et, comme à un membre de la famille royale dont il était le « cousin » d'élection, et ce de par le Roi, l'Histoire lui ouvrirait ses portes à deux battants ainsi qu'il l'avait exigé, et obtenu, de son vivant dans les palais royaux. Il était épuisé mais acharné à poursuivre l'œuvre entreprise, avec désormais l'obligation d'impatience, lui qui avait su si bien attendre.

Le Roi était malade aussi et cela se voyait. Monsieur Gaston surveillait l'évolution du mal sur le teint jaune de son frère, sur sa maigreur augmentée, et retrouvait le vieux projet d'un complot de naguère qui s'était terminé par vingt coups de hache d'un bourreau toulousain d'occasion sur le cou du comte de Chalais, épouvantable carnage qui avait déclenché les ricanements du Roi : ce Roi mort, il épouserait sa belle-sœur, élèverait ou étoufferait le Dauphin, du moins le contrôlerait. L'enfant faisait bonne figure et adressait ses premiers et rares sourires à cet oncle fringant, élégant, vif et joli comme un page, avec des gentillesses héritées de son père le Vert-Galant, un oncle sans cervelle mais couvert de rubans avec lesquels jouer et qui sentait si bon la friandise. Gaston augmenta sur ses habits et sa perruque son parfum préféré : la frangipane.

Plaire à son royal neveu ne déplaisait pas à ce tragique étourneau qui personnifiait une cause dont il ignorait que ce bambin Dauphin incarnait la fin. Une France au bord de la disparition, une France encore sauvage et passionnée, la vieille France féodale, dont Louis XIII et le cardinal-duc sapaient depuis des années les derniers bastions, une France patriarcale, insoumise, qui, encore vivante pourtant chez les amis et les princes cousins de Gaston, appelait chez lui, frère et oncle de Roi, une vraie nostalgie. Le vif page plus monté en graine que vieilli, l'enfant gâté d'une mère injuste et sotte n'étant devenu qu'un ornement de cour qui se patinait mais ne vieillissait pas comme son royal frère, rêvait d'un dernier et très beau « grand désordre » avant que de penser à s'assagir et de décider de se repentir.

Mgr le Dauphin aimait bien cet oncle pimpant, souriant mais qui le troublait ; sa mère était rassurante, tendre, accueillante et moelleuse. Son père, sec, jaune, triste mais aimant par bouffées de tendresse qui pouvaient passer pour violentes.

Son père était un silence qui le contemplait avec amour et un brin d'étonnement. Une grande ombre sèche au visage plissé mais ému derrière la sévérité. Louis Dieudonné adressait alors un sourire, tendait un petit bras potelé, une main minuscule mais ouverte à cette mince apparition silencieuse vêtue de brun ou de gris ventre de louve, aux yeux brûlants et beaux, car Louis XIII des Médicis de sa mère avait hérité plus que le goût des arts, qu'il négligeait, ne s'entichant que de musique et des tableaux aux éclairages bibliques de La Tour, la profondeur de lumière noire du regard. Et l'enfant voyait chez « le Roi mon Papa » les traits se détendre et s'amollir en ce qu'il savait déjà être la tendresse. Puis le grand corps assis près de lui et seulement occupé à le contempler se dépliait lentement, dissimulant quelque douleur, et s'en allait sans un mot ou bien après un murmure que le Dauphin ne comprenait pas, une sorte de fredonnement, non de chanson, comme dame Perrette Dufour, la généreuse, mais peut-être un vœu, une exhortation adressée à Dieu.

Le Roi souhaitait voir grandir son futur roi de fils aimé. Louis le Treizième aimait comme n'avait jamais aimé de sa vie Louis le Triste. Il en ressentait un bonheur uniquement attaché à cet enfançon qui déjà dévorait la vie comme le sein de sa nourrice, un bonheur dont il savait qu'il arrivait trop tard pour qu'il en profite jusqu'à ce que l'enfant soit en âge d'être vraiment roi. Ah, s'il pouvait terminer cette guerre et lui laisser près de son berceau le cadeau de la paix...

Pour la terminer, il devait lui-même la faire. Ou désobéir à Richelieu, ce qui était impossible.

La grande et maigre apparition silencieuse quittait Petit Louis dans un marmonnement mi-religieux mi-affectueux que rythmait le bruit des bottes sur les parquets. Bruit que le Dauphin reconnaissait, espérait et craignait un peu aussi.

Les autres ? Tous courbaient l'échine et balayaient ces mêmes parquets de leurs plumets ou des soies de leurs jupons, devant cet enfant qu'on leur montrait en raides habits de cérémonie, puis qu'on abandonnait en un coin du palais dans ses appartements au damas blanc déjà poussiéreux et jauni.

Il y avait deux vies dans la vie. Il ne sentait toutefois qu'un seul petit être en lui. Mais n'en était pas certain.

Il s'éveillait très tôt comme un bambin et, il l'ignorait, comme un Roi, déjà. Or désormais sa Maman traînait au lit, jusqu'à dix heures, onze heures, midi.

Papa Roi, lui, dès sept heures déclarait souvent : « Je m'en vais à la chasse tenter de me réjouir. » Chasser moins le cerf que sa mauvaise humeur, l'aigreur de ses douleurs, le délétère de cette Cour, l'ennui, le chagrin qui ne lui donnaient plaisir à rien ; chasser la guerre de ses pensées et au grand vent n'être plein que de cet enfant qu'il avait préféré quitter pour le mieux aimer en songeant à lui. En sa tête, comme ses amours de tête dédiées aux péronnelles de la Reine, mais aussi en son cœur, dans le silence apaisé de son cœur, apaisé par les campagnes, le soleil, le vent, la pluie et le vol cruel des gerfauts aveuglant à coups de bec les colombes.

Souvent, alors que tout l'équipage de la chasse l'attendait dans la cour en grand arroi, il remontait au premier étage du Château Vieux, repassait par la chambre de damas blanc, sec échalas botté, sanglé, et donnait un baiser à la va-vite au bambin ballotté entre servantes et nourrices. À la va-vite comme par timidité, un peu confus d'avoir un héritier, un successeur, et d'imaginer ce petit bloc de chair rondelet un jour Roi à cette place dont il mesurait la grandeur unique et les embarras infinis. Cette image était la rare chose qui ne l'attristât pas.

Alors Louis Dieudonné le Petit entendait le bruit et le crissement des bottes qui revenaient, plus lentement pour effacer le remords de l'avoir quitté. Le silence s'installait et Petit Louis sentait passer quelque chose entre eux, qu'il ne définissait pas mais que son esprit et son corps comparaient aux flammes de la cheminée qu'il aimait tant contempler la bouche vissée au sein de Perrette. Puis, de nouveau, la maigre présence disparaissait. Il lui semblait qu'il lui manquait certains jours, du moins à certains brefs instants de la journée.

Le Roi venait tôt matin, puis partait, le Roi revenait puis repartait. Et Mme de Lansac s'agaçait de ces allées et venues car toujours Mme la Gouvernante de Mgr le Dauphin, titre prodigieux, devait en grande tenue et non en simple robe de chambre accueillir le Roi. Ce fut déjà un enfer pour elle que les visites des ambassadeurs et des princes du sang. Et voilà que le Roi venait à l'improviste, à l'aube ou presque, et revenait de manière totalement impromptue. Mme de Lansac n'en pouvait plus et haïssait ces allées et venues. Et donc s'agaçait de leur objet minuscule et mal tenu.

Puis le Roi disparaissait des semaines voire des

mois. Et le seul bruit de bottes agréable que repéraient ensuite les oreilles du Dauphin était celui d'un homme au nom en sons simples, en « i » et en « o », le vieux capitaine Guitaut.

Parfois Petit Louis pleurait, parfois babillait. Et marquait aux aubettes l'humeur du royal visiteur de l'aube pour la journée.

Mieux que les révoltes en Normandie, que la guerre aux frontières, cet enfant posait au Roi des questions sans réponses. On peut écraser les Jean-nu-pieds, parlementer avec l'ennemi, mais avec un enfant ?

L'enfant, que ce Roi vient visiter chaque matin, qu'il soit au Louvre ou à Saint-Germain, surtout à Saint-Germain, son véritable logis, loin de Paris et ses maladies, pour en contempler l'éveil et s'en réjouir secrètement, cet enfant qui, lui, ne chasse pas, ne chevauche pas, mais le regarde avec l'intensité que seuls osent les bébés, pleure, se tait, tète puis mange une bouillie, marche bientôt à quatre pattes, tire le bas d'un jupon pour obtenir un peu d'attention et va s'enfermer en lui-même.

Montre-t-on une once d'affection au bambin qu'il fond. Il est bien de son père malgré ses cheveux virant au châtain clair et bien au-delà des longs cils de son regard brun. Louis a d'abord grimacé de cette nuance de cheveux que le temps a apportée à son Dauphin mais il n'est pas mécontent que son fils ait la beauté de sa mère.

La beauté de celle pour qui aux débuts de leur chaste mariage, ils étaient si jeunes, trop jeunes, trop inexpérimentés, il composa à la guitare la « Chanson d'Amaryllis ». Aujourd'hui, il en estropie les paroles qu'il eût aimé chanter maintenant à son fils. Manière joliment détournée pour ce père timide de parler à l'enfant à propos de sa mère sans lui dire qu'elle fut aussi une ennemie. Et sans doute le demeure.

Quelle ne fut pas la joie de la Reine quand elle apprit, Louis Dieudonné avait deux jours, que de l'autre côté des Pyrénées, en son cher Escurial, une petite infante était née, Doña Maria Teresa ! Pour elle Dieu tout à coup comblait sa famille : les Habsbourg.

Rien n'était plus proche du Petit Louis que cette enfant nouveau-née. L'infante était la fille de la sœur du Roi, Madame Élisabeth, et du roi Philippe le frère de la Reine. Maria Teresa était donc presque une sœur pour Louis Dieudonné et la Reine voulut y voir un signe de la paix par-dessus les Pyrénées, ces montagnes de l'incompréhension et de l'acharnement à se combattre de deux monarques qui par leurs alliances et leurs ascendances étaient parents.

Louis lui pardonnait mal qu'elle ait déclaré l'infante toute neuve « sœur » du Dauphin. Il le lui pardonnait moins que la joie qui savait résider au cœur de la Reine et qu'elle dissimulait, car ce même 7 septembre La Valette et Condé, pour s'être chamaillés à qui commanderait, avaient été défaits à Fontarabie. Fontarabie, bâtie, fortifiée par Charles Quint, le glorieux ancêtre, était aussi la ville où Anne, alors l'infante Doña Ana Mauricia, avait vu et embrassé pour la dernière fois son père, le feu roi Philippe III d'Espagne, avant d'être « livrée » à la France et à un gamin roi de treize ans tout bégayant et déjà malade. Elle n'avait jamais revu son père, n'avait pu lui tenir la main sur son lit d'agonie, n'avait pu assister à ses funérailles.

Louis, malgré sa rage contre cette défaite, contre Condé, surtout contre La Valette qui avait fui, prudent, en Angleterre, admettait que sa femme ait pu secrètement soupirer de plaisir de savoir la dernière ville qui l'ait jamais rattachée à son pays natal, là où l'on avait coupé le lien avec son vrai pays pour la lier à un autre, totalement étranger, ait pu rester dans sa terre natale et échapper à l'emprise de son mari.

Peut-être l'aimait-il mère, lui qui n'avait su la faire épouse. Sans doute il l'aimait au travers de la beauté de ce déclamatoire « Mon Fils », qui sacrait Louis Dieudonné leur fils.

Le roi Louis le Juste, le Cruel, le Malade, devenu Louis le Père, avait des pudeurs qui sans doute l'honoraient et beaucoup l'entravaient. Chanter « Amaryllis » devant son fils pour évoquer sa mère ? Il en fut tenté avant de se rendre compte que les paroles par lui-même composées il y avait vingt et quelques années fuyaient sa mémoire. Et puis, aurait-il chanté sans bégayer devant son fils qui, certes, n'était pas encore en âge de se moquer ?

L'enfant est beau, comme le Roi s'en enchante en secret, mais l'enfant est seul. Seul au milieu d'une foule de dames, de gouvernantes, de femmes de chambre, de valets, de bas domestiques qui s'agitent dans l'indifférence. Manger, dormir, s'ennuyer. Ne pas s'ennuyer, jamais ! Il s'en occupera plus tard, par décret. Imaginer. Inventer. Un jour il décidera.

Il a cinq mois.

On vient de découvrir qu'il babillait. Un charmant galimatias. On l'a découvert trois jours après qu'il eut débuté dans ce nouveau métier d'enfant gazouilleur.

Madame sa maman le demande-t-elle, et elle le fait avec tendresse toujours, que c'est branle-bas de combat. On le baigne, on l'habille, on examine son allure alors que pendant les trois heures précédentes nul ne s'est préoccupé de lui. Si, Perrette au moment du sein et aussi un peu après, elle a joué au chatouillis, au babil, aux bulles avec lui. Mais on l'expédie vite ailleurs, son emploi de laitière terminé.

Les autres s'en fichent, les grandes dames vouées à son service ont tant d'affaires en train. Elles ont fait des pieds et des mains pour obtenir le poste, le titre, l'emploi, qui vaut tabouret de duchesse chez la Reine. Pour elles, il n'est que le prestige du moment et pension à vie, et elles laissent le bambin à leurs servantes, leurs souillons.

Mais, Mesdames, il sera roi de France !

S'il vit, mon ami. S'il vit !

Gaston sent de plus en plus la frangipane et de plus en plus souvent passe voir son neveu. Une marionnette, un jouet, il apporte un cadeau mais est surtout préoccupé de la santé du divin et royal neveu. Le gamin se porte bien. Il forcit. Gaston plaisante avec les dames et disparaît dans son odeur de pâtisserie.

Maman est indolente, dit-on. En fait, elle est devenue paresseuse. On dit alors la Reine « patiente », ce qui est vertu et non vice. La Reine épaissie par la maternité l'est aussi par la crainte. On a déjà pensé à lui enlever l'enfant. Le faire vivre à Amboise, ou ailleurs. Même Gaston a protesté auprès de son frère le Roi tisonné en ce sens par son « cousin » le Cardinal qui entend avoir pouvoir sur ce futur de la France qui quitte à peine ses langes pour de vrais vêtements.

Gaston a protesté ouvertement, fermement, sincèrement, et cette protestation est une première fois qui compte. Cinq-Mars aussi, du haut de l'insolence de ses dix-neuf ans, Cinq-Mars, le favori qui a pris la place de Marie de Hautefort dans le cœur du Roi, le cœur suffit puisque le Roi ne partage pas son lit, a défendu la Reine. Elle se demande bien pourquoi.

Monsieur et Monsieur le Grand sont des alliés. Monsieur le Grand, car le fils du maréchal d'Effiat a été nommé Grand écuyer, pas premier écuyer comme Barradat et Saint-Simon, non, Grand, poste énorme, à la gloire instantanée, et depuis il n'en fait qu'à sa tête. Et le Roi ennemi de la dépense, si scrupuleux, si économe, et il le faut avouer, qui reste aussi lui l'homme pieux bouleversé par la révolte des Jean-nu-pieds, ces familles entières de la riche Normandie n'ayant plus rien à manger, cherchant dans les campagnes ravagées par le gel et la misère de la guerre des racines, de l'écorce et de l'herbe, lui, a puisé 400 000 écus dans les coffres de la Bastille pour payer la charge à son favori, charge qu'occupait M. de Bellegarde. Bellegarde, vieux compagnon du roi Henri, a renâclé d'abord puis a abandonné la charge en se moquant du titre, que toute grandeur avait fui, quand ont tinté les pièces d'or.

Bullion le surintendant des finances s'en est épouvanté. A prétexté un rhume, un rhume pour retarder le paiement, pour détourner un bon plaisir du Roi ! Un rhume, bien pauvre rempart. Il a dû s'exécuter. Et risqué une fluxion fatale quand le Roi fit don à son favori, comme il n'y en eut jamais à la cour du roi Henri III, le comté de Danmartin et ses 250 000 livres de revenus. Même le Cardinal dont Cinq-Mars était l'arme ultime en fut alerté. L'« amitié » voulue, prévue, désirée, allait trop loin.

Monsieur le Grand a tout empoché.

Monsieur et Monsieur le Grand soutiennent ainsi la Reine qui n'y voit qu'une seule raison : le Roi est un vieillard quand elle, au même âge, est encore pleine de vie, la taille simplement moins svelte. Si le Roi meurt... Elle frissonne. Ne l'a-t-elle jamais souhaité au plus profond d'elle-même ? Sans doute, autrefois, jadis, naguère, avant-hier.

Elle n'a eu que deux années heureuses dans sa vie de reine de France, qui se résume à celle d'épouse négligée du roi de France. Quand Louis courait la bague en son honneur place Royale, quand il composa la « Chanson d'Amaryllis ». Elle sourit. Les vers n'étaient pas très bons. N'importe quel rimeur espagnol des rues de Madrid, où ils abondent, en eût fait de cent fois meilleurs. Ils savent au moins ce que sont le soleil et la passion. Ils inondent les nuits de sérénades, qu'une infante ne doit pas écouter mais qu'elle est bien obligée d'entendre quand les guitares montent de la ville qui vit pendant la nuit comme Paris en plein midi et qu'elle entrouvre les fenêtres du palais forteresse que les duègnes ont fermement verrouillées après la prière du soir.

Une enfant de douze ans en robe de chambre se penche sur cette ville qui résonne des guitares et des chants d'amours désespérées, et rêve sous le ciel étoilé dont son palais est le plus près puisqu'il surplombe Madrid, la capitale la plus élevée de toutes celles d'Europe.

Louis ne composa pas une chanson digne de ces nuits chaudes pleines de rêves et de désir, Amaryllis venait d'un printemps plus pudique.

Tu crois, ô beau soleil,
Qu'à ton éclat rien n'est pareil

En cet aimable temps
Que tu fais le printemps.
Mais quoi ! tu pâlis
Auprès d'Amaryllis

Oh ! Que le ciel est gai
Durant ce gentil mois de mai !
Les roses vont fleurir,
Les lys s'épanouir.
Mais que sont les lys
Auprès d'Amaryllis ?

S'en souvient-il, ce roi dit Louis le Juste qui, elle doit l'avouer, mériterait maintenant d'être nommé Louis le Prévenant ? Sait-il seulement qu'il a versifié sur un air de cantilène ces vers trop pudibonds pour sa femme épousée ? On le lui rappellerait qu'il en serait étonné à lui redonner sa mine à tâter le vinaigre.

Peut-être ; peut-être que non. Sait-elle ce que pense son époux ? Elle ignore qu'il en recherchait les premières notes ce matin sur le chemin qui le menait en grand équipage vers la forêt de la Laye. Il suffirait d'un rien pour que tout aille bien entre ces deux-là autour du berceau de l'enfant futur roi.

Si le Roi meurt, elle, mère du nouveau Roi, sera aussi puissante que l'homme en rouge tout aussi malade que son maître et esclave. Et Monsieur se verrait bien régent et Monsieur le Grand principal ministre, ou connétable... L'évêque de Lisieux son confesseur lui a affirmé que désormais elle était « pleinement reine ». Mme de Sénecey l'a confirmé, mais elle est une si fidèle amie et trop bonne catholique pour ne pas être du parti espagnol, surtout trop parente de La Rochefoucauld pour ne pas être trop intelligente. Un autre Monseigneur, l'évêque de Bordeaux, a également renouvelé ce sacre verbal. Mais il est l'oncle de Louise Angélique de La Fayette. S'ils avaient raison, si la peur était terminée comme toute menace de répudiation. Si une sorte de règne commençait...

Elle doit s'endurcir alors. S'intéresser, ne plus intriguer. Observer ; les jauger ; les dominer.

L'ambition les mène, ils n'ont aucun sentiment ; elle en a encore. Il faut qu'elle se reprenne, ne paresse plus, s'occupe de son fils, se préoccupe de la France autrement qu'autrefois. Cette France que Petit Louis héritera. Si seulement La Porte était là ! Déjà il n'est plus à la Bastille mais près de Saumur où le vin est bon et la Loire si belle sous ses ciels de tarlatane. Elle se souvient des séjours à Amboise ou à Blois, chez son beau-frère Monsieur, et des aubes saisies par la fenêtre quand elle se levait tôt, comme autrefois jeune infante à la vie secrète dans une forteresse endormie.

Une petite fille oubliée resurgit, immortelle, devant l'image d'un petit garçon né d'elle.

Mais la reine Anne, mère de Roi plus qu'épouse de Roi, fille de Roi, arrière-petite-fille d'Empereur, n'a plus de volonté. La reine Anne se laisse aller.

Stéphanille n'aurait jamais dû mourir. Un souvenir passe en tornade sur l'âme de la Reine dans son oratoire, un grand vent d'Espagne, fier, ardent, brûlant. Un vent de nuit d'été, celui des guitares madrilènes quand son jeune mari ne sut que chanter la brise des mois de mai. Un vent d'Empire allant des Amériques aux Flandres et à l'Italie. Ce vent-là est dans ses poumons, ce sang de conquérants coule dans ses veines, et la Reine fait du lard en se complaisant à paresser.

Pourtant l'arbre desséché des Habsbourg a produit

cette fleur qui croît même à l'ombre d'un époux tuberculeux et neurasthénique, et qui protège la graine d'une race plus forte et plus vigoureuse. Une race qui dévore ses nourrices, et lui redonne confiance en elle après les terreurs incessantes de la stérilité.

Elle n'a même pas prié, à genoux sur le velours rouge, derrière les grilles dorées de son oratoire, la mantille sur la tête. L'autel est couvert d'une dentelle de soie, les cierges brûlent.

Non elle n'a pas prié, elle a pleuré sur elle, sa solitude, les espions qui l'entourent, sa disgrâce, ses malheurs qui lui tiennent lieu de vertu. Stéphanille...

Madrid. Elle est enfant. Stéphanille la berce après l'avoir grondée. Elle la tient sur ses genoux, elle l'Infante, elle la tient ainsi en cachette contre toute l'étiquette de cette cour rugueuse d'Espagne plus militaire qu'un régiment de *tercios*. Stéphanille la tient en l'enlaçant sur ses genoux, lui sèche les larmes en fredonnant une chanson sur le Roi David ; se rappelle-t-elle encore les paroles ? Presque. À peu près.

Car à l'image de notre enfance,
Comme nous il a grandi,
Il était petit, faible et désarmé,
Comme nous il connaissait les sourires et les larmes.

En castillan, c'était ravissant.

La Reine se lève du prie-Dieu. Pourquoi donc en ce matin lui reviennent ainsi des chansons ?

Le cri jaillit, faible pourtant, rauque d'émotion venue d'ailleurs, mais cinglant comme le vent des sierras de Castille quand l'hiver approche. Ici l'hiver s'enfuit.

— Je veux mon fils ! *Niño mio !*

Quand la Reine crie en castillan, nul n'a le temps de lanterner.

— Non, Mesdames, qu'on ne me l'amène pas, je vais visiter Mgr le Dauphin dans ses appartements.

Elle quitte le Château Neuf et dans le froid monte la grande allée vers le Château Vieux, résidence forteresse du futur roi.

Elle arpente les corridors, les antichambres, on se lève à son approche, elle franchit les portes dont on n'a pas le temps d'ouvrir les deux battants, nul n'a le temps d'annoncer la Reine. Elle est déjà là, dans les appartements tendus de damas qui fut blanc.

Elles bavardent et pérorent, elle les traverse comme une renarde un poulailler. La volaille de soie, de satin, de brocart bat des ailes et s'affole.

Il dort, il est sale. Ses joues mouillées de larmes.

En elle l'Espagnole hurle ! La Reine crie et tempête. Elle gifle quelqu'un qui ose la vouloir calmer.

Le Dauphin s'éveille, pleurniche, la voit, sourit. Il est dans ses bras. Contre elle.

— Restez toutes ici, loin de ma vue. Le Dauphin s'installe désormais dans mes appartements. Perrette, vous seule suivez-moi.

Et la Reine en carrosse sans ses dames, simplement avec Perrette, emmène en promenade Mgr le Dauphin, Petit Louis son fils, dans les jardins, et lui énonce les noms des fleurs d'hiver qui malgré le froid ornent les parterres des nuances de bleu et des nuances de blanc.

Car il n'est pas qu'un seul blanc, voit l'enfant, tout à coup heureux, le nez rougi par les derniers frimas d'un printemps qui s'annonce.

Le jaune des perce-neige arrive en une vague, au dernier parterre devant l'esplanade d'où de bons yeux aperçoivent Paris.

Mgr le Dauphin gigote, ravi.

La Reine est radieuse, ces terrasses à perte de vue, qui descendent vers la Seine et la forêt giboyeuse, lui sont tout à coup les terrasses anciennes d'une enfance oubliée, les terrasses de l'Alcazar d'où, avec Stéphanille, elle contemplait Madrid et le Manzarenes.

Perrette a la larme à l'œil, les derniers gels valent la plus chaude émotion. Perrette voit une mère. Cet enfant qu'elle attache à son sein qu'il meurtrit a vraiment une Maman. La Reine a mis pied à terre, tient l'enfant contre elle et sa chaleur, le recouvre d'un châle.

— Chaque jour, mon fils, Maman vous promènera. Les beaux jours arrivent, vous verrez les hérons, les hirondelles, les fruits et les fleurs resplendiront. Vous vivrez dans la beauté. Consacrez-lui votre vie.

Le soir même Louis Dieudonné, Dauphin de France, dormit dans ses draps troués que personne ne pensait à changer. Chacun déléguant à son délégué qui déléguait lui-même au lendemain c'est-à-dire à jamais.

Henri a dix-neuf ans et paraît un enfant. Jamais enfant n'obtint tant de charges en si peu de temps. Il est marquis, Grand écuyer, maître de la Garde-Robe, commande une compagnie des gardes, charge qu'il laisse à son lieutenant. Henri Coiffier dit Ruzé, marquis de Cinq-Mars, règne aussi sur le cœur du Roi.

Il est riche et ne donne rien au Roi en échange des milliers de livres qu'il en reçoit. Sinon sa présence insolente. Il est la vie, le monarque qui lui paraît centenaire a sur lui l'odeur de la mort qui le grignote. Son haleine est un enfer, une rue de Paris qui se néglige, et Cinq-Mars s'interdit de grimacer.

La nuit Henri passe par les fenêtres, fait seller son

cheval et galope à Paris faire l'amour et la fête avec Marion de L'Orme.

Il déteste chasser au matin avec Sa Majesté. La chasse, cette forme d'amour, la seule que le Roi sache partager et que toutes ses inclinations, ses amitiés comme il dit, ont détestée : Marie de Hautefort, Louise Angélique de La Fayette et maintenant Henri de Cinq-Mars.

À cet enfant-là, la tristesse du roi, sa traque des renards, ses vols de pies-grièches, sont insupportables. Il est impatient. Et la tendresse de son âge lui fait remarquer la Reine, une mère, un pouvoir, un avenir aussi par le Dauphin auquel il s'attacherait bien si Marion de L'Orme, que les esprits libertins nomment déjà Madame la Grande, ne lui prenait pas son temps, n'occupait pas toujours ses pensées, celles qui viennent du corps, comme lui assiège et conquiert son lit. Et la Reine, à l'esprit fin, remarque ses intentions et ne se déplaît pas en sa compagnie, à ses furtives apparitions au sourire éclatant. Elle sourit à M. de Cinq-Mars. Une nouvelle crainte l'a assaillie : elle sait que le Cardinal songe à demander la tutelle de l'enfant, de son Petit Louis. Elle ne sera plus rien qu'avoir été un ventre. Elle préférerait de beaucoup Cinq-Mars, le beau, le brillant, le charmant. Il la traitera en reine, il la traitera en femme. Alors la Reine flatte Monsieur le Grand.

Le Cardinal est mécontent de son « arme secrète » tenue ainsi en réserve depuis quatre ans. Il s'est trompé. Il a vieilli. Sa poigne de fer sur la France et les ennemis de ce pays qu'il aime et qu'il torture à la fois ne peut rien contre la créature qu'il a inventée de toutes pièces. Pour désennuyer le Roi. Pour régner, lui, sur cet ennui qui est le pilier de son propre et immense pouvoir.

Sa créature de dix-neuf ans veut lui prendre son pouvoir. Il l'en soupçonne fortement.

Que ne patiente-t-il, je vais mourir ? Tous les autres patientent, il le sait, dans leur exil ou à la Bastille. Il a des rapports des ambassadeurs en Hollande, en Angleterre, et ceux de ce bon M. du Tremblay, frère de son père Joseph qui vient de trépasser et pour lequel il proposait à Rome le cardinalat au registre de la France. Il a un autre homme en réserve pour remplacer la grise éminence de ce capucin, un fidèle bien qu'italien, un dénommé Mazarini, ancien nonce, ancien capitaine des troupes de Sa Sainteté. Il faudra que le Roi accepte de le proposer au Pape pour le chapeau ; on verra.

La douleur de la perte du fidèle Joseph fut compensée le même jour par la prise de Brisach aux Espagnols. Le temps des victoires était revenu.

Selon les rapports croisés des ambassadeurs, des gouverneurs de province et de M. du Tremblay en sa Bastille, ils et elles, tous ces révoltés contre sa toute-puissance, patientent. Ceux et celles qu'il a éloignés ne peuvent comploter mais ils reviendront quand le glas de son trépas n'aura pas fini de sonner. Il le sait.

Cinq-Mars l'ingrat veut sa place, voire sa mort. S'il le faut, il tuera Cinq-Mars, détruira ce qu'il a fait, empêchant ainsi cet enfant turbulent de défaire ce qu'il lui a si longuement, courageusement, brutalement cousu. Déjà il a commencé, l'imbécile ! Il a fait renvoyer un valet. Un valet ? Belle affaire ! Non, il s'agissait de La Chesnaye, principal et plus discret espion du Cardinal à Saint-Germain, homme tout oreilles arpentant sans qu'on s'en méfie le Château Neuf, le Château Vieux. Renvoyé pour une histoire de bottes égarées !

Convocation à Rueil. Monsieur le Grand debout, bien campé, le Cardinal assis.

— Vous n'êtes rien sans moi, une merde, un petit étron sec dans des velours écarlates. Je peux vous écraser, vous jeter à la fosse si vous n'obéissez pas. Rengagez La Chesnaye. Ne croyez pas en votre pouvoir sur le Roi. Vous n'êtes qu'outil de ce pouvoir et si l'outil s'ébrèche ou blesse son maître, on le jette.

Les yeux du bel enfant de dix-neuf ans n'étaient que fureur. L'espion La Chesnaye reprit sa place. Le Roi aimait bien sa servilité efficace. Cinq-Mars fut insupportable deux semaines durant.

Le Cardinal sait désormais qu'il doit compter avec sa propre créature comme la reine mère, Marie de Médicis, dut compter avec lui-même qui était la sienne.

Mais le petit marquis de Cinq-Mars n'a pas mon génie qui est de servir, puis de me servir.

Mais Cinq-Mars a le génie de séduire. Cinq-Mars séduit le Dauphin.

La méthode du Cardinal ne changeait pas. Si trouble règne en Cour, faisons la guerre. Et la victoire de Brisach et le retour en gloire des armes de Sa Majesté avaient activé son idée. Éloignons le Roi qui s'attendrit sur la Reine via l'enfant. Enlevons Cinq-Mars à la Cour où il possède sa meute de propres courtisans et surtout à Paris où il fait mille folies qui mettent Louis de très méchante humeur... contre le Cardinal même. Paris conquis par l'élégante gloriole du favori chansonne de plus belle le Roi et son ministre. Si Cinq-Mars échauffe cette ville sale et intenable... où se vautrent les princes, les évêques, les rimailleurs de libelles,

les duchesses insolentes qui ne prennent pas amants pour le plaisir mais pour le complot.

Le Cardinal-Duc a étudié les cartes, le Cardinal ministre a choisi. Le Roi prendra Hesdin, vieille place forte sur la Canche. Le siège y sera commandé par M. de Gassion, formidable soldat, excellent colonel. Un des rares capables de mener le Roi sur les remparts. Il nous faut de la gloire. Il nous faut que Cinq-Mars soit là, au plus près de Sa Majesté, que tout se rabiboche, que tout continue. Que lui, principal ministre, puisse conclure, peut-être, un traité de paix.

Il y a là le symbole d'une revanche. Après l'échec de Fontarabie, forteresse édifiée par Charles Quint, prenons Hesdin, cette Fontarabie de Picardie, élevée elle aussi par le grand empereur. Il faut une victoire menée par le Roi. Elle sera la sienne.

Le Roi accepte la guerre et d'y paraître en chef. Cinq-Mars accepte de l'y accompagner à la tête de ses gardes, bien obligé. Et puis la guerre est moins ennuyeuse que la chasse.

Le Roi veut que son fils, que l'on n'emmaillote plus car il n'est plus nourrisson, qui porte bonnet de satin, robe de dentelles armoriées et un petit cordon bleu de Saint-Louis, assiste à son départ.

Il fait grand soleil, clair et lumineux dans un ciel pommelé comme seule sait en produite l'Ile-de-France en mai. Comme dans sa chanson ancienne. Les casaques à trois volants des mousquetaires jouent dans le vent des reflets de leurs croix d'argent sur la grande esplanade du Château Neuf de Saint-Germain.

Louis paraît, vêtu de sombre, galonné d'argent, il a banni l'or de ses uniformes.

Vive le Roi !

Deux régiments le crient à l'unisson, les mousquetaires et les gardes, mer bleue, mer rouge.

La Reine apparaît suivie de Mme de Brassac, de Mme de Lansac, de Mme de Sénecey, de Guitaut qui regarde, nostalgique ou heureux, on ne sait trop ce que pense ce grand taiseux, ces quinze cents cavaliers en si bon ordre de marche. Puis vient un huissier portant Mgr le Dauphin. C'est La Chesnaye monté en grade après son renvoi éphémère.

L'enfant regarde de tous ses yeux, de toute son âme le flot de couleurs vives et de chevaux hennissants.

Cinq-Mars met pied à terre, s'avance, présente ses gardes au Roi. Il est vêtu de gris tourterelle doublé d'écarlate, d'un jabot de soie noué à la dernière mode, à la croate, ses gants sont brodés de faucons d'argent, une grande écharpe blanche de commandement barre sa poitrine. Des dentelles en cascade retombent sur ses bottes souples d'Italie aux éperons d'argent.

Il salue de son chapeau à triple panache réservé aux gardes du Roi. Il avance vers le Dauphin et dit dans son plus terrible sourire :

— Dieu vous protège, Monseigneur, pendant que je mène à la guerre Sa Majesté votre père.

Le bambin lui tend la main, le gant au faucon du gandin le frôle, le bébé lui saisit l'index. Il rit et secoue le doigt comme il fait de ses hochets.

Le Roi s'approche en riant et détache la main de son fils du doigt de son favori.

— Laissez, mon fils, le marquis de Cinq-Mars qui s'en va se battre pour l'amour de vous.

Le Roi pose un baiser sur le front de son fils. Le

bambin grimace sous la caresse piquante de la moustache. Louis sourit.

— Soyez sage, mon fils. Nous vous rapporterons des drapeaux pour orner vos appartements.

Et le Roi s'incline devant la Reine, lui baise la main, qu'il retient dans son gant noir, fixe sa femme au fond des yeux.

— Souhaitez-moi la victoire, Madame.

Elle lui donne la révérence, relève ses yeux verts à hauteur du regard noir adouci :

— Sire, je vous souhaite la vie.

Louis monte à cheval, négligeant l'étrier que lui tend l'écuyer, se campe fièrement, soulève son chapeau. Louis le Malade a disparu derrière Louis le Guerrier.

Une nouvelle fois, il part faire la guerre dans les terres du Nord, en Picardie, contre ses trois beaux-frères, l'empereur, le roi d'Espagne, le Cardinal-Infant.

Les frères de sa femme.

Les oncles de son fils.

Les tambours battent.

— Boum, boum, boum, scande Mgr le Dauphin qui bat des mains.

On s'esclaffe, on s'émerveille.

Aux premières heures de l'après-midi, Mme de Brassac écrira son rapport circonstancié à Son Éminence.

Son Éminence le lendemain fera porter en cadeau à Mgr le Dauphin un tambour paré de bleu aux armes de la Royauté.

Il est tranquille à Rueil. Il soupire. Sans Louis l'Attendri, heureux d'être avec ses armées, sans Cinq-Mars qui, malgré ses défauts, saura s'y conduire, et peut y mourir, Son Éminence le cardinal-duc de Richelieu, principal ministre du roi de France, va entreprendre la lourde et importante tâche de terminer son grand ménage entrepris dans les deux châteaux de Saint-Germain.

Il ne s'agit plus de préserver ses quatre pieds carrés dans le cabinet du Roi mais de conquérir le pouvoir sur le Fils de France. Bataille plus hasardeuse que la prise de Hesdin.

LES CADEAUX DE SON ÉMINENCE

Forte fièvre et grandes diarrhées, le Dauphin souffrait, les joues en flammes, la bouche baveuse. On s'excédait au Château Vieux à changer l'enfant, le laver, le baigner dans l'eau tiède, à l'enduire de vin miélé ou d'huile d'amande, à lui passer sur les lèvres un électuaire à la corne de cerf, les médecins parlaient latin, Guitaut les écoutait et boitait.

Sa cuisse ne lui pardonnait pas sa traversée des fascines sous la mitraille pour ouvrir un chemin au Roi à Corbie. Guitaut n'était pas mécontent de commander ici à la garde du futur roi. Tant pis pour les éclats de gloire à récolter en Picardie. Gassion connaissait son métier. Guitaut avait pris bien des étendards, forcé bien des brèches, couvert de son corps et de ses soldats la personne du Roi, parfois celle du Cardinal. Ici il fallait protéger le Dauphin. Aimable gloire au milieu d'aimables dames.

Les Grands rapaces rôdaient tout autour du Château Vieux comme requins autour d'un vaisseau marchand. Un sien neveu lui avait conté des histoires de marins.

Guitaut accompagnait Mme de Sénecey, désormais dame sans titre et qui s'installait dans un rôle de « marraine » du Dauphin. Devant les médecins outrés, elle ouvrit la bouche de l'enfant en lui disant des mots doux, promena un doigt fin et pommadé sur la gencive de Louis Dieudonné.

— La belle maladie que voilà ! Le Dauphin met trois dents d'un coup ! Sa future Majesté sera un monarque qui n'aimera pas perdre son temps.

Guitaut la salua :

— Vous êtes le meilleur médecin de France.

— Peut-être suis-je le seul à aimer mon patient plus qu'Aristote, le latin et moi-même.

Guitaut frisa sa moustache ; pourquoi ne pas épouser Mme de Sénecey ? Il était de trop petite noblesse, mais avait belle renommée. Et quand le regard de cette rieuse amie de la Reine se posait sur lui, sur ses bottes, sur son chapeau au triple panache, il s'attardait. Il rompit. Non, trop vieux, trop solitaire, trop rugueux. Mme de Sénecey le suivit des yeux. Timidité de héros en temps de paix. Cela lui plaisait bien. Elle revint au Dauphin.

L'enfant était calmé. Mme de Sénecey fit quérir un os de poulet aux cuisines, un os tendre du pilon, un os trop cuit ; elle en frotta la gencive, le bambin trouva cela bon et saisit lui-même le pilon qu'il enfourna dans sa bouche, et serra les mâchoires sur ce bâton tendre et juteux quand il était bien trempé de salive.

Après la nuit de pleurs, la fièvre tomba, le sourire revint, les joues ne rougeoyèrent plus, Louis le Jeune comptait quatre petites perles carrées visibles à son premier sourire de la matinée.

Mme de Lansac, après avoir protesté qu'une personne non désignée eût soigné le Dauphin, recula mollement devant le regard vert d'Anne, et fut séduite par la nouvelle bouche de l'enfant dont les lèvres ourlées venues de Papa et de Maman s'ouvraient en babillant sur les quatre minuscules miracles de porcelaine, joua avec ce Dauphin qui n'était plus une charge, l'espace d'un instant fugace, mais un ravissement.

L'air se fit plus doux au premier étage du Château Vieux. Ce qui était confinement entre les murs de la méfiance, les grilles des énervements, devint brise en accord avec le beau temps qui armoriait les parterres de Saint-Germain. La Reine était heureuse des dents de son fils et s'installa plus longtemps dans sa chambre du Château Vieux afin de profiter de ce petit bonheur trop rare en France. Mme de Brassac rédigea vite une lettre qui galopa jusqu'à Rueil, où souffrait le Cardinal.

Richelieu se félicita que l'enfant soit bien portant et montrât par cette dentition toute neuve et fort impatiente une vigueur qui lui permettrait d'affronter les maladies qui assiégeaient tout nouveau-né. Celui-ci vivrait. Certes, le bambin installait la Reine dans une perpétuité, mais une perpétuité de mère de France et non d'infante d'Espagne.

La Reine en effet avait l'esprit et le cœur pleins de son gentil Dauphin. Son fils remplaçait ses frères et beaux-frères, oubliés aux frontières du Sud, du Nord et de l'Est. Le choix était fait : armés jusqu'aux dents en Roussillon, en Alsace, en Picardie, ils menaçaient l'avenir et les biens de son fils ; elle ne les traitait pas encore en ennemis, mais en cousins éloignés et voraces. La bataille que Richelieu lui avait laissée gagner contre une nourrice montrait que la reine Anne d'Autriche s'était muée en Anne mère de Roi. Elle s'oubliait Habsbourg par amour d'un bourgeon de Bourbon. En fait, l'abandon de la nourrice avait été un bon investissement.

Une phrase de la comtesse de Brassac retint aussi l'attention du « monstre » ; elle concernait des regards échangés et un « début d'amitié » entre le comte de Guitaut et Mme de Sénecey. Guitaut ne trahirait pas ; du moins pas tout de suite, mais pouvait succomber à un sentiment que Son Éminence prévoyait encombrant.

Il s'agirait d'exiler la Sénecey.

Sacré Guitaut tout de même ! À cinquante-sept ans ! Mais il est vrai, Son Éminence l'avait remarqué, que le visage souvent inquiet de la Reine s'éclairait, aussi, lorsqu'il apparaissait. Il plaisait, ce vieux gens d'armes.

Et cette Brassac qui le fait comte ! Mais pourquoi pas ? Oui, pourquoi pas ? Un généalogiste va nous arranger cela. Le Cardinal savait comment, de petit hobereau au nom emprunté d'un vague hameau, on devenait duc et pair. Et ce hameau oublié par les cartes s'était mué, par des millions dépensés et par la grâce du bon architecte Le Mercier, en la ville nouvelle de Richelieu. Une splendeur quasi italienne en plein Poitou. Florence habitée par des paysans et des vaches.

Guitaut, comte ? Oui, grâce à ce brin de Comminges qui traînait dans la famille comme un vieux meuble hérité d'un ancêtre. Un trait de plume, le cachet du Roi avaient des vertus magiques. Ils muaient, efficace alchimie, un fils de faquin italien en duc et connétable, comme Luynes.

Le mot italien lui remémora le nom de Mazarini. Le mot faquin aussi. Malgré les souffrances qui ravageaient le fondement de Son Éminence et faisaient s'amonceler les coussins sur chacun de ses sièges, sans parler des onguents que sept mulets (du nom de la monture traditionnelle des médecins) lui administraient avec des gestes indus par la force du lieu malade et des paroles plus onctueuses et énervantes que les ingrédients de leurs baumes, la tête fonctionnait. Il fallait préparer le signor Mazarini à de grandes choses. Il serait bon écolier. Il serait un excellent espion, un irremplaçable second. Et il était beau. Ce Romain fils de Sicilien ressemblait au très anglais lord duc de Buckingham. Ce qui donnait bien des idées. Le Cardinal qui traitait depuis vingt ans avec les princes protestants d'Allemagne et le roi de Suède pour combattre la très catholique Espagne se montrait fort libéral sur le choix de ses alliés. Nécessité commande ; l'intelligence aussi, et cette dernière ne manquait pas au signor Mazarini.

La lecture finie, la prise de Saint-Germain par le seigneur de Rueil venait d'être inscrite au rôle des grandes actions d'un esprit fertile et désormais pressé par la fuite du temps accélérée encore par la permanence des souffrances.

Les quatre dents du Dauphin donnaient de l'appétit à un ogre qui ne pouvait plus se nourrir que de bouillons, après avoir dévoré la France.

Son Éminence se leva, elle pensait mieux en marchant à pas lents ; seul, Richelieu pouvait traîner la patte, s'appuyer à un meuble, non pas se laisser aller, mouvement d'indolence impropre à sa nature, mais se dégourdir, réactiver la faiblesse de ses jarrets, sans que nul n'en soit témoin. Arrivé près de la fenêtre de son cabinet, il contempla le jardin, les gardes, les aumôniers et chapelains qui allaient et venaient ; combien d'affairés, combien d'inutiles ? Qu'importe ! Tous étaient unis par la crainte qu'il leur inspirait.

S'ils savaient. Richelieu grimaça un rictus : ils savent mais n'osent le penser tant cela leur paraît impossible alors qu'ils l'espèrent. Ils sont à une table de jeu dont ils n'osent doubler la mise alors qu'elle leur est forcément acquise. C'est ainsi que je gagne.

Bien sûr, je perdrai au dernier tirage. La dame noire fauchera le roi rouge.

Nous verrons.

Quel calme !

Respirer ce calme comme un air fleuri. Le ventre lui aussi, et plus bas encore, tout est calme dans ce vieux corps. Il aspire l'air confiné du cabinet, ouvre la fenêtre sur le jardin. Un cavalier franchit les allées au galop. Casaque bleue, panache blanc sous la poussière ocrée des routes d'été.

Hesdin est tombée, n'est-ce pas, Seigneur Dieu des armées ?

Alors, nous allons à Saint-Germain.

L'été s'annonçait victorieux pour le Cardinal. Il fut plaisant pour le Dauphin. D'abord il eut la gale. Des croûtes sous ses cheveux châtains, et l'on s'aperçut que dans son gigantesque entourage, gigantesque pour un bambin, pas moins de soixante-sept personnes sans les gardes, une femme de chambre était galeuse. Choisie par Mme de Lansac. Un mauvais point. La Reine gronda en castillan, le Cardinal cingla de deux mots, Mme de Lansac rougit, la comtesse de Brassac bicha. Mme de Sénecey trouva le remède, une pommade qui lui venait de sa mère. Les croûtes disparurent, les démangeaisons abandonnèrent.

Le Dauphin ne s'en était jamais plaint. Il s'amusait de ces petits fragments de peau tout secs dessus, purulents dessous, ce qui leur donnait un drôle de goût lorsque du bout du doigt il les portait à sa bouche. Cela valait pour lui la gelée de rose qu'on lui offrait dans des pots de grès et dont il raffolait. Surtout quand la cuillère était tenue par Marie de Hautefort.

C'est parce qu'il se gratta les cheveux, qu'il saupoudra son bol de lait sucré de ces éclats jaunasses qu'on s'aperçut que le Dauphin avait le crâne couronné de squames galeux. Marie en tacha sa robe dans un hoquet. Il y eut du remuement.

Quand Marie était là, le Dauphin ne la quittait pas.

« Il marche sur les traces de son père », dit un courtisan à qui la Reine rappela que ses affaires allaient le retenir à Paris et ce, jusqu'au retour lointain du Roi, qui après Hesdin allait assiéger deux ou trois autres places fortes pour ne pas perdre la main. Ni celle de Cinq-Mars, seul être à qui le Roi désormais donnait du « cher ami », d'après les rapports qu'adressait chaque semaine M. de Chavigny, espion aux armées, à Mazarini, qui en faisait lecture avec son inimitable accent transalpin, accent qui ajoutait au plaisir des nouvelles attendues. Cet homme savait pousser Son Éminence à sourire, quel talent !

Le Dauphin, comme tout grand seigneur, possédait désormais son épée. Le cadeau lui venait de Richelieu, comme le tambour, son jouet préféré : il le voulait dans son lit pour ses siestes obligées et ne se lassait pas de rompre les oreilles de la Cour, principalement celles de Mme de Lansac, qui avait la sottise de s'en plaindre au généreux donateur, le vieil homme en rouge qui parfois grimaçait, parfois souriait. Son Éminence avait armé le prochain roi de France.

— Vous aussi, Monseigneur, comme votre glorieux père, vous forcerez les villes. En attendant le canon et le mousquet, voici, au fils de Louis le Victorieux, une belle et bonne épée.

Le Dauphin écarquillait de grands yeux. On reçoit moins de cadeaux fils de Roi que fils de bourgeois. Toute la volaille s'exclama, la Reine s'inquiéta devant ces six pouces d'acier (« de Tolède, Madame », tint-il à préciser) mais le Cardinal lui sourit.

— Si Votre Majesté permet ce présent guerrier de son fidèle ministre au premier fils de France.

La Reine rendit ce sourire qu'elle se surprit à juger doux. Les yeux de l'homme en rouge étaient joyeux, et son visage funèbre affichait l'air bonasse et malicieux du vieil oncle venu de sa campagne gâter un sien neveu. C'était un peu vrai.

Le présent était somptueux. On sortit, d'un fourreau en cuir de Russie brodé de fils d'argent qui esquissaient la forme souple d'un dauphin, une fine lame savamment émoussée ; à la pointe arrondie étaient gravés deux L entrelacés en une couronne de lauriers. Elle s'enfonçait dans une garde de deux anneaux d'or, d'un quillon en cuivre terminé au pommeau par une noisette d'or sertie d'une couronne de diamant. Le tout se portait avec un baudrier recouvert de soie bleu roi aux armes du Dauphin. Brassac en ceignit l'enfant, qui se tint droit et roide immédiatement.

— Déjà une humeur de capitaine, n'est-ce pas, monsieur Guitaut ? dit le Cardinal. Le Dauphin est-il assez martial à votre goût, mon cher comte ?

Le cher comte avala la flatterie et salua :

— Mgr le Dauphin est Mars en personne.

— La duchesse d'Aiguillon, ma nièce, a pensé que l'uniforme ne serait pas complet sans ce qui sied le mieux aux nobles soldats, le panache.

Et Richelieu sortit de son dos où il la tenait cachée une boîte ronde dont on tira un petit chapeau de feutre au triple panache de plumes blanches, modèle en réduction de la coiffure du beau Cinq-Mars et du brave Guitaut.

Ce dernier salua l'enfant d'une envolée de son chapeau qui balaya trois fois le parquet. Louis Dieudonné s'essaya à faire de même devant son capitaine. Il montra moins d'aisance mais autant de bonne volonté. On applaudit très fort.

— N'oubliez pas, mon fils, de remercier le Cardinal des bontés dont il vous comble.

L'enfant regarda sa mère puis se tourna vers l'homme rouge, et, le visage sérieux, recommença l'exercice du chapeau avant de s'en recoiffer de travers.

— Madame, dit Richelieu à la Reine, Mgr le Dauphin allie la prestance guerrière de son père à la grâce que toute l'Europe vous reconnaît.

Le mot aimable du tyran à la Reine allait galoper vers Paris, où l'on parlerait trois jours du rapprochement entre Son Éminence et l'Espagnole alors que le Roi guerroyait.

L'Espagnole avait reçu le compliment comme une nouvelle déclaration de guerre. Derrière la douceur de brise des propos échangés elle voyait déjà le ciel se couvrir et s'annoncer un orage.

Son fils avait été conçu pendant un orage, et il ne se passait pas de semaine en ce chaud mois de juin sans que le ciel grondât.

Mais il fallait offrir au Cardinal un visage serein de plein été. Sans pour cela lui faire avancer un siège alors qu'elle savait que la station debout telle qu'il la pratiquait, étiré sur les ergots de ses talons comme un if en rouge, lui infligeait mille morts des genoux au bas des reins.

Qu'il souffre !

« Quelqu'un ici va mourir bientôt, mourir au monde, rejoindre l'exil sinon le caveau, pensa Guitaut, et son regard parcourut l'assistance : Hautefort ? Lansac ? Brassac ? Mme de Sénecey ? Moi-même ? »

Mme de Sénecey croisa le regard du capitaine et lui sourit de ses yeux bleu de Provence. « Diable, se dit tristement Guitaut, ce sera elle. »

Le Cardinal regardait le capitaine. Guitaut croisa et soutint le regard de l'aigle rouge. Oui, ce serait Mme de Sénecey.

Le Cardinal prenait congé. Guitaut eut l'honneur, sur un signe de la Reine, de l'accompagner jusque dans la cour. Dans l'escalier Richelieu hésita, Guitaut lui présenta son bras.

— Sa Majesté l'accepte dans certains embarras.

— Merci, comte, je sais que votre bras ne faillit pas, mais je ne suis pas le Roi. Vous ne m'en voulez pas de vous avoir privé d'une nouvelle victoire, à Hesdin ?

— Nul n'avait besoin de moi là-bas. Et peut-être suis-je utile à quelqu'un ici.

— Le Dauphin a besoin qu'on veille sur lui. Et qui veillera mieux que M. de Guitaut ?

— Lui aussi peut compter sur mon bras.

— Et votre tête, Guitaut, votre tête. Merci pour votre bras, j'en veux bien. Vous êtes plus qu'un grand soldat, comte. Vous êtes fringant, un trésor à nos âges, et puis vous pensez, vous savez, vous comprenez.

— Et j'obéis. Sans juger.

— Bien sûr que si, vous jugez ! Et vous condamnez. En cet instant vous aidez un ministre, un prince de l'Église, à regagner sa voiture, mais vous le jugez. Mais si au final j'avais eu raison...

— Je suis capable de comprendre que vous avez souvent raison.

— Merci. Laissez mon bras dans la cour. J'irai seul.

L'image, mon cher Guitaut, l'image. On me guette à l'étage.

— On ne peut être la boussole d'un royaume et regretter qu'on vous observe pour prévoir le vent.

— En plus, vous auriez fait un excellent courtisan ! Que n'êtes-vous chez moi, vous seriez maréchal de France !

— Nous habitons la même maison, Éminence, le Royaume. Chacun à son étage.

— Sans doute êtes-vous un sage.

Guitaut était ce jour de juin un malheureux.

Ils descendirent les degrés, détachés l'un de l'autre, le Cardinal peinant, Guitaut boitant.

Louis Dieudonné était heureux. Il jouait du tambour, tirait son chapeau devant les dames, défilait dans les corridors du Château Vieux, soutenu par des lisières attachées à sa robe d'apparat, qui lui permettaient de marcher ; en carrosse il passait la revue des deux haies de suisses qui l'acclamaient comme leur colonel, ou commandait à la compagnie des bichons de dame Michelette, qui n'en faisaient qu'à leur tête sauf quand il partageait avec eux des pilons de poulet ou de chapon, qu'il mâchonnait encore pour aider à l'érection de sa dentition. Les chiens reniflaient et léchaient sur lui son odeur de bébé nourri de bouillie au lait. Lui pensait qu'ils l'aimaient pour de bon.

On fêta la victoire du Roi, très librement, au luth, à la guitare, au violon, avec des romances espagnoles, plus charmantes que les psaumes que Sa Majesté grattait élégamment sur ses cordes. On fêtait son absence en quelque sorte. Rien n'était guindé, les feux, les chandelles, brillaient tard dans la nuit, Louis Dieudonné dormait dans un berceau de cantilènes et d'air tiède, on surveillait désormais l'état de ses draps, ses petits doigts aimaient gratter la soie de sa courtepointe brodée, cadeau de Monsieur, son oncle, dont le crissement sous les ongles le ravissait comme le chant des criquets, nouveaux maîtres des jardins.

Et ce fut la Saint-Louis en août.

Mgr le Dauphin connut ses premières acclamations sans avoir à les partager avec son père. Cela lui plut, il faisait beau et il avait son tambour, son chapeau, son épée, ces « bontés » de Richelieu. Il ne se rendit compte de rien sinon de l'alignement des gardes, de la hauteur du balcon, de la foule plus basse que lui de l'autre côte des fossés du Château Vieux. De la frangipane de Monsieur, du sourire de Marie, de la fierté de Maman.

C'était aussi la fête de Papa roi mais Papa n'était pas là. Une ombre, il en avait oublié le visage dans la ronde de ceux plus ravissants qui entouraient Maman reine. C'est Mme de Brassac qui tenait Louis Dieudonné sur le balcon comme s'il se fût dressé lui-même sur ses jambes potelées. Accroupie derrière lui elle l'encourageait. Cet honneur lui avait été octroyé contre l'avis de Mme de Lansac, gouvernante en titre, car la comtesse de Brassac avait fait un grand aveu à Sa Majesté la Reine.

Elle avait parlé du courrier qu'elle se devait de faire parvenir à Son Éminence sur tout ce qui concernait le Dauphin et la cour autour du Dauphin. Ne supportant plus cette duplicité cachottière, elle préférait s'en ouvrir à la Reine. Elle ne remplissait cet office d'informatrice, « pas d'espionne, Madame, je dis toujours les grands soins et le grand amour dont vous entourez le

Dauphin », que pour protéger son mari et assurer sa fortune, assujettie au bon vouloir du Cardinal.

— Je comprends. Je vous remercie de votre franchise. Continuez.

— Madame voudra-t-elle lire ce que j'écris ?

— Chez moi, contrairement à Rueil, est terre de liberté. Et je sais ce qu'est écrire en secret.

La Reine avait souri. Brassac était rouge violine.

— N'en laissez jamais rien paraître.

Puis, après un instant de réflexion et dans un sourire venu droit des malices de sa jeunesse :

— Demain pour la Saint-Louis, c'est vous qui présenterez le Dauphin à ceux qui viendront l'acclamer. Je dois bien ce tour à votre amie Lansac.

Mme de Brassac se jeta aux pieds de la Reine. Le « votre amie » l'avait conquise par son ironie. Voilà un trait dont le Cardinal n'aurait pas le rapport dans le prochain courrier. Du reste de la conversation non plus.

Elle tenait le Dauphin sous les vivats. C'est pour lui, pour l'affection de cet enfant, qu'elle avait fait pénitence devant la mère. Cette reine aux yeux rieurs d'infante indocile lui en imposait plus que toute impératrice.

« Mon fils séduit, pensait Anne. Jusqu'à ses ennemis, car cette femme qui le soutient est du clan cardinal, mais elle l'aime comme moi. Quel avenir, *Niño mio*, s'ouvre à toi ! »

La hauteur bienveillante avec laquelle elle contempla le peuple agenouillé puis lançant en l'air ses chapeaux, des fleurs, du blé fraîchement moissonné, lui fut pour une fois naturelle et non imposée. L'aveu de Brassac et l'amour respectueux que tous portaient à son fils la sacraient vraiment reine. Anne se reprocha immédiatement de croire en une telle vérité. L'âme d'une ex-infante reste à jamais à l'image de la cour d'Espagne au protocole gelé depuis le deuil de Charles Quint : ceinte de diamants, ornée d'or, brodée de croix en feu et de fleurs aux pétales de sang, mais vêtue de noir.

Petit Louis battait tambour comme un suisse ivre.

Le peuple adressait des prières à Dieu et tendait les bras vers l'enfant comme s'il le suppliait d'intercéder. On dressa des tréteaux dans la cour, distribua pain et vin et victuailles, au risque de faire maigre ce soir : la Reine n'était pas si riche, le Roi était au loin, le Cardinal à Rueil. Louis Dieudonné entendait ce bourdonnement monter vers lui et leva le nez au ciel, d'habitude c'était par là qu'arrivait le tonnerre qui l'envoyait dans les premières jupes à sa portée. Le ciel était pur.

Il ne jouait plus du tambour qu'on avait fini par lui ôter, profitant que son attention filait ailleurs, vers le grand feu de joie que l'on dressait comme à la Saint-Jean avec la paille des blés coupés pour que le soleil eût un rival sur terre.

Des garçons sautèrent par-dessus les brasiers et, ce qui plut davantage, des filles aussi, jupons battant les flammes. Leur toile, leur droguet engendraient des essaims d'escarbilles. Du balcon de la salle des fêtes où Brassac suait à le tenir, il battit des mains puis, las, suça son pouce. Marie de Hautefort le lui retira de la bouche avec une douce gronderie. Lansac observait Sénecey penchée au balcon et dont l'élégante et fine main pommadée s'était posée par crainte du vertige sur le bras de son voisin, Guitaut. Un Guitaut fier, prévenant, et qui recouvrit la main d'une marquise de celle d'un guerrier enfin en paix.

La Reine remarqua que la modestie de dentelles du corsage de Mme de Sénecey avait raccourci depuis quelques jours et que la marquise, prude sans ostentation, sincèrement dévote sans provocation, laissait voir des seins qui, quoique petits, vrais seins de jeune fille, étaient joliment rehaussés par le busc comme pommes en un compotier.

Ayant observé tout son soûl le spectacle près des douves, Marie Catherine de La Rochefoucauld-Randan, marquise de Sénecey, oublia sa main sous le crispin du comte de Guitaut vers qui elle se tourna pour lui adresser deux mots qui n'étaient rien puisque le sourire qui les accompagnait était tout.

Hautefort chuchota à l'oreille de la Reine. La Reine leva les yeux au ciel comme en une prière muette. Et voyant que l'enfant commençait à s'ennuyer proposa que l'on aille écouter des violons dont ils raffolaient.

— Soyez des nôtres, et accompagnez ces dames, cher capitaine. Il n'est pas bon que le Dauphin reste seul garçon parmi tant de ravissantes péronnelles.

Guitaut rougit face au visage rieur de la Reine, salua et mena vers la salle des fêtes Mme de Sénecey.

— Allons plutôt aux grottes, dit Marie. Il fait si chaud, Madame, les fontaines nous rafraîchiront.

— Vous avez raison, des violons et des fontaines, des parterres verts, vous me rajeunissez, je vais me croire dans les jardins d'Aranjuez.

Une grotte ! Guitaut trouva l'idée excellente. Quel plus joli lieu que ces grottes aménagées par les frères Francine (nés Francini, Italiens de Florence auxquels un roi avait donné leurs lettres de « naturalité », comme tout ce qui avait du talent en France) qui inventeraient et fabriqueraient, eux et leurs fils, les quinze cents pompes alimentant les bassins de Versailles d'un Dauphin enfin roi. Mais en ce jour de la Saint-Louis qui l'eût cru, qui l'eût dit ? Tout le monde avait la tête ailleurs qu'au futur.

Les grottes dataient du roi Henri et figuraient une ravissante escapade. Le Vert-Galant les avait mises à profit pour autre chose que des promenades. Il y avait même conçu quelque frère bâtard de Louis XIII, qui, lui, allait y rêver seul ou bien remâcher quelque déplaisir. Marie de Hautefort y avait persiflé, Mlle de La Fayette y avait pleuré et prié. Le Roi s'y était plaint au Cardinal de n'être point aimé.

Elles étaient animées de personnages qui arrosaient parfois les promeneurs. La grotte de la Demoiselle qui jouait des orgues, celle du Dragon au jet puissant, celle de Neptune où le dieu lançait l'eau à gros bouillons contre qui s'approchait trop au moment où il s'y attendait le moins. Celle-ci avait toutes les faveurs d'Henri IV qui y menait ses conquêtes afin de les ramener plus humides encore d'eau que de son dieu « guillery ».

Creusées sous les terrasses, on pouvait à leur sortir descendre jusqu'à la Seine. Moyen discret de quitter ou gagner le château quand on avait à faire ailleurs et qu'un bateau vous attendait. Quand l'écurie était trop bien gardée pour emprunter discrètement un cheval, Cinq-Mars les utilisait pour rejoindre Marion. Et Guitaut lui-même avait employé ce chemin pour quelque mission que seul le roi Louis avait à connaître.

En descendant les degrés qu'il avait tant pris, de jour et de nuit, Guitaut traîna ostensiblement la patte, pourtant sans douleur à cette heure et ce depuis des semaines. Il convenait de s'écarter de la troupe et des oreilles des dames voletant autour du Dauphin auquel elles annonçaient déjà les merveilles à découvrir.

Guitaut dit entre ses dents mais la voix adoucie :

— Faites-vous oublier, Madame, le Cardinal ne vous veut pas de bien.

— Vous désirez m'oublier, capitaine ?

Mme de Sénecey joua la coquette.

— Madame !

La marquise de Sénecey rit.

— Que je m'éloigne un peu du Dauphin et que je sois discrète chez la Reine, c'est cela ?

— Oui, Madame, pour votre avenir.

— Hélas, j'ai commandé des robes à Paris, elles sont d'été, d'automne radieux, et point faites pour une nonnette. J'ai envie de paraître. La piété n'interdit pas le plaisir de l'élégance. Est-ce péché que de plaire quand c'est la loi royale de la Cour ?

— Non, je l'espère, mais je suis piètre théologien, ainsi que me l'a dit un jour le Père Caussin.

— Mais vous croyez en Dieu, vous n'êtes pas libertin ?

— Je ne suis ni un muguet ni un homme à la mode, Madame la marquise, ni de vêture, ni d'esprit.

— Vous êtes à ma mode, cher Guitaut. Ce soir je prierai Dieu qu'Il vous garde pour mon fidèle ami.

— Dieu prévoit tout. Il me fait déjà cette grâce de m'en avoir inspiré l'idée ou, plutôt, l'espoir.

— Je suis bonne croyante, on m'en moque ici parfois, sauf la Reine, bien sûr, et une croyante se doit d'exaucer les vœux de Dieu qui sont autant de commandements. Capitaine, vous êtes mon tendre ami.

Elle serra le bras de Guitaut, sa chevelure frôla la joue du soldat.

Ils descendirent les derniers degrés en silence ; on

entendait les fontaines dont on sentait la fraîcheur puis les orgues d'eaux de la grotte de la Demoiselle, accompagnées de roulements de tambours peu harmonieux : Louis Dieudonné avait retrouvé son jouet d'élection. Il poussait aussi des cris de joie.

La marquise prit le bras de Guitaut.

— Le Roi, c'est-à-dire le Cardinal, m'exilera, mon ami, il est vrai et je le sais. Je choisirai pour ma retraite ma campagne de Milly. Elle est proche de Fontainebleau. La Reine aime aussi ce château et y établira souvent sa cour au grand plaisir de son royal époux qui y courre le cerf. Or combien de temps met un cavalier émérite pour franchir cinq lieues en forêt ?

— Avec mon bon cheval, le temps d'un baiser de colombe, aurait dit M. de Luynes, Connétable des volières.

— Comme ce baiser-ci ?

OÙ L'AUTEUR DOIT QUELQUE AVEU AU LECTEUR

Déjà, et sans aller plus avant, nous devons avouer une faiblesse pour M. de Guitaut. Et en rendre compte au lecteur.

Guitaut est un nom qui rôde autour du roi Louis, de la reine Anne, des duchesses, dont celle de Chevreuse, ex-veuve du connétable de Luynes, mais aussi un nom qui claque comme un mousquet au plus fort des combats.

Un nom de gentilhomme dont l'âme est plus noble encore que la famille. Avec juste assez de faiblesses pour lui conserver la chair, le sang, et les nerfs, de l'humanité. Certainement courtisan, et pas moins soldat. Belle prestance, longue vie, il mourut à quatre-vingt-deux ans, doté de fière allure, ayant des neveux auxquels laisser des biens, des survivances et une réputation. Point d'enfant. François de Peichepeyrou-Comminges, seigneur de Guitaut, ne se maria jamais. Une sorte d'homme libre par sa solitude même, qui vaut principauté dans une société cadenassée.

S'il n'est guère connu, dans tous les écrits du temps, surgit çà et là, en quelques lignes, par allusions, ou en quelques pages, le nom d'un Guitaut ; comme un emploi de second rang dans les tragédies et nobles comédies à la française, qui permet aux grands rôles de briller, mais le supprimerait-on que les actes de la pièce n'auraient plus d'étais et que les alexandrins avanceraient à cloche-pied.

De second rang sans doute, mais omniprésent ; un Guitaut est capitaine aux gardes du roi Louis XIII et, ce dernier mort, la reine Anne le choisira pour commander aux siens. Voilà qui vaut brevet d'honnêteté et de confiance. Guitaut fut au-dessus des mesquineries conjugales bien que royales.

Un Guitaut neveu arrête M. le Prince (Condé) et le prince de Conti, son frère, le plus courtoisement du monde et sans que ces Grands lui en veuillent jamais. Au contraire. Condé donnera ses chevau-légers à ce Guitaut, le préférant à la haute naissance d'un Bussy, qui ne le lui pardonnera pas.

Un Guitaut arrête aussi un duc, M. de Longueville, un maréchal de France, du Daugnon, mieux, un petit-fils d'Henri IV, le duc de Beaufort, qui sont menés à la Bastille ou au donjon de Vincennes par cette tribu de grands silencieux.

À l'aube de la Fronde, un conseiller au Parlement est mis en carrosse grillagé, M. Broussel. C'est une sottise politique, Paris s'enflamme. Qui ose le dire dans cette Cour un peu effarée de sa propre audace ? Guitaut l'Ancien, qui grommelle : « Mon avis est de rendre ce vieux coquin de Broussel, mort ou vif. » On dispute mais on l'écoute. On parlemente avec ce Parlement qui se croit celui d'Angleterre. Et le futur cardinal de Retz, encore coadjuteur de son oncle l'archevêque de Paris sous son vrai nom de François Paul de Gondi, se vantera auprès des émeutiers d'avoir, lui, arraché la libération du vieux conseiller qui n'a rien compris et qui doit sa liberté à un grognement du capitaine qui a commandé son arrestation. Menée par son lieutenant, un de ses neveux, évidemment.

Guitaut l'aîné a secouru la Reine blessée et enceinte qui a glissé sur les parquets trop cirés, pour une fois, de la salle du trône au Louvre. Chute qui déclenchera une fausse couche ; un espoir de Dauphin mourant du choc de sa mère contre un trône encore pour un temps sans héritier.

Ce Guitaut se bat à Corbie, grande bataille, grande reprise d'une place forte qui arracha aux griffes des Espagnols la clé de la route de Paris.

Un Guitaut neveu est ami de Mme de Sévigné qui l'accueille en sa maison après l'incendie de son logis et cite dans sa correspondance plus de vingt fois son nom, toujours avec affection, souvent avec humour.

Tous les Guitaut figurent dans les *Historiettes* du fringant et insolent Gédéon Tallemant des Réaux.

Guitaut, Guitaut, encore Guitaut. Le nom traverse trois quarts d'un siècle encore en attente d'être baptisé Grand, mais qu'il verra naître et prospérer. Et se déliter par sa croissance et sa gloire mêmes. Retz le côtoie, on l'a vu, mais ne le remarque pas trop, tout empêtré qu'il est de sa myopie extravagante et de son talent qui le mènera à l'échec, sauf en littérature, évidemment. Retz le myope ne voit pas les lointains, les futurs, les conséquences.

Richelieu renonça à acheter Guitaut, ce qui est une preuve de sa probité, et Mazarin s'en méfiera, ce qui est la confirmation de son état d'honnête homme.

Guitaut se veut gascon, c'est la mode du temps pour qui regrette le règne du roi Henri et du parler franc frappé du roulement des galets en gaves. Gascon par son nom de Peichepeyrou, il est de Saintonges comme l'indique le fief de son père, seigneur de Meché. Qu'importe, il suffit de friser sa moustache, d'avoir la botte usée mais cirée, la rapière longue à rayer les parquets, et l'on est un brave, sans avoir besoin d'être né au pays du feu Roi, dont le fantôme hante encore les esprits du peuple, et de quelques Grands, des maréchaux, des ducs et duchesses nés dans la bâtardise des exploits du Vert-Galant et qui sont princes et princesses du sang reconnus, demi-frères et demi-sœurs légitimés du Roi régnant, Louis le Treizième, auquel ils ont laissé la couronne, gardant pour eux – et pour elles, ô combien ! – la chaleur des sens venue du brasier qui ébouillantait les veines du Navarrais.

Guitaut eût pu être d'Artagnan, avec les silences d'Athos (et sans doute les séductions d'Aramis, car on connaît de flatteuses bonnes fortunes à notre Guitaut), si Alexandre Dumas s'en était emparé. Mais non, et Guitaut resta Guitaut de l'ombre, et il en est très bien ainsi.

Pourtant la justice de l'Histoire veut que ce fut Guitaut l'aîné, de garde au soir du 5 janvier 1649, au Palais royal, qui aida la reine Anne, régente de France, et le petit roi Louis, dont ce même Guitaut hâta en quelque sorte la conception un soir de tempête sur Paris, à s'enfuir vers Saint-Germain-en-Laye.

Dumas crédita d'Artagnan de cette affaire-là, et Alexandre le grand eut certes bien raison, mais c'est Guitaut qui organisa et commanda l'expédition à deux heures du matin, en grand secret, par un escalier dérobé, avec, encore et toujours, son neveu Comminges, le maréchal de Villeroy, Villequier, autre capitaine des gardes, la duchesse de Beauvais, première femme de chambre et célèbre « Cathau la Borgnesse », qui dans les deux ans allait déniaiser le jeune roi. En cette nuit des rois, Guitaut commande, assisté de son lieutenant Comminges, à la sauvegarde de la monarchie et de la légalité.

C'est un autre neveu Comminges – Guitaut l'aîné, qui gardait le Roi à la chasse et la Reine au Louvre, adorait ses neveux, et leur conseillait de prendre le nom de Comminges qui sonnait plus antique, mais eux, souvent, arborèrent le nom de l'oncle dont la renommée valait blason – qui grand maître de l'artillerie baptisa les bombardes et mortiers de gros calibres. Au motif que ce Guitaut-là passait pour mieux monté que son cheval. Cela fit sourire jusqu'au roi Louis XIV. Un exploit. Louis XIV s'attribua même le bon mot.

Eh oui, les Guitaut, les Comminges furent traités avec familiarité par leurs monarques. Saint-Simon soi-même rapporte le fait. Dire que cela lui plaît est une autre affaire.

Notre grand petit duc qualifie les Guitaut-Comminges « d'une grosseur énorme », il parle de réputation et d'entregent, non d'embonpoint, « de beaucoup d'esprit, d'assez de lettres, d'honneur et de valeur, fort du grand monde, et plus que fort libertins ». Il entendait par là une forme affirmée de liberté de pensée.

Le Cominges dont Saint-Simon (il ne lui accorde qu'un *m*) prend la peine et trois pages pour signaler la mort en 1712 était fils et neveu d'un autre Comminges et de notre Guitaut, « tous deux gouverneurs de Saumur, tous deux capitaines des gardes de la Reine mère [Anne d'Autriche], tous deux chevaliers de l'Ordre en 1661, tous deux affidés du gouvernement, tous deux employés aux exécutions de confiance les plus délicates. Guitaut [le nôtre] mourut subitement au Louvre, à quatre-vingt-deux ans, en 1663, sans avoir été marié.

Cominges, son neveu, son survivancier, fut un homme important toute sa vie. [...] Il commanda en 1652 et 1653 en Italie et en Catalogne. Il alla depuis ambassadeur en Portugal et en Angleterre et mourut en mars 1670, à cinquante-sept ans. Il avait épousé la fille d'Amalby, conseiller au parlement de Bordeaux ».

Et maintenant la vacherie : « Sa mère valait encore moins comme toutes celles de ces Cominges, hors une ou deux. Ils portaient en plein le nom et les armes de Cominges, se prétendaient être descendus des comtes de ce nom ; ils n'en ont pourtant jamais pu en aucun temps prouver aucune filiation ni jonction, et on ne sait quels ils étaient avant 1440. »

Bien grave péché, on l'avouera, que de ne compter que deux siècles et demi d'histoire ! Et ne pas survivre au décès de ce dernier neveu des Guitaut-Comminges, dont le « guillery » valait le calibre des bombardes et mortiers, et qui « trouvait cette plaisanterie très mauvaise et ne s'en accommoda jamais ». Il eut un frère, « fort honnête garçon, qui avait servi sur terre et sur mer, qui avait de l'esprit et s'attacha fort d'amitié au comte de Toulouse. Il avait été fort du grand monde et bien voulu partout. Il se retira les dernières années de sa vie, qu'il passa dans une grande piété. Il était chevalier de Malte et avait une commanderie et une abbaye. Leur sœur, vieille fille de beaucoup d'esprit aussi, de vertu et assez de monde, voulut faire une fin comme les cochers : elle épousa La Tresne, premier président du parlement de Bordeaux, qui était un très digne magistrat fort ami de mon père, dont elle fut la seconde femme, et n'en eut point d'enfants. Le gouvernement de Saumur, gouvernement fort gros et indépendant de celui de la province, fut donné à d'Aubigny, ce cousin prétendu de Mme de Maintenon ». Fin des Guitaut-Comminges.

Ce siècle n'en produira plus. Que justice leur soit ici rendue. Ils durèrent ce que dura le crépuscule de l'ère des rois chevaliers – et Louis XIII le Malade en fut le dernier. Ils pouvaient disparaître, quand le royaume sombrait dans la servitude programmée et voulue par l'enfant grandi, conçu une nuit de tempête.

Le dernier de cette famille d'acteurs discrets de l'Histoire qui ne se fait pas sans eux éteint le nom à jamais trois ans avant que ne meure le roi Louis XIV.

Ce Roi que notre Guitaut aida à naître un soir de tempête et ainsi alluma la mèche de la grande histoire qui enfanta ce que tous appellent le Grand Siècle. Et qui lui survécut peu.

LE ROI LOUIS DE GUERRE REVINT...

Octobre mourait ; la triste Toussaint allait pointer son vilain nez vers le bénitier du jour des Morts.

L'été passa entre orages, chaleurs, violons, danses et fontaines, pas mal d'ennui aussi, le temps s'étirant ; des dents qui poussent dans de brefs accès de fièvre, on grandit ; la langue forme des mots estropiés joliment ; à petits pas maladroits, on se lance sur les parquets, soutenu par les lisières cousues aux épaules pour vous maintenir droit ; pourpoints et robes battent des mains à ces exploits pourtant bien communs, mais qui pour leur jeune auteur sont autant de premières fois ; on fait la ronde entre jupons virevoletant malgré l'empesage et canons de dentelles retombant sur les jambes des hommes, les bottes luisent, les visages se penchent pour livrer un sourire de commande, parfois réellement amusé. Et le froid survient.

Un froid de petites pluies, de nuages maussades, de lumière tombant du ciel, grise, incapable d'atteindre le fond des pièces où règne une demi-nuit éternelle. Certes, les bûches craquent dans les cheminées, les flammes s'élèvent dont on aime le bruit et le lumineux désordre mouvant, c'est une débauche de chandelles en plein midi. Tout cela n'est pas gai, on enterre son premier été. Le triste peut être beau.

Comme on marche peu, depuis un matin où l'on s'est lancé, l'a-t-on seulement fait exprès, simplement un bijou brillant où se reflétait une flamme de l'âtre nous a attiré et nous sommes parti à pied comme un grand, au milieu de ces dames qui se sont précipitées dans de hauts cris de joie qui nous ont tant surpris que nous tombâmes sur nos fesses. Maintenant ces dames s'assoient en rond sur des carreaux de velours ou soie, et l'on joue à cache-cache mitoulas :

Mis tout cy, mis tous là,
Est-il chu dans mes draps ?

On marche de l'une à l'autre pour trouver une prune, une noisette, un grain de raisin, un éclat de sucre candi ou de sucre rosat, un brimborion de verre coloré, un affiquet dont on s'est entiché qui passe de mains en mains, qui tourne et revient et finit dans le creux d'une jupe. Alors il faut fouiller dans la soie et le satin, entendre des encouragements de pure circonstance, des plaisanteries que l'on ne comprend pas encore, trouver le trésor enfoui, recevoir les félicitations et parfois, joie, un baiser de Marie de Hautefort. Marie est la plus gaie.

L'amusement est plaisant un temps, l'enfant recommence, se lasse, ne veut plus chercher. Pourtant les soies et les satins sont parfumés, les dames aident joliment les petites mains à découvrir ce qui n'est pas à chercher, mais niche toutefois en leur giron, en se lançant des œillades et des mots d'esprit sur la manière propre aux garçons de fouiller les filles.

Le Dauphin bénévolent admet que les faire rire ou glousser vaut mieux que de sortir emmitouflé et de contempler le vilain temps dans un carrosse à la Bassompierre, c'est-à-dire muni de glaces plutôt que des mantelets qui laissent passer les vents coulis qui pincent la peau et giflent le bout du nez. Depuis sa Bastille le vieux maréchal a imposé sa mode. Il en serait content.

Cache-cache mitoulas ne remplit pas une vie d'enfant.

Il sent que tous ces sourires s'obligent à paraître devant lui ; mais leur tourne-t-il le dos que les murmures, les chuchotis lui parviennent aux oreilles. Que se dit-on ? Que craint-on ?

On dit que Richelieu est allé rejoindre le Roi et les armées à Dijon pour les ramener vers Paris. Que le long tête-à-tête du Roi et de son Principal Ministre tant en Bourgogne que sur la route du retour est une meule qui affûte des décisions et les lames qui couperont des têtes. Non des haches et des espadons que le bourreau tient à deux mains comme au temps des échafauds, mais des lignes écrites de la main du Roi, qui tremble un peu sur certains mots, griffées d'un simple Louis au bas du papier scellé de cire rouge, comme si l'inspirateur secret voulait, camouflé à l'abri du sceau royal, imposer sa couleur.

Il sera de bonne politique d'accueillir avec chaleur le retour du prince guerrier, qui plus est victorieux, de ne pas outrer cet accueil afin qu'il paraisse sincère et respectueux, que la joie soit présente mais ne déborde pas. Il n'est pas homme à apprécier de trop grands transports. C'est un autre jeu de cache-cache mitoulas, à l'échelle d'un Roi, à cette variante près qu'on ignore ce qu'on doit chercher, qu'on ne sait ce qu'on trouvera dans les plis du manteau du Roi et de la soutane écarlate. Pas obligatoirement un cadeau, mais une surprise à n'en pas douter.

Le Roi est vainqueur donc il sera glorieux. Il sera bon d'être adorateur du triomphant, sans tomber dans la basse flagornerie.

C'est un métier. Cet été, il fut trop oublié.

Le mot Papa aussi. On le réapprend à l'enfant avec des formules polies, « Quelle joie, mon Papa ! » et autres expressions abstraites qu'il répète en un charmant galimatias.

Petit Louis a oublié le visage attaché au mot Roi et le mot papa ne représente plus rien. Une entité qu'il sait exister mais plus un être de sang et de chair. Une ombre triste, au sourire étrange, parfois lui revient. Il a le souvenir d'un silence essoufflé.

Le Roi sera reçu à Fontainebleau, résidence plus proche que Saint-Germain quand on revient de l'Est et de Savoie. Et peu après la Toussaint, on fête la Saint-Hubert. Fontainebleau à la forêt giboyeuse est un paradis pour courre le cerf. Son château se montre plus confortable aussi que Saint-Germain, sans cette esplanade battue par les vents qu'il faut traverser pour aller chez Maman, mais avec un escalier majestueux qui tourne comme un fer à cheval dans la grande cour dite du Cheval blanc, où peuvent se déployer les cavaliers. Le Roi a choisi cet endroit pour reprendre pied chez lui et revoir son fils. Il l'a fait savoir, il l'exige.

Et puis Fontainebleau est tout aussi loin de Paris, où il faudra aller aussi pour le toucher des écrouelles. Toucher les plaies des scrofuleux, les bubons, les impétigos, « Le Roi te touche, Dieu te guérit », alors qu'un gentilhomme distribue quelques pièces aux malades. Louis ne déteste pas cette cérémonie, qui donne au Roi le pouvoir de guérison miraculeuse et lui permettait de voir sur d'autres, parfois des enfants, les effets des ravages de la maladie, cette si fidèle et si triste compagne. Puis il quitte vite la ville qui n'est pas sûre, trop turbulente. Déjà les rois s'exilent du Louvre et des Tuileries. On l'attend, à Fontainebleau, pour les lendemains de la Toussaint.

La Cour de Saint-Germain se hâte, fait ses bagages, déménage, les charrois se mêlent aux carrosses, les intendants et leurs valets préparent les logis. Trois mille moutons brodés d'or sont en transhumance. L'enfant s'amuse de ce tohu-bohu. Il aime ces changements. Mais regrettera les fontaines chantantes.

Les jardins à l'italienne de Fontainebleau sont moins réglés qu'à Saint-Germain mais plus vastes, on pourrait s'y perdre ou s'y cacher. Et puis il y a les hauts murs des grandes salles et d'une longue galerie où s'accrochent des nudités pâles dans des paysages d'Acadie, des Diane, un Actéon à tête de cerf, une Sabina Poppea qui ne baisse pas les yeux sous son voile, des voiles légers dévoilant des seins parfaits, des cuisses longues, le tout encadré d'or et de stuc, des bambins nus joufflus, fessus, des *putti*, animaux et guirlandes, chimères et cerfs, chiens à l'arrêt immobilisés dans leur blancheur de plâtre. L'art des Italiens du roi François Ier.

L'enfant regarde. Sa part de sang Médicis en lui remarque tel visage de nymphe qui sourit tourné au-dessus d'une épaule nue, un jeune sein fleurit dans l'angle d'un bras. Les pieds se cambrent, les hanches ondoient, des femmes faites pour bondir dans les bois à la poursuite de biches. Dans le parc montent des odeurs de mousse et d'herbe mouillée qui lui reviennent à la simple vue de ces grâces. Il ignore les noms du Rosso, du Primatice, de Jean Goujon, mais il comprend l'élégance d'un corps féminin libre dans la nature. C'est un monde qui lui paraît sans souffrance, car il les ignore encore. Son royaume, un nom ici souvent prononcé, tient donc en tant de beauté dans ce château qu'il découvre et lui paraît un palais des rêves alors qu'il est d'abord un rafistolage dû à tous ceux qui l'y ont précédé. Il ignore le siècle de douleurs traversé par ce royaume et qui dure autrement. Il s'étonne et s'émerveille. Un éléphant à faire écarquiller les yeux porte les fleurs de lys, les mêmes qui sont brodées sur sa robe.

Fontainebleau lui paraît un château fantastique, sorti d'un conte comme on en lit le soir avant que le sommeil vienne. Louis Dieudonné découvre un château de rêve qui comme tout rêve est constitué de bric et de broc. Vraiment, ce méli-mélo de style français et de goût italien, cela lui plaît.

On lui explique devant une cuve d'eau que là son Papa, Louis le Victorieux, fut baptisé. Il imagine des fées et peut-être des dragons y venant boire l'eau bénite réservée aux rois et se relevant princesses ou souillons, bien punis ou exaucés d'avoir touché à cette eau régale. M. de Fontrailles, si laid, une bosse derrière, une bosse devant, et dont on a tenté vainement de lui éviter la vue sur ordre du Cardinal, en aurait-il bu ? Petit Louis ne déteste pas le marquis contrefait, il lui sourit dès qu'il le croise, parfois bat des mains, tant il lui paraît un jouet à faire rire. Il ignore la haine ensevelie dans les deux besaces qui déforment le marquis.

Dans les jardins s'alignent ou plutôt apparaissent çà et là douze statues qui représentent les mois de l'année. On lui montre le sien, septembre, une femme aux seins lourds de Perrette, vêtue de pampres et de lauriers.

Pour Louis Dieudonné, Fontainebleau est une autre facette de la vie, avec des mystères, et aussi le désordre de la liberté. Une vie non réglée par les rigueurs géométriques d'un protocole, une vie à recoins, à cachettes, à découvertes un peu inquiétantes mais au si doux frisson ; on s'y dissimule, on y joue. On pourrait y oublier tout.

Un défilé des bichons de Mariette a eu lieu dans la grande galerie du roi François Ier. Mme de Brassac en était la colonelle chapeautée de feutre, le baudrier d'un suisse en travers la poitrine barrée aussi de l'écharpe blanche du commandement ; Mme de Lansac n'avait accepté cette martiale exhibition que si elle était maréchale, et Petit Louis un fringant enseigne portant le fanion de son régiment : une serviette de son goûter et tachée de confiture où Maman reine avait fait broder trois lys de France. Mme de Sénecey et Mme de Hautefort, empruntant pourpoints, chausses et bottes à valets et seigneurs, étaient travesties en courrier et en page.

Grand péché que de se vêtir en homme, Mme de Sénecey ne l'ignorait point, mais elle se souvenait de la belle Chevrette de Chevreuse traversant la Loire puis le Languedoc vêtue en fringant cavalier pour échapper, aux portes des villes où elle faisait étape, aux sbires cardinalices qui la voulaient saisir et la mener de force en un couvent, et gagnant l'Espagne où Fontrailles, ambassadeur itinérant et tordu, la dit maîtresse du Roi. Après tout, cet amusement uniquement destiné à un enfant qui régnerait sur la France par la Grâce de Dieu lui accorderait, elle l'espérait, auprès du Seigneur et de son Église terrestre, une bienveillante indulgence. Et puis elles étaient si jolies, toutes les deux, vêtues en élégants muguets. Les regards suivaient leurs jambes bottées et moulées de velours ornées sous le genou de canons de dentelles. Les aumôniers piquaient du nez devant une telle transgression qui autrefois méritait le bûcher, les gentilshommes frisaient leurs moustaches. Dans un coin, Guitaut souriait, conseillait et vérifiait la bonne ordonnance de la parade. On réussit enfin à aligner quelque peu les bichons récalcitrants à force de cajoleries et de sucreries. Plus indisciplinés que des mercenaires poméraniens ne touchant pas leur solde ! Il sembla à Guitaut qu'ils jappaient en allemand.

L'enseigne Louis Dieudonné de France était aux anges et voulut troquer son fanion contre son cher tambour.

C'en furent d'autres qui battirent la marche du côté de la cour du Cheval blanc.

Guitaut s'assombrit. Jamais un Roi n'arrivait sans se faire annoncer par un peloton de courriers. Sa Majesté suspicieuse avait voulu surprendre, elle surprenait. Elle comptait deux jours d'avance sur le calendrier.

« Ne paraissez pas ainsi » fut la seule phrase qu'il eût le temps de chuchoter à Mme de Sénecey.

Les grands yeux bleus acquiescèrent, subitement apeurés. Pour la première fois, Guitaut, qui savait désormais y lire comme en son manuel d'escrime, y décela une vraie crainte.

Il la partageait.

Pour prévenir Hautefort il était trop tard. Marie, page insolent, se campait déjà sur le perron.

Les tambours montés, les gardes, le carrosse du Roi, et point celui du Cardinal qui avait poussé jusqu'à Rueil, épuisé par le voyage, chiant du sang. Et puis, outre la maladie, autant être absent d'ici après avoir laissé une liste de recommandations, modestes propositions au Roi, pour assainir l'entourage du Dauphin, espoir de la France.

L'une d'elles concernait Marie de Hautefort. L'inclination ancienne (cinq ans !) qui murmurait des moqueries à l'oreille de la Reine, et dont Richelieu savait par La Chesnaye, valet réintégré en huissier, plus que par Brassac son épistolière régulière, que Sa Majesté Anne lui offrait désormais le couvert dans ses propres appartements, voire certaines nuits de papotage dans sa chambre. La seule ici qui pût, auprès du Roi, ébrécher l'influence de son pantin élégant, Cinq-Mars, marionnette et favori.

Cinq-Mars qui sauta du carrosse du Roi pour tendre la main et aider Sa Majesté à descendre.

Le Roi était altier, droit, le visage rose, on avait maintenu les mantelets ouverts aux portes du carrosse pour que l'air froid et sec lui fouettât le visage et lui donnât des roseurs de teint. La guerre lui avait été une excellente médecine, et les victoires les meilleures purgations de tous ses embarras. Ainsi avait-il décidé d'apparaître. Et il apparaissait vraiment en Roi s'en revenant de guerre, l'ennemi défait, sur la Somme, et en Savoie, son royaume agrandi de quelques acres de territoire et d'autant de places fortes, et dépeuplé de trois régiments tués et de villages laissés à la folie meurtrière des *tercios* en retraite.

Seul et sans ministre. Sans ombre donc. Resplendissant dans le temps maussade. Accompagné d'un favori brillant de bijoux, de broderies et de cuir souple, un soleil de velours gris.

Un retour de voyage de noces ou de lune de miel pourtant sanglante, pensa Guitaut en se le reprochant aussitôt.

Guitaut était sur le perron, avec les dames de la Reine, celles du Dauphin, deux gardes, les aumôniers dont le bon M. de Lisieux, en camail et rochet. La

Reine et l'enfant étaient restés dans l'entrée par crainte des vents froids.

Il revenait au capitaine de descendre les degrés et de souhaiter militairement la bienvenue au Roi en son château. Pour la première fois de sa vie de campagnes plus ou moins heureuses, Guitaut pensa, en descendant les degrés en fer à cheval, qu'il apportait la reddition d'une place à plus fort que lui.

Le Roi répondit à son salut par un sourire, Cinq-Mars l'ignora. Il vit les deux visages se rembrunir. Il comprit pourquoi.

Aux côtés du Roi comme naguère, le devançant d'un demi-pas à gauche pour lui faire le chemin, il vit ce que le Roi voyait et, surtout, ce que voyait son favori aussi.

Un pastiche, une parodie. Un élégant cavalier blond aux traits fins, souriant et chuchotant près d'une Majesté. Marie de Hautefort, en garçon près de la Reine, renvoyait en miroir la réplique cinglante et ironique du couple formé par Cinq-Mars aux côtés du Roi. En voulant, par jeu innocent, amuser l'enfant, on moquait le Roi, en apparence.

Guitaut, qui sentait ces choses et les savait d'expérience, jugea que la tuerie allait commencer.

Le rose du grand vent fit place au jaune malsain de la colère maladive sur les joues du Roi. Il suivit Guitaut sans un mot, se dirigeant vers son fils et la Reine, négligeant révérences des robes et moulinets des jeux de chapeaux bas. Il baisa la main de sa femme, resta aveugle au faux cavalier qui était à la gauche d'Anne, et se pencha ensuite vers Louis le Petit.

L'enfant piqua du nez dans le col empesé de l'huissier La Chesnaye. Perrette s'avança, le prit dans ses bras.

— Voyez, Monsieur, votre père Sa Majesté le Roi qui s'en revient vers vous. Souhaitez-lui le bonjour comme vous savez bien parler.

Le nez de Louis chercha refuge dans le cou plus doux de Perrette.

— Enfin cet enfant ne veut-il pas me voir ?

Le Roi se redressait.

— Je ne ressemble pas à Fontrailles.

Le marquis, dans l'ombre, pâlit de haine contrainte.

— Or je suis son père et je suis son roi. Aurait-on oublié de le lui rappeler ? Lui aurait-on caché mon existence ?

Cinq-Mars approcha. Se pencha vers Perrette apeurée, pétrifiée.

— Monseigneur, souvenez-vous de moi, vous jouâtes avec mon doigt quand je partis à la guerre avec le Roi votre père. Nous en rapportons de fort beaux étendards qui vous feront plaisir à voir.

Le Dauphin jeta un œil timide en direction de cette voix douce. Le sourire le plus éblouissant de France ne put rien ce jour-là. Louis Dieudonné éclata en sanglots.

Le Roi fendit les flots de courtisans suivi de son favori, et disparut dans l'ombre.

— Nous sommes perdus, dit la Reine.

— Je lui parlerai, dit Marie, enjouée.

— Vous êtes perdue, mon amie.

Et la Reine lui prit la main.

En chemin, dans l'ombre, le Roi avait presque bousculé Mme de Sénecey qui, suivant les conseils de son tendre ami Guitaut, s'était abonnée à la discrétion parfaite et avait réussi à enfiler une robe sur ses chausses de cavalier.

Le Roi la vit et lui adressa un sourire mielleux.

— On m'a dit, Madame, que vous aviez merveilleusement soigné les douleurs du Dauphin.

Mme de Sénecey fit sa plus profonde révérence.

— Que n'avez-vous un onguent pour son caractère. Cet enfant est opiniâtre et ingrat, nous allons y remédier. Avec les verges et le fouet s'il est nécessaire, et sans besoin de vos talents d'apothicaire.

Ce fut Cinq-Mars qui plaida : l'extrême jeunesse, la longue absence du prestigieux père due à la guerre, empêchant ainsi Mme de Sénecey de répondre, et de se montrer maladroite. Au contraire de Marie, Mme de Sénecey n'était pas sa rivale. Avançant toujours, il se retourna pour sourire à la marquise dont il remarquait pour la première fois l'insolente beauté du corsage. Les pauvresses vont pieds nus, les nobles dames vont seins nus. Mais ce n'était pas aujourd'hui une pensée à partager pour rire avec son royal maître. Le jeune homme soupira. Nous allons recommencer à nous ennuyer et à boire vinaigre.

Guitaut comprit qu'il lui fallait reprendre du service. Le Roi présent, il retombait sous sa coupe. Il emboîta le pas de Sa Majesté et de son mignon, se reprochant d'employer ce mot fût-ce en pensée tacite, releva Sénecey encore effondrée en corolle sur les parquets.

— Cinq-Mars vous protège, vous voilà en sursis, chère amie.

— Dieu vous entende, François.

Guitaut souhaita que Dieu ne fût point devenu sourd après vingt ans de guerre et de bruits des canons et bombardes. Il n'était plus très sûr de l'omniprésence de la divine oreille. Dieu avait subi vingt-deux ans de litanies de prières d'un royaume entier avant d'accorder un Dauphin. Par le biais d'une tempête. Les voix discordantes de la France et, principalement, les geignements de la Cour, qui n'étaient rien à sa Gloire et tout aux ambitions égoïstes, devaient désormais lasser sa sublime patience.

Dieu permit en réponse un grand massacre dans la douce Normandie. Une province révoltée mérite le bâton, la Normandie eut droit à la corde, au feu, à la hache. Jean de Gassion, le vainqueur d'Hesdin, Gassion que désormais Richelieu surnommait la Guerre, Gassion opérait du côté d'Avranches, où était cloîtré, séquestré même en sa forteresse, son gouverneur, le marquis de Canisy.

Richelieu y avait envoyé la piétaille wallonne et les reîtres poméraniens. Quinze cents cavaliers, autant de fantassins, pour leur particularité à ne pas comprendre un traître mot de patois du Cotentin, et donc aucun cri implorant pitié. Les Poméraniens ne comprenaient même pas un mot de pur allemand. Quant à Gassion, né dans la Navarre du feu roi Henri, il ne connaissait que le français de cour, l'espagnol de Castille et le fil de l'épée.

Gassion prit Avranches, libéra le marquis, démantela les remparts, pendit par bottes de trente les Nu-pieds des salines aux branches des ormes et des plus hauts pommiers, nouveaux fruits des vergers du roi Louis. Poméraniens et Wallons tuèrent et pillèrent, rôtirent le bétail, dévalisèrent les bourgeois, brûlèrent les maisons des mutins et des autres.

À chaque dépêche venue d'Avranches le Roi exultait comme une pie-grièche. Son autorité était restaurée dans la couronne de feu qui en détruisait les faubourgs. Les femmes et les filles étaient violées ou éventrées. La paix régnait. Il en avait oublié le fâcheux caractère du Dauphin.

Le Roi écrivit une lettre de félicitations au colonel Jean de Gassion, lui affirmant son grand contentement, lui promettant de flatteuses satisfactions. Que Gassion s'occupe maintenant de Vire et autres villes de l'armée de misère des Nu-pieds. Ainsi nommés car ils travaillaient pieds nus à ramasser le sel si précieux dont le transport et la vente donnaient la gabelle, principale mine des impôts indirects du Roi, pour payer les guerres. Et les mercenaires qui les tuaient.

On pouvait passer à l'autre guerre. Celle de Fontainebleau, de Saint-Germain, un peu moins du Louvre, car le Louvre était dans Paris et Paris se donnait un peu trop les manières sombres d'Avranches, criardes, au bord de la rébellion. Quand le roi Henri s'y promenait en carrosse dans les cris de joie et les hourras jusqu'au fatal poignard, son fils Louis ne traversait sa ville capitale qu'entouré de deux compagnies qui ordonnaient qu'on fît place à grands coups de fouets.

La guerre des trois châteaux royaux ressemblait plus à une fin de campagne, quand on traite avec l'ennemi vaincu, lui accordant l'honneur d'une noble reddition ou bien le déshonneur cruel de devoir fuir sans armes ni drapeaux. La tactique en fut la sournoiserie, la stratégie la surprise.

Marie de Hautefort était en joie. Elle venait de tenir parole à une promesse naguère faite au Mans. Elle présenta son ami Paul Scarron à la Reine assez éberluée de ce corps contrefait arrivant roulé dans sa boîte par deux laquais. Scarron l'amusa, ainsi que la compagnie, on vit le marquis de Fontrailles sourire à plus laid que lui et commander une dédicace pour cinquante écus.

Paul débita quelques vers et fit sa requête devant Anne d'Autriche.

— Une charge, monsieur Scarron. Certes mais laquelle ? Je n'en dispose plus de vacante.

— Madame, créez dans votre bonté celle de premier Malade de la Reine ! J'ai tous les maux possibles, avec ma seule personne vous tiendrez un hôpital.

Anne d'Autriche rit aux éclats et accorda au poète une rente de 600 livres. Il repartit vers son hôtel de Troyes, on y souperait bien ce mardi soir qui serait un grand mardi gras hors du calendrier. Encore « Vivat Hautefort ! » à clamer haut en débouchant les bouteilles de chinon. Il avait remarqué que le divin cul disposait d'un tabouret, ainsi qu'il l'avait prédit, sans le besoin d'être le fondement d'un duché. Il s'en réjouissait.

Marie en riait encore quand, aux premières heures du mercredi, La Chesnaye, valet, huissier, espion, âme damnée, courrier, lui porta un pli. Le Roi lui signifiait de décamper. En termes plus polis, de ne plus jamais croiser sa vue.

Il ne s'agissait plus de se cacher trois semaines ou un mois du regard haineux du cardinal « Cul pourri », mais de disparaître, s'enterrer, loin de la Reine, loin de l'adorable bambin dauphin. Marie, orpheline, s'était tendrement attachée à cet enfant ; il existait entre elle et lui la complicité des fils et filles sans parents présents. Son père lui avait manqué, Louis Dieudonné ne rencontrait le sien que rarement, et pour pleurer.

L'orpheline réagit en bonne Gasconne. Elle prit un bain dans le cuveau de la Reine, habitude qui n'avait guère cours en cet entourage qui préférait les parfums au décrassage quotidien, se fit poudrer le corps entier par ses servantes, choisit ses vêtements, rehaussa la délicate splendeur de sa jeune gorge d'une touche de blanc, d'une pointe de rouge, et se campa sur le chemin du Roi, tôt matin, quand il partait à la chasse. Le Roi la vit, pâlit, rougit, jaunit, balbutia. Bégaya. Cinq-Mars, tiré du lit aux aubettes, lui qui ne l'avait regagné que depuis deux heures au retour d'une escapade à Paris, chez les filles ou bien dans l'hôtel de la princesse de Gonzague qu'il s'était mis en tête d'épouser pour changer les feuilles d'ache de sa couronne de marquis en perles de couronne princière sur les armoiries peintes à ses portières, donna fort librement un coup de coude à Sa Majesté.

— J'avais votre parole, Sire, disait Marie, fleur effondrée en la corolle de sa révérence. Une parole de Prince. La promesse que je ne serais plus exilée.

Une bruine du matin perlait ses cheveux, ses longs cils, sa gorge délicieuse, sa colère rentrée.

Louis bégaya encore, regarda Cinq-Mars, marmoréen et déjà triomphant, bredouilla que le temps passerait vite, que le Cardinal... se reprit, que le Dauphin... que... pour conclure enfin :

— Mariez-vous, madame, et je ferai votre fortune !

Voilà tout ce que Sa Majesté trouva pour signifier son congé à une « inclination » de cinq années, à l'esprit le plus mutin de la Cour, à la plus ravissante des filles de la Reine. Avec Mme de Sénecey.

Son fils Louis Dieudonné pleura de bon cœur, les joues trempées contre les seins de son amie de cœur, quand Marie vint lui faire ses adieux.

La Reine fut au désespoir, tempêta en castillan, jura en latin, pleura, lui donna une bague et ses pendants d'oreilles de diamant, lui promit amitié éternelle, la baisa mille fois. S'inclina. Tout recommençait. On lui enlevait ses plus proches soutiens. Elle ne se trompait point.

Deux jours après ce fut Sénecey, ainsi que Guitaut l'avait prévu, déjà ulcéré. La Cour s'étonna, aucune raison ne justifiait ce renvoi, on supputa, se trompa. Supportant le voyage depuis Rueil, Richelieu réapparut. Il sourit au capitaine.

— J'apprends, monsieur de Guitaut, que Mme de Sénecey a décidé de se retirer en sa propriété de Milly. Bien proche de Paris et des résidences du Roi.

— Votre Éminence, Mme de Sénecey a obéi, Sa Majesté lui a laissé le choix de sa retraite.

— Certes. Mais ses terres en Bourbonnais, près de Moulins, sont superbes, et son château fort confortable et agréable. Curieux choix que Milly.

— Mgr le Dauphin est fort attristé de ce départ.

— Le Dauphin ? Bien sûr, Guitaut, le Dauphin... Il est bon qu'un futur roi apprenne aussi les nécessités du pouvoir, comme un soldat apprend l'obéissance.

— J'ai pour ma part longtemps appris et on m'enseigne encore...

Le Cardinal lui sourit aimablement. Un regret ?

« Cet homme tient à ma virginité, pensa amèrement le capitaine. On m'interdit toute amitié du côté de la Reine espagnole. On me veut “français” et puceau. Politiquement s'entend. »

Mais Guitaut capitaine aux gardes avait de bons chevaux et, quand il n'était pas de quartier, ces chevaux pouvaient galoper, comment avait-il dit, « le temps d'un baiser de colombe », vers Milly ; entre forêts et champs, ses briques rouges, ses pierres blanches, les fleurs de ses parterres, son lierre de velours vert dessinant l'image d'un ravissant pigeonnier. Et la marquise l'y espérait, couverte d'une indienne, en une simple robe d'intérieur, des mules aux pieds. Pénétrait-il dans la place qu'elle se rendait...

Dès lors, Monsieur le Grand, Henri d'Effiat, marquis de Cinq-Mars, se montra insupportable. Il découchait chaque nuit, ne retrouvant le Roi qu'au lever de celui-ci, où il bâillait, les yeux bouffis, quand il lui tendait la chemise, souvent au grand déplaisir du premier valet de chambre dont c'était la charge cérémonielle. Il refusait d'aller à la chasse, jurant ne plus tuer un animal, dont la poursuite l'ennuyait. Le Roi l'ennuyait. Et le favori regardait sur le visage tourmenté par le mal qui rongeait tout le corps du souverain passer les jours de survie. On chuchotait de plus en plus que dans quelques mois, quelques semaines, peut-être... Le premier médecin, Héroard, hochait la tête.

Le Cardinal n'était pas mieux loti. Le Cardinal qui avait pris l'orphelin sous sa protection, en avait fait un de ses pages, l'avait instruit, protégé et jeté en l'amitié du Roi. Un grand vide s'annonçait au sommet du royaume. Monsieur Gaston souriait à Monsieur le Grand qui lui rendait ses sourires. Monsieur Gaston souriait à la Reine, esseulée, au milieu de ses chrysalides, comme le frère du Roi surnommait ses filles d'honneur, et offrait de plus en plus de cadeaux à son cher neveu le Dauphin. Le frère du Roi savait que le favori du Roi l'avait remplacé dans le cœur de la belle Marie, princesse de Gonzague, mais que le jeune homme ne le remplacerait vraiment au plus près de cette noble et riche jeune femme que s'il devenait connétable, duc et pair, principal ministre... On n'abandonne pas un prince du sang pour un petit marquis, si bien fait qu'il soit de sa personne et qui prend ses consolations chez Marion de L'Orme.

Cinq-Mars et Monsieur attendaient que les entrailles se déchirent, empoisonnent le sang, détruisent les corps et emportent Louis et Armand vers un royaume plus glorieux que celui où ils régnaient sans partage, celui des Cieux. Eux s'occuperaient du trône terrestre. Monsieur savait être patient, c'était son métier de frère cadet ; Cinq-Mars ignorait cette qualité. Il était lui aussi un enfant. Orphelin, il avait fait chasser une orpheline, la jolie Marie à la langue cruelle et aux yeux perçants. Il voulait déjà que son avenir apparaisse dans le présent ; et il voulait cette Marie de Gonzague, ambitieuse et fière de son état. Il s'en était ouvert à Richelieu, tant est fort parfois le besoin de se trouver un père, et le Cardinal après tout avait fort bien rempli ce rôle.

— Une Gonzague n'épouse pas un petit monsieur de Cinq-Mars, aussi Ruzé soit-il, avait coupé l'Éminence avec un haussement d'épaules. Oubliez ces fumées ridicules. Et si la Princesse, elle, oublie la gloire de son rang, nous la lui rappellerons, même au couvent !

Cinq-Mars enrageait. Il contemplait la Reine qui se consolait de la perte de ses amies en redoublant de tendresse et de jeux avec son fils. Il contemplait le Roi qui, épuisé, se déclarait las de cette guerre dont on ne voyait pas la fin et que le Cardinal attisait en faisant avorter toutes les tentatives de négociations, n'admettant que la victoire pour signer la paix.

La Reine était espagnole, Cinq-Mars apprit cent mots de castillan. Il s'agirait un jour de faire la paix avec l'Espagne, la guerre ne durerait pas cent ans. Et ce serait son nom à lui, son nom de petit marquis, de Ruzé d'Effiat, qui serait apposé au bas du traité au côté de celui de la Reine devenue régente. Cinq-Mars rêvait d'un futur glorieux. Il s'acheta un carrosse orné d'or, comme le roi l'avait interdit sur toute l'étendue du royaume. Qu'avait-on à faire des interdictions de deux agonisants en sursis ?

Cinq-Mars enrageait, Monsieur souriait, Fontrailles, laid comme deux poux bossus mais fin diplomate, parlait, expliquait, en bon connaisseur de l'Espagne. Ils soupèrent souvent tous les trois, fort avant dans la nuit. Monsieur recevait du courrier de sa mère, et donc mère oubliée du roi, Marie de Médicis, là-bas, dans son exil de Cologne. Elle se plaignait à ce second fils tant chéri de l'indifférence de l'aîné, et de l'ingratitude de ce petit prélat dont elle avait fait la fortune, Richelieu, qui ruinait le royaume et semblait vouloir régenter l'Europe. Pourquoi Dieu ne le rappelait-Il pas à Lui ?

On pouvait aider Dieu, c'était une sainte tâche, libérer le Roi, qui aspirait à la paix, les campagnes l'épuisant, Cinq-Mars en avait été témoin, dans la Somme, à l'est, en Savoie. Les trois soupeurs parlaient de paix, sans avouer que c'était d'un complot qu'il s'agissait.

Le Roi se fâcha avec Cinq-Mars, désobéissant, boudeur, impatient. Cinq-Mars se rabibocha avec Sa Majesté. Cinq-Mars assiégea doucement la Reine, la visitant, lui souriant, faisant risette au Dauphin. La Reine vit en lui l'enfant qui demeurait sous les velours, les soies, les dentelles. Et Cinq-Mars eut un coup de génie : pour la Noël, il fit en sorte, par mille câlineries et douceurs de mots à cet homme de quarante ans à peine mais qui était déjà un vieillard et demeurait le Roi, que Louis XIII fasse dresser son chevet dans la chambre de la Reine.

Et en fin janvier de l'an nouveau 1640, la reine fut annoncée grosse d'un second enfant de France, par la voix de *La Gazette* sur laquelle régnait Richelieu. Monsieur grimaça, mais bon... Le Roi ne se tenait plus de joie ! Plus heureux encore que de la naissance de son Dauphin. Plus prévenant que jamais avec son épouse. Et assez reconnaissant à son favori de l'avoir invité à ce dernier exploit, un soir de Noël.

Voilà sans doute le moment de pousser son avantage, pensa le jeune impatient.

Gaston d'Orléans ne dit rien. Il verrait bien, et fila dans son château de Blois.

JUSTE AVANT LE DÉLUGE

Le Roi s'avouait content de son épouse enceinte, content de son favori radouci, content de ses armées qui avaient conquis l'Artois et l'Alsace, content de la politique du Cardinal qui faisait vaciller l'Espagne et trébucher l'Empire, content de lui qui avait soutenu cette politique fermement et contre l'avis de tous, même du pape, et il enrageait contre son fils.

Pendant trois semaines on l'avait cru agonisant. Lui aussi l'avait pensé. Tout fut préparé pour l'extrême-onction. Son aumônier dormait dans son antichambre sur un lit de lanières dressé à côté de celui du Premier Gentilhomme dont on avait relié le poignet à celui du Roi par un long fil de soie. Mais c'était trop tôt, le Dauphin trop bambin encore, il lui fallait vivre pour terminer le travail depuis si longtemps ébauché et livrer à l'enfant un vrai royaume de France où chacun ait sa place sous la protection de la Vierge. Louis croyait autant au pouvoir du sacré qu'en celui de la politique.

Il avait vaincu son ventre mis en brèche, comme ses armées avaient vaincu les *tercios* de Molina, troupes terribles du Cardinal-Infant, son jeune beau-frère. Un dur combat que cette campagne du ventre et des intestins. Il avait encore maigri, encore jauni, encore triomphé. Il avait offert un tableau de Poussin, tout nouveau peintre du Roi, à Héroard, non pour le remercier de ses soins, le premier médecin avait fait comme à son habitude, de son mieux, qui n'était pas grand, mais au moins montrait-il de l'affliction devant les douleurs de son maître au lieu de baragouiner en mauvais latin. Une nuit le Roi avait mandé qu'on appelât Guitaut.

— Montez la garde près de mon lit, s'il vous plaît, mon bon Guitaut, cette nuit j'ai peur d'avoir peur.

— Au Pas-de-Suse, j'ai eu peur, c'est Votre Majesté qui m'a rasséréné et m'a fait l'honneur de ne pas s'en apercevoir.

— Merci, Guitaut, de m'y avoir mené sur les remparts. Mais cette nuit, il ne s'agira pas de canons, bombardes et mousquets.

— Non, hélas.

— Menez-moi jusqu'au matin de demain.

— Sire, je vous promets que nous franchirons encore ensemble ce fossé.

— Dieu vous entende. Si vous jugez que nous échouons, appelez le Père Caussin. Il suffit de tirer ce cordonnet.

— Bien, Sire.

Guitaut veilla le Roi au sommeil agité, geignant, grimaçant, grinçant des dents, luttant certainement contre des cauchemars qui l'assaillaient par vagues. La tactique même des *tercios* qui avaient tant ravagé les soldats de Sa Majesté.

Guitaut regardait son Roi, et l'admira. Il tiendra ! Il en a la volonté. Il semblait même au capitaine que c'était là le seul sang qui courait les veines du Roi : voir demain.

Pourquoi moi près de son lit et non pas son favori ?

Belle question, Louis XIII savait que Cinq-Mars aurait dormi !

Le Roi sans joie qu'était son roi n'était pas homme sans jugement.

Au matin le Roi s'éveilla, et vit au pied du lit le visage raviné par une nuit sans sommeil de son capitaine. Il lui sourit.

— Eh bien nous avons traversé. Vous êtes un bon médecin.

— Merci. Pour les mêmes raisons que Mme de Sénecey le fut pour le Dauphin...

Le Roi rougit un peu, ce qui était un exploit compte tenu de l'ivoire de son teint. Il mâcha sa moustache, tic de vrai vieux soldat.

— La marquise reviendra, mon ami. Je vous en fais la promesse. Je convaincrai le Cardinal.

Les rois ne sont-ils vraiment rois qu'au moment de leur mort, quand ils veulent lui arracher encore quelques heures de vie ? La lumière revenue, ils dépendent de la contingence et du ministre qu'ils ont choisi. Enfin, le voilà adoubé « ami » d'un Roi !

— Le lever, Sire ?

— Il le faut bien.

Guitaut claqua des mains. Son roi s'agaçait de ces cérémonials empesés mais eût été outré qu'ils manquassent à l'appel.

La volaille bottée pénétra dans la chambre, le sanctuaire de la royauté. Et ne manqua pas de graver en sa mémoire que le capitaine aux gardes, le petit Guitaut, minuscule nobliau d'occasion, avait passé la nuit entière au plus près de Sa Majesté. Et que Cinq-Mars était absent, abandonné encore aux bras de Morphée ou de Marion... Il était six heures pourtant.

— Cher Guitaut, mon ami, présentez-moi la chemise.

Le premier valet de chambre, comte depuis Philippe IV dit le Bel, blêmit.

Mon ami... Cher... Mon Dieu, les courtisans allaient se pâmer. Guitaut savait qu'ils ne le quitteraient pas d'une botte de la journée. Joli cadeau royal. Le Roi offrait son rictus des bons tours joués les bons jours. Mais la journée ne faisait que commencer.

— Et je vais voir mon fils.

— Sire, il est tôt, et encore nuit !

— C'est l'heure des Rois. Qu'ils soient présents ou futurs.

En chaussons, la chemise passée, le bonnet de coton à deux pointes en tête, le Roi précédé de Guitaut sortit dans le long corridor qui menait aux appartements de la Reine enceinte et de l'enfant déjà né.

On eût dit une charge ou une escorte d'honneur allant recevoir la reddition d'une place. Guitaut n'aimait pas cette allure martiale frisant le ridicule par la chemise même et le bonnet de Sa Majesté. Le Roi ne pouvait-il attendre d'être vêtu ? Non, il était pressé, mais par quel mauvais rêve ? Louis le Pieux était superstitieux. Craignait-il de mourir avant de voir son Dauphin joufflu, lui l'Émacié ? Quelque chose comme cela. Le jour ne pointait pas encore, on portait des flambeaux pour éclairer l'étrange troupe qui avançait vers les appartements de la Reine. Un chuchotement quinze fois répété les précédait. Guitaut brisa le pas afin de ralentir, qu'on ait le temps là-bas d'être prévenu, préparé.

— Qu'y a-t-il, Guitaut, votre jambe vous fait souffrir ?

— Cela passera vite, Sire. Une attaque sournoise... une mecklembourgeoise. Une bien vilaine danse.

Le Roi sourit, la cuisse de Guitaut avait souffert d'un coup de mousquet tiré par un régiment allemand de l'Empire. Il ralentit toutefois le pas.

On secouait Mme de Lansac pour tirer la rondelette paresseuse de son occupation préférée, dormir. On s'agitait chez la Brassac, la Reine buvait un chocolat et enfila une robe de chambre par-dessus sa tenue de nuit. On la peignait, voulut la coiffer d'une mantille.

— Non, ne soyons pas trop espagnole. Louis dort-il encore ?

— Hélas, Madame, oui.

— Tant mieux, tant mieux... Qu'on ne le réveille pas.

Une servante zélée pourtant avait réussi, par quelque chansonnette, à tirer le Dauphin tout hébété de sommeil imparfait vers la conscience d'une nouvelle journée.

Les portes s'ouvrirent.

— Le Roi !

Une immense ombre envahit la pièce encore mal éclairée, ombre poussée par les torches qui encadraient l'apparition maigre et blanche, fantomatique, qui s'encadrait au seuil de la porte, ombre qui se multiplia sur les murs et sur le parquet quand les torchères se placèrent en quinconce, dessinant quatre démons aux bonnets cornus, décharnés dans des vêtements flottants, rayons d'un cercle infernal ayant son centre sous les pieds d'un grand diable sévère qui envahissait cette pièce où flottaient des parfums de dames, de mère, de fleurs séchées en pot-pourri, et des tiédeurs corporelles de tissus froissés de qui vient d'être tiré trop tôt du lit.

L'enfant hurla de terreur devant ce qu'il n'avait pas

reconnu être son Papa. Papa le vrai était une moustache et une barbichette en pointe de flèche, un grand feutre à panache noir ou gris perle, des bottes fauves luisantes qui faisaient sur les parquets ce bruit à nul autre pareil, un doux roulement de tambours quand ils sont voilés de crêpe, bruit tendre et triste, mesuré, bridé, qui annonçait une visite pleine d'attentions, un sourire désenchanté, dessinant sur les lèvres minces un espoir toutefois maintenu. Un enfant sent tout cela sans le concevoir, il est un petit bloc d'intelligence charnelle.

Et puis il y a les yeux. Les grands yeux sombres du Roi hérités des Médicis, venus des nuits de Toscane, ces yeux qui se posent sur lui comme des colombes noires, le frôlent à peine et se plissent dans ce qui doit bien être un sourire emperlé d'une larme naissante et retenue près du nez, là où il est un petit point rouge irrigué par les canaux de veinules fines comme des fils de soie écarlate. Jamais les yeux de Papa Roi ne reflètent des flammes de torchères !

Louis Dieudonné, donc, hurla.

Il en appelle à Maman, refuse d'embrasser le démon en camisole qui repart courroucé en lâchant à la porte :

— Quelle étrange nourriture d'éducation donne-t-on, ici, à mon fils pour qu'il refuse son père ? Nous y mettrons bon ordre. Ici, ou ailleurs.

On va le lui enlever. Elle est enceinte et une nouvelle fois la menace plane : arracher Louis Dieudonné à Maman Anne. La guerre ne finira jamais entre la France et l'Espagne, jusque dans ces appartements froids et enténébrés d'ennui et de crainte. Elle hait le Louvre.

Retourné chez lui, le Roi prend la plume, et l'homme qui ne sait parler écrit, comme d'habitude, pour se plaindre à l'autre malade, plus puissant que lui peut-être : « Je suis mal satisfait de mon fils... » Et d'évoquer le transport du Dauphin à Amboise, loin de l'influence pernicieuse de la reine espagnole.

La Reine, elle, vomit, secouée par une terrible nausée, dans une bassine d'argent. Perrette a réussi à calmer le Dauphin qu'elle tient éloigné du mal qui secoue sa mère. Perrette aux doux seins a une idée. Mgr de Lisieux, confesseur et bon politique, la soutient.

Pendant deux jours entiers, tout ce que reçoit Louis, du sucre rosat, un brimborion, des graines de céleri confites, ce qu'il aime le plus, lui est dit « envoyé par votre Papa ». Louis sourit, chantonne ce nom « Papa ». Le rythme en mélopée sur son tambour préféré. Et Monsieur de Lisieux, évêque, a sa meilleure idée. Le Roi aime les ambassades. Il apprécie, dans la Grande Salle du Louvre (qu'il ne tolère qu'en ces instants-là), de recevoir le compliment, les salutations des cours étrangères, plus ou moins alliées, plus ou moins ennemies, qui viennent dans les soieries, les panaches, les rubans, lui faire révérence. Et Monsieur de Lisieux demande à être introduit chez le Roi.

Louis le Pieux reçoit, bien sûr, un évêque.

— Je viens, Sire, traiter de la paix avec Votre Majesté de la part de l'un des plus grands princes du monde.

Le Roi le regarde sans comprendre.

Et l'évêque fait entrer le Dauphin, tout de soie brodé, sa petite poitrine barrée du baudrier de soie bleue, l'épée au côté, le minuscule feutre de poupée à la main. Et qui sourit...

— A pardon, mon Papa, d'avoir fassé.

Il s'incline. Puis relève la tête aux magnifiques yeux sombres vers ce père qu'il reconnaît ainsi vêtu de velours ventre de louve ; la mine sévère mais déjà fondante, Papa Roi sourit. Le gamin court vers les longues jambes maigrelettes qu'il entoure de ses bras. Et le Roi l'enlace, le hisse jusqu'à son épaule. Lui chatouille la joue de sa moustache. Cet enfant est beau comme lui ne le fut jamais, et cette beauté, au lieu de rancir encore l'esprit jaloux de Louis l'Aigre, le remplit d'aise. Et de ce sentiment qu'il ne ressent que devant Arras repris aux Espagnols, devant le Pas-de-Suse forcé, Corbie délivrée, Hesdin aux remparts effondrés par l'artillerie qu'il a lui-même commandée, en bon mathématicien qu'il est : la fierté. Avec toujours au fond de l'âme cette morbide pensée qui ne le quitte pas tant son ventre la lui rappelle quotidiennement : lorsque Louis le Juste reposera en la basilique de Saint-Denis près de ses prédécesseurs, le trône appartiendra à Louis le Beau. Si Dieu lui prête vie. Et le grand échalas spectral, hanté par la mort des autres comme par la sienne, pense en cet instant d'embrassement que rien ne vaut la vie. Résumée en un paquet de soie gigotant et rieur sous les chatouillis. Louis XIII baise encore les joues fermes et rebondies, adresse une rapide prière muette à Quelqu'un de plus haut placé que lui, dépose le petit paquet à ses pieds, le prend par la main, le mène à la grande croisée.

— Regardez, Petit Louis, comme il fait soleil. Il n'est que le soleil, mon fils, pour chasser toutes les nuits de l'âme et des guerres entre les hommes, des rancœurs entre les fils et les pères que Dieu veut toujours unis.

Le Dauphin sourit et cligne de l'œil, ébloui par la lumière. La paix est faite.

Pour la première fois, Louis, roi de France, a donné un sobriquet affectueux à Louis Dieudonné, Dauphin, celui que lui donnait aussi sa mère. Cela vaut duché, pairie, et Petit Louis va avoir force de loi à la Cour.

Une autre paix se fait. Par traité. Entre le Roi et son favori, qui n'est plus un enfant quoiqu'il en garde encore l'esprit. Cette paix-là est signée à Rueil chez l'Éminence qui se déplace le moins possible ou plutôt qu'on déplace le moins possible, comme si l'homme rouge allait se briser. Il n'est pas si fragile, mais il souffre. Et c'est le Roi, tout aussi mal fichu, qui fait le chemin de Rueil. Au moins Sa Majesté supporte-t-elle encore de chevaucher ou de rouler carrosse. Le Cardinal, lui, ne peut endurer la vie que couché ou debout. Il lit étendu sur une longue indienne, il écrit ou plutôt dicte debout, planté sur ses ergots, le jarret tendu, le visage sévère pour ne pas grimacer, passant le poids de son corps qui s'étiole d'une jambe sur l'autre. « Je suis le manant du Roi. » Celui qui reste : *maneo* en latin.

Louis XIII a l'œil qui pétille. La souffrance de son immense ami ennemi ne lui déplaît pas. Il se sent moins seul et cette souffrance les rapproche encore. Le roi, lui, s'assoit. Cinq-Mars est derrière lui, debout, le visage gonflé de fatigue, mais portant beau une forme d'insolence et toisant son ancien maître et professeur, le redoutable cardinal, du haut de sa taille mais aussi de son arrogante santé. En lui tout est insolence en présence de ces deux corps ravagés. Mais que l'espérance est lente ! Le futur prend tout son temps.

Le ridicule, lui, envahit le présent. Henri Ruzé d'Effiat, marquis de Cinq-Mars, Monsieur le Grand, est-il le seul à le sentir rôder entre les vignes à piquette de Rueil ? Il semblerait, c'est du moins ce que pense le chenapan venu chez le Principal Ministre signer un traité de bonne entente avec Sa Majesté. Le Cardinal tend le projet au Roi, qui lit lentement, mot à mot, comme le jeune Henri, il n'y a pas si longtemps, déchiffrait ses rudiments de latin avec son précepteur. Le Roi n'afficherait pas plus de sérieux à lire une offre de paix du Cardinal-Infant.

— Comme d'habitude, mon cousin, votre prose est parfaite.

Le Cardinal salue le Roi avec une raideur inaccoutumée.

— Lis !

Le roi tend à Cinq-Mars le traité par-dessus son épaule, las de se retourner.

Mais le Roi l'a tutoyé. Cinq-Mars sourit et prend la feuille griffonnée de la belle cursive du secrétaire particulier de Son Éminence, à la plume élégante.

« Nous, cy dessous signés, certifions à qui il appartiendra être très contents et satisfaits l'un de l'autre, et n'avoir jamais été en si parfaite intelligence que nous sommes à présent. En foi de quoi nous avons signé le présent certificat. »

— Qu'en penses-tu ?

— Cela me semble fort bon, Sire.

Il n'en croit pas un mot.

— Parfait.

Le Roi saisit la plume et trace : « Louis. » Ajoutant dessous son paraphe : « Par mon commandement. »

— Signe !

« Effiat de Cinq-Mars », griffe Monsieur le Grand. Il se retient de hausser les épaules dans le dos du Roi car le Cardinal le fixe comme un busard fixe un serpent. Il se méfie encore, le vieux tyran... Il faut accélérer le temps.

La Nature s'en chargea mieux que Monsieur le Grand. Le ventre de la Reine devint contre toute attente le centre de la Cour. Le Roi, apaisé par son fils et son favori enfin rentrés dans l'obéissance, se préoccupa de cet état. Il chassa, certes, et Cinq-Mars l'accompagna sans trop grimacer. Et l'enfant naquit. Un second fils pour Sa Majesté.

Le Roi exulta. Il s'appellerait Philippe. Voulut en faire un comte d'Artois, en l'honneur de la belle province, riche en blé, autrefois apanage des ducs de Bourgogne et reprise aux Espagnols. Mais Philippe fut duc d'Anjou. Titre porté par les frères de Saint Louis, de Charles V et de Charles IX. Surtout en l'honneur de Saint Louis. Car Philippe était blanc de peau et noir de cheveux, Louis XIII le Pieux en réduction. On était le 21 septembre, jour d'automne. Les cloches, les canons, les feux de joie de nouveau prirent possession de Paris et des villes royales. Le Roi riait. Oui, riait.

Lui qui avait craint de n'avoir pas d'enfants avait deux fils. Il pardonnait à Anne d'Autriche d'être tellement femme, puisque seule une femme pouvait lui faire un tel présent. Car elle ne ressemblait plus en rien à la très belle infante dont l'apparition avec ce port noble acquis en Espagne faisait frémir ce que la Cour comptait de galants ou de rufians, c'est-à-dire tout le monde. La belle Anne, princesse désirable, était désormais une Cérès française, épanouie, très blonde et très blanche, et elle se prit à aimer la chasse qu'elle suivit en carrosse. Elle félicita même son royal époux d'avoir tué deux loups dans la plaine de Monceau. Leur fourrure était belle, d'un gris attendri de blanc. Et le Roi en fit tirer, pour elle, une toque et une étole doublées de soie pour l'hiver annoncé. Il lui pardonnait, aujourd'hui, ce qui l'avait toujours rendu morose pendant tant d'années : sa féminité qui transpirait par tous ses pores et s'affirmait par la splendeur de son corsage. À trente-neuf ans, elle n'offrait plus la beauté troublante qui lui avait attiré bien des hommages, dont ceux du Cardinal, mais elle affichait le port d'une Reine. Et le Roi s'enchantait de cette mutation. Il admirait enfin sa splendeur charnelle. Le Roi y voyait une vraie mère, ce qui lui avait manqué en sa pauvre jeunesse. Une vraie mère qui aimait tout uniment ses enfants. De l'inconnu pour lui, et une merveilleuse invention.

Le roi Louis XIII était heureux. Il vivait un crépuscule de printemps aux nuages roses sur des nuits de profond saphir. Des crépuscules comme dans les contes ou les histoires que sa propre mère n'avait pas pensé à lui lire, tout occupée à bichonner son jeune frère Gaston. Qui en effet était aussi bouclé, pommadé et parfumé qu'un vieux bichon jappant aux chevilles d'une dame d'atour, d'une duchesse douairière, honorée d'un tabouret chez la Reine, conquis à l'ancienneté. Les bichons aboyaient, se goinfraient de friandises, pissaient sur les parquets mais ne mordaient pas. Il regardait autrement son frère aux visites impromptues. Il suffirait de lui lancer quelque os de poulet. Un autre duché, une pension, un titre ronflant... Lieutenant général du royaume peut-être... nous verrons dans notre testament.

Le Roi se débrida, perdit toute timidité, choya ses deux fils, encore maladroit par crainte de les mal traiter sans le vouloir. Son père le roi Henri avait failli le laisser tomber, lui encore nourrisson, en le tenant mal en ses bras plus habitués à saisir des galantes. L'affection l'envahissait, repoussant la méfiance au loin, et il sentit que cette invasion-là lui procurait un grand bien. Il organisa des jeux, des bals, des sorties champêtres, montra ses enfants et sa femme au pays. La Reine était reine et aux côtés du Roi. La lune de miel avortée il y a un quart de siècle revenait, pleine, brillante, s'emparant du ciel de France.

Ils suivirent le Val de Loire, notre vallée des Rois. S'arrêtèrent à Amboise où il avait menacé d'envoyer le Dauphin être élevé loin de sa mère, ils firent halte à Blois, refuge de son frère Gaston. La Reine s'y enticha d'une petite fille, une orpheline de père, celle de Mme de La Vallière nouvellement remariée au Premier Chambellan de Monsieur, M. de Saint-Remy. On partit pour la Bourgogne, rendre honneur à ses cousins Condé qui en détenaient le gouvernement.

Louis grattait la guitare, non plus pour bégayer des psaumes assommants, mais pour fredonner des airs à la mode, voire des berceuses, le soir, au coucher de ses enfants. Une vieille romance espagnole qu'il estropia fit sourire la Reine, flattée de cette sérénade boiteuse mais sans doute venue d'un cœur qu'elle croyait sec. Sa voix était douce, on la découvrit mélodieuse. C'était que chaque mot, pour une fois, venait en effet du cœur et que, quand le Roi fredonnait, il ne bégayait pas.

On surprit le Dauphin, enchanté de tant de musiques, à vouloir danser, se trémoussant sur certaines mélodies venues de la guitare paternelle. Le Roi, dans ses combles du Louvre qui lui servaient d'atelier, lui confectionna une arquebuse en cuir et un cheval de bois.

Le Royaume, lui, crevait de misère. La vue de la famille royale au grand complet, de la Reine en splendeur, du Roi victorieux, des enfants porteurs d'espoir d'un nouveau règne et donc de la paix, enfin la paix, qui mettrait fin aux privations, et l'absence du Cardinal dans ces cortèges, cloué sur un lit à Rueil où on lui perçait ses abcès, ne suffisaient plus. Cinq-Mars avait reçu l'ordre, écrit de la main de Louis et avec fermeté, de paraître en plus modeste appareil : économiser sur les dentelles et les velours ; être seigneur certes, mais pas étal de joaillier. Et on avait enlevé tout parement d'or au carrosse du favori qui en bouillait de rage et de haine derrière ses sourires pleins de dents.

Les parements avaient été fondus en lingots remis au chapitre de Notre-Dame pour les œuvres. Le jeune Paul de Gondi avait remplacé son oncle l'archevêque pour la distribution. Il y avait montré une sainte componction, avait-on rapporté au Roi qui nota ce nom.

Contre la misère, deux solutions : la répression à la normande, ou une victoire, ce baume pour un peuple glorieux. La Catalogne et le Roussillon envoyaient des émissaires : ils voulaient rejoindre le royaume de France et se délier de l'occupation espagnole, qui n'était pas tendre. Le Roi fut élu par acclamation comte de Catalogne. Il en fit peindre les armes sur les portières de son carrosse.

Excellente occasion de traverser le royaume pour montrer au peuple que le Roi continuait son métier. Éviter les pillages en ne prenant que des troupes sûres : mousquetaires et gardes, régiments royaux, bien vêtus, bien nourris, éloigner les mercenaires envoyés aux frontières de l'Est et du Nord qu'ils pourraient dévaster.

Le Cardinal voulut en être et il en serait. Aucune victoire ne devait lui échapper, lui qui avait usé sa santé à toutes les préparer.

« Excellente occasion de l'y faire crever », pensait Cinq-Mars.

Prudent, Monsieur le Grand convainquit le Roi de laisser Guitaut près du Dauphin, encore une fois, compte tenu de l'affection que semblait lui porter le fils aîné « qui a hérité de Sa Majesté, outre ses beaux yeux sombres, son goût pour les braves ».

Le Roi protesta que Guitaut avait été privé déjà de la gloire de Hesdin. Qu'il méritait cette campagne qui s'annonçait une promenade militaire.

Cinq-Mars sourit comme il savait le faire : « Et laisser le Dauphin entre les princes du sang... et Monsieur... »

Cinq-Mars ne voulait pas de Guitaut dans les pattes, un homme qui avait tout vu, tout vécu, gloires et vilenies, batailles et complots. On ne s'embarrasse pas d'un honnête homme quand on veut abattre un tyran. On lui préfère des spadassins. Et, grâce à la fréquentation de Marion et deux sourires de Marie de Gonzague, dans la manche de dentelle de Cinq-Mars se cachait M. de Tréville, capitaine général de la première compagnie des mousquetaires, ennemi juré du Cardinal. Un de ces hommes « sûrs » évoqués par le Roi.

Guitaut resta près de Petit Louis. Il n'y eut jamais autant de dents dans le sourire du jeune marquis.

LE CHAPEAU DE MONSEIGNEUR COUPE-CHOU

Un autre visage rôdait dans les couloirs du Louvre, de Saint-Germain et surtout de Rueil. Un bel homme. La taille bien prise, le teint vif, les yeux pleins de feu, le front large et majestueux, les cheveux châtains et un peu crépus. Un homme qui prenait grand soin de ses mains qu'il savait belles. Un homme qui voyait et comprenait vite, un homme précieux pour un malade comme Richelieu dont il avait happé la confiance et pour qui il voyageait. Un mois à Turin, une semaine à Münster, une intelligence en marche, un fringant cavalier apte à parcourir l'Europe, apte aussi à déjouer les pièges de tout traité, de tout accord, à renifler la trahison la mieux travestie de bienveillance. Un homme qui avait fréquenté la Curie, les corridors bruissant de soutanes des *monsignore* du Vatican, un homme qui fut nonce à Paris et jugé trop français, nommé vice-légat de Sa Sainteté en Avignon, qui lui parut terre d'exil, un homme enfin qui admirait le Cardinal-Duc, pour lui véritable plus grand chef d'État de cette Europe à feu et à sang. Et qui avait choisi son camp.

Né dans les Abbruzes, élevé à la cour des Colonna

dont son père avait été intendant, il avait élu la France et le service de son maître Richelieu.

Giulio Mazarini était beau, rapace et intelligent, ambitieux, intrigant, fourbe, énergique. Les qualités de son maître moins sa brutalité. Il camouflait un orgueil immense derrière ses sourires sucrés et une voix chantante dont il outrait à peine, mais suffisamment, l'accent transalpin afin de l'adoucir encore, enveloppant son interlocuteur d'une musique méliflue dont chaque note pourtant était une lame de rasoir. Le contraire du Père Joseph du Tremblay, décédé et dont Richelieu lui avait, de fait, confié la place. Et l'espoir du chapeau de cardinal.

Il était les yeux et les jambes de l'impotent. Leurs esprits ourdissaient et comprenaient à l'unisson. Pourtant Mazarini, qui connaissait maintenant bien des secrets d'État et œuvrait en grand travailleur pour cet État, ne souhaitait pas, lui, la mort du « vieux satrape », comme l'appelait toute la tribu princière des Condé. Il admirait sincèrement le Cardinal-Duc. Sans lequel il ne serait rien que ce qu'il était en naissant : rien.

C'est avec lui que Richelieu riait les rares fois où il riait. Le nommant Monsignore Colmardo, besogneuse adaptation de « coupe-chou » en mauvais italien. Qu'importent les mauvais jeux de mots !

Louis XIII avait Cinq-Mars, Richelieu avait Mazarin, pour d'autres buts et d'une tout autre ampleur. Le teint de l'Italien, son éclatante santé, la hardiesse de son maintien rappelaient à l'Éminence un autre ambitieux venu non d'Italie mais des terres de l'Ouest et qui, attaché à Marie de Médicis, Reine régente mère de Roi, était parvenu (il accepta mentalement le mot) aux plus hautes fonctions, aux plus grandes richesses, au pouvoir le plus absolu. Ce pouvoir absolu qu'il avait réussi à imposer au Parlement grincheux, protestataire surtout par la bouche d'Omer Talon, redoutable discoureur en bonnet et en hermine, mais qui avait plié, ou à Paul Scarron l'Apôtre, assommant de pieuses citations et vitupérant des vérités, qu'il avait exilé.

La monarchie française était désormais absolument absolue, absolument de droit divin, et le Principal Ministre était l'outil absolu de ce pouvoir et son principal usager.

Mazarini était de la trempe du petit Armand du Plessis devenu le grand Richelieu. Il n'était plus question de l'envier, pour sa plus grande jeunesse et sa meilleure santé, mais de l'instruire, ce faquin apprenait vite, et de s'en servir.

De plus, ce diable d'homme plaisait. Souriant, sirupeux à souhait avec l'accent chantant de ses Abbruzes, le poil dru luisant bouclé. Mais attention de ne pas le confondre avec un bichon ou un Cinq-Mars, il n'avait rien d'un animal de compagnie. Il était né pour la chasse, la traque, le traquenard. Richelieu en raffolait au point d'avoir commis un impair.

Il y avait deux ans de cela, l'ayant tiré d'Italie après un glorieux épisode où, capitaine dans la garde pontificale, Mazarini avait galopé entre les rangs espagnols et français, mousquets prêts à tirer, et défiant les balles de plomb qui allaient dans la seconde jaillir des bouches à feu, il avait surgi donc entre les deux armées, secouant son chapeau à plumet blanc et criant « *Pace, Pace* », puis brandissant une bulle de Sa Sainteté du bout de ses gants de daim taillés à la mesure de ses belles mains. Du courage physique donc. Et ce jour-là, à Casals, on ne s'était pas étripé. Bien. Mais présentant alors ce héros à la Cour, Richelieu n'avait pu s'empêcher un mot moutardé, déclarant à la Reine, et ce devant le Roi, pour leur annoncer la future présentation de l'éminent Italien :

— Vous verrez, Madame, il vous plaira, il ressemble au duc de Buckhingham.

Il faut éviter de gifler une Reine. Même quand le Roi ne l'aime pas. Anne ne rougit ni ne pâlit, elle avait toisé le Principal Ministre, son principal ennemi, avait rameuté en elle tout ce que sa naissance avait de grandeur, le feu de l'infante, la glace de descendante des Empereurs, contemplant du haut de ses deux tours de Habsbourg le nobliau français monté en graine, méprisant en cet instant le pouvoir conquis, méprisant par là même cette sortie indigne de lui, et qui l'était encore plus de la toucher elle, et elle avait à peine accordé un regard impoli au fringant cavalier mi-soldat mi-abbé que le Cardinal poussait devant lui.

Son Éminence avait admiré cette véritable attitude d'altesse, vainquant il le savait la peur qu'il lui inspirait pour, au nom de l'honneur, le ramener à sa petitesse. Cette femme sublime, qui fut d'une beauté sublime et qui le troubla tant, en imposa ce jour-là à Richelieu, ébahi, ébaubi. Louis, lui, s'était renfrogné.

Un bon mot sans doute mais une belle sottise ! Et une vilaine action. Il en aurait eu honte encore aujourd'hui si la honte n'était une perte de temps.

Richelieu fit appeler l'Italien qu'il savait au travail dans le cabinet mitoyen.

— Laissez ces papiers, Signore Colmardo.

Son Éminence était donc d'excellente humeur. Mazarini obéit.

— Qu'était-ce au fait ?

— Les rapports de Chavigny et de Mme de Brassac.

— Des redites et des rabâchages. Ce n'est pas du sujet de leurs écrits que je voulais vous entretenir.

— Je vous écoute, Monseigneur.

— Mon cher Mazarini, le pape vous accordera le chapeau de cardinal, à n'en point douter. Et pour activer l'affaire, je vais vous renvoyer à Münster, en Westphalie, que vous connaissez déjà, et nous ferons grand bruit sur les prémisses d'un traité de paix... à venir bien sûr, car il nous manque encore quelques conquêtes. Mais pour Sa Sainteté et ses espions, que vous connaissez tous puisque vous en fûtes, vous paraîtrez comme l'artisan de ce traité encore à naître... d'où votre chapeau assuré.

Mazarin ne dit mot, attendit.

— Nous parlions de naître. Il est né, à la cour de France que je désire que vous considériez maintenant comme votre vraie patrie, un Dauphin puis un autre petit prince. À moins d'épidémie, ou de meurtre, la succession du Roi est assurée. La mienne non. Par la force des choses et de ma prélature. Mais si je ne puis engendrer, je peux désigner. Et vous êtes mon successeur désigné, Monsieur « de » Mazarin. Voici vos lettres de naturalité, signées par moi et par le Roi. Vous pouvez donc faire affaires dans le royaume, y posséder des terres, obtenir des revenus ecclésiastiques, et l'abbaye de Corbie, nom cher au cœur du Roi, vous siérait car c'est un des plus beaux revenus de France et vous aurez besoin d'argent. On a toujours besoin d'argent pour gouverner et paraître puissant. Ne me remerciez pas, ne jouez pas l'ancien serviteur des princes Colonna, désormais vous êtes presque ministre du plus puissant roi d'Europe et donc de la terre. Vous entrerez au Conseil dès demain matin.

— Mais le marquis de Cinq-Mars vient d'en être interdit par Votre Éminence.

— Cinq-Mars est un gamin, un lampion pour amuser la Cour en temps de carnaval, une poupée pour occuper les humeurs du Roi. Cinq-Mars n'est rien sinon un bichon, une fanfreluche. Vous êtes un outil, un cerveau, soyez une volonté.

Mazarin fut un silence. Mazarin resta immobile debout, raide, fixant le ministre au milieu de trop de coussins en son fauteuil.

La voix se fit plus rauque et plus basse, Richelieu ne regardait plus Mazarini mais par la fenêtre ses vignes de Rueil qu'on vendangeait.

— Le vin ne sera pas meilleur que l'année passée mais, qu'importe, toute la Cour en boira, pour me satisfaire, comme elle a applaudi ma tragédie *Mirame*, qui, je dois le reconnaître, n'est pas du Corneille, et sans oser une seule grimace. (Il rit.) Je m'en suis montré bien glorieux, bien souriant, jusqu'au bord du ridicule... Sans en avoir écrit plus de dix vers. Ceux-là mêmes dirigés en piques, disons en pointes d'épingles, contre Sa Majesté la Reine. Mais *Mirame* est un torchon. Un torchon politique, mais c'est tout. Bien. Cessons cette digression et évoquons une vraie tragédie. Mazarini, je vais mourir avant deux ans. Le Roi ne se porte guère mieux. Le Dauphin a trois ans, son frère Philippe d'Anjou un. La Reine sera régente. J'ai connu deux régentes. Catherine de Médicis, et la France fut à feu et à sang, ses fils assassinés, les huguenots massacrés... J'ai connu la veuve du roi Henri, Marie de Médicis. Elle m'a fait, je l'ai trahie car elle trahissait l'idée d'un royaume indépendant et uni. Elle fut une reine sans vision et une mère sotte, elle a préféré Gaston à Louis. Servez Louis, éloignez Gaston le plus que vous pourrez. Surtout des appartements des enfants royaux... Monsieur sent la frangipane mais rêve d'arsenic.

— Mais, Monseigneur, je ne suis rien et ne peux rien.

— Si. Vous êtes mon héritier. Non de mes biens, ils iront à la France, et à ma délicieuse nièce. Mais de mon pouvoir. Voici la lettre testamentaire que je remettrai moi-même au Roi quand je sentirai l'agonie ouvrir le long corridor noir au bout duquel on dit briller la seule Vraie Lumière. Lisez-la ! Ne la lisez qu'une fois, ensuite elle sera scellée à jamais jusqu'à mon avant-dernier souffle, quand elle atteindra son destinataire. Lisez, Colmardo ! N'en oubliez pas un mot. Et asseyez-vous, je vous déteste plus haut que moi. (Cela dit dans un grand sourire.) Déjà que vous avez l'outrecuidance de votre santé ! Je vous la pardonne, elle sert la France.

Mazarin s'assit dans une chaise à bras à tapisserie de soie et pieds dorés.

— Vous présentez ainsi la figure d'un convenable ministre. Non, pas de merci, lisez.

Mazarin, studieux travailleur, lut. Relut. Il comprenait chaque mot et chaque mot le sacrait. Le valet des Colonna, le capitaine du pape atteindrait le firmament : gouverner le plus grand royaume du monde connu. Et certainement de l'autre aussi.

— Votre Éminence est trop bonne. Yé né souis...

— Pas avec moi, Colmardo ! Jouez le faquin avec les princes du sang, les maréchaux, les courtisans, les importants qui n'ont plus aucun pouvoir sinon celui d'être les rapaces des provinces dont ils possèdent le gouvernement. Inutile de jouer les humbles, vous ne l'êtes pas ! Et ne le soyez plus jamais avec moi. Ni avec le Roi. Ni avec la Reine. Cette lettre est une recommandation à Sa Royale Majesté. À mon dernier souffle, il n'y aura que vous à ses côtés.

— Et si Sa Majesté refuse...

— Sa Majesté s'agace contre moi, se plaint à Cinq-Mars, cet imbécile qui colporte ces plaintes dans tout Paris, mais ne sait pas qu'elles ne sont que bouffées de chaleur, exhalaisons d'un esprit un peu étouffé, il est vrai, sous les exigences de ma volonté. Mais le Roi est un roi intelligent qui, toujours, s'est appuyé sur moi pour gouverner ce pays que nous avons trouvé, lui et moi, déchiqueté. Des lambeaux de royaume recousus par nos soins. Donc Louis le Juste vous agréera.

Le Cardinal grimaça, changea de position dans ses coussins, Mazarini fit mine de se lever pour l'aider, un regard et un simple geste de la main le rassirent.

— Il faut mon ami vous préparer à cela. Vous me suivrez désormais chaque fois que je paraîtrai à la Cour. Vous parlerez au Roi, vous parlerez à la Reine, vous sourirez à Guitaut, il n'est rien, sinon brave et respecté. Approchez-vous de tout ce qui est respecté, la liste n'est pas si longue, mais ce Guitaut est craint même des princes du sang, même de Monsieur. N'essayez pas de l'acheter, de le séduire, et Dieu sait si cela vous savez le faire, bougre d'Italien ! Vous n'êtes plus à la Curie. Guitaut est la résistance même, une place forte. Faites-en un allié par votre dévouement au Trône. Servez-vous de sa seule faiblesse : la tendre joliesse mûre de la pieuse marquise de Sénecey.

Il songea. Puis reprit :

— Vous la tirerez, vous, de l'exil où je l'ai enfouie. Guitaut vous en saura gré. Obtenir l'agrément de Guitaut est gagner la confiance de la Reine. Rapprochez-vous de la Reine. La Reine, Signor Colmardo, a changé. Remarquez les regards qu'elle pose sur son Dauphin, notre Dauphin. Cette infante insolente, arrogante, à juste titre par sa plus haute des plus hautes naissances, est en passe de devenir une vraie reine de France. Je fus son ennemi quand elle était le mien, je reste son admirateur. Elle a le sang de Charles Quint, la fidélité à son père le grand roi Philippe II est respectable, et elle donne son amour, un grand et véritable amour, à l'avenir de la France, ce Petit Louis qu'il vous faudra protéger, éduquer en Roi, gronder parfois, toujours servir.

Le Duc Rouge reprit souffle, leva les yeux vers son plafond étoilé, il y avait fait peindre un ciel, le mois précédent, en prévision d'un voyage... Autant consulter les cartes avant d'entreprendre une ultime expédition.

— Dans ces lettres de Chavigny et de la Brassac que vous avez déposées ici, est-il un mot qui me contredise ?

— Non, Monseigneur, il y est dit que la Reine s'occupe depuis des mois exclusivement du Dauphin et du duc d'Anjou. Qu'elle chante parfois en espagnol mais que ce sont des berceuses.

— Il est bon qu'un Roi parle les langues de ses voisins. Que Louis le Prochain parle l'espagnol ! Vous lui enseignerez l'italien, il l'apprendra vite, le sang Médicis lui coule dans les veines. (Un temps, une grimace.) Mazarini, je n'ai confiance qu'en vous.

L'Italien salua de la tête mais n'insista pas et changea le cours des pensées de l'Éminence.

— Mme de Brassac dit aussi que la Reine a refusé un courrier de la duchesse de Chevreuse, faisant jeter la lettre au feu de l'âtre avec ce mot : « Je ne veux plus de nouvelles de cette femme qui m'assiège de ses demandes. »

— La Reine sera une grande régente.

L'aveu fit souffrir le vieil homme rouge qui grimaça. Mazarini se leva de nouveau et de nouveau un geste le rassit.

— Je ne suis pas encore mort. Mais presque. Le Roi est encore chasseur mais... cela non plus ne durera pas. Une dernière campagne se prépare, une dernière annexion. Le Roussillon.

Mazarini hocha la tête.

— Monseigneur, la France sera étendue jusqu'au piémont des Pyrénées.

— Oui. Ce ne sera pas si aisé. Mais il faut le faire. Le Roi y partira. Je l'y suivrai. Nul ne sait qui en reviendra vivant. À part vous ! Il vous faut le chapeau avant notre départ ! Nous l'aurons. Alors vous serez craint ! Ce qui vaut bien d'être aimé.

Le Cardinal rit.

— Mais, diable d'homme, vous êtes aussi capable d'être aimé !

— Votre Éminence n'ignore pas que je suis surtout méprisé.

— Par les princes ! Ils me haïssent, complotent, échouent. Ils continueront avec vous. Mais ils ne sont plus rien !

— Mais le peuple ?

— Il vous ignore encore. Je crois qu'il apprendra à vous connaître. Certes son amour ne vous est pas acquis : il a quelque rancœur contre tout ce qui porte chapeau de cardinal ! De toute manière, le peuple n'y comprend rien. Le Parlement, si. Vous le mettrez à genoux en lui faisant les yeux doux. Chacun sa manière, mon cher Coupe-Chou. Moi c'était la menace. Et puis soyez riche ! Les hommes à bonnet respectent les caisses d'or. Ce sont des marchands, des banquiers, leur noblesse fut achetée sous les plis de leurs robes bordées d'hermine. Vous en ferez deux bouchées. Flattez-les et brisez-les !

— Vaste programme, Éminence.

— Bah ! notre métier. Vous commencez dans une heure. Il faut toujours réfléchir avant d'agir. C'était là ma première et unique leçon. Avec ce seul et dernier conseil : ne vous demandez jamais ce que, moi, j'aurais fait. Agissez selon vos propres idées. Et tenez-vous-y. Dans le triomphe et l'adversité, la réussite et la trahison. Vous serez trahi... Mais pas comme un mari cocu, comme on trahit un... roi. Un presque-roi.

Le Cardinal-Duc se tut. Mazarini attendit qu'il soit assoupi, cela arrivait désormais après un cruel et long effort. Il repensa à la lettre à présent scellée et qui était destinée au roi de France.

Mazette ! Quelle carrière ! Il sourit. Le vieux ministre ronflotait, l'Italien le contemplait avec une sorte de tendresse. « Les Français sont sots, pensa-t-il, ils ne savent pas admirer, ils préfèrent geindre ou comploter. Moi, j'ai besoin d'admirer. »

Le 15 décembre 1641, Giulio Mazarini reçut, malgré quelques dernières réticences du pape Urbain VIII, le chapeau de cardinal des mains de Sa Majesté Louis le Treizième. La reine de France ne lui accorda qu'à peine un regard. Le temps de constater qu'une fois de plus Richelieu avait raison, Mazarini, devenu Son Éminence Jules Mazarin, ressemblait à Lord Buckingham.

DEUX NIDS D'AMOUR

Mme de Sénecey, en sa retraite feuillue de Milly, demandait pardon à Dieu d'être si fortement amoureuse d'un homme qui était un brave, amour de grand âge, les deux frôlant le demi-siècle de vie. Et justement, Mme de Sénecey revivait. Un exil, un amour, qu'elle imaginait chaste à sa naissance, dû à la fréquentation incessante du chapeau à plumets, des bottes usées et cirées, du pourpoint barré d'un baudrier qui avait vu bien des batailles mais ne servait plus qu'à maintenir le fourreau d'une épée qu'elle savait ne pas être de parade.

Le Roi avait éloigné son Guitaut des combats pour lui confier la sécurité du Dauphin et désormais celle aussi du second fils de France. Elle en était ravie. Jamais elle ne s'était sentie si chaudement à l'aise, avant l'exil, que depuis que le capitaine aux gardes était continuellement de quartier au plus près de la Reine. Et, se disait-elle ce soir, l'attendant comme une jeune promise et mieux qu'elle attendit jamais Henri de Beauffémont, marquis de Sénecey, épousé à dix-neuf ans, sans doute était-elle la récompense en ardeur amoureuse de ce manque de combats qui avaient tant rempli la vie du comte de Guitaut. Ardeur de l'âge mûr qui lui offrait le visage même d'un bonheur buriné par son propre choix venu de son cœur et venu aussi, et elle s'en repentait chaque matin dans son oratoire, de ses sens.

Marie-Catherine de La Rochefoucauld-Randan, marquise de Sénecey, aimait de tout son corps François de Peichepeyrou-Comminges, « comte » de Guitaut, capitaine aux gardes de Sa Majesté, et à la nuit tombée attendait que résonnât, venu de la route de Fontainebleau à travers la forêt, le galop d'un cheval d'armes. Si la Cour était au Louvre ou à Saint-Germain l'attente était plus longue. Mais toujours le « cher Guitaut » venait. La Reine, auprès de laquelle il était plus souvent désormais qu'auprès du Roi et, sur les ordres mêmes de celui-ci, pour veiller sur le Dauphin et son frère le jeune duc d'Anjou, avait aménagé l'emploi du temps et les quartiers du capitaine pour que, trois fois la semaine, ses nuits lui appartinssent.

Guitaut n'avait pas quémandé une telle faveur, la reine Anne l'avait accordée sans en donner raison, tous les deux savaient de quoi il s'agissait. Et venant saluer avant la fin de son service ces soirs-là et présenter son neveu Comminges lieutenant le remplaçant, Guitaut avait droit à un sourire de l'ancienne ravissante infante et nouvellement mère de l'avenir de la France qui lui accordait l'une de ses belles mains à baiser. Muni de ces deux bénédictions, le « bon Guitaut » partait pour ses amours.

Il lui fallait suivre la route poudreuse puis pénétrer en forêt. Son instant préféré, la nuit s'y faisait plus noire même en période de pleine lune. Guitaut appréciait alors sa solitude. Celle-là même qui anéantissait un Roi le revigorait.

Il n'était que lui, ni « comte », ni capitaine de quartier, l'œil à l'affût doublant les gardes au château des petits princes quand surgissaient les Grands, les « importants » comme on avait dit, ou le pire, car le plus souriant, Monsieur. Le Roi était prudent et tenait à ses fils, se sachant malade à mourir avant qu'ils ne fussent majeurs. Ces deux enfants étaient donc des barrières devant le trône, qu'un cousin, un Bourbon, qu'il soit Condé, Conti ou Montpensier, ou Gaston d'Orléans, pouvait être tenté de briser.

Guitaut, ici sous la lune, au pas de son cheval au trot, au galop, était seul avec le vent, courant la poste vers deux yeux bleu foncé dans un fin visage blanc qu'encadraient des cheveux de nuit. Mme de Sénecey, parente de La Rochefoucauld, était aussi cousine de Mlle de La Fayette enfermée en son couvent. Elles avaient la même chevelure de nuit qui faisait que Guitaut en approchant de Milly rêvait d'Italie. C'est pour ces deux cousinages aussi qu'on avait exilé la femme qu'il aimait.

Il aimait. Seul, chevauchant, par froidure ou pluie, il aimait. Un collégien, un page grisonnant, un autre Monsieur ! Que ne se parfumait-il aussi de frangipane ? Il en admettrait le ridicule, n'avait peur de rien, même pas de ce mal qui vous détruisait dans Paris, recherchait plutôt cet état que toute la Cour fuyait. Oui, à cinquante et sept ans, Guitaut, six blessures, quinze campagnes, douze duels, aimait une exilée, ancienne dame d'honneur de la Reine, qui l'attendait en un berceau de feuilles et de branchages, dans la plus délicieuse campagne près de Paris. Parfois il mettait son cheval au pas, pour que le temps lui dure. Il brisait un rameau, cueillait une fleur, une fougère qui lui paraissait belle quand la lune l'argentait, examinait ses bottes, son plumet, le baudrier luisant de cire, la dentelle à la croate qui jaillissait du pourpoint, et de nouveau s'enveloppait de son grand manteau et reprenait le galop.

La maison était belle en son jardin. Moins imposante que le château qui régnait sur les terres de Randan en Auvergne, moins somptueuse que l'hôtel de Moulins en Bourbonnais, lieux lointains où le Cardinal eût tant aimé la voir s'enterrer, mais le charme désuet, l'entretien parfait, sa petitesse même, elle ne comptait que douze chambres et salons, la muaient en nid d'amour, peut-être – Marie-Catherine l'espérait – en écrin d'une beauté qui se fanait.

Il s'agissait de ne pas faner trop vite ! Voire de recouvrer quelque éclat. La jeunesse s'était enfuie, certes, mais la volonté demeurait. Celle de son enfance qui faisait rire son père par ses caprices de petite fille brune aux yeux bleus et pourtant de feu. Celle de sa jeunesse, que même son cousin La Rochefoucauld saluait avec tant d'esprit et d'amusement, jamais contre elle il ne lança une de ses maximes fusantes et fusillantes, mais toujours, derrière le bon mot, il glissait le sourire vrai d'une pensée amicale, d'une admiration amusée. Ce brillant cousin insolent, dont la parenté lui procurait aussi cet exil, avait bien fleureté sans qu'elle ne s'en plaignît. Qui s'en fût plainte d'ailleurs ! Avec elle, du moins, n'y eut-il nul péché.

Soupir. La pensée s'était arrêtée comme la musique l'espace d'une mesure. Avec Guitaut c'était péché divin ! À l'automne de leurs âges ils péchaient avec grandes délices en cette retraite forestière et fleurie de Milly. Marie-Catherine de Sénecey sourit, en chemise dans son bain. Elle partageait avec son amie la reine Anne le goût du bain qui n'était pas si répandu en le royaume, d'où certains effluves à la Cour qui fronçaient son joli nez. Car le nez était joli.

La Reine se baignait comme on le faisait chez son père le roi Felipe, Marie comme elle le faisait en son enfance dans les rus, lacs et rivières d'Auvergne. Un peu sauvageonne noiraude de cheveux, un peu nymphe pâle de peau avec ce bleu profond des yeux. Et une sévère éducation religieuse lui venant de sa mère et à laquelle applaudissait son père. Chez les La Rochefoucauld, tous n'étaient pas libertins, comme le charmant cousin. Elle sourit au nouveau broc d'eau chaude que versait Madelon.

— Quelle heure est-il, ma bonne Madelon ?

— Huit heures sonnées, Madame. Vous souriez, Madame, en rêvant je crois.

— Un souvenir de jeunesse, ma bonne.

— J'en ai aussi parfois qui surgissent sans prévenir.

— Je l'espère bien, Dieu nous a faits tous égaux pour les bonheurs passés.

— Et pour les présents...

Ce fut Madelon, quarante ans, qui, là, sourit...

— Le vicaire, Madelon ?

— Oui, Madame. C'est grand péché !

— Pour lui, Madelon, pour lui... Que ne se fait-il protestant, il pourrait vous épouser !

— Oh, Madame, vous si pieuse, dire cela !

— Mon ami M. Renaudot est protestant, il n'en est pas moins homme d'esprit et de moralité. Un peu trop même. Et certains Grands, ducs, pairs ou bâtards du sang du feu roi Henri restent au chaud dans leur humeur hérétique... Qu'importe, Madelon, à Dieu la manière dont on l'honore et le sert !

— Madame, vous défendez ces Messieurs de la religion, ces hérétiques...

— Au moins ont-ils une religion. Et un Dieu tout semblable au nôtre. Si vous aimez tant les vicaires, ma bonne, prenez-en un huguenot !

— C'est celui-ci qui me plaît !

— Je sais ce que c'est, ma Madelon, je sais ce que c'est.

La marquise rit :

— Il est temps de sortir de notre trempette et de vérifier notre état.

— Madame rajeunit et toutes et tous en sommes bien aises. Le capitaine-comte est fort courtois, galant, élégant et... généreux.

— Et délicieusement vieux ! Il montre la courtoisie de l'être plus que moi ! Quelle chance j'ai encore là ! Madelon, le miroir, les chandelles, nous passons l'examen. D'abord débarrassez-moi de cette chemise, séchez-moi et admirons-nous en coquette ! Ce qui, ma chère bonne, est tout autant pécher que de s'abandonner à un vicaire... Me servirez-vous encore en Enfer, chère Madelon ? Je ne saurais m'y passer de vos services !

— Nous irons en Paradis, Madame, nous n'avons fait qu'aimer ! Madeleine, ma patronne, n'eut point une vie de pucelle...

— Vous êtes fine théologienne. D'une très aimable théologie, que ne contredit en rien l'action de Notre-Seigneur Jésus sur terre. Il sauva Madeleine, qui fut catin et nous demeure sainte, et la vie d'une veuve adultère, ce que je suis à cette heure. Elle me plaît, votre théologie. Mais avant l'Enfer, nous retournerons à la Cour ! Je vous y ramènerai comme promis !

— Il faudra mort d'homme pour cela ! Plus que d'homme, d'un prince de l'Église et d'un Roi !

— Leur retour à Dieu !

— On peut le voir ainsi, Madame.

— C'est cela le bénéfice d'une âme pieuse, elle ne souhaite jamais la mort d'un ennemi... Et prie pour lui lorsque Dieu le rappelle en Son Royaume, et se réjouit de son éternelle félicité. Mais, Madelon, il me faut passer l'examen car le temps galope... et quelqu'un d'autre aussi !

— Madame est si belle !

— Tsst ! Il est des dégâts, on le sait.

Madelon apporta une large bergère devant une psyché dorée, alluma les chandeliers.

— Assieds-toi là, Madelon. Et traquons le défaut.

La marquise se contemplait dans la psyché. Un moment de tristesse et aussi de complaisance teintée du mauve de la morosité. Le front était haut mais non ridé. Les griffes aux coins des yeux, de la bouche ? Bah, il suffisait de sourire à peine, une simple esquisse ; le cou ? Deux fanons très doux.

— Madelon, donne-moi mon ruban de velours noir orné d'un camée.

Les épaules étaient bien, droites et arrondies, les robes dûment choisies les rehaussaient.

— Il faudra les poudrer, mademoiselle Madeleine. Ainsi que les seins !

— Des seins de jeune fille, Madame, toutes vous les envient !

— Ils ne sont pas mal car ils ont su, les prudents, rester petits. Savez-vous, Madeleine, qu'ils ont attiré l'œil du plus bel homme de la Cour, du plus jeune, du plus... grand ?

— M. de Cinq-Mars ?

— Il les a salués d'un sourire.

— Le comte de Guitaut fut-il jaloux ?

— Rassuré un temps : ils retardèrent mon exil de

trois semaines ! À poudrer donc pour les remercier. Et pour que Guitaut leur pardonne en les trouvant à son goût. Ne rougis pas, sotte fille, le vicaire n'aime-t-il pas les tiens ?

La marquise contempla son image. Fronça le nez.

— Bon, le reste est dissimulable avec moins de chandelles et plus de dentelles. Le ventre est toujours plat de n'avoir porté qu'une fille. Nous a-t-elle écrit ?

— Non, Madame, la comtesse de Fleix ne nous a rien fait parvenir depuis deux semaines.

— L'oublieuse enfant ! Elle néglige sa mère.

— Madame, vos jambes, vos pieds sont d'une finesse exquise.

— Paraître trop maigre pour la Cour sert, l'âge venant ; il est d'ailleurs déjà venu, cet âge, hélas ! Dans la pénombre, il se gomme, comme se cache un sournois, mais il est là. Nous moucherons encore quelques chandelles, qu'on ne voie que la ligne générale et qu'on ombre les détails. Bas blancs.

— Dois-je poudrer maintenant ?

— Poudrez tout, chère Madeleine, cela gomme aussi le faux pli, la crevasse, le bouton. Nous nous installerons dans la chambre des fleurs. Que Bonsergent illumine le jardin de torchères, qu'il accueille le capitaine avec ce qui lui reste de son passé militaire, que toute la maisonnée soit pimpante, fraîche, bien repassée, bien peignée. Je ne veux pas une agrafe de cuivre manquant aux livrées. Une sorte de haie d'honneur, mais non militaire. La place est conquise au capitaine, ne lui offrons pas une revue mais un accueil et un accompagnement. Et la robe ?

— Celle de crème rehaussée de blanc, les épaules y sont nues, et par-dessus le négligé fleuri, qui bouge joliment au moindre geste...

— Madeleine, vous êtes fine stratège. Allons, préparez-moi ! Ah, il me faut un livre. N'ayons pas l'air d'attendre, mais de nous délasser, et qu'on nous surprenne occupée. Les poèmes de ce vieux Malherbe feront l'affaire. Y avez-vous lu celui dédié à « Une Belle Vieille » ? (Elle rit.) Il sera le mieux d'actualité.

Loin de Milly, et au cœur de Paris, près la place Royale, Marion de L'Orme aussi attendait à nuit tombée. Sans se repentir et sans besoin d'oratoire à cet effet. Madame la Grande, comme la surnommait Paris, attendait Monsieur le Grand et ses vingt ans. Elle l'attendait en compagnie d'une très jeune amie, Ninon, fille de L'Enclos, un forban, nobliau déchu, un père et mari qui avait tout abandonné pour des fumées et faire la vie. Ninon était plus que jolie, chantait d'une voix d'ange, jouait du luth à ravir. Marion de L'Orme, de bonne famille, était reçue partout, sauf dans le salon de Mme de Rambouillet ; Ninon, elle de bien moindre extraction, et pauvresse patentée, fréquentait chez la belle et dolente Arthénice, comme l'avait surnommée en son temps ce vieux mais talentueux courtisan de Malherbe par une heureuse anagramme de Catherine. Arthénice recevait les talents, se moquant, parfois, des quartiers de noblesse, mais refusant les courtisanes, fussent-elles blasonnées, pour préserver la pudeur virginale de sa fille Julie. Alors Ninon, qui connaissait depuis quelques jours seulement « la chosette », ce dont se vantait son premier amant, Saint-Etienne, sans lui avouer que la trousser et la prendre n'avait été que l'objet d'un pari entre libertins, Ninon toute ravie de son dépucelage contait à Marion les bons mots entendus entre deux airs de luth chez la belle Catherine de Rambouillet. Et Marion riait.

Il faisait nuit déjà et Monsieur le Grand tardait. Quand Cinq-Mars tardait, Marion s'inquiétait. Empêchement dû au Roi ne pouvant se séparer d'un favori parfois même pour la nuit, ce qui jetait ledit favori dans les basses-fosses du dégoût. Le Roi puait de la gueule pis qu'un de ses chiens courants qu'il préférait aux femmes et Cinq-Mars s'en plaignait, s'enduisant le corps d'huile et d'essences d'Orient pour vaincre cette odeur d'haleine malade. Ou bien, et là Marion tremblait, Monsieur le Grand encore trempait dans un complot. Il en avait un en train, la chose était sûre. Elle avait surpris des regards avec François de Thou, vilain rousseau mais fidèle ami, un billet abandonné en un pourpoint et signé de Fontrailles où était tracé le nom de Monsieur, dangereuse engeance. Et souvent Cinq-Mars prononçait celui du duc de Bouillon, prince souverain de Sedan, et qui donc ne risquait rien et pouvait tout se permettre. Aussi la présence amicale de Ninon, enjouée, piquante, jolie, jeunette, chantant divinement, écartait-elle une soirée durant les nuages qui s'amoncelaient au-dessus de la tête charmante de son amant.

Il était minuit, elles avaient soupé, chanté, médit, et songeaient à dormir, le favori se faisant oublier. Marion garda Ninon dans son lit. Il régnait un noir trop sombre dans Paris aux mille pièges où l'on égorgeait pour un poisson pourri, une bague de bimbeloterie ou cinq sols, trop sombre pour laisser Ninon regagner son logis, rue des Trois-Pavillons, même accompagnée de deux valets porteurs de torches et qui prendraient la fuite à la première menace.

Ninon, déjà, avait failli être violée. Un malandrin l'avait coincée sous une arcade et un coutelas en main s'aventurait à la trousser de l'autre, déjà glissée en son « endroit ». Sans se démonter la gamine, qui aujourd'hui encore paraissait quinze ans, avait déclaré : « Vous pouvez prendre mes bagues, mais ce "bijou" là, nenni ; il m'est trop cher et personnel. » Décontenancé, l'agresseur avait fui. Ninon en riait quand Marion, bonne aînée, en frémissait encore.

Paris était un coupe-gorge affamé et Cinq-Mars y traînait, quand le Roi évitait sa capitale, craignant quelque esclandre de la populace, le jet de trognons de choux, voire le poignard d'un autre Ravaillac, non poussé par la ferveur catholique ou politique mais par la simple misère. Et on ne pouvait réduire Paris comme Gassion l'avait fait d'Avranches. Ce qui était bien dommage.

Ninon, donc, était un réconfort pour Marion. Courageuse Ninon, si plaisante et fine, qui se glissait dans le lit de son amie, toujours et encore babillante. Marion enfin sourit. Son amie lisait son inquiétude, elle le savait, et la combattait avec ses armes. Et comme le malandrin violeur cette inquiétude fuyait décontenancée. Elles bavardèrent, les mots chassent la peur. Puis Marion vit qu'elle soliloquait, le souffle de Ninon, régulier, dénonçait son assoupissement. Elle avait fermé ses beaux yeux et dormait comme une enfant. Marion lui sourit et la baisa en colombe, au front. Déjà, le sommeil l'assiégeait elle-même doucement.

Cinq-Mars arriva. Il avait soupé chez la princesse Marie de Gonzague. Avait sur le chemin distribué deux coups de poing et un coup d'épée à quelque crocheteur saignant encore sur le pavé. Il montrait une humeur de massacre. On ne dormirait pas de sitôt. Il avait l'âge de Ninon mais eût pu passer pour son grand frère. L'ambition vieillit les hommes. Marion l'aimait ainsi, sans aimer ses désirs de gloire. Il aimait Marion à sa façon, pour se laver des caresses d'un roi mourant et qui ennuyait par sa trop lente agonie.

À chaque visite, Cinq-Mars se plaignait, et Marion voyait en ces plaintes reparaître l'enfant qu'il était encore sous les titres ronflants, la fortune dilapidée pour six cents paires de bottes, ou bien pour payer à son amie de quoi changer trois fois de gants en la journée.

Marion ôtait de lui l'odeur de la mort, comme il se faisait huiler chaque soir de parfums d'Orient pour chasser cette mort que, pour lui, figurait l'affection trouble et énorme que lui portait le Roi, cette mort même qui en cet instant lui envahissait l'esprit. Cinq-Mars souhaitait ardemment deux décès, et avait décidé d'en hâter un sur la route trop longue menant en Roussillon.

— Tu sens bon, le Grand.

Il fit la grimace.

— Je sens la peste et la chiasse, je sens le Roi.

— Je n'aime pas ton humeur, marquis. Ni ta haine. On la laisse à la porte en entrant chez moi. Je suis demoiselle. Traite-moi comme telle. Sans traîner derrière toi les déplaisirs qui font ta fortune.

— Tu es mon seul plaisir.

— Alors tiens-t'en là !

Le discours vif des amants réveilla Ninon qui rabattit le drap sur elle pour que Cinq-Mars ne la voie pas. Quand leurs deux corps s'écroulèrent sur le lit, elle se poussa vers la ruelle pour leur laisser la plus grande place nécessaire. Et les contempla en souriant, s'activant en la chosette.

Bien éveillée maintenant, elle se glissa hors du lit, frissonna sous sa mince chemise, s'installa près de la cheminée, prit son luth, et fredonna :

Sans savoir ce que c'est qu'amour
Ses beaux yeux la mettent au jour...

Cinq-Mars leva la tête, sourit :

— Bonsoir, Ninon.

— Bonne nuit, marquis.

Elle poursuivit sa chanson.

À Saint-Germain, la Reine contemple ses deux fils endormis. Le damas jauni a été remplacé, la chambre est chaude, le jour elle est lumineuse, la nuit, calfeutrée, sans bruit, sans courants d'air. Le souffle du Dauphin répond à celui de son petit frère. Ils ont chahuté. Elle sourit. Il faudra bientôt les séparer. Ils devraient l'être, le Dauphin mérite tout, Anjou rien. Pour Anne, l'amour pour Louis Dieudonné ne s'effrite pas des caresses données à Philippe. Elle aime ainsi, la nuit, veiller sur son sommeil. Même Mme de Lansac s'en attendrit. Le verbe est un peu fort, mais l'espionne en chef ne contemple plus là une prisonnière dorée, une Espagnole indocile, dont il faut reporter chaque fait et geste, mais une mère. Qui est aussi reine en France.

La Reine se moque bien de ces espions, elle se sait irréprochable. Elle a renvoyé sans l'ouvrir une lettre de Chevreuse, l'ex-« sœur » bien-aimée, qu'elle sait être l'amante de son frère le roi d'Espagne ; de plus en plus sœur, la Chevrette, mais elle a renvoyé le pli au Cardinal par Chavigny. « Que me veut donc cette femme ? », seul commentaire négligemment tombé de sa bouche, avant de jouer de nouveau avec Louis et de dorloter Philippe.

Elle sait par Mme de Brassac que le Cardinal avait simplement hoché la tête avec un vague sourire.

— Son Éminence ne vous veut plus de mal,

Madame, avait dit la Brassac. Il a toujours en vous respecté la Reine.

Anne avait souri, de ce sourire qui naguère (ou, hélas, déjà jadis) séduisait tous les muguets de la Cour.

— Son Éminence n'a plus le temps de haïr.

Elle n'a pas ajouté que le Roi non plus. On dit que Guitaut doit souvent monter la garde au chevet du monarque contre la camarde. Pas cette nuit... Anne sourit. Si je me sentais mourir, appellerais-je Guitaut à mon chevet ? Sans doute... Non. Je lui confierais la garde des enfants. Leur sécurité. J'appellerais près de moi La Porte, et Marie de Hautefort, et Marie-Catherine de Sénecey. Et mon père... Du moins son fantôme. J'ai eu, enfant, une chance que Dieu ne vous a pas accordée, mes fils : un père aimant, sachant aimer, le dire et, ce qui est mieux, le montrer. Le vôtre vous aime mais dans l'exaspération et je sais, moi, que vous ne l'aimez pas. L'Espagne m'était raideur assouplie par l'amour d'un père, la France pour vous n'est que peur suscitée par un père maladroit.

Avant de dormir, Louis a pissé sur le lit de Philippe. En riant aux éclats. Et Philippe aussi a ri de bon cœur et voulu autant pisser que son frère, ce qu'on ne lui permit pas. C'est ainsi aussi que l'on devient roi, c'est ainsi qu'un cadet apprend à être Monsieur frère du Roi, si Dieu laisse la vie à l'aîné. Courte prière à peine formulée au fond de l'âme d'Anne, au tréfonds des tripes aussi, avec une fine coulée de sueur, celle des angoisses à venir, celle des présentes, à maintenir en vie et en santé sa double couvée. Etre une mère quand on n'a pas de modèle !

Elle pourrait savoir être roi, comme Papa, mais non mère comme Maman. Trop peu connue. Elle lui doit ses immenses yeux verts. Et la lippe Habsbourg, ce charnu des lèvres qui donne aux hommes qui en héritent l'apparente faiblesse du boudeur et triomphe sur la bouche des femmes en blason de la sensualité. Elle doit aussi à cette mère le retard de sa fécondité. Anne est née quand sa mère affichait trente-sept ans. Mais sa mère eut six enfants, elle n'en est qu'à deux et s'en tiendra là, la santé du Roi ne laisse plus rien espérer. Louis Dieudonné, dit Petit Louis, Mgr le Dauphin, et son frère Philippe seront bientôt orphelins. Elle, Anne, le fut de mère à dix ans, de père à vingt. Mais bien avant dans les faits, depuis les adieux d'une infante aux yeux verts à Fontarabie lorsque le roi Philippe III l'« échangea » contre une paix jamais venue, et contre une autre princesse de France, la sœur du jeune roi son mari, Élisabeth, donnée au jeune frère d'Ana Luisa Mauricia, le prince des Asturies, futur Philippe IV.

Philippe III ne fut pas grand roi, dit-on aujourd'hui, mais Anne sait qu'il fut un merveilleux père. Je ne suis pas si grande reine de France, Dieu fasse que je sois bonne mère. Pis, que je sois aussi, et cela s'annonce, s'avance et menace, une bonne régente. Cela va se produire, à n'en plus douter, et bien trop tôt. Louis a quatre ans, Philippe, deux.

Ils dorment. Louis ronflote, Philippe suce son pouce. Elle les regarde et les veille. Ils partagent encore la même chambre parce qu'elle l'a voulu ainsi, et cela contre tous les avis, contre le Cardinal, contre le Roi, mais ils sont déjà seuls. Elle l'a toujours été depuis son arrivée en France. Du moins, voilà bien un danger qu'elle connaît et qu'elle saura combattre.

Non, on ne combat pas la solitude, surtout celle d'un Roi, mais on peut y naviguer comme en un océan, utiliser ses courants aussi pour rentrer au port ou conquérir quelque Amérique inconnue. Et pour traverser cette mer-là, Anne possède le portulan et la boussole. Dieu tienne encore un peu le Roi en vie ! Sa mort serait la fin brutale de l'enfance de Petit Louis, le deuil de joies encore ni frôlées ni connues. Laissez-le grandir, laissez-moi le temps de lui enseigner le bonheur. Ensuite, nous nous préoccuperons de politique.

Guitaut se leva avant le soleil. Il baisa le pied nu de Marie-Catherine, fleur aux cinq pétales sortis du drap. On émit un balbutiement ronronnant du côté de l'oreiller ; il sourit ; recommença. Une main se leva à peine, le cherchant sans doute, puis retomba. Il baisa le bout des doigts, attendit, rien, simplement le souffle doux. Il se releva pour se vêtir.

— François.

La voix à peine audible venait du lit.

Le visage était invisible, enfoncé dans les oreillers. La main alanguie tâta le drap, l'écarta. Guitaut vit l'air froid saisir la peau et y dessiner une éruption de chair de poule.

— Viens, François.

Il alla.

Ninon pieds nus ravageait l'office en quête de boisson chaude et de pain beurré. En chemise, un châle sur les épaules, elle faisait cuir un œuf coque, buvait un bol de lait où trempait un peu de pain brioché. Dorine parlait, Ninon n'écoutait guère, personne chez Marion n'écoutait Dorine, c'était une tradition et un embarras de moins puisque Dorine jamais ne se taisait. Pourtant un mot, un lambeau de phrase avait alerté l'oreille encore ensommeillée de la belle enfant.

— Que disiez-vous, Dorine ?

— Je parlais du Roi. Personne ne m'écoute jamais.

— Le Roi ?

— N'est-ce pas ici la place Royale ? Il y est donc chez lui.

— Mon Dieu !

Ninon pieds nus en chemise gravit les degrés de l'étage, entra dans la chambre de Marion et dit :

— Marquis ! Le Roi arrive.

Cinq-Mars fut debout sans qu'elle pût voir le mouvement qui lui avait ainsi permis de se dresser dans un claquement de draps, comme les voiles d'un vaisseau surpris par la tempête. Marion pâlit puis cria. Ninon ouvrit les rideaux de velours cramoisi.

— Oui, le Roi va passer, il approche, dit-on, de la place Royale.

— Mais Sa Divine Puanteur devait chasser en forêt de la Laye !

Ninon remarqua que la voix de Cinq-Mars était un glapissement. Pour la première fois, Monsieur le Grand, si beau, si jeune, si fringant, lui déplut.

— Un jour, ta haine te tuera, marquis.

Elle couvrit sa nudité d'un drap enroulé d'un seul geste, résultat élégant de l'expérience acquise.

— La haine, c'est la peur, bien souvent. Monsieur le Grand a peur ce matin, ma Ninon, dit Marion en abandonnant le drap pour passer une robe bordée de loutre au col et aux manches. Qu'est-ce que cette histoire du Roi en visite si matinale sur la place Royale ?

— À l'office, Dorine...

— Dorine dit n'importe quoi, ma chérie.

— Pas cette fois-ci. Picard a confirmé...

— Picard. Diable ! Cinq-Mars, habille-toi.

Cinq-Mars fixait la fenêtre debout, raide, en chemise.

— C'est lui qu'il faut tuer... nous avons tort de commencer par l'autre.

— Henri, que dis-tu ?

— Rien, Marion. Rien.

— Presque rien, chantonna Ninon, Cinq-Mars, Fontrailles et de Thou, plus Monsieur, veulent assassiner Richelieu. Tout le Marais en plaisante. Épernon a parié mille nouvelles pièces de louis d'or que le complot n'était que plaisanterie.

— Contre qui ? demanda Cinq-Mars, nouant son jabot, contre qui, ces vingt mille francs ?

— M. le Coadjuteur, François Paul de Gondi.

— Qui a dit cela, Ninon jolie ?

— La princesse de Rohan. Elle a prêté l'argent à Gondi, qui dit que tout honnête homme doit mourir endetté.

— Cinq-Mars, dis-moi la vérité.

Marion s'approchait de son amant et le saisit aux épaules.

— Quelle vérité ? Que Richelieu va crever et le Roi aussi avant trois ans ? A-t-on besoin de les tuer alors que le Ciel a déjà signé leur arrêt ? Gondi va être encore plus endetté. D'où lui est venue cette idée ?

— Le coadjuteur est myope comme un escadron de taupes, marquis, il n'est pas sourd. De Thou boit trop, il aura parlé.

— Lui, François, mon quasi-frère, le meilleur ami du monde, Son Inquiétude céleste, ce brave garçon si patriote, tu vois bien Marion que ce n'est que rêve.

— Tu mens, Henri. Je le sais quand tu plaisantes sans talent. Tu es trop ambitieux, tu veux être connétable pour épouser la Gonzague. Duc et pair ? C'est ce que t'a promis Monsieur qui se voit déjà régent ? Ou bien Grand Chancelier, ou Principal Ministre ? Tu rêves, Cinq-Mars ! Et ton rêve est stupide et dangereux. Monsieur vous trahira tous.

— Je le sais. Bientôt nous partons en campagne vers le Roussillon et Monsieur sera du voyage, ordre du Cardinal. Monsieur et la Reine elle-même... Donc il ne se passera rien. Calme-toi, Marion.

— S'il se passe quelque chose, tu ne reviendras jamais. Ils t'exécuteront en route, comme un bandit de grand chemin. Renonce, Henri.

— Renoncer à quoi ? Je n'ai rien entrepris.

Rien en effet sinon peaufiner un traité à soumettre à l'Espagne, inspiré par Fontrailles, qui s'y connaissait, combattu par de Thou, accepté par Monsieur et par le duc de Bouillon, et écrit de la main de Cinq-Mars, qui calligraphiait mieux. Il ne s'agissait que de faire la paix... Combien de fois Henri n'avait-il pas entendu le Roi se plaindre de cette guerre qui ruinait le royaume, se plaignant ainsi de la main de fer de Richelieu qui continuait la guerre jusqu'à une victoire décisive, et improbable pour l'instant, afin de négocier enfin, en position de force !

Tuer ou renverser l'Éminence était satisfaire le Roi, et apaiser le royaume, dont la meilleure réduction était ce Paris que Cinq-Mars aimait tant, Paris ruiné, toujours au bord de l'émeute et que le Roi évitait ou ne traversait en certaines obligations qu'au galop avec une garde triplée. Il s'interrogeait. Le Roi place Royale, et lui qui n'en savait rien ! Impossible. La Majesté avait-elle tenu ce voyage secret par souci de sécurité ?

Il baisa la main de Marion pour la rassurer. Le Roi interdisait Paris à Mme de L'Orme quand il s'y rendait, n'ignorant rien de ses amours avec son favori.

— Il suffira, m'amie, de tirer les rideaux et de ne

vous faire point voir, ce que tout Paris regrettera, je sais, surtout en ce négligé.

À la fenêtre, en son propre négligé aux dentelles qui rafraîchissent les traits fins de son visage et lui attribuent à peine quinze ans, Ninon se prend à rire.

— Ah, le beau roi que voilà !

Venant de l'Hôtel de Ville, un cortège avec à sa tête Hercule de Rohan, duc de Montbazon, des chevaux en caparaçon, des huissiers en bonnet et hermine, des échevins en rouge, des archers aux cuirasses luisantes, ils franchissent le porche du côté de la rue Saint-Antoine, le Roi enfin, casqué comme un Romain. Un Roi de bronze ; sur un cheval de bronze. La statue équestre du souverain va trôner à nouveau au milieu de la place, après réfection et son nettoyage des fientes de pigeons. Là où, en septembre 1639, Richelieu l'avait fait installer pour rappeler aux bretteurs l'édit interdisant les duels qui ensanglantèrent trop le sable fin de cette arène superbe, et dévastèrent le nobiliaire de France. Le visage de la statue n'offre pas l'émacié du visage actuel de Louis.

Cinq-Mars ricane, Ninon applaudit et se signe, criant « Vive le Roi » au passage sous les fenêtres. Hercule de Rohan lui accorde une œillade et un sourire, son oreille a reconnu la voix cascadante et le rire de cristal. Tout remuement dans Paris est pour Ninon une fête.

Marion soupire de soulagement. Ce n'est qu'un roi de métal. Une effigie vieille déjà de trois ans, l'âge de ses amours avec Cinq-Mars, et des amours chastes mais puantes de celui-ci avec le Roi.

— Un jour, et qui sera bientôt, on ne le mènera pas ici, mais, tout aussi raide, en sa basilique de Saint-

Denis, lâche Cinq-Mars encore renfrogné de s'être réveillé si tard.

L'Autre, le couronné, ici casqué à l'Imperator, doit le faire chercher dans les corridors pour partir encore à la chasse ! Tant pis, il boudera, sermonnera, grondera ; Cinq-Mars, lui, va traquer plus gros gibier que le plus gros cerf de la forêt de la Laye.

Une vague peur lui glace les os, pendant une seconde et demie, et s'évanouit quand, une nouvelle fois, l'adorable Ninon, que Marion surnomme « ma dangereuse amie », se prend à plaisanter :

— Regarde, marquis, on installe la statue le nez du Roi dirigé vers nos fenêtres. Sa Majesté sait que tu es chez Marion ! À moins que ce ne soit son étalon qui renifle la présence de deux pouliches.

Cinq-Mars lui sourit. Il n'a qu'à peine passé ses vingt ans, lui aussi. Ils ne lui feront plus grand usage.

LE SACRE DE SANG

La Reine veillait sur ses enfants, vêtue de noir. Comme chaque nuit qu'elle décidait de passer au Château Vieux, délaissant ses appartements du Château Neuf. Elle ne sentait la vie que près de ses fils. Les contes sombres qu'on lui débita dans son enfance ensoleillée mais tant tranchée d'ombres étranges lui rappelaient parfois les malheurs qui attendaient les enfants turbulents. Louis et Philippe l'étaient, à son avis, délicieusement. Mais ce n'était pas ces insolences et mauvaises actions – bien vénielles – de chenapans royaux qui tenaient Sa Majesté Anne en état d'alarme. Le présent était pesant, menaçant. Il n'y a pas si longtemps, les dernières nouvelles de Rueil l'eussent réjouie : le corps de Son Éminence se couvrait d'ulcères et d'abcès. Son ennemi allait crever. Anne savait aussi que cet ennemi n'en était plus un, du moins n'était-il pas l'ennemi de Louis le Dauphin. Bien au contraire. Et les cadeaux, les colifichets destinés au Dauphin et son frère, les gants parfumés de jasmin qu'il chargeait Mazarin de lui faire parvenir de Rome pour ses belles mains, montraient un autre Richelieu, plus sincère en mourant à petit feu. Le Principal Ministre traitait Anne en Reine, un peu plus qu'épouse de Roi, mère de Roi. Mourante, l'ombre rouge, désormais squelettique et dont toute chair, tout muscle étaient souffrance ou purulence qu'onguents, fards, gaze, sous les dentelles, peinaient à cacher tant elles se révélaient par leur douceâtre pestilence, affichait la plus grande courtoisie envers la mère de celui qui serait bientôt Louis le Quatorzième. Et donc la régente de France.

Car le Roi n'allait guère mieux que son ministre aux abcès. Le ventre, toujours le ventre. Ce ventre, royaume des Reines qui portent des Dauphins, était cette fois le principal souci d'un Roi qui lui aussi s'aventurait vers les bords, les rivages de l'agonie. Le sien, son ventre de femme, avait donné un futur au royaume, le ventre du Roi allait enterrer le passé avec son possesseur, en le tuant.

Il y avait là de quoi garder en éveil une ancienne beauté aux entichements hasardeux, aux souvenirs familiaux sincères ; aux amours fraternelles traîtresses.

La reine de France était en deuil d'un ennemi de ses deux tourmenteurs. Le Cardinal-Infant, frère cadet tant chéri, était mort en novembre. Anne, depuis deux mois, se vêtait de noir, grand deuil de sœur aimante, mais dissimulait désormais son reste d'accent venu de Castille pour parler le français si pur des Tourangeaux et des Blaisois. Stèle sur la jeune doña Ana, disparue à jamais. Anne d'Autriche se voulait Anne de France. Plus de cantilènes et berceuses aux raucités de sierras, au verdoiement des jardins d'Alcazar pour les deux fils de France. Mais des couplets médiévaux, Rutebeuf pleurant ses amis, bergères rentrant leurs blancs moutons, chevaliers errants vers des princesses pures comme Graal ou dangereuses comme sorcières... Sonnets mièvres et énamourés des Modernes, ces précieux.

Un portrait du Cardinal avait été placé dans son antichambre. Vingt ans auparavant il en eût été fou, eût joué les muguets – elle sourit, avait-il été assez ridicule ; aujourd'hui, il savait la présence de ce nouveau meuble dans les appartements de Sa Majesté et sans le dire s'en montrait ému. Et ce portrait, elle le contemplait désormais sans angoisse, ni haine. Avec une espèce de sérénité. Elle y trouvait même une force qu'elle s'ignorait posséder. Cet homme vieillissant malgré la flatterie du pinceau du peintre léguerait le royaume à Louis Dieudonné, oui, le don du pouvoir viendrait plus de lui que de l'autre vieillard couronné qui siégeait encore, tordu de souffrances intestines, sur le trône de France. Elle n'avait jamais eu d'amour pour lui, mais elle se reconnaissait désormais une tendresse. Une tendresse inconnue. Une sympathie, mot savant chéri des derniers sonnets à la mode.

Cinq-Mars complotait, avec Gaston, ce vieux gamin qui serait blet sans avoir mûri. Avec le duc de Bouillon aussi, qui tenait Sedan. Cinq-Mars voulait évincer l'ombre rouge aux ulcères. Il savait que la Reine savait, par Gaston, et lui offrait drageoirs et confitures, baume de Venise, jouait avec les enfants. Il la croyait acquise à ses vues. Gaston l'en avait assuré. Mais Gaston avait menti par omission, elle avait prié Monsieur de ne jamais faire connaître à quiconque qu'elle avait lu le traité que Cinq-Mars, mirobolant d'excitation et de goût de la perdition, avait tenu à écrire de sa main. Là, Monsieur tiendrait peut-être parole, elle avait laissé miroiter une Lieutenance générale du Royaume, une vice-régence pour lui, et à ses côtés. Monsieur se tut, sur tout. Et sur le fait que la Reine avait reconnu aisément l'écriture d'Henri de Cinq-Mars sur ce traité où si sûr de son fait il n'obtiendrait de l'Espagne que vingt mille écus, quand Bouillon en engrangerait le triple et Gaston le sextuple.

Le pauvre enfant, si galant, si plaisant. Comment lui dire que le jeu qu'il menait désormais se jouait contre Louis Dieudonné ? Livrer la France à l'Espagne, du moins une partie de ses places fortes et de ses provinces, était en priver le futur Roi. Comment le joli marquis ne comprenait-il pas combien elle avait changé ? L'Espagne si chère était puissance étrangère.

Il va mourir si je parle. Petit Louis aura un royaume estropié si je me tais.

La reine de France, endeuillée de la mort d'un guerrier d'Espagne, soupirait dans la nuit de janvier, froide, glacée, étoilée.

— Pardonnez-moi, Henri, vous auriez dû rester page.

Demain matin, elle parlerait au Père Carré... Dormons. Du moins tentons. Anne avait pris sa décision.

Louis et Philippe jouaient dans le cuveau de marbre adouci de draps fins où Sa Majesté leur mère prenait son bain d'ordinaire. La Cour et les dames s'étonnaient d'une telle folie des bains, voilà qui n'était guère sain, l'eau et le savon malmenaient la peau que seuls les onguents, crèmes et parfums adoucissaient. Encore une fantaisie espagnole, la seule, il est vrai, qu'elle n'avait pas encore abandonnée. Anne d'Autriche songeait. Il faudrait supprimer les bains des fils de France, qu'elle savait pourtant bénéfiques à la santé de ses enfants. La France les préférait sales... Elle étouffa un ricanement. Pour l'instant laissons-les s'éclabousser et éclabousser l'entourage, les meubles et les parquets.

Louis Dieudonné et Philippe riaient, vaguement étonnés que, pour cette fois, leur mère vêtue de noir ne rît point avec eux.

La Reine attendait le Père Carré, si proche du Cardinal. Il ne tarda pas. Elle laissa les deux baigneurs aux dames, leur recommandant de les sécher et vêtir, n'ayant pourtant aucune confiance en le fait que ces dames les protégeraient ; une fois déjà, Louis avait failli se noyer, du moins avait-il bu de son bain et vomi après avoir glissé, sous leur oublieuse surveillance.

Le Père Carré l'écoutait dévotement. Elle parlait de ses amies et amis, La Porte et Mme de Sénecey, oubliant Chevreuse délibérément, disant combien elle regrettait que ces deux-là du moins, et la belle Marie de Hautefort aussi, lui manquassent et manquassent par leur fidélité et leur affectueuse dévotion aux deux fils du Roi (elle s'oublia volontairement derrière l'ombre sèche de son mari). Elle comprenait, bien sûr, que le Cardinal ne leur pardonnât point des péchés politiques dont elle s'avoua seule coupable par faiblesse familiale, eux n'étant que coupables de fidélité. Avec un Dauphin et un autre fils, désormais le trône avait besoin de cette fidélité et Son Éminence savait à quel point, et ce jusqu'à la Bastille, jusqu'à l'exil, ces amis de la Reine en étaient capables pour elle et, donc, pour leur futur Roi.

Le Père Carré opinait. Il désirait être convaincu et tout ce discours modeste et sincère allait dans le sens de ses conseils, ceux qu'il osait donner à Son Éminence et que Son Éminence tolérait qu'il donnât. Et puis la Reine en noir était fort belle, il l'imaginait déjà veuve du Roi. Elle conquerrait alors tous les cœurs... Et il songea qu'elle essayait, à travers le deuil de son jeune frère qu'elle avait aimé sincèrement, son attitude et ses vêtures de veuve du Roi. Le Père Carré avait trop longtemps fréquenté trop de politiques.

Cette fidélité n'était pas si bien partagée dans le

monde, poursuivit Anne. Carré opina plus lourdement. Ainsi s'étonnait-elle de l'ingratitude du marquis de Cinq-Mars envers son ancien protecteur à qui il devait tout ! Certes, il était bien jeune pour se mêler de politique, mais il s'en mêlait. Bien sûr il subissait de mauvaises influences dues elles aussi à sa folle jeunesse, l'influence de l'hôtel de Rohan, ce lieu si plein de médisances des rencontres faites au chevet de Marion, mais, plus grave, de celle du duc de Bouillon, prince imposant, de De Thou, dont l'intelligence était dangereuse en politique, qu'on se souvienne de son libelle de protestation lorsque le Parlement avait décrété l'absolutisme du pouvoir royal, il y a deux ans, le 21 février 1640 ; et les mauvaises influences que subissait ce charmant marquis de Cinq-Mars venaient de plus haut encore, dans la royale famille...

Le Père Carré était tout ouïe... Bouillon, Monsieur, de Thou... Ennemis jurés du Cardinal, et Marie de Gonzague, les Rohan et ce Gondi contrefait...

La Reine ajouta aussi, au registre des nabots fort laids, le marquis de Fontrailles, hautain détestable et haineux mais si bon connaisseur d'Espagne. Et si dangereusement intelligent.

Le Père Carré ouvrit grand les yeux. Ses oreilles ne pouvaient croire recevoir tant de noms de la bouche de la Reine. Il examinait le visage de la Majesté. Elle était sincère, il en eût juré devant Dieu. Et elle dénonçait là une conspiration. Il se montra presque impoli de se retirer si vite de sa présence pour se ruer à Rueil. La Reine le lui pardonnait bien volontiers. Elle soupira. Le Cardinal saurait tout dans les deux heures... Tous les noms. Elle retourna dans la chambre du bain et se lava les mains dans les eaux de ses enfants. Ses belles mains sentaient le parfum de ses fils mêlé de savon doux. Sous un ongle la peau avait rougi, elle y vit comme une minuscule tache de sang.

Elle avait besoin de Guitaut. Un réconfort. Guitaut. Une statue bifrons de la bienveillance et de la morale.

Elle entendit des cris de joie, qu'elle jugea hors de saison dans son deuil. Mais comment des enfants pourraient-ils pleurer un oncle qu'ils ne connaissaient pas ?

Louis jouait les pages, pis qu'un page, un valet, un porte-manteau comme ce cher Pierre La Porte tenant la traîne d'une fillette qu'Anne ne reconnut pas sous les dentelles dont on l'avait affublée. Et Philippe d'Anjou, maladroit sur ses pattes, bombait son torse de moineau pour jouer les importants. Elle sourit. Puis réfléchit.

Elle saisit tendrement Petit Louis par la main. Posa un baiser sur le front de Philippe et l'entraîna avec son frère aîné. Elle fit donner des confiseries à la petite fille, enfant d'une femme des cuisines apprit-elle, et convoqua Lansac et Brassac à se présenter en ses appartements dans le quart d'heure suivant.

Elle fit ôter la livrée de Louis, le cordon bleu de Philippe. Leurs yeux immenses fixaient ce visage maternel doux mais empreint d'une fermeté qui les inquiétait quelque peu. Les enfants n'osaient bouger. Elle soupira, leur sourit. Pourtant il lui fallait gronder.

Son père grondait-il, lui qui fut roi d'un empire sur trois continents ? Oui et non. Il expliquait, sans punir. Elle se souvint de ses craintes de petite fille qui se terminaient, après le sermon, non ce n'était pas un sermon mais une leçon, par des embrassades.

— Louis...

Le Dauphin se tint plus droit. Elle sourit.

— Et vous, Philippe...

Le bambin tenta d'atteindre l'allure fière de son

grand frère. Elle faillit pouffer, mais leurs attitudes justifiaient la leçon.

— Vous aimez cette fillette ? Jouez-vous souvent avec elle ?

— Tous les jours, ma Maman, après le goûter. Elle a un si joli port... Et sait chanter.

— Oui, Louis, elle est charmante. Mais venez tous les deux, je vais vous expliquer. Philippe, vous êtes duc d'Anjou et fils du roi et de la reine de France.

— Oui, ma Maman.

— Bien... Vous, Louis, êtes le Dauphin, c'est-à-dire le futur roi de France.

— Louis XIV, ma Maman, Louis XIV, Papa me l'a dit en me demandant de patienter un peu.

Anne s'en souvenait. Le Roi avait même souri. Avec cette tendresse triste qui pouvait désormais le rendre si touchant même pour cette femme qu'il n'avait jamais aimée.

— Oui, Louis XIV. Et Philippe sera Monsieur, frère du Roi.

— À moins que grand Petit Louis mourût, dit le bambin, et je serai le Roi tout seul.

— À moins qu'il ne meure, mon chéri, meure, certes, mais Petit Louis ne mourra pas !

— Pourquoi ?

— Parce que Dieu ne le veut pas !

— Mais Dieu veut que Papa mourût ?

— Quand il sera vieux... (Elle réfléchit.) Quand il aura fini de vivre. Vous, Louis et toi, vous commencez votre vie. Votre Papa le Roi va terminer la sienne. Dieu respecte les âges.

— Vous avez l'âge de Papa, m'a-t-on dit, ma Maman, dit Louis.

— Oui, mon fils, mais Dieu garde parfois les mamans jusqu'à ce que les enfants soient grands.

— Alors je ne grandirai pas ! dit le futur tyran.

— Moi non plus, susurra le petit duc d'Anjou.

— Si, justement, vous grandirez l'un et l'autre.

Ses enfants lui avaient fait perdre le fil de sa pensée. Comment leur expliquer...

— Louis, vous ne jouerez plus au valet. Vous êtes le futur Roi. Vous ne jouerez même pas au maréchal de France, au capitaine des mousquetaires.

— Comme l'ami de M. Guitaut, M. d'Artagnan ?

— Même à M. d'Artagnan ou au noble capitaine Guitaut...

— Pourquoi, ma Maman, ce sont de nos amis... Vous l'avez dit à Marie de Hautefort, un soir que vous me croyiez endormi.

— Ce sont nos serviteurs, Louis, un Roi n'a pas d'ami.

— Mais Papa roi a M. de Cinq-Mars comme ami...

— Pour son amusement.

— Donc pour m'amuser, je...

— Non, Louis, personne. Bientôt même pas votre frère. À peine moi. Vous êtes déjà au-dessus de moi, mon fils béni, mon fils chéri. Mes amies, mes amis, celles et ceux que je croyais tels, sont au loin. Je suis seule et je suis Reine...

— Et votre frère est mort, ma Maman, ainsi êtes-vous vêtue de noir.

— Oui et vous deux vous êtes vivants, c'est ce qui importe à votre mère et à toute la France.

— Et votre ami M. Bouquinquant ? Qu'est-ce donc que ce Bouquinquant, Maman, dont tout le monde parle ?

Anne rougit devant les deux regards de ses enfants.

— Le duc de Buckingham, mes enfants. Les Français écorchent tous les noms étrangers. Un ministre du roi Charles d'Angleterre. Il est mort lui aussi... Et son Roi aussi.

Mais elle ne dit pas comment...

— Qui vous a parlé de Buckingham, Louis ? Qui vous a dit qu'il était de mes amis ?

— La Lansac elle a dit que le nouveau cardinal, M. Mazarini, ressemblait à Bouquinquant, et elle a ri. Et que c'était pourquoi on l'avait choisi pour être mon parrain.

« Je vais tuer Lansac », pensa Anne.

— C'est le pape, votre parrain, mon fils, mais Sa Sainteté ne pouvant venir de Rome jusqu'ici Mgr Mazarini l'a représentée.

Comment gronder ses enfants maintenant ? Comment leur dire qu'un futur Roi ne joue pas au valet d'une fille de femme de cuisine ? Comment leur dire que bientôt ils seraient séparés ? Comment arracher Louis et Philippe à leur réciproque affection ? Philippe n'avait-il pas pleuré deux nuits durant quand Louis avait été malade ? Et menacé de se jeter dans le fossé si son frère mourait ?

Elle aurait le courage de les séparer. Elle le savait, elle le devait. Mais pas aujourd'hui. Elle les pria de l'embrasser, ce qu'ils firent de grand cœur. Je n'ai rien su leur expliquer, se reprocha-t-elle.

Dans le quart d'heure qui suivit, Lansac et Brassac furent moins bien traitées.

Le Roi lui l'était bien, trop bien, par son favori. Jamais Monsieur le Grand n'avait prodigué autant de soins et d'attention à Sa Majesté. Alors que Son Éminence redoublait de sécheresse et d'impatience. Cinq-

Mars pensait disposer du futur, quand Richelieu savait son présent menacé. Le Cardinal souffrait mille morts en tentant de retarder l'Unique, le Roi lui aussi dépérissait, craignant l'issue fatale avant que ne commence cette campagne de Roussillon. Le Roi et son ministre étaient pressés et cette presse créait force tensions et horions, verbaux seulement, mais les énervements du Cardinal poussaient le Roi à bout, qui s'en vint se confier à l'oreille de ce favori si attendri tout à coup.

— Ah, Henri, pourquoi n'y a-t-il pas un parti contre lui, comme il y en eut au début de mon règne contre le maréchal d'Ancre ?

Cinq-Mars sursauta : ce parti, il en était l'âme, mais il se devait méfier du Roi lorsque celui-ci s'épanchait.

— Pourquoi, Sire, ne pas simplement renvoyer Son Éminence ? Il est grand homme, mais il est grand malade. Le royaume entre les mains d'un homme couvert d'ulcères...

— Moi aussi je suis malade, Cinq-Mars, mais je tiens debout.

Une bévue !

— Mais, Sire, vous n'êtes pas serviteur, mais le Roi. Richelieu n'est que ministre ; un ministre se remplace.

— Le Cardinal est le plus grand serviteur que la France ait jamais eu...

Le Roi réfléchit et comme toujours s'assombrit. Il reprit.

— Et le jour où il se déclarerait ouvertement contre vous, je ne pourrais même pas vous conserver.

Cinq-Mars occupé à faire bouffer son jabot écouta à peine cet avertissement.

— Voilà, Henri, en quel esclavage mon ministre m'a réduit.

Cela Cinq-Mars ne l'entendit que trop bien.

— Il ne manque pas en France de seigneurs et de valeureux soldats qui ne sont qu'au service de leur Roi... et prêts pour tous les services... Vous libérer de cet esclavage serait pour eux un devoir sacré... Et la voie la plus sûre et la plus courte...

— Oui ? demanda Louis.

— Serait de le faire assassiner comme vous l'ordonnâtes pour Concini, maréchal d'Ancre, que vous venez d'évoquer. Quand le Cardinal viendra dans vos appartements, où ses gardes ne peuvent pénétrer.

Louis s'en tint à un long silence, regarda les flammes qui montaient à l'assaut de la cheminée. Elles se reflétaient sur le sombre de ses yeux.

— L'Enfer, Henri. L'Enfer. Il est cardinal et prêtre, je serais excommunié.

— Non, Sire, si vous n'en donnez pas l'ordre, ce sont les exécutants qui le seront... Vous n'avez jamais ordonné à Vitry de décharger ses pistolets sur le maréchal d'Ancre au pont-levis du Louvre.

— Taisez-vous, Henri. Vitry pourrit à la Bastille dont je ne puis moi-même le tirer. Oubliez-vous, mon enfant, que nous avons aussi une campagne à préparer ?

— Sire, Richelieu est le seul obstacle à cette paix que le royaume et son Roi appellent de leurs vœux. Partons en campagne, mais avant d'arriver en Roussillon nous aurons une idée. Et puis... la route est longue et difficile pour un ministre qui ne voyage qu'en litière.

Son sourire était éblouissant. Celui du Roi un mauvais rictus, les souffrances de son « cousin » rouge ne lui déplaisaient pas, même si elles ne pouvaient calmer les siennes. Au moins lui supportait-il le carrosse et, quand la gloire le commandait, de monter à cheval !

En février donc, sous un ciel gercé, le Roi partit en campagne pour prendre la tête de son armée et assiéger Perpignan. Cinq-Mars l'accompagnait et Richelieu s'apprêtait aussi à ce très long voyage. Le Roi y invita Monsieur qu'il ne voulait laisser s'agiter dans Paris. Son frère renâcla, puis céda : après tout, autant être aux premières loges du spectacle.

La route en effet était longue. Entouré de ses gardes et de ses mousquetaires, le Roi galopait quand Richelieu se traînait en litière qui nécessitait vingt-quatre paires de gros bras pour la soulever. Le Roi courait les routes et chemins quand le Cardinal devait emprunter les rivières et canaux, accompagné sur les berges par deux compagnies de ses gardes. Il se savait en danger depuis les confidences de la Reine au Père Carré. À chaque étape on élargissait à la pioche les portes ou les fenêtres pour y faire passer sa litière, on effondrait des murs, jetant en partant une poignée d'or pour les reconstruire.

Le Cardinal ne se pouvait plus lever. Il ne voyait plus le Roi, laissé aux mains des autres, dont ce foutu page de Monsieur le Grand ! Il approchait toutefois d'Arles. Envoyait des courriers au Roi, en recevait, qui ne montraient rien d'autre que le souci des affaires, sans jamais évoquer le moindre souhait pour sa santé.

Il est là entre de bien vilaines mains, et mon esprit ne peut franchir les lieues qui me séparent de lui. Il va me laisser crever. Ou bien espère que je crève sans lui.

Le Cardinal se redressa sur ses coussins.

Il faut agir et mieux que par écrit.

C'est alors que Guitaut vint de Saint-Germain.

— Ainsi, monsieur Guitaut, la Reine est souffrante...

Le capitaine acquiesça.

— Et le Roi veut qu'elle le rejoigne. En laissant ses enfants à Saint-Germain.

Guitaut ne dit mot.

— Connaissez-vous cette missive que vous me remettez au nom de la Reine ?

— Mot à mot, Monseigneur, au cas où elle m'aurait été volée !

— Vous a-t-on déjà volé un message, monsieur Guitaut ?

— Personne vivant encore ne s'en peut vanter.

— Bien bien. Alors vous savez que la Reine m'écrit : « Me séparer de mes enfants dans la tendresse de leur âge m'a fait une douleur si grande que je n'ai pas assez de force pour y résister. » À votre avis, capitaine, la Reine me demande-t-elle médecine ? Je ne suis que prêtre et ministre, pas docteur ! Et puis, pourquoi à moi, qu'elle ne tient guère pour son ami...

— Elle vous tient, Monseigneur, pour le meilleur ami du royaume qui un jour sera celui de son fils Louis ; elle vous tient aussi en une singulière estime, que vous ne sauriez désirer plus grande.

— Ah, vous voilà diplomate, Guitaut, je croirais entendre l'ambassadeur de Venise, ce souriant Girolamo Giustiniani, dont toutes les dents resplendissent dans ses sourires comme autant de voiles des galères de sa République...

Son Éminence sourit, elle aussi, mais de toutes ses dents de vieil ivoire bruni, encore capables de mordre au sang, et attendit.

— Autre chose peut-être ?

Guitaut tira du soufflet de sa botte un second pli cacheté.

— Oui, Monseigneur.

— Vous avez le sens de la tragédie et de la dramaturgie. Vos bottes renferment ces machines du théâtre italien dont raffole ce cher Mazarini et qui font apparaître un dieu ou une nymphe. Alors, Guitaut, désir de Zeus ou plainte de Daphnis ?

Il brisa le cachet.

— Connaissez-vous aussi la teneur de ce pli qui voyageait dans vos bottes à secrets ?

— Certes, Monseigneur.

— Qu'en pensez-vous ?

— Monseigneur, je n'ai pas à penser mais à obéir.

— Et défendre le royaume, ce que vous venez de faire une fois de plus en courant la poste de Paris jusqu'ici.

— Ordre de la Reine...

— La Reine, oui... Ce traité, du moins sa copie, nous vient de ses mains.

— Pour être remis entre les vôtres quoi qu'il en coûte au porteur, a précisé Sa Majesté.

— Votre avis, alors, de gentilhomme et de soldat ?

— Anne d'Autriche vient de se sacrer reine de France.

— C'est bien dit. Sa Majesté vient de toucher « l'instinct de royauté », comme je l'ai écrit naguère en remontrance au Roi. C'est un dur combat, Guitaut, même pour une descendante de l'immense Charles Quint, cet instinct est presque sauvage quoique raisonné, il fait fi de toute reconnaissance et de toute fidélité. Même de la vôtre, peut-être.

Il eut son sourire de vieux carnassier. Mais Guitaut savait quand Son Éminence plaisantait sans vouloir mordre, certaines de ses menaces suspendues en l'air valant cordon de l'Ordre barrant une poitrine. Il savait transformer une méchanceté, un trait de fiel en haute distinction.

Il termina sa lecture.

— Eh bien, mon cher capitaine, nous allons nous rendre auprès du Roi son mari. Vous m'accompagnerez, je serais honoré de votre escorte. De mon côté j'envoie d'abord une lettre à la reine Anne. Mazarini ! Monsignore Colmardo ! nous avons à écrire.

Une svelte Éminence en rouge pénétra dans la chambre et salua (un peu trop) Guitaut, qui préférait les manières plus sèches de la maigreur allongée sur sa litière.

— Signore Giulio, vous remonterez vers Paris et irez voir la reine Anne.

« Deux fois “la reine Anne”, songea Guitaut, deux fois en si peu de temps et si peu de mots ; la Bastille s'ouvrira bientôt sur les amis de l'ancienne Chesnelle ! et Mme de Sénecey quittera Milly et sa forêt. »

— Mazarin, qu'on montre ses quartiers au comte de Guitaut !

— Bien, Monseigneur... Comte, si vous voulez bien...

Ce fut affreux. Ce qui s'ensuivit fut affreux. Ce que Guitaut vit et vécut l'épouvanta. Tout le reste de son âge, et cet âge fut long (le petit Dauphin était déjà grand Roi, et le plus grand Roi de son siècle quand Guitaut rendit son âme à Dieu), Guitaut se souviendrait, dans ses insomnies, dans ses cauchemars, voire au plus fort des combats qu'il mènerait encore, de la haine dans les regards que son Roi posa sur son ministre et bourreau.

Les temps étaient sauvages, pensera-t-il plus tard, et contera-t-il à ses neveux qu'il avait richement installés, et auxquels il avait fourni les meilleurs établissements que nobliau puisse espérer, à eux et à leurs enfants, et un soir même à la marquise de Sévigné qui montrait quelque tendresse et respect pour ce vieux soldat aux manières si courtoises, alliant la force des gens vivant au bivouac à l'élégance de ceux qui se frottent à la Cour. Ce fut une vengeance sauvage plus que de la justice, bien que Cinq-Mars fût coupable. On trancha deux jeunes vies, Cinq-Mars l'arrogant, De Thou le doux, l'inquiet, l'ami, dans un dernier duel entre deux vieillards malades. Comme si le jeune sang versé allait couler dans leurs veines et les fortifier.

Guitaut le capitaine boiteux aux cent combats pensa qu'il vivait là ce qu'il haïssait dans la guerre, son seul métier, un carnage.

Il tira de sa poche un médaillon, qu'il contempla en silence. Puis disposa un pistolet sous son oreiller, une dague sous le drap, là où se poserait sa dextre, laissa une épée nue à son chevet.

Il eût détesté la douleur de Mme de Sénecey – le médaillon la représentait à vingt-cinq ans – apprenant son assassinat. Il allait être celui qui en savait trop. Métier dangereux dans le monde.

Il tenait aussi à ce qu'on ne tuât point un autre homme, tout de rouge vêtu et à qui il devait sa foi de soldat.

Guitaut tenta alors de dormir.

PARFOIS LES MOTS SONT DES HACHES

Depuis longtemps il n'y avait eu, dans les guerres, siège plus courtois que celui de Perpignan. Louis XIII s'y sentait l'égal du Roi chevalier, François Ier, dont en secret il admira toujours la grandeur, l'honneur, la prestance, le panache jusque dans les désastres de Pavie. Louis admirait les hommes dans la défaite tout en craignant celle-ci, et tout en aspirant à elle pour sa dimension tragique et chrétienne. Louis gardait ses admirations secrètes, un roi n'admirait pas ; mais tout homme, et surtout tout ancien enfant qui fut malmené par sa mère comme par l'Histoire, a besoin d'admirer. La seule partie visible de cet esprit en iceberg était l'admiration contrainte, agaçante mais fidèle qu'il accordait à son éminent « cousin » Richelieu. Tout en ayant, devant son cher Henri, marquis de Cinq-Mars, laissé dire qu'il serait bon de l'assassiner. Et avoué que la tenaille de l'Éminence meurtrissait sa royauté. Ce qui était vrai mais qui ne saurait être un ordre, plutôt le soupir d'un corps malade et d'une âme tourmentée.

Mais devant Perpignan, Louis se ragaillardissait. Il regardait le campement des vingt-deux mille fantassins, de quatre mille cavaliers, dont quinze cents gentilshommes volontaires qui avaient désiré l'honneur de participer à l'ajout, à sa couronne, du fleuron du Roussillon.

Quinze cents gentilshommes dont trois cents habitués de la Cour s'amusaient, jouaient de la guitare et aux cartes, enchantaient le Roi de bons mots pleins de fiel qui paraissait miel pendant que Perpignan qui se serait tant voulu française déjà allait vers la famine. À la table sous la tente du Roi, on dînait fort bien, même si Sa Majesté se contentait le plus souvent d'un bouillon de poule et d'un verre de banyuls qui lui redonnait couleurs. Voir manger ces santés de fer près de lui ne suscitait aucune jalousie. Les soldats avaient tout son respect et tant mieux s'ils faisaient bombance.

On soupait encore mieux à la table de Monsieur le Grand, le jeune Cinq-Mars qui, sans les conseils modérateurs de la princesse Marie de Gonzague qui, bien qu'elle sût qu'elle ne se donnerait jamais à lui, suppléait le désir qu'elle avait de se donner pourtant en servant d'âme et de pare-feu aux sottises de cet amant impossible, se montrait arrogant, insupportable, menteur et désastreusement puéril.

Un soir, au souper, on accorda asile à un capucin mal attifé, mal formé et bossu qui disait se rendre en pèlerinage. Dieu fut clément et le Roi ne le vit pas. C'était le marquis de Fontrailles, travesti en saint homme, porteur d'inquiétudes sortant du four.

Le capucin but et mangea, dut bénir une compagnie, évita Cinq-Mars tout en écoutant ses vantardises et bons mots – c'est-à-dire les plus méchants et si traditionnels – sur le cul du Cardinal et l'haleine du Roi. Fontrailles le retrouva après souper, pour l'avertir que l'affaire était connue de tout Paris aussi assurément qu'on sait que la Seine y coule sous le Pont-Neuf. Qu'il s'agissait d'abandonner le projet, de brûler l'accord et que lui fuyait. Vers un bateau qui le mènerait non en Espagne mais en Angleterre.

— Filez à Sedan, Monsieur le Grand.

— Non. Un sourire au Roi, tout sera gommé.

— Ne croyez pas cela. Abandonnez toute croyance ancienne, nous sommes perdus et nous perdrons la tête. Richelieu sait tout. Et Monsieur nous trahira.

— Qu'importe, mon ami. Le Roi va prendre Perpignan, et sa gloire lui fait tout oublier. Le Duc Rouge crève à petit feu en descendant le long du Rhône torturé par mille souffrances qui ne sont rien à côté de ce qui l'attend en enfer.

— Marquis, tu as déjà perdu la tête ! Le Roi te hait désormais et tu ne le vois pas ! Tes dernières arrogances le poussent à bout.

— Je raccommoderai.

— On ne raccommode pas une tête tranchée. Et je tiens à la mienne, fût-elle si mal plantée qu'elle déplaît tant qu'on m'interdit de paraître devant les enfants.

Cinq-Mars lui versa un verre de vin.

— Bois, Fontrailles ! Oublie tes peurs. Tu surpasses de Thou ! Son Immense Inquiétude soi-même est plus sereine que toi.

— De Thou est du Parlement, les juges n'oseront l'envoyer au billot. Et puis il tenta toujours de nous dissuader, on lui en saura gré. Va à Sedan, Monsieur le Grand ! Chez Bouillon qui lui est aux armées d'Italie, bien loin d'ici ! Tu es seul dans la tanière du loup.

— Je sens son odeur de fauve d'ici, il est vrai.

— Moi je pars !

— Bon voyage, fidèle ami.

Le capucin sortit. Fit vingt pas loin des feux du bivouac, se retourna. Cinq-Mars grattait une guitare avec nonchalance.

Je ne le reverrai pas, du moins vivant. Et sur le visage affreux d'un bossu coula une larme que l'homme aux mots les plus cruels de la cour de France ne songea ni à sécher ni à regretter. Il disparut entre les arbres, dans la direction de la mer dont il sentit sous sa capuche la brise fraîche au parfum iodé.

À Saint-Germain M. de Brassac tourmentait la Reine comme on le lui avait intimé, mais, brave homme, se le reprochait. Enlever ses enfants à une mère aimante ! Jusqu'où donc irait cette politique ? Politique à laquelle toutefois il devait ses gouvernements de Saintonges et d'Angoumois après une ambassade à Rome. Récompenses d'obéissance qui pouvaient s'évaporer comme buée. Donc Brassac obéissait. Et puis, Dieu merci, Mme de Brassac réconfortait la Reine alors que Mme de Lansac en rajoutait dans l'arrogance. Elle se voyait déjà Reine des enfants. Leur seule gouvernante. La Reine à Fontainebleau, première étape vers le Roussillon, les deux princes à Vincennes encore domicile royal avant que d'être prison, et elle maîtresse du château.

Anne craignit de devenir folle. Elle devint hypocrite. Profita de Brassac, son surintendant de maison qui écrivait tout ce qu'il voyait, elle le savait. Mme de Brassac, latiniste, mathématicienne, et bonne pâte, tempérait les missives de délation que son mari, qui craignit toute sa vie qu'on lui enlevât ses positions, adressait de plus en plus souvent au Cardinal.

Mais que dire de la Reine, si bonne mère, de si bonne composition, si soumise désormais aux intérêts de l'État c'est-à-dire du duc de Richelieu ? La vraie question demeurait : que souhaitait lire Richelieu ? Mme de Brassac, femme savante, osa avancer que Son

Éminence souhaitait simplement connaître la nouvelle vérité de la souveraine ; à savoir qu'elle était assagie, et plus française que jamais ! Rien d'autre, sinon qu'elle souffrait d'un sérieux refroidissement.

Cela était vrai mais volontaire. La Reine, dès que sa dernière dame était sortie de sa chambre, se relevait et ouvrait les fenêtres, s'étendait sur son lit et, en simple chemise, se livrait au froid de la nuit. Jusqu'à ce qu'un matin on la trouvât brûlante de fièvre. Impossible pour elle d'entreprendre ce long voyage vers les armées du Roussillon. M. de Brassac pouvait en témoigner, Son Éminence s'en repaître. Et le Roi en ricaner.

Mais l'angoisse était pire que le froid. Et si l'on s'étonnait et s'enchantait de la beauté de la Reine « en veuve », car dans le deuil de son frère qu'elle fit durer quarante jours comme pour celui d'un Roi elle préfigurait aux yeux de beaucoup ce qui passait désormais pour inéluctable, la mort de Louis XIII, dont Perpignan, jugeait-on, serait la dernière campagne, cette beauté pâle et amaigrie venait des craintes de se voir séparée de ses enfants, que M. de Brassac attisait quotidiennement, et ce contre son gré.

Crainte inutile, Richelieu avait pris sa décision. Descendant lentement dans cette litière immonde et si luxueuse, il envoyait courriers, lisait dépêches, noircissait papiers, réfléchissait. Avait hâte de rencontrer son Roi et lui mettre son nez bourbonien sur certain traité. Encore n'en avait-il que copie. Fournie sur ordre de la Reine par l'estimable Guitaut, qui, Mazarin le lui avait rapporté, dormait tout armé.

Guitaut n'était pas un ruffian mais un homme intelligent et Son Éminence songea que Guitaut ne dormait pas avec dague sous les draps, pistolet chargé et épée nue pour sa seule sauvegarde personnelle, mais peut-être aussi pour celle du Principal Ministre, ce qui était son rôle quand il le côtoyait. Et Guitaut avait surgi au galop à ses côtés, sur ordre de la Reine. Donc...

Donc la reine Anne d'Autriche prenait soin, avec discrétion, de la sécurité de celui qui fut son pire ennemi.

Richelieu comprit ou du moins se persuada qu'on songeait à l'assassiner et que le Roi... Il n'osa pousser sa phrase plus loin, disons que le Roi ne l'ignorait pas, mais se taisait. Alors que la Reine, elle, lui envoyait Guitaut.

Voilà qui changeait quelques données.

Tout s'embrouillait. Richelieu se crut dans un rapport de M. de Brassac, au style si pompeux et filandreux qu'il eût fallu un interprète. Que ne laissait-il sa femme si instruite les rédiger !

Le 23 mai le cardinal-duc de Richelieu dicta son testament à Giulio Mazarini. Si le Roi admettait sa mort, il n'y avait plus à tarder. Mais sa litière désormais descendit le long du Rhône avec une compagnie sur chaque rive.

Il relut un mot de la Reine : « Me séparer de mes enfants dans la tendresse de leur âge m'a fait douleur si grande que je n'ai pas assez de force pour y résister. » Il appela Chavigny, il écrirait à la Reine et au Roi.

Il sourit. Richelieu adorait faire rougir Chavigny, lui rappelant qu'il était quelque peu neveu de Ravaillac.

— Et pas d'arme blanche devant un Roi ; abandonnez tout esprit de famille !

Un rien vous amuse quand on sait qu'on va crever.

L'annonce de l'écriture du testament fit ouvrir bien des bouteilles à la table de Cinq-Mars et tira un rare sourire au Roi. On supputa la mort du « cousin » dans la semaine. Jamais il n'atteindrait le Roussillon.

« Fontrailles, mon ami, tu as fui bien inutilement ! » songeait Cinq-Mars, ne remarquant pas comment le regardait désormais Louis le Renfrogné.

Deux jours après, Richelieu entrait dans Narbonne. Sur son bras apparut un nouvel abcès. On charcuta, il hurla pendant deux heures, bava, vomit, chia sous lui. Le lendemain l'Éminence était debout, du moins l'esprit alerte, commanda tout de son lit. Et dicta une lettre.

« Si Dieu me rappelle, Votre Majesté mesurera la perte qu'elle aura de moi. Si Votre Majesté hâte le bras de Dieu, elle perdra tout crédit en la confiance des peuples en sa sainte personne. »

Le neveu de Ravaillac la porta au Roi, accompagnée d'un autre dossier. Et l'Éminence décida que ses médecins jugeaient le climat de Narbonne, si proche de Perpignan, pernicieux à sa santé. Elle ordonna à la lourde et lente litière de se diriger vers Tarascon, une vraie forteresse.

Une lettre royale la rattrapa à Saint-Privas.

« Quelque bruit qu'on fasse courir, je vous aime plus que jamais. Il y a trop longtemps que nous travaillons ensemble pour ne jamais être séparés. » La signature était tremblante (fatigue ou rage ? se demanda l'Éminence) mais affirmait avec force : Louis. Le point sur le « i » semblait coup de poing sur une table.

Le Roi regardait son favori avec haine mêlée de désir.

Il venait d'apprendre que Cinq-Mars avait répondu

à une question concernant sa santé : « Il traîne et nous ennuie. »

— Il y a six mois que je le vomis ! Et voilà qu'il souhaite que je sois mort.

Chavigny, messager, était tout ouïe.

Richelieu aussi lisait son courrier devant Comminges, neveu de Guitaut, qui lui servait une nouvelle lettre de la Reine. Elle s'y disait « fermement décidée à être de son parti, sachant bien que Son Éminence sera elle aussi de son côté et ne l'abandonnera point ». Ni elle ni le Dauphin.

La paix était scellée.

Le 12 juin le Roi avait lu la lettre du Cardinal et les feuillets joints ; il hurla, tempêta, accusa Richelieu de mensonge. Puis le chagrin, le dégoût prirent la place de la révolte. Il regardait Chavigny porteur du lourd pli de quarante feuillets adressé par le Cardinal.

— Il faut que je rencontre Son Éminence. Courez l'en avertir, où qu'il soit.

Un orage éclata sur Perpignan, apportant un peu d'eau aux assiégés mais amenant le Roi à éternuer, moucher, s'enfiévrer. Et c'est dans les orages que Louis savait agir. Il confia l'armée au jeune duc d'Enghien, fils de son cousin Condé, et depuis peu neveu par alliance du Cardinal.

— N'entreprenez rien d'aventureux. Laissez-les crever de faim, ils se rendront.

La galanterie du siège prenait une autre tournure.

— N'y aurait-il point, Sire, un coup d'épée à donner ?

Le jeune Condé, prince du sang, encore enfant à ses

dix-neuf ans, ne pensait pas à la garnison espagnole mais à quelqu'un dans les rangs français.

Louis le comprit.

— Non, mon jeune cousin. Pas encore. Et si c'est ce que je crois, l'épée est trop bonne pour ce bestiau-là. La hache du boucher seule lui conviendrait.

Louis retourna sous la tente royale, après une dernière inspection du camp.

Il s'assit à sa table de campagne, songea, griffonna, déchira, reprit.

Cinq-Mars soupait à l'auberge des *Trois Nourrices* où la chère était la meilleure à Béziers. Il sortit dans la cour pour pisser le vin ingurgité. Un homme en cape noire lui remit un message : « On en veut à votre personne. »

Il en reconnut l'écriture quoique tremblée. Ainsi Fontrailles... avait raison. Il demanda son cheval, laissa ses commensaux et trouva refuge chez une dame de Siouzac dont il fut l'amant.

On arrêta de Thou, le Roi avait signé enfin, pensant son favori à l'abri. Le comte de Charost le traquait, on le lui apprit. Le lendemain on sonnait trompe et battait tambour que quiconque cacherait Monsieur le Grand serait arrêté et exécuté. Dans son grenier, Cinq-Mars apprit par une autre lettre non signée qu'une porte de la ville n'était point fermée. Il envoya un valet, qui au lieu de courir les murailles se rendit à l'estaminet où tout se savait. Et revint dire que toutes portes étaient closes. On ne savait pas tout dans les estaminets. Seul le Roi savait qu'une porte restait ouverte, attendant le maréchal de Meilleraye et son armée qui venaient de prendre Collioure. Le Roi avait ouvert une dernière fois la volière pour que s'envole son amant pie-grièche. Un lieutenant des gardes et une compagnie saisirent Cinq-Mars sous un lit. La dame de Siouzac et son mari l'avaient dénoncé.

— Faut-il mourir à vingt-deux ans ? demanda-t-il à Comminges (c'était lui) qui n'en comptait qu'un de plus.

— Fallait-il, Monsieur le Grand, conspirer contre sa patrie et son Roi de si bonne heure ?

Ils continuèrent en bavardant dans un carrosse grillagé vers la forteresse de Montpellier.

Dans les quarante feuillets du Cardinal alité au Roi en guerre, deux concernaient Monsieur.

Le Roi envoya à son frère une lettre le faisant commandant général des armées de Lorraine qui venaient d'être défaites à Honnencourt et lui ordonnant de reprendre la place pour la gloire et l'honneur de nos armes.

Louis avait suivi à la lettre le conseil du Cardinal : offrons une marque de confiance énorme à Monsieur et il ne passera pas en Espagne.

Monsieur remercia en une missive d'une grande bassesse, parlant de « Monsieur le Grand comme de l'homme du monde le plus coupable. Les grâces qu'il recevait de Votre Majesté m'ont toujours fait garder de lui et de ses artifices ».

Louis cracha sur le sceau de son frère.

Et Louis, seul, éloignant tout valet, brûla lui-même des liasses de papiers dans une cheminée. Il retrouva le plaisir de ses travaux manuels quand il se réfugiait loin des engeances dans les combles du Louvre, usinant une épée, cousant une tapisserie, limant un outil. Au plaisir s'ajoutait la délectation morose de brûler les traces d'un des plus grands amours vierges de sa vie. Et celle d'approcher la mort violente d'un autre.

Le 1er juin, *La Gazette* de M. Renaudot fut lue par Bois d'Arcy à la Bastille devant la société des amis de M. de Bassompierre. On y contait tout du complot, on y lisait la liste des conjurés (sauf Monsieur). Les comtes se taisaient, le maréchal de Vitry ne dit mot, La Porte ouvrait des yeux grandis d'épouvante ; ainsi sa Reine avait pactisé avec l'ennemi juré. Lui avait compris, étant le mieux informé. Il jeta un œil à des Jars qui hocha simplement la tête.

M. de Bassompierre se tut quelques minutes. Puis souffla :

— Les pauvres sots ! mais surtout le pauvre enfant.

Cinq-Mars ignora qu'un vieillard, compagnon d'Henri IV, fut la seule personne du royaume à exprimer une pensée affectueuse pour lui et sa folie.

Le lendemain M. Vautier fut libéré et vint faire ses adieux à ces nobles personnes qui l'avaient reçu comme un frère. La Reine mère se mourait à Cologne et Richelieu lui envoyait le médecin en qui elle avait confiance. Vautier serait la seule personne amicale présente pour adoucir son agonie.

Richelieu à Tarascon réussit à se tenir assis. Il avait élargi le médecin favori de la vieille femme qui l'avait lancé à la conquête du pouvoir, par bêtise plus que par générosité, mais il lui devait bien ce réconfort. Cette âme de fer s'émut de la mort de son ancienne protectrice, car elle lui laissait par testament, et le lui avait fait savoir, le perroquet que jadis lui-même lui avait offert.

Guitaut était à ses côtés.

— Vous allez, cher comte, pouvoir prendre du repos et retourner près de la Reine et du Dauphin et du petit Monsieur.

— Pas avant, Monseigneur, que le Roi n'arrive car il est en chemin vers Tarascon et n'a plus à cette heure de « vrai » capitaine des gardes.

— Non, Guitaut. Vous voulez assister à la fin de la pièce. Ce ne sera pas une tragédie, mon ami, ce sera un massacre !

— Je sais.

Richelieu regarda celui qu'il avait presque supplié d'être son garde du corps quand on voulait l'assassiner (avec l'accord muet du Roi).

— Êtes-vous si terrible capitaine ?

— Je ne suis que soldat. Seul le pouvoir est terrible. Moi j'obéis, je vois, je combats.

— Il n'est plus rien à combattre ici, mais tout à voir. Vous regretterez de l'avoir vu.

— Je sais.

— Vous savez tout.

— Non, mais qu'un duc et prince de Sedan se donne le ridicule de se cacher dans des bottes de foin au milieu d'une armée en Italie m'accable !

— Ah, oui, Bouillon ! Certes, la farce manque de panache. Se cacher dans les fourrages de l'armée à Casale, voilà qui sent son âne. Quelle bassesse d'âme ! Mes derniers ennemis sont des histrions. Je méritais mieux. Mais, Guitaut, nous ne sommes plus au temps des chevaliers. Louis XIII est le dernier héritier de François Ier. Le monde a changé, votre monde, et celui dans lequel je suis né, moi aussi, et le Roi, et la Reine qui, infante, fut élevée comme un prince du sang, un prince de guerre. Oui, Guitaut, j'ai bien dit « la Reine ». (Le Cardinal sourit sans trop grimacer.) Elle aussi est de notre race. Vous l'aimez. Depuis toujours. Quand elle me combattait, quand elle combattait son roi et époux, quand elle... trahissait. Trahissait-elle ? Elle est Habsbourg, après tout. Son sang, son rang la menaient. Aujourd'hui elle a sauvé le Roi, le royaume et moi-même, et l'avenir que ni moi ni le Roi ne verrons. Vous si. Sans doute. Restez près d'elle, cette tragédie finie, elle croit encore aux chevaliers, bien qu'elle ait enfin compris la nouvelle politique.

— J'y serai jusqu'à ma mort.

— Tenez. (C'était un diamant.) Prenez, vous dis-je ! Elle l'a donné un jour à M. d'Artagnan, qui était mousquetaire. Vous le connaissez.

— Nous sommes gascons ! Et nous sommes parfois amis, en certaines circonstances.

— Comme à Corbie ?

— Comme au Pas-de-Suse, aussi, au plus près du Roi, comme à La Rochelle également, sous les ordres de Votre Éminence.

— Prenez ce diamant. D'Artagnan a dû le vendre pour payer je ne sais quoi. Gardez-le ou le lui rendez ! il est à vous désormais. C'est moi qui l'ai fait racheter à un banquier chez lequel il l'avait mis en gage.

— Je le rendrai à la Reine.

Richelieu resta silencieux un instant.

— Oui. Peut-être. Il lui venait du duc de Buckingham.

M. Guitaut, libéré du service pour deux heures, écrivit. Il écrivait à Marie-Catherine de Sénecey. Le cœur du vieux soldat fondait. Il conta tout bientôt, passant outre les phrases de tendresse profonde. Il conta Bouillon en son tas de foin, il conta Cinq-Mars élégant dans son carrosse à grille bavardant avec Comminges, il conta le diamant, sachant que la Reine l'apprendrait et en aurait deux secondes de bonheur. Le diamant lui fit songer à faire fortune pour agrémenter la vie de Mme de Sénecey. Il n'en imagina pas le moyen. Il écrivit et rêva, ce qui n'était en rien son ordinaire. Et on lui annonça l'approche du Roi.

Le Cardinal l'appela :

— Guitaut, il est un placard derrière ce rideau. On s'y tiendrait à l'aise.

On était le 28 juin.

On fit installer deux lits à baldaquin. Le voyage, les orages, la fatigue d'un siège avaient épuisé le Roi. Le Cardinal retombait lui aussi en sa terrible fatigue traversée de douleurs. Ainsi restèrent-ils quatre heures interrompues par des prises de bouillon de poulet qui les nourrissaient à peine et les torturaient beaucoup.

Ils parlèrent.

Le Roi avait-il envisagé le meurtre de son ministre ? Il mentit.

Le Roi envisageait-il de sauver la tête de son favori ? Il hésita.

Alors on conta tout : les horreurs dites sur la mauvaise haleine, le corps immonde de Sa Majesté, son goût dénaturé pour la chasse, l'ennui qu'elle procurait. Et ce fameux « Il traîne » !

Le Roi se souvint du corps nu et huilé de parfums du jeune homme un soir où il partageait sa couche, oh, sans caresses, et haït ces parfums qui l'avaient enchanté mais étaient avant tout destinés, il le comprit, à cacher sa propre odeur. Et puis ce « Il traîne » !

Alors le roi Louis le Juste se laissa aller à la plus terrible haine ; une de celles qu'il n'avait jamais conçues sinon pour sa mère il y avait longtemps, mais qui sommeillaient, latentes, vipères enroulées dans le froid d'un cœur. Jamais il n'avait haï sa femme, simplement détestée et ignorée. La haine s'éveilla, ouvrit un œil, darda sa langue bifide. L'aspic avait cessé d'hiberner.

— Le billot ; mon cousin, le billot !

— Oui, Sire. Il y aura un billot.

— Deux ! de Thou aussi ! Et des juges choisis. Il ne s'agit plus de justice mais de vengeance !

— De Thou, Sire, est du Parlement et se comporta très bien soldat, sous La Valette ! Il en garde un bras estropié.

— De Thou a aimé ma femme !

— Sire, de Thou est l'amant de la princesse de Guéménée ! Comme Gondi, comme d'autres. De Thou a failli tout vous avouer ! Il a tenté de convaincre les conjurés de cesser.

— Il ne l'a pas fait !

Depuis un tiers de tour d'horloge, la haine du Roi s'exprimait par des larmes. L'œil froid du ministre contemplait son Roi qui sanglotait aussi abondamment qu'une bête blessée saigne à mort.

— Éminence, mon cousin ! Ils mourront ! Mais je veux que jusqu'au dernier moment Cinq-Mars croie à sa survie ! Croie que je l'épargnerai ! Croie que je l'aime encore ! Croie que ma faiblesse l'emportera, croie qu'il aura la vie sauve !

Richelieu tourna la tête vers le mur. Respira fort car son bras, après les supplices infligés par les chirurgiens, s'enflammait et il voulait cacher sa souffrance au Roi qui en cet état s'en serait repu. Or c'était lui qui buvait avec délice chacune des larmes de son maître esclave.

— Je crains, Sire, que ce jeune homme ne croie en effet tout cela.

— Qu'on le maintienne en cette erreur.

Richelieu jeta un œil vers une vaste tenture représentant une Diane, et dans l'ombre d'un pli luisait la garde de l'épée de Guitaut. Il entend tout. Que dira-t-il ? Il s'étonna d'accorder quelque intérêt au jugement d'un vieux soldat. Son regard se reposa une nouvelle fois sur le Roi fulminant et pleurant.

— Voilà six mois que je le vomis !

Certains mots sont des haches, et ces mots le Cardinal les avait souvent prononcés. Le Roi prenait la relève comme bourreau.

— Je vais rentrer à la Cour. Enghien et La Meilleraye commandent l'armée. Vous commanderez le supplice.

Guitaut regardait. Que le Dauphin n'apprenne jamais cela ! Quel roi deviendrait-il avec un tel modèle paternel !

Louis Dieudonné l'apprit. Il apprit tout ou presque. Il apprenait déjà surtout à dissimuler. À quatre ans ? À quatre ans.

Il était à la Cour un marquis qui l'amusait beaucoup, par son nom d'abord, M. de Chouppes, qui lui semblait venir de quelque conte que Marie lui lisait, et par une étrange faculté dont souvent on se moquait. M. de Chouppes passait pour invisible. On l'inscrivait ainsi au registre des « grands particuliers » comme la sœur du Cardinal, Nicole du Plessis, maréchale de Brézé, qui ne s'asseyait jamais car elle se croyait le cul en cristal. Eh bien, on disait que M. de Chouppes apparaissait tout à coup en une conversation, en un lieu du salon sans que nul ne l'ait vu entrer.

Louis Dieudonné surveillait donc les apparitions du marquis de Chouppes. Et lui le voyait. Il le voyait se mêler au flot des courtisans, longer un mur, s'acoigner près d'un oranger ou d'une plante en pot, approcher un groupe, glisser vers un autre et lâcher un mot qui surprenait alentour. Comment ne le voyaient-ils pas alors qu'à lui il n'échappait pas ? Louis Dieudonné, devant lequel se balayaient les parquets à coups de plumets et de soiries, en conclut que sa vision lui venait de la grâce divine d'être un jour, bientôt, roi de France. Don auquel n'auraient su prétendre les autres, même les princes du sang, même cet oncle Gaston qu'on ne rencontrait plus depuis des mois. Donc, Louis décida d'outrer ce don divin en se rendant aussi invisible aux autres que ce Riquet à la Chouppes !

Il rit. Et écouta.

On allait tuer quelqu'un du côté de Lyon.

La Reine attendait dépêches et courriers. Marie de Hautefort, revenue, négligeait Louis Dieudonné qui s'en attristait, livré à Mmes de Brassac et de Lansac. Lansac lui conta tout.

Elle y mit une cruauté qui fit se dresser sur les bras de l'enfant le fin duvet. Mais aussi enflamma quelque chose en son cœur ; quelque chose qu'il ne connaissait pas.

Et qu'il reconnut sur le visage de son père quand celui-ci atteignit Fontainebleau, au retour du Roussillon.

Louis embrassa ses deux fils, les trouva grandis. Le jeune Philippe marchait désormais. Il félicita sa « chère épouse » (la Cour n'en revint pas) de tels progrès chez le Dauphin et le « nouveau Monsieur » (la Cour s'interrogea sur le seul Monsieur encore connu et qui avait disparu).

Louis Dieudonné regardait Papa roi. Un feu brûlait dans ses yeux noirs qui n'était pas celui de la fièvre. Le Roi semblait trembler, du moins quand il serrait son fils en ses bras le Dauphin sentait-il une vibration dans tout le grand corps décharné. Il eût aimé vibrer ainsi.

Louis Dieudonné aimait cette humeur chez son père. Cela avait un goût de bataille, de sang, de violence, de rapace fondant sur sa proie pour apporter des morceaux de charogne à sa nichée. Le Roi montrait les dents parfois, le Dauphin en fit autant.

— N'ayez jamais d'amis, de favoris, et aucun amour !

Louis Dieudonné regarda vers Marie. Le Roi suivit son regard et rougit.

— Tout n'est que trahison, mon fils, et nous contraint à la cruauté. Elle est l'ultime raison des Rois, comme la guerre. Une guerre sans gloire, certes, que cette guerre individuelle et personnelle, mais si efficace ! Et parfois... le plaisir...

La voix bégaya.

— Je serai cruel, mon Papa.

L'été passait. On se promenait dans les jardins, canotait sur les lacs et Louis Dieudonné se sentit une âme d'amiral ou de général des galères, on dansait le branle chez la Reine, le Roi s'esquivait et chassait. Louis Dieudonné vit son premier sanglier ensanglanté et écorché par les valets de chasse, son premier cerf éventré aux entrailles livrées à la meute. Frisson devant tout ce sang, que Lansac se complaisait à lui montrer, dont Marie tentait de le détourner. L'odeur forte des fauves aux chairs mises à vif enivrait le Dauphin. Un peu trop, jugeait la belle Marie, douce et acérée.

Et les nouvelles vinrent avec l'anniversaire du Dauphin. Les nouvelles de Son Éminence, dont on remarqua tout à coup qu'on ne regrettait pas l'absence et même qu'on oubliait. Non, Son Éminence n'était pas morte, Son Éminence punissait encore. Il conduisait lentement, au pas de sa litière, MM. de Cinq-Mars et de Thou vers le château de Pierre-Encize près Lyon, escortés par six cents cavaliers. En une semaine le procès fut bâclé, bouclé, la condamnation à mort prononcée. Quelques juges renâclèrent pourtant... Ils furent destitués.

Guitaut reparut à la Cour, poussiéreux, vieilli de dix ans, s'évada à Milly trois jours durant. La Reine dut envoyer d'Artagnan l'en tirer avec une douce gronderie.

Les deux Gascons ne se dirent rien en route. Le mousquetaire songea que l'affaire avait dû être terrible, pis que terrible, sale. Arrivé à Rambouillet, Guitaut n'eut que ce mot :

— Merci.

D'Artagnan le salua.

Guitaut chez la Reine ne subit aucune autre remontrance. Il conta à ces dames ce qu'elles voulaient savoir.

Monsieur le Grand était vêtu d'un habit couleur ponceau, cousu de dentelles d'or et couvert d'un manteau doublé d'écarlate. Il saluait la foule sur le chemin qui le menait là où on savait. Il ne broncha pas à l'énoncé du jugement ni à la vision de l'échafaud sur la place des Terreaux. De Thou, lui, de gris vêtu avec des parements bleus, ne dit que :

— Allons à la mort, allons donc au Ciel.

Ils firent leurs dévotions, s'embrassèrent d'amitié forte, et certains gardes pleurèrent. Guitaut lui-même avait boule en gorge.

On les mena à l'échafaud en carrosse, ce qui suscita quelque plaisanterie de De Thou sur la magnanimité de Son Éminence, qui fit rire Cinq-Mars. C'est donc réjoui qu'il reçut la bénédiction d'un père jésuite. Le Père Malvalette en pleura. Cinq-Mars le réconforta.

— Vous avez besoin de toute votre résolution pour fortifier la nôtre.

Puis il embrassa encore son cher de Thou.

— À bientôt, Henri, dans quelques minutes nous serons réunis pour l'éternité. Et près de Dieu.

— À bientôt, donc, noble Auguste. Quel plaisir de te voir ayant quitté toute inquiétude.

Auguste de Thou sourit à son ami.

— En effet, on m'en a guéri !

Un coup suffit. La belle tête de Cinq-Mars tomba puis fut montrée.

Auguste de Thou embrassa le bourreau, l'appelant son frère, refusa lui aussi d'avoir les yeux bandés, enserra de ses bras le billot comme une bien-aimée, et mourut le regard fixé sur un crucifix.

— Dieu reçoive l'âme de ces deux jeunes gens, dit Anne en se signant.

Louis Dieudonné fit aussi le signe de croix. Presque machinalement et par imitation.

Pendant que Guitaut contait ceci, Louis Dieudonné connut enfin la vibration en son corps. Cette vibration ressentie chez celui décharné du Roi quand il l'avait serré contre lui à son retour.

Il chercha son père, il voulait savoir ce que l'on ressentait après... Il le trouva aux cuisines. Le Roi cuisait des confitures mais il sembla à l'enfant que le Roi pleurait en même temps dans la chaude odeur de son fruit préféré, l'abricot, qui ressemble au conin des filles lui avait-on dit en riant, rire qu'il n'avait pas compris et qui lui mettait l'eau à la bouche où il comptait désormais vingt-quatre dents.

Le Roi le vit, lui sourit les yeux rouges, tourna la grande cuillère de bois dans la mousse sucrée. Lui tendit un peu de cette émulsion que le Dauphin hésita à goûter avec la crainte de se brûler. Le Roi souffla dessus. C'était bon.

— Mon fils, M. de Cinq-Mars avait l'âme plus noire que le cul de ce chaudron. Mais lui, c'est en Enfer qu'il cuira ses confitures d'œufs de vipère.

Louis Dieudonné essaya d'imaginer ce qu'était un enfer et une âme en métal. Et ne s'intéressa pas plus longtemps à cet éloge funèbre du plus grand ami de son père ainsi expédié. Toutefois, dans ce Fontainebleau qu'il aimait tant, il vit une apparition.

Mme la Princesse Marie de Gonzague, de la famille des ducs régnants de Mantoue, parut deux après-midi de suite dans les salons et jardins. Longue et brune, accompagnée de six gentilshommes italiens, elle avançait en souveraine dans une robe de velours et de faille noirs, rehaussée de diamants et d'éclats de jais, son long cou d'aristocrate, si blanc, si souple, si fier, cerclé de deux rangs de rubis rouge sang.

Louis Dieudonné ne pouvait détacher ses yeux de cette ombre qui glissait entre statues et bosquets, sur les tapis, devant les tableaux italiens, saluant la Reine comme une égale, n'accordant aucun regard aux princes ou ducs, faisant la révérence devant lui comme s'il était déjà le Roi et son père déjà mort. La blancheur de cette peau au cou, à la gorge, aux épaules bouleversa l'enfant.

— Elle porte le deuil de M. de Cinq-Mars, lui souffla Marie de Hautefort, et les pierres rouges de son cou figurent le passage de la hache. Une rangée pour Cinq-Mars, une rangée pour de Thou.

Louis Dieudonné regarda Marie, qu'il aimait tant. Au côté de la princesse revenue de l'Enfer ou bien de l'empire des morts, sa plus tendre amie lui parut une souillon.

— Marie de Gonzague. Je n'oublierai pas ton nom.

C'est à peine s'il murmura, envoûté par l'apparition. La mort pouvait être si belle que cette femme ! Il se jura de la voir de près.

Il reverrait Marie. Lui serait roi de France, elle reine de Pologne.

LA MORT EN ROBE ROUGE

— Combien de temps m'accordez-vous ?

La voix était sèche quoique faible, n'admettait qu'une réponse nette et précise. Et cela le médecin le comprit.

— Monseigneur, dans deux jours ou vous serez mort ou vous serez guéri.

— Cela devra donc suffire. Monsieur Chicot, vous êtes médecin, mais vous venez de me parler net comme un ami, je vous en remercie. C'est parler comme il faut à un mourant.

Chicot qui était bonhomme et n'agrémentait pas trop sa médecine de mauvais latin rougit de confusion et d'émotion sincère devant le masque déjà cireux de celui qui avait été le vrai maître de ce si beau royaume, qu'on disait le second après celui des Cieux.

— Votre Éminence...

— Chut, Messer Chicot ! Vous avez dit deux jours...

— Deux jours... au plus.

— Je vois avec plaisir que vous êtes aussi ami de la vérité, ou de la prudence.

— La médecine n'est qu'un art, seule la foi est science.

— Disons un jour donc, ou faisons comme si...

— Un jour, oui.

— En sortant du Palais Cardinal dites à Mazarin de mander mon confesseur et le curé de Saint-Eustache. Et que Mazarin écrive à Sa Majesté. Je sais qu'elle est restée au Louvre, qui ne lui plaît guère, uniquement par amitié pour moi, au cas où... ce serait pressé. Ce n'est point pour guetter ma dernière grimace, je ne le crois pas, mais pour échanger encore quelques paroles ; il arriva au Roi de me considérer comme un ami. Je sais qu'en ce moment il est dans cet état d'esprit.

— Le Roi vous respecte et vous admire...

— Et vous, doctus doctissimus Chicotus, vous grignotez mes dernières heures que j'entends passer dans la méditation...

Le masque sourit. Quand donc Chicot l'avait-il surpris à lui sourire ? Un jour qu'il lui avait administré un empirique d'herbes et de graines venues de chez Le Fèvre qui avait bien soulagé le Cardinal durant une semaine.

— Appeler l'évêque de Chartres, le curé de Saint-Eustache et Mazarini doit écrire au Roi, répéta Chicot.

— Vous avez bien entendu. Allez. Et demandez aussi à Mazarin un certain rouleau qui vous est destiné. J'y ai posé mon sceau et ma griffe et inscrit votre nom... en latin.

— Bien, Éminence.

— À demain, monsieur Chicot.

— À demain matin, Éminence.

— Mon Dieu, si tôt... dit Richelieu à mi-voix.

Pourquoi tant d'ombre ? Ne peut-on mourir en voyant le soleil, doit-on déjà être plongé dans la ténèbre ? Personne n'ouvrira donc ces rideaux ? De plus, je dois puer. Tant d'abcès, si peu d'air, tant de souillure sur un corps qui n'en peut mais. Des flambeaux en plein après-midi alors que malgré décembre il fait beau. Laissez entrer le froid, il apure les corps comme les âmes.

Ce matin du 3 décembre 1642, c'est Mgr Lescot, évêque de Chartres, qui servit de valet de pied à Son Éminence et ouvrit les rideaux et les fenêtres du Palais Cardinal ; celles donnant sur les jardins assez désolés, où des ombres furtives semblaient s'affairer et faisaient mine de ne jeter jamais un œil vers ses fenêtres.

— Ils guettent, n'est-ce pas, Monseigneur ? Ils attendent. Les espions des princes, de la Reine et sans doute du Roi.

— On passe et repasse en effet dans vos allées.

— Qu'ils gèlent ! Les hellébores ont-elles enfin fleuri ?

— Près du bassin ? Oui. On dirait un massif de neige.

— Monseigneur, aimez-vous les fleurs ?

— J'avoue, Éminence, ne m'en être jamais préoccupé...

— Moi non plus... jusqu'à cette minute. Mais, curieusement, que ces roses blanches d'hiver aient fleuri me satisfait.

L'évêque regardait son pénitent allongé, maigre comme une bique, jaune comme un cierge de Pâques.

— Je sais, vous n'êtes pas là pour que je vous parle de botanique et mon âme n'a pas la pureté d'un massif d'hellébores.

— Votre Éminence est homme d'Église et...

— Oui, mais aussi homme de guerre et, pis, ministre ! J'ai mandé aussi, Monseigneur, le Père Le Tonnelier, curé de Saint-Eustache ma paroisse, pour l'extrême-onction. Il lui revient de m'apporter le viatique à nuit tombée.

— Nous en sommes donc là, mon fils...

— Je crains, mon Père, que cette fois-ci le savantissime Chicot ne se soit pas trompé. Je demande pardon à Dieu et à vous-même de cette dernière moquerie, Chicot m'a souvent bien soulagé de mes douleurs. Mieux que cet âne de... Non, ne médisons pas.

L'évêque sourit.

— Éminence...

— Non, non, je suis à confesse, comme tout chrétien, le « mon fils » qui vous a échappé était bien le mot de saison, mon Père.

Et Son Éminence récita son acte de contrition, devant un évêque assis sur un tabouret, le pallium baissé et passé sur les épaules, la tête penchée vers le lit du mourant.

Richelieu ne balbutiait pas, la voix était basse et faible mais claire. Les péchés défilaient presque avec arrogance, dans un dernier sursaut de fierté avant de rendre les armes. « Cet homme ne se faiblira jamais, pensait le confesseur, il n'a rien à voir avec ce corps qui gît là, tout s'est porté dans cette tête qui commanda à des millions d'autres et en trancha une bonne centaine. »

Il faisait très froid dans cette chambre et le feu lui-même s'endormait dans l'âtre. Mgr Lescot frissonna.

— Ce péché-là vous étonne, mon Père ?

Le regard de l'agonisant pétillait de malice. L'évêque n'avait pas entendu de quoi il s'agissait. Il marmonna en latin. Le Cardinal se tut.

— *Te absolvo in nomine...*

Voilà, c'était fait. Richelieu était seul, la goutte au nez. La porte s'ouvrit à deux battants. Une grande ombre décharnée, un autre visage de cire, un chapeau à plumet noir, un ruban bleu, des bottes marquant le pas, le Roi.

Le Roi moucha Son Éminence.

— Vous voilà enchifrené, mon cousin, mais rester ainsi, dans ce froid de gueux !

— Si Votre Majesté a froid...

— Laissez si cela vous plaît. Il règne le gel même au Louvre. Je suis venu...

Louis hésita. Richelieu l'aida :

— Me dire adieu. J'en suis flatté, ému, reconnaissant...

— Laissez, vous dis-je, cousin, je suis venu vous voir. Et s'il le faut vous tenir la main. La mienne est encore assez bonne. Elle est celle d'un ami.

— Avons-nous, Sire, encore des amis ?

Louis XIII resta silencieux, dans son esprit passait une longue cohorte d'exilés ou pire... des ombres au royaume des ombres.

— Mais, Sire, pour ce dernier adieu, et c'en est un, j'ai la consolation de laisser votre royaume dans le plus haut degré de gloire et de réputation où il a jamais été.

Il prit son temps, inspira une modeste goulée d'air frisquet et poursuivit d'un air vainqueur alors qu'il était terrassé :

— ... et tous vos ennemis abattus et humiliés.

Le Roi triste serra la main de sec parchemin :

— Amis, ennemis, furent parfois les mêmes.

— Oui, Sire, il leur arrive, comme à nous tous chaque matin, de changer d'habits. Il me fallait veiller à la bonne tenue des uniformes.

Le Roi sourit en même temps que son ministre.

On ouvrit timidement la porte, Chicot faisait présenter au Cardinal deux jaunes d'œufs en un bouillon de poule. Il hésita devant le Roi qui se leva du chevet, prit le bol d'argent reposant sur un plat et donna, cuillerée par cuillerée, cette ultime nourriture que les intérieurs du corps épuisé pouvaient encore avaler sans vomir.

Chicot et le valet s'en allèrent rapporter à voix basse l'immense honneur que le Roi accordait ce jour funeste à son « cousin ».

Richelieu en était conscient et se redressa tant qu'il put, aidé par le royal bras, sur ses oreillers, toujours secs ; son corps se refusait même à suer sa fièvre. Entre chaque cuillerée, il recommanda un des siens :

— Chavigny, Sire, a bien servi la France. De Noyers aussi. Et Mazarin la servira mieux encore. L'employer le plus possible sera l'employer au mieux.

— Il a de l'esprit et une belle écriture...

— Ma famille, ma nièce duchesse d'Aiguillon, mon neveu...

— Mon cousin, ils sont désormais de la mienne, reposez tranquille, vos recommandations me sont sacrées, comme elles le furent toujours, et je les appliquerai, quoique, j'espère, plus tard que vous ne croyez.

— Je crains, Sire, que ce ne soit dès demain.

— Nous verrons bien.

— Sire, on ouvrira mon testament. Le Palais Cardinal en son entier et ses meubles reviennent de droit, et par amitié, à mon « cousin » le Roi, puis ils iront au Dauphin, ainsi que mon grand buffet d'argent ciselé, ma chapelle d'or et de diamants, cet autre grand diamant que Votre Majesté a souvent admiré, mais pas assez envié pour que je le lui donnasse, et mes huit plus belles tentures ; celles qui représentent des victoires de tous les héros de l'Histoire jusqu'à vous.

— Nos victoires, mon cousin.

Richelieu sentit sur les os et la peau de ses doigts, y restait-il seulement un peu de chair, se refermer avec tendresse la main de son Roi, tout aussi maigre mais encore vivace ; une poigne qu'il envia. Ce fut le seul signe d'affection manifeste, mais cette affection-là était forte, sincère, étreignante.

Le regard dans le visage de cire s'éteignait peu à peu, comme une chandelle à bout de mèche. Le Roi fixait ces yeux qui perdaient leur éclat. Il se leva et lui-même tisonna l'âtre, y prit un brandon, ralluma quatre chandeliers. C'étaient petites tâches qu'il aimait à faire lui-même, quand après une journée de chasse il s'installait dans son petit château de cartes des Quatre-Vents construit à Versailles, ce relais entre le plaisir de traquer le fauve et celui de la nuit. Et Richelieu, bon piqueux mais qui n'avait jamais participé à ce divertissement que Louis préférait à tous, la chasse, lui avait permis d'attraper au collet le palais le plus élégant et le plus riche de Paris, ce Palais Cardinal, à trente pas du Louvre, forteresse antique, incommode et presque barbare. Où six jours durant il avait vu le cadavre de son père le roi Henri sur un lit de parade, pleurant devant ou du moins les yeux pleins de larmes mais refusant qu'elles coulent. Il avait appris bien longtemps après, à sa première calvitie, qu'il avait pleuré un faux corps, moulé de cire, empli de paille, le vrai cadavre, trop puant pour rester exposé ainsi, étant caché en un coffre de plomb sous le lit. Sa mère honnie, Marie de Médicis, avait laissé son fils pleurer pour père un épouvantail !

Ce corps-là, allongé dans ses brocarts, ses draps, ses courtepointes, sans bonnet et en chemise, et qui sentait plutôt les fleurs séchées d'un pot-pourri que la mort et ses odeurs d'égout, lui sembla un vrai cadavre de vrai père, devant lequel il était permis de s'affliger. Oui, le cousin Richelieu avait sans doute été un peu un père.

Le vieil orphelin eut, l'espace d'un bref instant, envie de pleurer la vraie mort d'un vrai protecteur. Mais il retint une fois encore ses larmes, resserra la main avec plus de chaleur, se leva et laissa son ministre reposer.

Dans l'antichambre et les couloirs, parmi les révérences, les chapeaux balayant les parquets, il croisa le curé de Saint-Eustache, M. Le Tonnelier ; il fut le seul à recevoir un mot du Roi.

— Son Éminence se repose, et reprend ses forces, afin de mieux recevoir votre viatique. Permettez-lui, mon Père, de faire le mieux possible et de la manière la plus légère ce dernier voyage, à lui qui a si souvent parcouru notre royaume, et quelques provinces appartenant aux autres. Souvent dans les plus grandes douleurs. Qu'il ne souffre pas, oh je ne parle pas du corps, il est au-delà de la souffrance, mais de son bien le plus précieux, de ce qu'il eut de plus noble, son âme. Bénissez-moi, je vais perdre mon dernier ami.

Le curé de Saint-Eustache trembla mais bénit le Roi qui venait d'ôter son chapeau à plumets d'encre, faits d'empennes de geai, et mettait genou en terre. Les murmures courtisans s'en émerveillaient, avec pudeur pour une fois.

Ce fut la dernière question avant l'onction extrême :

— Pardonnez-vous à vos ennemis ?

— Non ! Car je n'eus d'ennemis que ceux de la France !

Le saint homme sursauta. L'orgueil, encore l'orgueil, jusqu'au dernier souffle ! La mort peut venir, elle l'emmènera mais ne le réduira pas. Seul Dieu le pourra. Du moins le Père Le Tonnelier l'espérait-il.

Jusqu'alors, Richelieu avait fait preuve d'une pieuse humilité, « disant préférer mille morts plutôt que commettre un seul péché mortel » ou bien « avoir mille vies pour les consacrer toutes à la foi ». Et Le Tonnelier avait cru à la sincérité, étant lui-même sincère, mais, responsable de la paroisse la plus dans le vent du temps, à deux pas du Louvre, cinq du Palais Cardinal, de l'hôtel de Chevreuse, de l'hôtel de Bourgogne, des Halles où régnaient le tonitruant duc de Beaufort et sa clique Vendôme, il saisissait toutes les nuances et variantes de la sincérité. Le Cardinal était chrétien sincère, mais le chrétien le plus puissant de toute la chrétienté, fût-elle catholique ou – et Le Tonnelier se signa – hérétique comme celle des princes allemands et de la couronne de Suède. Il savait aussi que les Grands ne confessaient point certains péchés car ils ne les considéraient pas comme tels, les laissant au commun, pour eux ils n'étaient que manières du monde, voire qualités. Le Cardinal-Duc n'échappait pas à cette interprétation que le curé ne pouvait s'empêcher de juger abusive... Mais la paroisse de Saint-Eustache, où communiaient les Rois quand ils n'étaient encore que Dauphins, où les plus somptueuses funérailles de princes et de ducs se déroulaient, était de forte rente. Sans songer à des accommodements avec le Ciel, le Père Le Tonnelier s'accommodait de l'humaine nature ; qu'elle fût titrée, blasonnée, couronnée ou non. Et pour cette humaine nature, le curé nourrissait quelque tendresse : ainsi se montrait-il vrai chrétien.

Pas de pardon à ses ennemis ! La chose était un peu forte, tout de même.

Le mourant le scrutait et lisait dans l'esprit du saint bonhomme.

— Non, mon Père, aucun pardon. Sauf à la Reine, qui n'est plus me dit-on ennemie de la France, mais le fut. Dans l'état où je suis, je dois lui pardonner mais puis-je la croire ?

Le Tonnelier soupira d'aise ; en effet le visage de la souveraine le hantait. Cet homme ne pouvait mourir béni tant qu'il haïrait cette femme... après l'avoir trop désirée.

— Vous voilà satisfait, il paraît...

Richelieu souriait au curé, et poursuivit :

— Je vous comprends. Et votre vœu était pieu. Le voilà exaucé. Mais comprenez-moi aussi... Nous parlions de ma vie, qui ne fut pas celle d'un débauché ni d'un criminel, non plus celle d'un saint, et puis, tout à coup, vous avez parlé d'Histoire. Nous entrions dans une autre sphère d'éternité, l'humaine, moins parfaite que la divine, mais où j'entends bien rester. Sans orgueil, péché capital, mais au mérite !

Le Tonnelier administra les sacrements qu'Armand du Plessis duc de Richelieu reçut fort saintement.

L'âme en paix ? En sortant de la chambre, le curé en doutait encore : cet homme haïssait trop mourir.

Il mourut le lendemain peu après midi sonné.

Il le voulut faire seul, ayant passé une bonne nuit grâce encore à quelques « petites graines » dont il ignorait tout mais dont Chicot disait grand bien et qu'il avait acquises chez Le Fèvre. Il dut encore accueillir l'abbé La Rivière, favori de Monsieur, autant dire un traître. Il lui fit bonne figure, du moins ce qu'il en restait, et le méprisa, ce qui le revigora un temps. Il attendit aussi le passage de sa nièce qu'on lui avait annoncé. Une douleur, une espérance et un regret ; il ne souhaitait ni la recevoir ni l'éviter, l'âme inflexible qui avait tout fléchi en Europe s'épouvanta presque de cette entrevue ultime : c'est qu'il s'agissait en la ravissante personne de la duchesse d'Aiguillon de la seule femme sur terre qu'il ait aimée depuis sa mère. Amour que sa nièce lui avait rendu et dont il ne savait quelle manifestation ce sentiment prendrait aux derniers instants. Elle s'était montrée si jalouse de certains attachements de son cher oncle en rouge pour certaines dames.

Point trop de pleurs, point trop de sentiments... Mais faire confiance était au-dessus de ses forces... Si elle se laissait aller à des débordements, que faire ? Il la ferait chasser.

Il se moqua de cette crainte qui arrivait à une bien curieuse heure ! Non, elle se tiendrait. Il savait dans l'antichambre la présence du Père Léon, supérieur des Carmes, qui aurait la sainte charge d'oindre son front et de clore ses paupières après la dernière absolution. Il ne voulut pas voir Chavigny auquel il avait donné ses instructions, ni Mazarini. Il ne voulait voir personne et rester avec ses pensées. Les mettre en ordre, sans remords, sans regret, sans juger même ses actions. Etre seul face à l'Histoire comme il l'avait dit au curé de Saint-Eustache, seul surtout face à lui-même, enfin. Aurait-il peur ? Aurait-il mal ? La mort n'est rien, puisqu'elle est anéantissement des douleurs, c'est mourir, l'acte même, qui est tout ; et fait peur.

Il verrait bien.

La bien-aimée était à son chevet. S'était-il assoupi ? Il vit d'abord la bouche et les yeux et le corsage, le grain de peau si frais et lisse comme bébé.

Dieu qu'elle était belle ! La plus jolie veuve de France, aimée de son autre oncle le maréchal de Brézé, dont elle était nièce de l'épouse, Nicole, sœur du Cardinal. Il jeta dans un souffle :

— Marie-Madeleine...

— Oui, mon seigneur, mon maître.

— Je vous ai recommandée au Roi, il prendra soin de vous. Les Rois sont parfois de parole, celui-ci le sera pour moi.

— Je me retirerai au Carmel si vous disparaissez.

— Non pas, ne vous faites pas oublier. Vous êtes chef de famille, l'aînée et mon héritière, mes neveux et mes nièces doivent prospérer ; remariez-vous.

— Mon premier mariage avec M. de Combalet...

— Était une affaire, aujourd'hui vous êtes duchesse, faites ce qu'il vous plaît. Épousez un prince, liez-vous à ces traîtres de Condé. Ils aspirent à envahir notre famille.

— Je suis liée à vous.

Elle dégrafait son corsage et approchait ses seins nus du visage de son oncle, les voulant donner à téter :

— Le meilleur remède ; n'est-ce pas ainsi que dans l'Antiquité un père disgracié fut nourri dans sa geôle par sa fille ?

— Laissez les légendes et couvrez-vous. On pourrait entrer. On entre beaucoup dans une chambre d'agonie. Pour vérifier si le passage est en route.

Il grimaça un sourire que vinrent baiser les lèvres de sa nièce. La main du Cardinal vint frôler d'un doigt sec et léger le front, le nez, le cou.

— Cessez, Marie-Madeleine. Vous fûtes la seule femme à avoir tout pouvoir sur moi.

— Il n'y aura plus d'homme après vous pour moi. Je m'installe avec la baronne du Vigean.

— On fait des gazettes de vos amours tribades.

— Elles sont vraies. Peu m'importe. Nul homme, vous ai-je dit, après vous.

— Marie-Madeleine, vous parlez à un mourant... Et ne lui rappelez pas...

— Vous ne mourrez pas, une sainte carmélite l'a su dans une vision.

— Ma nièce, il n'est de vérité que dans l'Évangile. Je meurs, comprenez-vous. Et vous montrez une trop grande tendresse. Souvenez-vous que je vous ai toujours aimée et estimée plus que personne au monde ; gardez ce seul souvenir de moi et retirez-vous ; il ne serait pas à propos que vous me voyiez mourir.

— Mon seigneur, non !

Il refusa ses cris, tira sur le cordonnet de soie qui pendait en tête de son lit et commanda qu'on ôtât sa nièce de son chevet, la faisant sortir par une porte dérobée, car elle manifestait trop de douloureuse tendresse.

Le départ de la nièce, la fin de sa vue, le mena dans une dernière faiblesse. Il cria, le Père Léon des Carmes accourut. Il bénit le visage fané où roulait une larme et dont la bouche murmura :

— *In manus tuas, Domine...*

Le Cardinal-Duc venait de passer en invoquant une dernière fois son seul Seigneur.

Le Roi grignotait des confitures sèches, son seul repas ce midi, quand il l'apprit. Il se signa, et pensa à Cinq-Mars. On l'entendit étrangler un rire. Le bourreau de son favori n'avait pas survécu trois mois à celui-ci. Puis, à son ordinaire, il se rembrunit. Le roi de France n'avait plus un seul ami, la paix n'était pas faite, la Reine sans doute encore rebelle, Mazarini était-il vraiment de confiance ? Et il eut de nouveau mal au ventre.

Non de douleur pour cette perte énorme mais qui le libérait, mais parce qu'il voyait déjà venir l'assiéger la meute de ceux que Richelieu avait matés et qui réclameraient compensation. Aussi, avant de quitter ce Louvre détesté pour retourner dans l'air pur de Saint-Germain aux fontaines gazouillantes, à la forêt calme et déserte d'âmes sinon de celles des cerfs, chevreuils et sangliers, ces compagnons qu'il devait tuer, mais sans haine, avec respect, il fit dire qu'il « savait des gens qui croiraient désormais avoir gagné leur procès devant l'Histoire, mais qu'il voulait qu'ils sussent que l'on ne changerait point de maximes ni de politique et que l'on agirait avec encore plus de vigueur, si Dieu lui en donnait la force, que durant la vie de M. le Cardinal ».

Le message était aussi destiné à la Reine. Et Louis XIII se consacra aux grandioses funérailles, invitant toutes les cours d'Europe, sans omettre celles qui étaient en guerre avec lui, pour le 19 janvier 1643, à Notre-Dame. Où il décida dans le même temps de ne pas paraître.

Le pape envoya un légat, qui rapporta le bon mot du vieux Urbain VIII : « S'il y a un Dieu, il va payer ! Mais vraiment, s'il n'y a pas de Dieu, le fameux homme ! »

À la très pieuse, en apparence, Cour du très pieux, en toute sincérité, Louis XIII, seul Mazarin sourit de l'épigramme papale dans le secret de son cabinet. Mais quel sourire !

Il attend. Il observe.

Le Roi fait gratter « Palais Cardinal » et le remplacer par l'inscription « Palais Royal ». Mme d'Aiguillon proteste. Le Roi ricane. Mazarin se tait.

Le Roi coupe les pensions des poètes et écrivains : « Maintenant nous n'avons plus besoin de cela ! » Mazarin opine au Conseil.

Le corps de Richelieu part le 13 décembre pour la

Sorbonne, où le Cardinal a souhaité reposer. Et à laquelle il a légué sa bibliothèque et les moyens de l'entretenir. Richelieu fut toujours fier d'en avoir été le recteur.

Quand le cortège arrive vers le Pont-Neuf pour traverser la Seine, le peuple l'attend et danse autour du carrosse drapé de noir. On entend des cris, « voilà Jean Cul qui passe », oraison funèbre des hémorroïdes, « frère de Jean Fesse ». Un feu brûle au pied de la statue du bon roi Henri, la ronde englobe Henri IV et le cadavre du ministre, pourtant escorté d'une compagnie de ses gardes.

Lui vivant, ils eussent fendu cette foule, cassé des têtes, brisé des jambes au galop des chevaux noirs. Là, la compagnie attend, casques rouges au vent. Devant les chansons que l'on cloue sur ce pont qui fut, dès sa construction, l'étal de tous les libelles, on voit sous les chapeaux à panache noir, au-dessus des casques écarlates comme le sang, des sourires que soulignent les moustaches des meilleurs bretteurs de France hors les mousquetaires.

Ils ne feront pas un geste contre la liesse aigre de ce peuple qu'ils ont toujours méprisé et fendu comme blé pendant une chasse. Ils attendent qu'il en ait fini de se réjouir, se lasse, boive trop, s'endorme. Et le Cardinal repart vers la Sorbonne.

Le feu né au Pont-Neuf à Paris va faire des enfants dans les provinces au fur et à mesure que des cavaliers viennent annoncer que le Cardinal-Duc, « Cul Pourri », a crevé. Cela brûle et se répand : la Picardie, la Champagne, le Berry, le Bourbonnais, l'Auvergne, la Guyenne, la Provence, le Dauphiné. C'est en Normandie qu'ils sont les plus hauts.

Un courtisan a décloué un rondeau malicieux des

poteaux du Pont-Neuf. Le Roi le met en musique sur sa guitare, il le siffle et persifle sur un air guilleret, qui fait traîner la fin de chaque vers en vocalises mièvres et réjouies. On est loin des psaumes et des Leçons de Ténèbres où sa guitare se complaisait.

L'émotion vraie passée, le Roi déguste sa liberté nouvelle. Il est le premier à recevoir dépêches et courrier, ce qu'il ne connut jamais. Mazarin les lui porte comme un modeste secrétaire et se tait, sauf quand le Roi questionne. Il est discret, on ignore qu'il est aussi efficace.

À la Noël, le roi s'est déjà lassé de ce plaisir auquel il n'est pas habitué.

Prendre des décisions l'assomme. Le modeste Mazarin propose modestement à Sa Majesté de s'en remettre à lui.

Sitôt dit, sitôt fait.

Mazarin sourit.

Ce fut une Reine, un Dauphin et un prince son frère qui furent la France dans la grande nef de Notre-Dame emplie de l'Europe entière. Était-elle venue prier ou bien vérifier que la nouvelle était vraie : le grand tyran était bien au cercueil ? Sur cette estrade, dans ce haut catafalque couvert du manteau, de la couronne de duc et du chapeau de cardinal. Le service fut long. La Reine perdue dans des prières ou des pensées, on ne sut. Mais tous la jugèrent altière, grave, royale. On nota que Mgr le Dauphin toussa sept fois. Comme tousse un enfant qui s'ennuie devant des péroraisons interminables et qui vainc cet ennui en faisant du bruit. Le seul bruit possible en un tel lieu, pour une telle cérémonie.

La Reine le regarda sévèrement mais affectueusement. Que pensait donc cet enfant d'un tel événement ?

Qu'en pensait-elle, elle-même ? Philippe duc d'Anjou tripotait un de ses rubans. Il était ailleurs. Louis ne toussa point pendant les chants, trop funèbres pourtant, même aux oreilles de la dévote espagnole. Louis toussa encore, regarda sa Maman. Ses yeux se mouillaient. Anne sut que son fils n'était pas triste mais malade.

LA MORT EN POURPOINT BLEU

Décembre fut le mois de la mort du Cardinal. Janvier fut celui de la maladie de Louis Dieudonné Dauphin de France. Février cloua le roi Louis XIII au lit. Une contagion s'était élevée du cercueil drapé de rouge dans la grande nef de Notre-Dame. Le mal ne mourut pas avec le corps du pire ennemi que connut la Reine, il attaqua son fils qu'elle aimait, puis celui qu'il lui fallait bien appeler son mari puisqu'il était le père de ses enfants.

La toux de Louis pendant quatre heures dans le froid de la cathédrale n'était pas un bruit d'enfant qui s'ennuie. Mais un signe avant-coureur, comme un chevau-léger venant annoncer la prise ou la chute d'une place forte.

Le jour des Rois, la toux fut grasse et incessante, du nez du Dauphin s'écoulait une morve abondante, ses yeux se firent chassieux, sa tête lourde. Il pleurnichait éveillé ; dans son sommeil, il geignait.

Courat, médecin de la Reine, le noie de tisanes. Le pouls bat trop fort. Louis brûle de fièvre. À minuit il hurle de douleur, se touche une oreille. Quelque chose lui vrille la tête en torture éternelle. Il est en sueur et appelle Maman. Il le fait même dans cette langue interdite par son père, le castillan. Mme de Lansac n'en fera pas rapport ; maintenue éveillée contre son gré elle se résout à aller chez la Reine.

Celle-ci vient, entoure son fils de ses bras. Elle fait mander le médecin du Roi, Bouvard. Il lui arrive de si bien soulager Sa Majesté. Il est deux heures après minuit, une pluie glacée bat les fenêtres, que secoue un vent violent. Elle sent Louis déchiré entre la douleur et la peur. Il hurle dans les cauchemars, elle lui dit « *querido*, n'aie pas peur ». Et Bouvard n'arrive pas. La Reine ne dort pas, Lansac n'ose se reposer.

Enfin l'oreille coule au matin quand Bouvard apparaît ; il lave cette humeur jaunasse avec de l'eau de rose. Et donne un lavement de séné au petit corps endolori. Louis s'endort.

Sa Maman s'installe en un fauteuil, mettant Dubois, un valet, au chevet du Dauphin. Elle ne regagnera pas ses appartements avant que son fils ne soit guéri.

Elle a songé à un empoisonnement. Le Cardinal mort, certains se croient tout permis. Elle pense à Gaston, l'oncle frangipane qui a fui. Quand Gaston fuit, c'est qu'il laisse derrière lui un piège, une bombe. Il soigne dit-on une goutte imaginaire aux eaux de Bourbon-L'Archambault. Attend-il la mort du Dauphin ?

Quatre jours avant la mort de Richelieu, Louis XIII a signé l'ordre de déchéance de son frère dans la lignée royale et a fait enregistrer cet ordre au Parlement. Si Gaston s'était vengé...

Anne n'ose s'en ouvrir au Roi. Car le Roi vient. Durant des heures en cette chambre du Château Vieux où souffre son enfant. Mazarin aussi, qui s'entretient longuement avec la Reine, en castillan, qu'il parle mieux que le français et sans accent. Il apporte des cadeaux à l'enfant ; il est sincèrement inquiet de sa santé.

Le Roi vient trois fois en un jour. Le matin, le soir, la nuit. Assis silencieux près de la Reine il entend le valet Dubois chantonner en berçant le lit du Dauphin qui souffre moins, ou lui donne un lait de poule avec deux jaunes d'œufs et du miel pour adoucir ses repas.

Et le Roi parle à la Reine.

— Ce valet est une Maman poule, dit-il en souriant.

La Reine se méfie puis sourit à son mari.

— Louis le réclame dès qu'il sort. Je crois qu'il aime ses chansons.

— C'est un Savoyard d'Italie, il a servi ma sœur Madame Chrétienne. Elle me l'avait prêté après la campagne...

Il se tait. Il ne veut pas parler de guerre devant sa femme, l'Espagnole.

Elle le regarde. Ce Roi, ce mari trop silencieux ne lui a jamais autant parlé depuis deux ans et la naissance de Philippe, qu'on a éloigné de Louis par crainte de contagion.

— Gardons-le à notre fils puisqu'il apprécie ses chansons.

— Oui, dit Louis, gardez-le-lui. Prenez-le dans sa maison.

Il vient de reconnaître l'autorité d'Anne sur ses enfants.

Anne lui sourit :

— Ne soyez pas soucieux, Sire, Louis est fort, il guérira vite. Les enfants doivent vivre, comme les guerres doivent finir un jour.

Ce qu'elle vient de dire est d'une audace folle devant ce Roi guerrier et victorieux, qui, elle le sait par Mazarin, envisage de prendre la tête de ses armées en Picardie.

— Oui, Madame, les guerres doivent finir. Elles finiront. Toutes les guerres. Celles avec les beaux-frères, celles entre frères, celles...

« Entre époux », pense-t-elle en secret.

— Il tousse moins et repose bien.

Leurs deux regards plongent vers le lit où Louis, bercé par Dubois, ronronne plutôt qu'il ne ronfle.

— Allez dormir, Dubois, nous veillerons notre fils.

Notre fils...

— Sire, je... chuchote le valet.

— Allez, bon Dubois, nous vous ferons éveiller lorsque le Dauphin vous demandera. C'est aux parents aussi de veiller leur enfant.

Des parents...

La Reine regarde le Roi, qui évite son regard. Elle sait qu'il n'en dira pas plus. Il a déjà tout dit. La paix n'est pas faite en Picardie, mais à Saint-Germain, si.

Un mur s'est écroulé entre Louis et Anne, dans les odeurs d'embrocation d'une chambre d'enfant malade. Sans coup de canon, simplement mot après mot, sourires après regards adoucis. Les minutes passent rythmées par le souffle du Dauphin.

Le Roi allonge ses jambes, grimace à peine.

« Il souffre, pense-t-elle, mais veut demeurer près de son fils », « notre fils », se corrige-t-elle.

Il soupire. Non de douleur, elle le sait, mais, comme elle, de délivrance. N'y aurait-il plus aucune méfiance entre eux ? Il est sec, il est jaune, il est malade, mais il est là, près d'elle.

— Madame...

Va-t-il en plus se confier ?

— Madame, j'ai décidé de pardonner à mon frère.

L'aveu, l'effort qu'il induit, la confiance qu'il demande semblent épuiser le Roi.

— Ce sera la sixième fois.

Un rire s'échappe de la gorge du Roi et n'est pas un ricanement. La Reine sourit et lâche :

— C'est d'un Roi Très Chrétien...

Ils rient tous les deux.

— Il faut parfois mériter son titre... mais je ne sais pas si c'est d'un Roi surnommé le Juste. Sans doute une faiblesse. Mais la paix est-elle une faiblesse ?

— La paix a pour sœur la victoire.

— Il est vrai. Victoire sur soi-même, quand il s'agit de Gaston. Je souhaite de tout cœur, Madame, que vous assistiez à cette cérémonie du pardon entre frères. Elle aura lieu quand Louis sera guéri. Il... je... Que la famille soit unie à jamais.

La famille ! Plus de Bourbons ni de Habsbourg, de Médicis. Une famille.

— Ce sera pour moi un bonheur, Sire.

Bonheur est bien, honneur eût été trop protocolaire. Anne ne sait qu'ajouter. Le silence est peut-être meilleur avec cet homme muet.

— Et puis...

Il rougit sous l'ivoire. Se renfrogne, la regarde, esquisse un geste comme s'il voulait lui prendre la main. Regarde les fenêtres où l'aube pointe. Un jour de plus à vivre alors qu'il n'a pas dormi.

— Et puis, nous nous occuperons des autres paix.

Elle sait qu'entre eux, sans ces ridicules traités qu'auparavant il exigeait par écrit, comme entre Cinq-Mars et lui, la paix est signée. Anne en est heureuse. Cela ne lui est pas arrivé depuis leurs seize ans à tous les deux, quand ils étaient amoureux.

— Je veux...

Cet homme n'arrivera-t-il jamais à se lancer d'un trait dans une phrase entière ? Mais cette irrésolution qui l'a tant agacée, elle l'émeut en ce jour qui lève, maussade, plein de pluie et de glace. Il est vrai qu'il est bègue, elle rougit de l'avoir oublié un instant.

— Je souhaite laisser à Louis Dieudonné un royaume sans guerre...

Il regarde le lit où dort l'héritier, puis le plancher.

— Et à votre régence, un pouvoir assuré et apaisé.

Elle pâlit.

— Mais Sire...

— Si, Madame, il faut y songer. Il faut vous y préparer, pensez-y chaque jour. Car un jour...

— Jour lointain, Sire. Je prie pour votre guérison.

— Je sais, Madame, chaque soir dans votre oratoire, j'en suis certain. Et pour cette certitude, je n'ai pas besoin d'espion !

Il lui sourit, malicieux. Il montre le lit.

— Je lui donnerai le royaume. À vous d'en faire un grand Roi. De cela aussi, je suis certain.

Il se lève. Elle a vu sa difficulté. Elle fait mine de quitter son fauteuil. Il la rassied.

— Reposez, Madame, vous veillez chaque nuit. C'est déjà une régence. C'est aussi d'une vraie mère. De cela encore je vous remercie.

Le Roi s'éloigne de quelque pas raides, hésitants.

— Non, n'appelez pas. Je vais sortir seul.

Il s'arrête, se retourne.

— Autre chose que je vous demande de ne pas oublier. Écoutez M. Mazarin, c'est un homme de paix et de bon conseil. L'idée du pardon à Gaston vient de lui. Et elle est fort bonne.

Et la paix avec moi ?

Le Roi est sorti.

Le mardi 13 janvier, Gaston fut à Saint-Germain.

Le Cardinal est mort, le Roi souffre du ventre, mais le cache, le Dauphin relève de maladie, seul Monsieur est fringant et n'eut jamais de goutte qui nécessitât les eaux de Bourbon. Mazarin arbore un teint discrètement coloré et regarde l'œil perçant. Les princes du sang attendent. Anne pense aux cérémonies chez son père avec les rangées de Grands d'Espagne et des chevaliers de la Toison d'or. La cour de France prend des allures de Madrid !

Genou en terre, chapeau bas, soie grise, parements d'argent, bottes noires, Gaston courbe la tête et déclare d'une voix forte afin que tous entendent (c'est un ordre de son frère dans la préparation de ce qui doit paraître spontané mais qu'il est prévu qu'il renouvelle par trois fois) :

— Je vous supplie très humblement, Sire, de me faire la grâce de pardonner ma conduite, comme je vous promets de l'amender.

Le Roi trône, à côté de lui sont la Reine, le Dauphin et le petit duc d'Anjou.

— Relevez-vous, Monsieur mon frère, je vous pardonne.

— Je vous supplie...

Le Roi annule les deux autres suppliques et va relever son frère sur-le-champ.

— Voilà la sixième fois que je vous pardonne...

Sa voix est enjouée, presque malicieuse, il ne bégaie pas.

— Aussi, je vous prie de vous ressouvenir de vos promesses.

Il reprend souffle.

— Et de ne point retomber dans vos erreurs passées.

De ne prendre conseil pour votre conduite que de moi-même.

— J'en fais le serment, dit Gaston un peu éberlué.

— Je suis résolu de ne vouloir croire que les actes, non les paroles.

« Ciel, pense Gaston, Louis plaisante ! On nous l'a changé. »

Louis le prend par le bras.

— Je vous accueille non comme votre Roi, non comme votre aîné, mais comme votre ami.

Et il le conduit vers la Reine et les enfants. Gaston s'incline, baise la si belle main d'Anne. Louis Dieudonné et Philippe lui sourient. Et Louis l'embrasse puis l'emmène vers ses appartements, pour un pardon privé après le public et aussi pour lui demander quelques explications sur certains points encore secrets...

« Mon Dieu, pense Anne, s'il avait menti pour me sonder et qu'il confie la régence à Gaston pour qu'il ne tue pas le Dauphin ! »

Son sang se glace.

Ce serait tant dans ses manières...

On remarque la démarche raide du Roi. Il n'a pas grimacé quoique son ventre le poignarde.

Le 15 janvier, le roi Louis XIII élargit le maréchal de Bassompierre de la Bastille, après onze ans et demi, et le duc de Vitry, locataire depuis cinq ans, qui jadis l'avait si bien débarrassé de Concini.

Enhardie, Anne plaida pour des Jars. Le Roi promit.

Elle demanda le retour de Mme de Sénecey qui, comme le savait le Roi, avait naguère si bien soigné les dents et gencives du Dauphin.

Le Roi sourit.

— Madame, il est plus urgent. Mais en attendant

ce retour, je vous donne Guitaut, comme capitaine des Gardes de la Reine et du Dauphin, avec rang de colonel mestre de camp. Cela permettra à votre amie la marquise d'avoir, à la Cour, un chevalier servant digne de son rang.

Non, il n'avait pas menti. En effet, cet homme voulait la paix.

Louis Dieudonné, lui, jouait à la guerre.

Gaston avait offert à son neveu un mousquet de bois et Louis décimait sa garde de femmes et d'enfants d'honneur pendant que Dubois battait tambour. Le tambour tant chéri offert autrefois par Richelieu. Louis était heureux.

À son ami Brienne, ami des premiers mois, on avait ajouté un garçon gai, joufflu comme lui, rieur plus que lui, le jeune comte de Vivonne, fils de Louis de Rochechouart, marquis de Mortemart. Comme Louis aimait son petit frère Philippe, qui avait rejoint sa compagnie depuis sa guérison, Vivonne aimait sa petite sœur, Françoise Athénaïs, qui tenait à peine sur ses jambes, une enfant brune de deux ans.

Louis, de qui sa mère exigeait déjà la plus extrême courtoisie, s'enquérait chaque jour auprès de Vivonne, qui égalait Brienne dans ses préférences, des nouvelles de la fillette.

Vivonne dit au fringant Dauphin mousquetaire :

— Que ne l'épousez-vous ? Nous serions beaux-frères, nous ferions la guerre ensemble.

— Je le veux bien, répondit le Dauphin.

Vivonne rit de plus belle.

— Je ne veux pas qu'on rie, ordonna Louis et il tapa du pied.

Même un prince ne peut rien contre le destin et taper

du pied sur un parquet de palais n'arrête pas le temps. Françoise Athénaïs de Rochechouart, sœur de son cher Vivonne, épousera dans quelques années le marquis de Montespan... Et si Louis ne l'épousera pas, Vivonne aura des neveux qui seront tous ducs et pairs, princes du sang et bâtards.

Au début de février, le Roi souffrait. Seule la chasse le pouvait délasser, les potions de Bouvard le faisaient vomir, il décida de se soigner par le grand air. Et dans son lieu préféré, son château de cartes, son pigeonnier battu par les vents de Versailles.

Il y pria un soir M. Mazarin à souper, énorme marque d'estime, insigne honneur qui stupéfia la Cour. Il ajouta à la liste des convives Gaston et Chavigny. Deux cardinalistes impénitents, un frère traître repenti ! On s'en plaignit devant la Reine et le Dauphin.

Elle répondit :

— Le Roi règne et gouverne. Il prend modèle sur mon frère Philippe IV (elle dit *Felipe*) qui vient d'éloigner Olivarès...

Plus d'Olivares, plus de Richelieu, la paix pouvait pointer son nez en l'absence des forcenés de la guerre.

Mazarin charme le Roi. À l'opposé de l'austère et cassant Richelieu, ce cardinal-là est souple, disert, plaisant.

À ce souper de Versailles, entre Chavigny et Gaston, on parle donc d'Olivares (en effet la Reine aussi a ses espions qu'elle n'a pas débauchés, elle se méfie encore), également de Charles Ier d'Angleterre, qui n'en peut mais de la rébellion que lui fait son parlement et s'est réfugié à Oxford. Mazarin connaît les affaires, il amène le Roi à envisager d'envoyer des émissaires à Cromwell, car on ne sait jamais...

Louis ne serait pas mécontent de laisser tomber le roi Charles son beau-frère, tout en donnant refuge au prince de Galles qui va sur ses douze ans.

Louis roi dit de plus en plus souvent « j'ai décidé », « je ferai »... ce qui vaut tous les onguents du sieur Bouvard. Mazarin laisse dire et agit.

Mars cloue le Roi au lit.

Il ne peut se lever alors qu'il rêve d'aller commander l'armée de Picardie, pour un dernier combat avant la paix, pour une dernière victoire. L'armée est aux ordres de Gassion le terrible, celui-là qui reprit Hesdin et ravagea la Normandie.

Et l'armée de Flandres ? Sur les conseils de Mazarin, le Roi la confie à un Condé ; en signe de paix avec les princes. Il la donne au jeune duc d'Enghien, vingt ans, qui a fait tomber Perpignan l'été dernier.

Il vomit de plus en plus. Il rejette désormais tout remède de Bouvard qui lui tord les boyaux. Avale deux cuillerées de bouillon de poule, six fois par jour.

Il sait.

Et déménage : il installe ses appartements hors du Château Neuf et choisit l'aile du septentrion au Château Vieux. De son lit, voit les flèches de la basilique de Saint-Denis, son prochain domicile pour l'éternité.

Dans l'aile du midi, logent ses deux fils.

Il est venu pour eux.

Il les gave de cadeaux comme jamais.

Ce samedi, ses enfants le visitent. Il offre à Philippe des chiens de verre soufflés à Nevers, industrie où Mazarin a des intérêts. Et au Dauphin un cabinet d'Allemagne en marqueterie rehaussée d'opale, d'argent et de turquoise, et doté, pour son compartiment à secrets, d'un cadenas à chiffre.

— Regardez, Louis, il faut choisir quatre lettres et les mettre les unes en face des autres, et le secret s'ouvre. Choisissez, Louis, et chuchotez-les à mon oreille, que nul ne les entende. Seuls les Rois savent garder les secrets.

Louis Dieudonné fronce les sourcils, prend cet air de gravité qui enchante tant ses femmes et sa mère. Il approche du lit du Roi, grimpe en s'aidant d'un tabouret, s'accroche aux oreillers et murmure :

— S.I.R.E.

— Bien trouvé, dit le Roi ravi.

Une quinte de toux le saisit, il vomit sur ses draps, perd haleine.

Son fils lui essuie la bouche. Louis Dieudonné n'a plus peur de son père. Ce n'est plus le démon nocturne à bonnet crochu, c'est un homme à la voix douce, un peu éteinte même quand il rit, car il rit. Avec des petits poils blancs dans sa barbe en flèche sous la lèvre inférieure, la « boudeuse » qui ne boude plus. Le Dauphin s'enhardit jusqu'à tirer ces fils d'argent de la « royale ». Le Roi le laisse faire.

— Je tirais aussi la barbe du feu roi Henri, mon père. Mais elle était plus fournie.

Louis et Louis ont fait connaissance. Il était temps.

C'est un printemps qui naît dans le long hiver d'une famille royale. La Reine, qui visite son mari chaque jour, lui propose de s'installer dans la salle de bal, au premier étage, là où le soleil entre le plus volontiers.

On y transporte le malade. La salle est immense, on y voit le val de Seine, on y voit au loin Paris, les enfants peuvent jouer pendant que mari et femme se parlent. Chahutent-ils que Roi et Reine interdisent qu'on les gronde.

Souvent la Reine tient la main de son mari, qui lui chuchote des mots que le Dauphin voudrait entendre.

Ils ne se taisent que pour l'écouter réciter ses leçons, des proverbes, dix mots d'italien, un peu de latin, une nouvelle prière.

— Celle-ci est fort belle, dit le Roi. Elle doit toucher Dieu au cœur...

— Madame ma mère m'a demandé de la Lui dédier pour votre guérison.

Une larme pointe à l'œil rougi, terni d'un Roi allongé. La Reine détourne la tête par pudeur mais presse la main sèche.

Et le Roi se remet avant Pâques. Il marche. Lentement, parfois aidé de deux valets et suivi de Dubois qui porte un fauteuil car le Roi doit s'asseoir tous les vingt pas.

Devant la Reine et devant le Dauphin qu'il a appelés, il dit un matin d'avril :

— Savez-vous, mon fils, ce qu'est le roi de France ?

— Le lieutenant de Dieu sur terre, Sire.

— C'est bien. Et savez-vous ce que ce lieutenant a pour charge le Jeudi saint ?

Louis regarde sa mère, son père, se creuse la tête, avec ce sérieux si plaisant.

— Je l'ignore, pardonnez-moi.

— Le Roi fait revivre la dernière Cène. Demain nous recevrons douze pauvres, comme les douze apôtres, et vous m'imiterez, il faut apprendre ce métier.

Douze vrais pauvres de Paris, amenés au Château Vieux sur une charrette, sont installés dans une salle du premier. Le Roi, accompagné du seul Dauphin et de Dubois, se penche, lave les pieds de chacun, en baise les orteils, puis leur offre à manger. Le Roi les sert lui-même, aidé par le Dauphin.

Les invités n'osent manger. Le Roi les y encourage. Sa voix éteinte chuchote à peine. Le Dauphin sert à boire. Et lève lui-même un verre de bourgogne coupé d'eau :

— Au Christ et au Roi !

Les pauvres portent la tostée et boivent et mangent enfin.

Le Roi sort.

Dubois l'assied dans son fauteuil et, suivi du Dauphin, Louis XIII regagne sa chambre, porté par quatre laquais.

Il demande qu'on lui lise le chapitre XVII de saint Jean, la méditation du Christ sur la mort. Et demande que le Dauphin l'écoute.

Louis Dieudonné a pleuré. Louis XIII le remarque sur la joue rebondie de l'enfant.

— J'ai eu tort, Madame, il est trop jeune pour écouter ces choses. Il n'est pas bon que je reste ici, si près de Philippe et de Louis. Je vois bien qu'il faut mourir, mais ne pas infliger ce spectacle aux enfants.

— Sire, dit Anne. Prenez mes appartements au Château Neuf. Ils sont les plus clairs et les mieux meublés. Je logerai près des enfants.

Dans les appartements du Roi, les pluies terribles de l'hiver ont gâté un mur qui menace de crouler et qu'on ressable et rechaule depuis les premiers soleils.

— Merci, mon amie. Je le veux bien.

C'est Anne qui refoule une larme.

Bouvard entre suivi de Dubois portant une cruche de petit-lait, dernière panacée prescrite pour les maux du Roi.

Sur son lit, Louis se redresse :

— Marauds, sortez d'ici. Ce n'est pas la bile que je vomis après vos poisons, c'est vous !

Bouvard s'enfuit. Le Roi tourne son visage vers la Reine.

— Faites demander l'évêque de Meaux. J'aurais à confesser... et qu'il apporte les sacrements.

— Sire !

— Ne protestez pas. Je vois mes forces décliner de manière fatale. J'ai demandé à Dieu cette nuit d'abréger la sinistre longueur de ma maladie. Qu'on m'ouvre les fenêtres.

Il se rappelle que ce fut aussi une des dernières volontés du Cardinal. « Comme c'est étrange, ce besoin d'air, pense-t-il, qu'est-ce qu'un mourant espère donc y aspirer ? »

Il a dans ce but servi de valet au Cardinal, la Reine lui sert de femme de chambre. La lumière et l'air frais envahissent la pièce. Anne se rend compte qu'elle n'en a pas remarqué la puanteur précédente. Pourtant, en effet, le roi de France pue.

— Il me faut deux jours de repos. Il est deux choses à faire, Madame. Une pour vous, une pour le Dauphin. Faites venir Mazarin.

— Bien, Sire.

Il lui sourit.

— Puis je m'installerai dans vos appartements si aimablement prêtés. J'y mourrai dans vos parfums, qui eux ne font pas plisser les jolis nez des dames et des enfants.

Elle s'étonne : le Roi a l'air coquin. Elle se penche et le baise au front.

— Il sera fait comme vous désirez, mon ami.

Le 20 avril, il eut la force de convoquer les princes, le duc d'Orléans, Condé, la Reine, Mazarin, la princesse Charlotte de Condé, la comtesse de Soissons, les grands officiers de la Couronne, et six membres du Parlement. Il reçut dans sa chambre du Château Neuf, qui fleurait en effet les parfums de la Reine et s'emplissait de soleil. On ouvrit les rideaux du lit, rideaux venus d'Espagne, cadeaux du Cardinal-Infant à sa sœur, cet ennemi trépassé. Il s'éclaircit la voix, toussa deux fois. Et commanda à M. de La Vrillère, secrétaire d'État, de lire la déclaration de régence. La Vrillère se tint au pied du lit, Louis fit aimablement signe à Anne de siéger près de lui.

On parlait d'hérésie mise à bas, de reprise de possession des États conquis par l'étranger, de séditions matées, de France unie et invincible, d'amour pour la conservation de nos peuples.

Puis la voix de La Vrillère trembla :

« Nous ordonnons et voulons qu'advenant notre décès avant que notre fils aîné le Dauphin soit entré dans la quatorzième année de son âge, ou en cas que notre dit fils le Dauphin décédât avant la majorité de notre second fils le duc d'Anjou, notre très chère et très aimée épouse et compagne, la Reine Mère de nos dits enfants, soit régente de France, qu'elle ait l'éducation et l'instruction de nos dits enfants, avec l'administration du royaume, avec l'avis du Conseil et en la forme que nous ordonnerons ci-après. »

Le ci-après fit frémir la Reine.

« Comme la charge de régente est de si grand poids et qu'il est impossible qu'elle puisse avoir la connaissance parfaite et si nécessaire pour la résolution de si grandes et difficiles affaires, qui ne s'acquiert que par longue expérience, nous avons jugé à propos d'établir un Conseil. Et pour dignement composer ce Conseil, nous avons estimé que nous ne pouvions faire meilleur choix pour être ministres d'État que nos très chers et aimés cousins, le prince de Condé et le cardinal de Mazarin, et de notre très cher et très féal seigneur le sieur Séguier, chancelier de France, garde des Sceaux, et de nos très chers et bien-aimés Bouthillier, surintendant des Finances, et Chavigny, secrétaire d'État et de nos commandements. »

Un prince et les créatures de Richelieu. La régente était enchaînée, Gaston devenant lieutenant général du Royaume.

Nul visage n'exprima quoi que ce soit. Le Roi avait eu un retour de méfiance comme il avait un regain de santé. Chacun prêta serment. On se retira, le Roi s'endormait venant de préparer la fin de sa trente-troisième année de règne.

Le mardi 21 avril, le soleil se cacha, la grisaille reprit le dessus, la pluie glaça les vitres, mais le Roi était pressé et ne se préoccupait plus d'ouvrir ses fenêtres ni d'inviter le Soleil. Cet après-midi, il fallait baptiser le Dauphin qui n'avait été qu'ondoyé. Il se fit porter en la chapelle qui se trouvait au Château Vieux un peu avant cinq heures.

Soucieux de ménager et le clan Richelieu et le clan des princes, Louis avait décidé de les attacher par des liens indéfectibles à son Dauphin. Mazarin était parrain en tant que représentant du pape, et la marraine était la princesse Charlotte de Condé.

Le Dauphin était vêtu d'une robe de taffetas d'argent par-dessus son habit. Il était suivi de sa marraine et des duchesses ; la Reine était sur son prie-Dieu garni d'un carreau de velours rouge à glands d'or.

Louis, intimidé et grave, vit son ami Vivonne lui sourire au milieu des pages placés dans le chœur. L'évêque de Meaux officia accompagné de huit autres évêques. Mme de Lansac assit le Dauphin sur l'accoudoir de la Reine qui le présenta au prélat. La princesse de Condé se plaça à droite, Mazarin à gauche.

— Monsieur, que demandez-vous ?

L'enfant répondit d'une voix trop grave pour son âge :

« Je demande les cérémonies sacramentelles du baptême », répétant ce que Maman reine lui soufflait à l'oreille.

Il reçut ses prénoms de la bouche de sa marraine. L'évêque l'exorcisa au sel béni dont il mit deux grains sur la langue du bambin. La Reine défit la robe et le collet découvrant la peau de la poitrine pour qu'on y applique les saintes huiles.

L'enfant joignait les mains avec grâce et piété.

Il n'y eut pas d'aspersion d'eau, cela ayant été fait lors de son ondoiement à sa naissance.

On lui oignit le front qu'on couvrit d'un bonnet de dentelles pour protéger l'onction des souillures.

On conta au Roi la bonne tenue du Dauphin.

En mai, la santé du Roi empira. La Reine commanda qu'on installât sa chambre à côté des appartements du Roi, qui furent les siens, de l'autre côté de l'antichambre.

Le Roi entre spasmes et renvois pourrissait. Des vers montaient de son corps. Il se transformait en cadavre avant sa mort. Dubois veillait ainsi que Guitaut, que le Roi avait demandé à la Reine de lui prêter.

L'odeur était pis que violente, le pus était blanc. Guitaut restait ferme et affermissait la Reine qui depuis le vendredi 1er mai ne quittait le chevet de son mari purulent que pour dormir deux ou trois heures. Les selles s'épanchaient sans retenue, grouillantes de vers. Enfant, elle avait vu mourir son grand-père dans de telles conditions.

Elle priait pour son mari. Il hoquetait, étouffait, vomissait du sang. Elle avait ordonné qu'il ne vît plus ses enfants, il avait ouvert un œil pour aquiescer.

Le Roi s'assoupit le 9 vers la nuit tombée. Dernier sommeil ? Les médecins le secouèrent, lui crièrent dans l'oreille.

Le Roi n'eut même pas un frisson.

Le Père Dinet hurla à son tour, les médecins s'étant brisé la voix.

— Eh quoi, quel bruit est-ce là, mon Père ?

On crut que le Père tomberait à la renverse. Le Roi était éveillé et dardait un œil de rubis.

— Je ne dors point la nuit et me reposais-je qu'on me réveille !

Il vit Guitaut, lui sourit, hocha la tête, épuisé.

Le capitaine sortit, se rendit chez la Reine.

— Madame, le Roi va...

— Il faut le laver, que ses enfants le voient Roi.

— Il faut inviter les princes du sang.

— Chargez-vous-en !

Le Roi fut lavé pendant son sommeil. Le Dauphin et Philippe le virent sec, jaune, décharné, le visage adouci par le repos.

— Souvenez-vous de lui, leur chuchota leur mère.

Louis Dieudonné acquiesça. Blotti contre son frère, Philippe l'imita. Ils ouvraient grand leurs yeux, voulant pénétrer leur mémoire de tout ce grand corps allongé.

— N'ayez pas peur, votre père dort, c'est tout.

Mme de Lansac les emmena prendre leur collation d'avant-coucher.

Au matin les princes prirent d'assaut la chambre. Un mouchoir sous le nez comme s'ils pleuraient alors qu'ils y avaient déversé des bonbonnes de parfums qui empestaient.

Ils attendirent jusqu'à dix heures du soir, n'osant se demander si le cousin était mort.

— Condé !

Le prince sursauta.

— Condé, j'ai vu ton fils en rêve.

— Mon fils, Sire ?

La voix du prince n'avait jamais été aussi douce. Son fils était en Flandres... le Roi perdait la tête.

— Ton fils a vaincu l'ennemi.

Les yeux du Roi fixaient le plafond.

— Il a bousculé l'Espagnol, a failli succomber, mais par un coup de bravoure est resté le maître.

— Où ? mais où, mon cousin ?

— À Rocroy, j'ai lu le nom de ce village dans le ciel. Regarde, Condé.

Condé suivit le regard du Roi, ne vit qu'un plafond lambrissé.

Le Roi ne parla plus. La Reine le veilla. Elle le vit souffrir, vomir, geindre. Il tendit une main vers son chevet. Elle trouva un papier plié couvert de l'écriture de Chavigny.

Louis XIII voulait être mené en toute simplicité jusqu'à la basilique de Saint-Denis. Il y regrettait l'état des chemins, plaignant son corps d'être menacé de trop de cahots. C'est à lui que sourit la Reine de ce bon mot, sourire qu'il ne vit pas.

Le mardi, alors qu'elle somnolait et que sa tête

piquait vers l'oreiller de son mari dans ce demi-sommeil, elle entendit un chuchotis :

— Madame, ne vous approchez pas tant de moi, il sent trop mauvais en mon lit.

Elle sursauta. Il la regardait.

— Je veux la messe et mon fils Louis.

On expédia la messe. On amena le Dauphin.

— Mon fils, vous allez être Roi. Aimez Dieu, la paix et vos peuples.

— Oui, mon Papa.

Puis il resta silencieux, regardant à nouveau ce visage dont il s'était empli l'esprit deux jours avant.

— Ne me direz-vous pas adieu ?

Louis hésita, se rembrunit, regarda autour de lui : il était seul malgré sa mère, son frère, ses dames, les chevaliers de Saint-Louis, les princes, son père.

— Adieu, mon Papa.

— Et vous, Phi...

Le Roi n'eut pas le temps de finir sa phrase que Philippe d'Anjou claironna :

— Adieu, mon Papa !

La voix était enjouée, le Roi sourit de cet enfantillage.

— Adieu, dit Louis XIII.

Les enfants sortis, la Reine s'approcha.

— Il me vient, Madame, des pensées qui me tourmentent. Appelez le Père Dinet.

Le vieux confesseur était là mais Louis ne le voyait plus.

— Sire, tout le monde ici vous aide de ses prières.

Trente personnes étaient à genoux.

On était jeudi 14 mai, à deux heures et trois quarts d'après-midi, Louis XIII eut un hoquet.

La France avait un nouveau Roi nommé Louis XIV.

OÙ LA REINE FAIT SON MÉNAGE ET MAZARIN SES MALLES

Il convenait de partir. Rejoindre les princes Colonna et reprendre leur service ? Il était désormais plus riche qu'en les quittant et coiffé d'un chapeau d'écarlate. Flatter le pape Urbain ? S'installer à Rome et s'y créer un emploi, mieux, un établissement. Il était prince de l'Église, que Diable. Il se signa après une telle évocation du Malin.

Il convenait de partir car la Reine régente faisait le ménage. Mazarin n'était ni triste ni inquiet. Simplement préférait-il quitter la France avant que la Reine ne l'en chasse. Ainsi allait le pouvoir, *sic transit gloria*, il eût agi de même, mais ne se jugeait pas cardinal que l'on chasse ou ministre qu'on éloigne. Il n'était pas Chavigny, secrétaire d'État et espion, ou Bouthillier, surintendant des Finances et valet, que la Reine avait immédiatement écartés. Bien que le feu Roi et Sa Défunte Éminence l'aient nommé lui au Conseil de régence et au poste de principal ministre, il savait son rôle terminé. La pièce est dite, sortons de scène. Mais n'oublions aucun de nos oripeaux de théâtre. Aussi M. Mazarin avait-il mandé son banquier le signor Cantarini, lombard.

On ne quitte pas le ministère les mains vides. Nul

n'avait commis cette faute depuis le roi Henri et son bon Sully. Certaines choses accordées par le Roi, mieux, par Son Éminence, lui revenaient de droit et la Reine ne connaissait rien aux comptes. Dans sa grande bonté, et son sens de l'État, dont il se targuait, lui, Giulio Mazarini, car il redevenait cet Italien ancien mercenaire de la France, d'avoir empêché Sa Majesté Anne régente de France de commettre sa première bévue financière.

Tant pressée de jeter les cardinalistes et d'accueillir à nouveau ses amis et les récompenser, tant ignorante de l'état des deniers du royaume, que, en l'absence de budget écrit, seuls Richelieu et donc Mazarin connaissaient, Anne avait décidé de redorer leurs belles fidélités. Voulant récompenser Marie de Hautefort, la Reine décida de lui donner le revenu d'une propriété appartenant à la Couronne et nommée Les Cinq Fermes. Elle le dit au Conseil, elle vit la tête des ministres et secrétaires plonger dans leurs papiers, regarder le plafond, esquisser un rictus de fauve. Mazarin, lui, prit le temps d'expliquer à une reine rosissante de honte que Les Cinq Fermes étaient énormes et que leur revenu faisait vivre toute la Cour. Il plaisanta sur leur dénomination, jouant sur les mots, indiquant qu'il ne s'agissait pas de domaines mais des vraies rentes de l'État, ses impôts « affermés » comme les aides, la taille, la gabelle, et autres taxes, que la pudeur française, qu'il admirait tant, avait une fois de plus joué avec cette si belle langue qui était en train depuis des siècles de conquérir l'Europe, mieux ou autant que ses armées, payées justement par ces Fermes-là. Il s'en tira très bien.

La Reine s'en tint à un « merci monsieur ».

Il sourit.

— *Ma*, j'ai été honnête. On ne ruine pas ce qu'on a installé. Ce n'est pas digne ni d'un gentilhomme, ni d'un ministre tel que moi. Ni de celui qui fut mon maître, le Cardinal-Duc. Et puis j'aime bien ce pays.

C'était vrai. Il aimait la France et il aimait le petit Roi. Il s'était attaché à cet enfant comme naguère il était attaché à ses nièces, qu'il avait songé un temps à faire venir d'au-delà des Alpes. Et que depuis il négligeait. Giulio Mazarini était sentimental et aimait la jeunesse, mais aussi oublieux. Ce n'aurait pas été une si mauvaise idée que de les faire venir comme il l'avait promis et les faire engager dans les enfants d'honneur du gamin Roi.

Les Italiens aiment les *bambine*. Mais quand ils ne les gênent pas.

Dommage, Petit Louis, mon filleul, roi de France, je t'aurais appris à gouverner. Pas comme cet âne mitré d'évêque de Beauvais qui est plus sot que le dernier de ses valets. Et que la Reine va nommer à ma place, j'en parierais bien mon bénéfice.

Mazarin aimait jouer et jouant il aimait tricher.

Il contempla ses malles.

— *Bene, bene*.

Il alla vers la fenêtre. Le carrosse était en bas. Il en avait fait décrocher les armes surmontées de son chapeau de cardinal.

— Nous voyagerons en bourgeois, incognito.

Une habitude de vraie modestie, ministre il traversait Paris dans une voiture sans ornement et accompagné de deux seuls laquais ; Richelieu, lui, était annoncé par une compagnie de gardes en casaques rouges. Ne pas éblouir par l'apparence, séduire par l'humilité, agir avec fermeté et silence.

Une autre voiture, noire, sans ornement, entrait dans sa cour.

— Voici le signor Cantarini.

Il retourna à sa table de travail où six pages manuscrites dressaient la liste de ses avoirs.

— Si j'ai oublié quelque chose, le Lombard inventera une réparation. Et puis en repartant pour l'Italie je passerai par Lyon voir les excellents frères Cenami.

L'Italien est homme d'affaires. Il achète, il vend. Du fourrage mais aussi des fusils, des mousquets, des pistolets, du plomb pour les armées du Roi. Mazarin avait confiance en ses associés et eux en lui puisqu'il fournissait les marchés.

Le signor Cantarini était grand, svelte, n'avait rien d'un prêteur sur gages, ni d'un banquier enfermé derrière son comptoir ; s'il savait compter, il savait risquer. Il tenait assez du corsaire, bien campé sur des jambes de fer, il ne paraissait pas ses quarante ans. Le cheveu plus clair que Mazarin, il venait du val d'Aoste, un coup français, un coup à la Savoie, il eût pu passer pour son frère. Corsaire ? Un peu ma foi. Mazarin et lui possédaient deux navires de course, le *Fort* et le *Berger*, avaient une troisième construction, l'*Espérance*, qui se nommerait la *Cardinale*. Ces bateaux, bricks rapides, faisaient la course à l'Espagnol, voire à l'Anglais, et les prises revenaient au ministre. Chacun valait entre 40 000 et 120 000 livres. Et rapportait plus du double chaque année. S'il partait, il les vendrait à la marine du Roi. Son associé les vendrait. Et il n'y aurait pas car il n'y eut jamais de querelle de partage ; corsaires mais non forbans.

Un peu pirates, seulement !

Cantarini sortait les papiers de son portefeuille de

beau cuir marqué d'une grande initiale chantournée et, s'asseyant de lui-même au bureau de son auguste associé, les comparait avec ceux préparés par Mazarin.

Les civilités avaient été réduites au minimum ; le temps manquait peut-être et devait être consacré aux additions et, hélas, aux soustractions.

Cantarini énonçait les avoirs :

— Pension de cardinal, 18 000 livres ; appointements au Conseil, 6 000 livres ; appointements de ministre, 20 000 livres ; pension extraordinaire accordée par le Roi, 100 000 livres ; gratifications exceptionnelles venues de même source, 60 000 livres ; surintendance des Bâtiments, 50 000 livres ; conciergerie de Fontainebleau, 55 000 livres ; Compagnie du Nord, 32 000 livres ; redevance de franchise de la Franche-Comté, 100 000 livres ; prises de mer par vos vaisseaux, 200 000 livres ; pension sur le bénéfice d'Auch, 22 000 livres ; ventes d'armes, de blé, pierres précieuses, 300 000 livres ; loyers des maisons et boutiques à Paris, 12 000 livres ; intérêts sur prêts, 34 000 livres ; bénéfices ecclésiastiques divers : le total cette année, Éminence, est de 200 000 livres. Ce qui nous donne un total fixe annuel de 1 400 000 livres. Ceci, je répète, en fixe.

— Le compte est conforme au mien, dit Mazarin en repliant ses papiers.

Son associé n'avait pas à connaître quelques gains supplémentaires qui n'étaient bien sûr que personnels, sur les pots-de-vin concernant les charges attribuées, les pourcentages pris sur les gouvernements accordés et certifiés.

— Et ces biens sont-ils en sûreté ?

— Chez vous, chez moi et nos amis de Lyon ; plus, pour les trafics aux armées, chez mon beau-frère à Toulon. Disponibilité immédiate sur simple billet. Envisageons, Éminence, le pire maintenant.

— Envisageons, signor Cantarini...

— Ainsi, vos meubles et œuvres d'art.

— J'en laisserai au Roi.

— Tout ?

— Un peu.

— Le reste déménagera chez moi et sera dispersé chez nos amis abbés, marchands, banquiers, et vous reviendra quand vous le désirerez.

— En totalité ?

— Presque...

— Discutons des commissions à verser.

— Voilà, Éminence, ce que j'ai préparé...

Pendant que Son Éminence faisait ses comptes, la Reine réfléchissait. Elle avait chassé ses plus proches de ses appartements et désirait être seule, ne tolérant que Louis le nouveau roi en sa chambre. Elle avait même éloigné Philippe qui pourtant la réclamait, s'étant écorché le genou en glissant et trébuchant sur les parquets de ce funeste Louvre.

La Reine régente et le Roi, c'est tout, l'heure était grave et le visage de son gentil fils l'était aussi. Elle admira son profil encore joufflu mais déjà sévère. À cinq ans ! même pas cinq ans sonnés.

Elle sourit. Elle avait pris sa décision, enfin presque. Elle savait qu'on attendait dans son antichambre. M. de Beauvais, évêque et stupide, le duc de Beaufort, prince du sang bâtard et cupide. Et puis les douces péronnelles, Chevreuse, Hautefort, Longueville, Sénecey. Soupir de Reine, attendrie par ses amies. Qui trahit-on sinon ses amis ? Ses ennemis on les combat.

Chevreuse d'abord, ma Chevrette, ma sœur du temps des folies.

— Vous vous ennuyez, Sire ? Nous allons recevoir.

— Je ne m'ennuie pas, Madame maman. Je songe.

— Moi aussi j'ai beaucoup pensé depuis ce matin ; désormais il s'agit de décider. En votre nom, Louis, ce qui n'est pas une mince affaire.

— Vous ferez bien, Maman.

— Merci, mon doux sire.

Et elle lui fit une révérence avant de l'embrasser sur les deux joues. Baisers que le Roi lui rendit avec un chatouillis de ses longs cils de fille.

— Nous allons recevoir de gentes dames et de nobles seigneurs... mais il ne s'agira pas de conte de fées.

— Je n'aime plus les contes de fées, Madame ma mère. Je préfère l'Histoire, que me lit notre bon La Porte.

— Ce sera donc une page d'histoire. Petite sans doute, mais nécessaire. À votre grandeur future.

La Chevrette entra, mêmes yeux verts aussi brûlants, même sourire qui fait frémir maréchaux et cardinaux, le duc de Lorraine comme le roi d'Espagne. Et le cœur d'Anne.

— Ma chère sœur...

Chevreuse fait sa révérence au Roi, baise la main de la longue femme en noir plus espagnole encore que du temps où elle était infante et qui porte le deuil d'un époux qu'elle n'a jamais aimé.

— Votre sœur, Madame, mais votre sœur bien oubliée... Ainsi que vos amis. Vous venez d'exiler Mme de Montbazon, haute dame des Vendôme, qui assiègent aujourd'hui votre porte et au nom desquels je viens parler avant son frère, le duc de Beaufort, dont vous connaissez les emportements.

— Je les connais et nous les apprécions peu, le Roi et moi.

— Ils sont ses cousins, Madame, descendants eux aussi d'Henri IV le Grand.

— Par Mme d'Estrées, sa maîtresse. Avez-vous, mon amie, quelque chose de plus nouveau à m'apprendre ?

La sœur descendue au rang d'amie reste silencieuse. Puis s'enhardit.

— Vous avez repris le gouvernement du Havre à Mme d'Aiguillon, nièce trop aimée de notre ennemi, Richelieu...

— Oui. Et j'ai chassé Chavigny et Bouthillier, cela aussi est vrai...

— Et vous chasserez Mazarin, créature du feu Cardinal.

— Le Roi mon mari en a fait son Principal Ministre, sur recommandation du Cardinal-Duc, il l'est encore.

— Mais si vous m'en croyez, Madame, si vous en croyez votre sœur ou votre amie, choisissez, demain il ne le sera plus.

— Peut-être, ainsi va la vie.

— C'est lui, Madame, qui a rédigé le codicille vous enlevant le pouvoir de régence s'il vous en accorde le titre...

— Sous la dictée, mon amie, sous la dictée. Cela ne venait pas de lui.

— Il n'était pas que la main du greffier, il était aussi l'âme damnée de Richelieu, la terrestre ; la céleste, elle, doit être à cette heure la proie des flammes.

— M. Mazarin ne m'a jamais heurtée. Il est

modeste, parrain du Roi, et fort instruit des affaires du royaume.

— Mgr de Beauvais aussi...

— Vous abandonnez les Vendôme pour cet évêque, notre Grand Aumônier... Ma sœur, vous jouez trop au reversi, à force de défausser vos cartes où allez-vous arriver ?

— M. de Beauvais est saint homme.

— J'ai demandé le chapeau de cardinal pour lui. Comme mon feu mari l'a demandé pour M. Mazarin.

— Vous me rassurez...

— Et il attend lui aussi dans l'antichambre. Vous l'y avez dû rencontrer.

— Certes, Madame, et je crois qu'il attend beaucoup de vous.

— Je vais en effet le charger d'une mission très importante...

— Ah, Madame, vous rassurez votre sœur, pardon, votre amie...

Et Anne eut un de ces sourires qui la rajeunissaient de quinze ans, du temps où Chevreuse et elle faisaient les folles et se déchaînaient en complots.

— Ne lui dites rien, je veux lui réserver la surprise.

Chevreuse baisa le bas de la robe d'Anne qui la releva et la tint deux secondes dans ses bras.

— C'est au Roi, chère sœur, que vous devez hommage.

Nouvelle révérence devant la minuscule Majesté.

— Vous avez, madame de Chevreuse, les belles mains de Maman. Et belle main vaut blason.

— Merci, Sire.

« Cet enfant promet, il sera un vrai prince, il sait parler aux femmes et les regarder », se dit Chevreuse en sortant et elle désobéit en avertissant M. de Beauvais que Sa Majesté allait lui confier mission.

Beaufort soupira. Bon, un évêque chasse un cardinal, mais de cet évêque-là nous ferons notre singe savant, si tant est qu'un peu de science puisse pénétrer sous cette mitre.

— Monsieur de Beauvais, dit Anne après avoir baisé sa bague épiscopale, que pensez-vous de la guerre qui traîne depuis trente ans ou presque ?

— Qu'elle doit cesser.

— En effet. Mais encore... Si, par exemple, vous étiez aux affaires...

— D'abord, Madame, je demanderais aux Provinces-Unies et aux princes allemands qui sont protestants de se convertir, comme le fit le roi Henri, à l'Église catholique apostolique et romaine s'ils désirent encore voir nos armées, pardon, Sire, les armées de Votre Majesté les soutenir contre le roi très catholique d'Espagne, le frère de Votre Majesté.

« Il s'embrouille et ne sait à qui parler, le Roi enfant ou la Reine veuve. Quel âne. Quelle idée stupide », pensait Anne.

— Monseigneur le Grand Aumônier, je vais pour l'instant vous charger d'une mission délicate. Porter cette lettre au cardinal Mazarin et attendre sa réponse.

— Écrite ?

— Je pense, monsieur de Beauvais, que la vraie réponse sera de sa part de venir céans m'écouter et saluer le Roi.

— J'y cours de suite.

— Prenez Guitaut pour vous escorter et six de ses gardes.

— Sa Majesté craint une rixe ? Mazarin ne l'oserait pas.

— Prenez Guitaut.

Elle sourit. Vraiment un âne mitré.

Elle l'entendit chuchoter comme un imbécile chuchote, c'est-à-dire en claironnant son chuchotement :

— Je cours disgracier Mazarin, ordre de la Reine. Monsieur Guitaut, vous devez m'accompagner.

Guitaut salua et emboîta le pas de l'évêque.

On murmura immédiatement que si Guitaut prenait service, c'est que Mazarin était arrêté.

Chevreuse triomphait, Beaufort riait, on envoya un laquais chez les Condé, on dépêcha chez Monsieur qu'on avait eu la peau du faquin italien.

Et la porte de la Reine restait obstinément fermée, et le gentilhomme huissier n'appelait personne.

« Elle ourdit, elle attend le Mazarin pour en faire de la charpie. »

— Ma mère, dit Louis, allez-vous renvoyer mon parrain ?

— À votre avis, Louis ?

— Mon avis est que vous avez menti à cet évêque, sans mentir toutefois. En n'expliquant pas et en ne le détrompant pas.

— Tant pis pour lui s'il s'est trompé lui-même. N'est-ce pas ?

— Oui, Maman.

Et Louis sourit. Jouer un bon tour à un évêque était sans doute un des avantages d'être roi.

Aymard, marquis de Chouppes, qui était à M. le maréchal de La Meilleraie, Grand Maître de l'Artillerie, fut ce jour-là le seul homme de la Cour à visiter encore le cardinal Mazarin ; l'Italien lui plaisait. Assez modeste, le marquis hantait bien la Cour mais observait plutôt que de médire. On ne le remarquait pas et on s'étonnait parfois qu'il fût là alors qu'on ne l'avait pas vu paraître. Cette invisibilité plaisait à son protecteur le maréchal car Chouppes pouvait espionner à tout loisir ; mais devant Mazarin, comme devant le Dauphin devenu le Roi, nul n'était invisible et l'Italien semblait fort satisfait de sa présence.

— Son Éminence fait ses malles à contretemps. À moins que ce ne soit pour s'installer au Louvre.

— Marquis, vous êtes galant homme mais je préfère partir de mon plein gré plutôt que d'être renvoyé.

— Qui parle de renvoi ?

— La Reine fait son ménage parmi les gens du Cardinal. Or j'en suis une créature, tirée des limons du Tibre pour orner bien humblement les quais de la Seine.

— Vous êtes toujours ministre.

— Pour combien d'heures ?

— Combien est-il d'heures en dix années ? Disons huit, jusqu'à la majorité du Roi.

— Vous rêvez. Aimablement à mon égard, mais vous rêvez.

— Avez-vous jamais manqué de respect à la Reine ?

— Jamais, Dieu m'en préserve, c'eût été d'un bien piètre politique.

— Ne l'avez-vous pas sortie d'une sottise au sujet de Cinq Fermes ?

— Vous savez cela ?

— On sait tout du Conseil sans y être.

— Et la Reine est...

— Est ?

— Disons indolente. Ne connaît pas la finance, ni

la politique. Vous êtes politique et, si j'ai bien vu qui je viens de croiser sortant de votre hôtel, pas mal financier.

— Vous avez reconnu...

— Cantarini, oui, je lui dois 30 000 livres.

Mazarin regarda le marquis.

— Vous ne les lui devez plus.

— Pardon ?

— Nous sommes associés, ce Lombard et moi. Votre dette est effacée.

— Pourquoi ?

— Mais, marquis, parce que vous êtes resté près du rejeté quand tout le monde le fuit comme une peste. Et que j'aime que cette peste prenne cette dernière décision de ministre.

— Alors tout le monde court grand risque d'attraper ailleurs une pire maladie que votre peste généreuse.

— Laquelle, marquis ?

— Le ridicule de s'être fourvoyé.

Du bruit dehors, des appels. Mazarin écarte un rideau, regarde, commente, rembruni :

— Me voici surpris au gîte comme lièvre par la meute. Une voiture encadrée de six gardes commandés par Guitaut. Et d'où sort...

— Oui...

— Auguste-Poirier de Blancmesnil, évêque de Beauvais. Cela ressemble à une arrestation. Certes la présence du capitaine est un honneur. Mais le messager est une humiliation.

— Il est Grand Aumônier, énorme titre. Messager convenable pour un cardinal.

— Non. Le titre est là pour me rappeler que je ne suis pas prêtre.

— Attendez de lire le billet dont il est porteur.

On annonça Monseigneur et le capitaine-comte.

— Éminence, la Reine vous adresse ce poulet, dit Beauvais tout miel tout sucre, tout fiel, tout benêt.

Déjà le ton était déplaisant, ce singe triomphait.

— Merci, Monseigneur, d'en être le porteur.

— C'est un immense plaisir d'être messager de la Reine, au nom du Roi, vers leur Principal Ministre.

Mazarin lut l'écrit de la Reine, évita le regard souriant de Beauvais, lança un coup d'œil acéré à Guitaut qui fixait avec un trop grand intérêt les jardins par la fenêtre.

Mazarin toussa. Guitaut se retourna vers lui.

— Je vous suis, capitaine, la Reine me mande au Louvre.

— L'escorte de Mgr le Cardinal ! cria d'une voix forte Guitaut.

L'évêque suivit la troupe à petits pas rapides, loin des enjambées de Mazarin et du vieux soldat. Mais en pensant que Guitaut avait outré ses propos en donnant du Monseigneur à l'Italien, le titre étant réservé au Cardinal, le grand, le mort, et non à ce « Pantalon », ce valet de comédie. À moins que ce fût là un trait cruel de vieux soldat, Beauvais était peu versé dans l'esprit militaire qu'il jugeait trop brutal pour sa théologie.

« Quelle belle arrestation, pensait-il. Il faut dire que cet italiote a joliment réagi. Je le dirai à la Reine afin qu'on ne meuble pas trop mal sa cellule à la Bastille ou à Vincennes. »

— Marquis, venez-vous ? demanda Mazarin à Chouppes que Beauvais n'avait pas vu.

— Je serai au Louvre avant vous, Éminence.

— Et n'oubliez pas, marquis, ce que je dis je le tiens.

— Je n'oublie jamais rien. Même pas mes dettes.

Tous dans l'antichambre se détournèrent quand l'Éminence arriva et qu'on ouvrit à un seul battant les portes des appartements de la Reine. Richelieu en exigeait deux.

Mazarin salua le jeune Roi en trois révérences rituelles et Mme la Régente.

— Monsieur, dit la veuve royale, élégante, droite, Madone en deuil de Dieu, pensa l'Italien, gardienne des âmes antiques, il ne se rappelait plus, la plus belle stature depuis le port du deuil de Cinq-Mars par la princesse de Gonzague, je renouvelle à Votre Éminence l'offre du seul poste qui convienne à sa dignité, celui de Principal Ministre que mon mari le feu Roi vous avait assigné. Vous avez toujours montré envers le Roi mon fils une grande et affectueuse ferveur, vous avez toujours respecté ma personne, malgré des pressions certaines venues de plus haut que moi et peut-être de plus haut que le feu Roi. Avec le Roi mon fils, sachez Monsieur qu'il n'y aura jamais plus haut que lui. Vous serez son guide et le mien jusqu'à sa majorité. Et je tenais à vous remercier d'avoir corrigé avec discrétion et modestie la bévue que j'allais commettre au sujet de quelques Fermes ; continuez à m'aider dans cette régence, continuez en ministre à gouverner la France, pour mon fils et en son nom. N'oubliez jamais quel que soit le décret ou l'édit que c'est au nom de Louis le Quatorzième qu'il est écrit et promulgué. Mais je dis là des banalités.

— Ce sont des vérités, Madame. Et que Sa Majesté le Roi et vous-même fassiez confiance à mon peu d'expérience acquise toutefois auprès du plus grand ministre que l'Europe ait connu et du Roi le plus glorieux de ce siècle. Pour l'instant s'entend, car Louis le Quatorzième n'est qu'à l'aube de son soleil. La tâche ne sera en rien une promenade du matin au Mail, le pouvoir enchaîne, Madame, il nous interdit les caprices, il contraint à des décisions qui sont autant de responsabilités qui ne s'effacent jamais.

— Monsieur, j'en suis incapable seule, on m'a cloîtrée trop longtemps en dehors des affaires, et je m'en suis laissé éloigner moi-même par trop d'indolence. Mais l'avenir du Roi mon fils m'oblige aujourd'hui...

Elle se tourna vers Louis et lui sourit. L'Italien aima ce sourire de Mamma.

— Je suis entièrement au service de Vos Majestés, conclut Mazarin avec cet air de modestie qui le faisait déjà détester des Grands et apprécier de la Reine.

Sa modestie était un masque. Mais le masque plaisait à Anne.

— Je vais annoncer votre maintien en fonction, ou, mieux, votre nomination au nom de Louis XIV.

— Les princes vont protester... Ils attendent...

— Ils attendent que j'ouvre les coffres à leur rapacité. Or ces coffres, j'ignore ce qu'ils contiennent.

— Moi je le sais. Ils contiennent peu ou, du moins, pas assez. Les princes s'agiteront.

— Eh bien, qu'ils s'agitent, ils feront un joli vent avec le remuement de leurs rubans, et cette brise éloignera peut-être les puanteurs du Louvre, que nous devons encore habiter quelque temps, il est le sanctuaire de la royauté. Vous êtes Premier ministre, et nous avons besoin de votre présence. Le comte de Guitaut vous mènera à vos appartements. Le Roi vous y a fait installer quelques meubles qui nous l'espérons vous plairont.

— J'en remercie du fond du cœur Sa Majesté.

Louis, l'enfant silencieux, le visage grave mais aimable, murmura :

— Ainsi nous serons voisins, mon parrain.

L'âme italienne de Mazarin fondit à cette voix enfantine. Ne pouvant embrasser le Roi enfant il baisa les mains de la Régente.

— Que Leurs Majestés croient sincèrement en mon parfait dévouement.

— Ce n'est pas une croyance, Monsieur, c'est une science. Il y aura Conseil demain après présentation du Roi au Parlement. Ce testament que vous connaissez bien (la Reine sourit, moqueuse) sera cassé, du moins ce qui doit l'être. Vous trouverez les arguments politiques à présenter à ces Messieurs. Je crains qu'ils ne vous aiment guère.

— Ils aiment le Roi. Ils obéiront. Et nous leur offrirons quelques délicats brimborions. Et puis le Parlement de Paris casse toujours le testament du Roi mort au profit du pouvoir qui se met en place, la régence. Il respectera la tradition. Il aime les changements de pouvoir, dont il ramasse les miettes, aime que tout change pour que tout se perpétue, du moins pour que se perpétue son existence.

— Allez, Monsieur, mais ne soyez jamais trop loin de nous. Les portes vont s'ouvrir, la meute va m'assiéger. Je vais leur jeter quelques os enrubannés comme les aiment leurs bichons. Os qui ne vous plairont guère, hélas je ne puis faire autrement. M. de Beauvais sera ministre, M. le Bailleul, chancelier, Beaufort sera au Conseil, j'y suis obligée, et Particelli d'Émery contrôleur des Finances, mais ce n'est qu'un titre officiel, un hochet pour sa suffisance : il a une grande qualité qui ne vous gênera point, il est ignorant. Et il m'y faut aussi un membre du feu clan espagnol, j'y mets le marquis de Chateauneuf. Saurez-vous les mater ?

— Madame, à Rome, Sa Sainteté a ses « moutardiers », nobles, titrés, gageant des offices ronflantes mais qui ne sont que l'ombre du pouvoir. J'y ai appris des choses... et surtout comment servir les condiments. Ils ne sont là que pour rehausser les plats, mais n'entrent pas en cuisine. Mais Particelli, Madame, est un maître-queux inventif ! Et je crois m'y connaître.

La Reine sourit. Elle semblait libérée d'un poids.

Mazarin sortit. Les Grands tournèrent la tête, Guitaut le guida. Le marquis de Chouppes jaillit de derrière un oranger :

— Alors, que vous avais-je prédit ?

— Vous êtes le meilleur astrologue du royaume, marquis.

— Mâchez le travail de la Reine et charmez la femme qui est en elle. L'affaire est aisée. Avez-vous remarqué comme la Reine est redevenue belle ?

— Nous en reparlerons en privé.

Le soir tombait. Marie de Hautefort se jeta aux pieds de sa souveraine qu'elle avait charge de déshabiller et de changer pour le souper.

— Madame, ne soyez pas ingrate avec vos anciens amis exilés, avec les princes du sang de Sa Majesté, avec ceux qui ont souffert sous Richelieu... Garder Mazarin serait les...

— Marie, nos amis sont récompensés. Sénecey remplace Brassac et Lansac à mes atours et devient gouvernante du Roi, le commandeur des Jars est revenu en cour, Chevreuse a touché 250 000 livres, La Porte est premier valet de chambre de Sa Majesté en remplacement de Beringhen et cette charge vaut noblesse, et vous avez le privilège du tabouret comme une duchesse, plus mon amicale tendresse. Nous vous trouverons un mariage somptueux. Que diriez-vous d'un maréchal ? Mais si vous voulez rester près de moi et du Roi, fermez votre jolie bouche et ouvrez ces rideaux. Le crépuscule sur Paris est si beau. Il dore la tête et la cime des églises et des palais. Marie, obéissez ou disparaissez.

Marie blanchit et trembla. On avait changé la Reine. Le jeune Roi, heureusement, la regardait toujours avec les mêmes yeux noirs brillants de tendresse. Il était amoureux comme on l'est à cinq ans. Elle lui rend bien cette tendresse, ignorant que c'est là son seul lien avec la Régente qu'elle agace déjà, malgré leur amitié. L'amitié rend aveugle et Marie, dans toute sa dévotion pour la Reine et sa fougue gasconne à défendre ses amis, ne voit pas qu'il lui faut, elle aussi, changer.

On va le lui apprendre, comme on a appris au jeune Roi à ne pas s'attacher, fût-ce à la plus ravissante et pétillante jeune amie de sa mère. Au plus grand amour que connut son père qui, pourtant, ne savait pas aimer, si ce n'est sur son lit de mort.

LIVRE TROISIÈME

« Allons, il nous faut faire le Roi... »

Louis XIV, à quatorze ans.

LES INSTITUTEURS D'UN ROI

Un beau dimanche de mai 1643, Louis XIV et non plus Louis Dieudonné âgé de presque cinq ans entreprit sa première action de Roi. Il tint son premier lit de justice au Parlement.

Il était vêtu d'un justaucorps de velours violet, seule couleur de deuil seyant à un roi ou un prince, dessous brillait un pourpoint à crevés brodé d'or. Son frère Philippe aussi, bien que si petit, et tous ceux du sang, les immenses, les importants, descendants du roi Henri, les Condé et les Conti, et l'immense Beaufort qu'on disait roi des Halles au vu et à l'entendu de son langage de portefaix ; un parterre de lilas ou de violettes, dont ils n'arboraient pas la modestie, avait envahi le Parlement de Paris.

Maman Reine était en noir, à deux pas derrière lui, quand il s'assit sur la tribune, face aux conseillers couverts tout de rouge et d'hermine comme si la mort du Roi son père ne saurait commander un deuil au Parlement mais au contraire en exhaussait la superbe. Sa mère la Reine ne s'assit pas à son côté. Elle avait fait placer, entre leurs sièges, un autre siège qui resta vide. Un monde désormais les séparait, celui de la Grâce de Dieu qui l'avait choisi mais pas encore sacré, lui, Louis le Petit qui n'était plus Dieudonné mais Quatorze, le chiffre de l'éternité dans l'Antiquité, lui avait dit Pierre de La Porte, rentré d'un certain château sombre du faubourg Saint-Antoine et d'un exil au milieu des vergers et des vignes du val de Loire, et qui semblait tout savoir ayant eu le temps de beaucoup apprendre, puisqu'on fréquentait sous le feu Cardinal de beaux esprits en prison et qu'on voyageait pour meubler l'ennui de l'exil.

Louis s'étonna de ce vide qui le séparait d'elle, mais n'osa questionner Maman. Elle lui sourit, comme naguère quand elle exigeait quelque chose qu'il ne savait pas encore accomplir, comme écrire son nom ou bien un premier verset de prière, et qu'il y réussissait avec maladresse mais à son grand contentement.

Il se sentit seul devant cette foule. Cela devait faire partie de la leçon. Son frère Philippe le regardait, avec un mauvais sourire qui seyait mal au bambin qu'il était encore. Pourtant j'aime mon petit frère, mon Féfé.

Il se tourna vers sa mère une fois de plus. Elle lui lança un regard ferme, les yeux pleins de chaleur, superbe en ses voiles de veuve. Il aimait que Maman soit belle.

Il comprit qu'il ne devait montrer ni inquiétude ni peur. De la superbe, Louis, de la superbe. Elle lui montrait en exemple, dans son privé, le portrait de Philippe II d'Espagne dans sa chambre. Un Roi, Louis, un vrai. Papa a-t-il été un faux ? Trônait aussi dans le cabinet de la Reine un portrait de Richelieu. Le grand ennemi était-il devenu, la mort aidant, un inspirateur ? Ou bien Anne se réconfortait-elle de voir que ce puissant ministre était mort ?

La leçon de royauté se donnait au plus intime, pendant le bain, auquel Maman tenait encore, cette incongruité venue d'Espagne et dernière habitude

« étrangère » de la Régente de France. La leçon était en images, car les images frappaient plus l'enfant que les longs discours, et Sa Majesté Anne tenait à l'enseignement concret plutôt qu'au théorique. « Voir, Louis, c'est comprendre mieux. »

Elle ordonna qu'on présentât au Roi les études comme un jeu. Il sut lire puis écrire avant ses cinq ans. Il avait appris aussi par affection pour cette femme souriante, tendre et grondeuse, très parleuse, parfois sautant du coq à l'âne mais qui l'aimait, il le savait. Et dans le silence de sa chambre se le répétait quand tout à coup il se sentait seul.

Quand il apprenait que Maman Reine allait prendre ce bain qui semblait à toute la Cour une bien étrange étrangeté, il se précipitait en ses appartements, se faisait déshabiller par sa gouvernante Mme de Sénecey et, vêtu d'une longue chemise, rejoignait Maman vêtue de même sorte en son cuveau de marbre.

Il aimait la chaleur de l'eau, la présence pudique du corps quasi nu de sa mère, les murs tendus d'azur et d'or comme blason géant de France, les voûtes soutenues par des colonnes de marbre, entre lesquelles on voyait, peints par Vélasquez, les parents espagnols d'Anne, empereurs, rois, cardinaux, princes... Ils étaient beaux, du moins les tableaux étaient beaux et les visages empreints à la fois d'humanité grave et de surhumanité d'altesses. Dans la baignoire (le mot est trop moderne pour ce lieu) creusée dans la pierre, tendue de draps de batiste et au fond adouci par des oreillers, Louis enfant redevenait sans doute Louis bébé des limbes avant sa sortie dans le monde réel. Une petite chaudière à bois maintenait l'eau à douce chaleur, Louis était bien, aussi bien que dans un ventre maternel, et comme en ce ventre autrefois il entendait la voix qui murmurait et ce murmure tendre était enseignement. Louis faisait mieux qu'entendre, il écoutait.

Le cuveau était un monde paisible, chaud, le monde du tête-à-tête unique avec Maman qui était à la fois Maman et vraie Reine, sous les seuls regards d'ancêtres magnifiés par la peinture d'un grand peintre d'un pays fier mais devenu ennemi. La vapeur montant du cuveau semblait par ses volutes leur redonner vie, et rois, princes, cardinaux paraissaient le contempler, lui, cet autre roi débutant, depuis les nuées fragiles du Paradis.

Ainsi pour Louis si petit encore, mais très vite moins petit, l'enseignement du métier de Roi, car c'est là que commençaient les leçons, était-il d'abord tendresse et art. La voix ne bêtifiait pas comme celle d'une nourrice à un enfant auquel elle s'attache, une rareté en soi, sauf chez dame Perrette Dufour, la voix énonçait aussi, en douceur, des cruautés nécessaires.

« N'ayez jamais, Louis, d'attachement pour personne. » Et c'était la personne à laquelle il était en ces moments le plus attaché, et il savait qu'il le serait longtemps, qui dans un sourire lui conseillait cette énormité ! Mais elle avait montré l'exemple, avec ses amis recouvrés : Chevreuse ne paraissait pas à la Cour, Bouillon n'avait pas récupéré Sedan, et elle avait continué la guerre avec l'Espagne, sa propre famille... La Reine s'était forgé une âme ingrate de Roi. Qu'il ne l'oublie pas !

Impossible d'oublier. Mais comment ne pas montrer d'attachement pour Marie de Hautefort, qu'il aimait tendrement, pour Mme de Sénecey, si souriante et attentive, pour l'« ami Pierre » de la chanson, ce gai La Porte aux yeux sombres qui contait si bien l'Histoire et les histoires et ne se privait pas d'ironie ? Peut-être aussi pour son petit frère... C'était aller bien loin. Petit Louis était un peu perdu.

Il n'aimait pas être roi comme cela, voilà ; il n'aimait pas que Maman s'incline en entrant dans sa chambre, il n'aimait rien, ni les mots ni l'état, il n'aimait pas cet éloignement mental qui les séparait désormais, bien qu'il sentît toujours l'affection présente, et qu'ils prissent leur bain ensemble. Mais déjà, sans Féfé, le turbulent, l'éclabousseur, comme autrefois. S'il savait lire sans ânonner et écrire avec moins de maladresse, Louis appelait encore Philippe Féfé, comme il avait traduit en babil de bambin, naguère, le mot frère.

Seul par la faute d'un siège vide en ce Parlement, que devait-il dire à ces étranges personnages recouverts de rouge et d'hermine et qu'il détestait déjà ? Car, il le sentait, ces gens se permettaient de le jauger. De quel droit ? Il allait grandir, alors ils verraient !

Sa mère d'un léger mouvement du dos lui enjoignait de se tenir droit, il se raidit. Un piquet harnaché de violet et de lilas.

Mais qu'ai-je donc à faire ici ? Du théâtre, peut-être.

Ecouter que ces messieurs acceptent de proclamer Maman régente jusqu'à sa majorité et sur sa propre proposition, au nom du feu Roi son père, proposition qu'il avait déclamée haut et clair. Bon. Et que le Parlement brise le testament de Papa, auquel il ne comprenait goutte mais qui disait-on – un enfant entend tout – partageait les pouvoirs qui ne devaient appartenir qu'à un seul, fût-il une... Mais qu'importe... Si cela était pour Maman, il l'accomplirait fièrement.

Il n'eut que quatre mots à dire en plus, et il le fit sans hésitation, regardant du haut de son trône surélevé de trois marches où l'installèrent, non sa mère, car on n'était plus en famille mais en représentation royale, le duc de Joyeuse, grand chambellan, et le duc de Charost, capitaine des gardes du corps, un honneur plus qu'un commandement. La voix claire mais émue, Louis ne lança que cette phrase : « Messieurs, je vous suis venu voir pour vous témoigner mes affections ; Monsieur le Chancelier vous dira le reste. » M. Séguier dit donc le reste ; en son nom. Au nom du jeune Roi, ce hyacinthe violet en son pot qui était aussi un trône.

La Reine souriait. L'âme damnée du Cardinal, ce chancelier qui avait osé fouiller en son corsage, mais à qui elle avait su pardonner sans oublier, lut tout ce qui était contraire à la volonté de feu Richelieu dictée à la main du feu Roi. La Régente rendait le droit de remontrance au Parlement, quitte à s'en ficher plus tard, et en échange ces messieurs cramoisis et rehaussés d'hermine anéantirent les dernières volontés de Louis XIII et accordèrent, séance tenante, séance tenue, « l'administration libre, absolue et entière des affaires du royaume » à la Reine Régente Anne de France. Gaston ne dit rien, ni Henri, prince de Condé. Le premier était lieutenant général du Royaume, le second ajoutait, à son gouvernement de Bourgogne, celui d'Auvergne ôté à sa famille après la conspiration du pauvre étourneau de Cinq-Mars. Anne d'Autriche avait appris de Richelieu que ce qu'on ne pouvait convaincre on pouvait l'acheter. La Régente avait fait son marché.

Louis, quittant peu sa mère sinon pour certaines leçons, avait été le témoin silencieux de maintes tractations. Il les avait vus défiler devant la Régente, avec ou sans Mazarin, ceux qui aujourd'hui en ce dimanche de mai formaient le plus prestigieux des parterres de lilas et violettes de France. Ils réclamaient. Le regard vert de la Régente leur fit comprendre, sensation non raisonnée de l'enfant qu'il était, qu'il leur valait mieux, sinon quémander, du moins solliciter.

Louis se tenait coi en ces moments-là. Emportés par leur rapacité, ils oubliaient être en présence de leur Roi. Lui se promettait de ne l'oublier jamais, et leurs hautes figures, leurs grands noms se gravaient en sa mémoire d'enfant.

L'oncle Gaston, aux yeux doux et sombres, le fils que Grand-Mère, la reine Marie, avait préféré à Louis XIII, et qui de cet amour n'avait su tirer que la trahison de ses amis. Sa fille Mademoiselle, qui n'épouserait jamais qu'une tête couronnée, claironnait déjà et regardait, avec un appétit de pie-grièche devant un étourneau rondelet, ce cousin enfant roi, qui lui siérait. Elle a seize ans, mais qu'importe l'âge dans le mariage. À côté de son père Gaston, cette Mademoiselle fait figure, par son maintien, l'arrogance de son chapeau, de chef de famille. Et Louis, par brefs coups d'œil, surveille les regards de cette jeune fille maigre mais prête à gober le monde. Les regards de Mademoiselle pèsent sur Louis, et là se montrent attendris, sans doute faussement, puis filent vers le cousin, le jeune duc d'Enghien, nouvel Achille des Condé, cette famille de guerriers. Il est nerveux, son visage bouge tout le temps, à la limite du grimaçant. Parfois Louis a envie d'en rire, mais maintient à son visage la gravité qui sied à entendre les palinodies chantournées de ces messieurs du Parlement. Enghien, quand même, est chargé de gloire après Rocroi. Et son père, le prince de Condé, le couve d'un regard de feu, affaibli par la maladie. Sa mère Charlotte de Montmorency, duchesse douairière, est encore belle, et la Cour se souvient – et elle aussi – qu'à seize ans, l'âge de Mademoiselle, elle fut le dernier amour du roi Henri IV, qui approchait les soixante.

Elle contemple ce petit roi, du haut de son nid d'aigle femelle où elle tient sa couvée, son autre fils, le prince de Conti, plutôt mal fait, et sa fille Anne Geneviève de Bourbon, beauté éclatante qu'elle vient de marier au duc de Longueville. Elle n'a du violet du deuil princier que l'iris de ses yeux. Elle sait en jouer. Elle en jouera.

Louis la trouve ravissante. Elle le voit, esquisse un mince sourire, le petit roi rougit, détourne la tête. C'est pour tomber sur les grands bâtards. Le duc de Vendôme né des amours illicites mais brûlantes entre Henri IV et Gabrielle d'Estrées, dont un portrait nu où elle pince le sein tout aussi nu de sa sœur orne quelque pièce à Fontainebleau, et ce souvenir incongru en plein Parlement intrigue Louis. À côté de lui, le duc de Beaufort son fils, le géant de cette assemblée, dont le plus brillant mathématicien ne saurait tenir le compte des maîtresses ni des intrigues.

Louis écarquille les yeux. Voilà donc la famille vêtue de lilas et qui ne songe qu'à s'entredéchirer, mais est en ce parterre unie pour casser un testament de Roi et comme des ronciers accrocher à ses griffes des lambeaux de pouvoir.

Monsieur Gaston reçut le gouvernement du riche Languedoc, et assez de louis d'or pour éponger ses dettes de jeu et de grand train, et mieux en contracter encore. Le duc d'Enghien, fils de M. le prince de Condé, obtint la Champagne. Il était là, jeune iris violet en ce parterre, couvert de la rosée de gloire de Rocroi et de ses vingt-deux ans. Louis l'admirait, sans dire mot. On rendit Chantilly et Danmartin (qui appartenait à Cinq-Mars) aux Condé, qui l'avaient confisqué à M. de Montmorency, frère de la princesse de Condé. Tous acceptaient que le testament fût cassé.

Peu leur importait que la Reine refuse de rendre Sedan à Bouillon, qui fut compensé par de l'argent. Qu'elle envoie par Mazarin 200 000 écus à Mme de Chevreuse, qui fut l'amante de combien d'entre eux, pour qu'elle ne paraisse plus. Et qu'Anne se rembourse en prenant aux parents de Richelieu, les Brézé, La Meilleraie, Mme d'Aiguillon, ce qu'on leur avait si généreusement distribué. Et qu'elle laissât la liberté aux conspirateurs d'antan, même au pire, à Fontrailles le contrefait. Tous ces princes en avaient été.

Pourquoi donc cela ? Pour la paix intérieure, souhait de la Régente, pour la paix d'un royaume à laisser à son fils et pour faire passer la nomination de Mazarin, cet élève et plus de Richelieu au ministère. Mazarin, un homme de Richelieu ! Rictus chez les princes, froncement de sourcils chez les cramoisis du Parlement. Elle avait le pouvoir, il lui fallait l'exercer et l'aide de l'Italien, mieux au courant des affaires que quiconque en cette assemblée, lui était nécessaire. De plus l'Italien était charmant. Quoiqu'elle ne trouvât plus qu'il ressemblât en rien à celui qu'ils nommaient sottement « Bouquinquant ».

Louis se souvint qu'elle avait dit, en commentant ses immenses libéralités, « la pilule passe mieux quand elle est dorée ». Louis avait ri. Plus tard, bien plus tard, il s'en souviendra encore, dans un bosquet d'un Versailles qui n'existe même pas dans ses rêves, en regardant l'*Amphytrion* de Molière et en écoutant ce vers : « Le seigneur Jupiter sait dorer la pilule. » Un coup d'enfance le saisira alors. Et le souvenir de sa mère. Il écrasera une larme pendant une comédie.

Pour l'instant, en cet ennuyeux dimanche, Louis contemplait l'assemblée des conseillers et des grands cousins rapaces qui lui sembla redoutable. Voilà pourquoi Maman demandait qu'il se tînt droit. Il se redressa un peu plus, quitte à se martyriser les muscles du dos. Il était pâle et se sentait pâlir. Il avait aimé être le Dauphin, les cris étaient si doux, si joyeux, sur le passage de son carrosse, avec quelle joie et quelle affection les femmes, les filles, les bourgeoises, les souillons criaient « Vive Mgr le Dauphin »... Mais avec quelle gravité les marchands, les manants, les exempts, leurs femmes, les servantes, les putains avaient crié sur le chemin du Parlement : « Vive le Roi, vive la Reine, vive Leurs Majestés ! » On secouait les chapeaux, les mouchoirs, mais on ne souriait pas.

Ils ne l'aimaient plus depuis qu'il n'était plus Dauphin ! Même Philippe le bambin, le petit Monsieur comme on l'appelait, pour le distinguer de l'oncle au parfum de frangipane, l'avait remarqué et s'en était moqué. Maman Reine l'avait grondé.

Depuis qu'il était le roi Louis le Quatorzième, le rire était-il banni ? Pour cause de deuil, sans doute, du feu Roi son père... certainement pas du Cardinal ! Il y avait eu des bals sur les ponts de Paris, avait-il entendu dire, pour la mort de l'Éminence au cul pourri. Il avait répété le mot (entendu de la jolie bouche de la belle Marie de Hautefort, sa préférée) et pendant deux jours Maman Reine l'avait enfermé dans sa chambre avec interdiction d'en sortir ou de jouer. Consigné, avait-elle dit, comme un mauvais soldat pour avoir rapporté des grossièretés ! Mais le mot l'amusait. Il répéta mentalement « cul pourri » et pensa à la bouche de Marie le prononçant. Sans le vouloir, son visage s'éclaira.

Un jeune homme lui sourit. Le duc d'Enghien, vainqueur de Rocroi, et qui paraissait encore un écolier aux tics nerveux de qui a trop étudié. Louis hésita et lui rendit le sourire. Des gravures n'avaient-elles pas montré Louis portant tous les attributs de la royauté, globe et sceptre et couronne, félicitant son jeune cousin de ses exploits en Flandres et pourtant cinq fois plus vieux que lui ? Cérémonie qui n'eut jamais lieu.

Il y a quelques semaines, on l'avait aussi engoncé en une armure, offerte par les Vénitiens, pour le peindre. Il y avait eu chaud, trop chaud. Mais il l'avait portée cinq heures durant, dix jours de suite, car un roi de France est aussi un chef de guerre, n'eût-il encore que quatre ans et trois quarts d'année.

Et puis son cousin Enghien était pourtant beau, couvert de la gloire d'Achille, mais son nez était terrifiant, si fort, si busqué, nez en bec de gerfaut ou de milan. Louis cessa de rêver, Maman Reine avait toussoté et le Roi écouta à nouveau ces messieurs du Parlement. Y sera-t-il encore contraint quand il sera grand ? Il y mettra le holà ; donc il faut grandir.

Il grandit. Hors des dames qu'on lui enleva pour ses sept ans, sauf sa gouvernante Mme de Sénecey, afin de les remplacer par un abbé, M. de Baumont, Hardouin de Péréfixe, et un marquis, M. de Vitry, qui ne savait dire que « oui, Sire » avant que Louis eût terminé une quelconque demande.

Il grandit dans les appartements de sa mère où La Porte lui lut l'histoire des rois de France dans le grand livre de Mézeray, et aussi l'histoire des rois de quelques autres contrées. La Porte lisait cela comme on débite des contes, Louis se passionnait, attendait la suite, pour le prochain coucher. En Angleterre on tuait les Rois, pour changer les dynasties. On avait tué son grand-père Henri IV aussi, et le cousin Valois et les frères de celui-ci... Cela faisait frémir mais il refusait de le montrer devant La Porte. Il aimait bien ce Pierre qui vouait un culte à sa mère. Il aimait Guitaut aussi, ombre familière et protectrice dont il admirait la manœuvre militaire des gardes dans la cour de Saint-Germain ou devant le grand escalier de Fontainebleau, et Mazarin, cet Italien suave qui était son parrain et que sa marraine, princesse de Condé, avait toisé pendant que l'évêque de Beauvais le baptisait. Papa alors n'était pas encore mort...

Maman, qui avait traversé à pied les jardins séparant le Château Neuf du Château Vieux de Saint-Germain, ne s'était pas encore jetée à ses pieds pour l'appeler « Sire » et « Votre Majesté ». Imitée par toute la Cour. Cela aussi lui avait fait un peu peur. Il préférait le temps du « gentil Dauphin » et des contes souriants sur la « pucelle » qui sacra un roi Charles.

M. de Mazarin le fit assister au Conseil, lui expliquait tout et le poussait à poser cent questions. Les ministres rechignaient parfois à exposer des évidences, mais obéissaient. Doit-on se méfier des ministres ? M. Mazarin l'aimait et lui aimait M. Mazarin, son parrain. Le Cardinal tout neuf avait le plus chaleureux sourire de France, pour un homme s'entend.

Il recevait en sa présence et sous la surveillance de sa mère, Régente de France, les ambassadeurs étrangers venus de toute l'Europe le féliciter au nom de leur monarque, leur roi, leur empereur, leur Grand-Duc, leur Prince, leur tsar, de son propre avènement. Elle lui avait enseigné les mots de courtoisie, de politesse qu'il devrait conserver toute sa vie, et il le lui avait promis. Mazarin et La Porte lui faisaient répéter, avant ces audiences, l'histoire des Rois étrangers qui lui envoyaient leurs ambassadeurs, leurs vœux et des présents.

Les ambassades se déclaraient enchantées de cet enfant roi si disert et paraissant si au courant des affaires et de l'histoire des monarchies d'Europe.

Maman Reine et Régente lui disait que tout cela était bien, et Mazarin souriait en frisant sa moustache et en lui chuchotant : « Maintenant, Sire, n'oubliez pas de vous amuser... un Roi doit avoir l'esprit libre pour des travaux qui sont dignes d'un jeune Hercule, et pour cela, il n'est que la détente, les arts, les divertissements, les chevaux, la chasse, plus tard vous goûterez aux dames.... » L'élégant homme en rouge souriait avec malice. Et Louis regardait autrement la rieuse Marie, que son père avait aimée disait-on. Il la voulait pour femme et lui donna ce nom, « ma femme » ; Marie s'en enchantait et en riait à gorge déployée, une gorge fort belle dont Louis pensait sans savoir tout qu'elle n'aurait pas le même usage que celle de dame Perrette.

Louis XIV ne détestait pas être encore un enfant. Mais la joie le fuyait sans qu'il en prît conscience.

Il lui fallut prendre le goût d'être roi tout en étant enfant. Les deux états en un seul corps et à chaque moment. Sans bouder ni s'en plaindre. C'est-à-dire, il le sentait confusément mais avec pragmatisme, marier deux impossibilités.

Il avait vu à quatre ans, une heure après la mort de son père, la Cour entière, princes et prélats, officiers et conseillers, ministres et duchesses, cousins et oncle Frangipane, pensionnés et inutiles, capitaines des Gardes et des Mousquetaires, il les avait vus, tous et toutes, traverser au pas de charge les jardins séparant le Château Neuf du Château Vieux, il avait entendu leurs pas, lourds de bottes, légers d'escarpins, roulements de caisses différentes de l'avant-garde des régiments, frapper les escaliers, ruiner les parquets, et les portes s'ouvrant à la volée pour les voir, telle une marée de bleu, de rouge, de blanc, de vert et de brun des bures, s'incliner, balayer le sol des plumets pour rendre hommage au Roi tout neuf, lui.

Il avait eu envie de pleurer. Philippe d'Anjou avait hurlé. Et Maman Reine avait obligé ce petit frère si drôle, avec lequel il aimait s'amuser, auquel il aimait faire des niches, à saluer lui aussi son aîné, un genou en terre. Enfin, du moins, un minuscule genou sur le tapis. Et un regard un peu perdu, et qui ne comprenait plus ce qui arrivait.

Et à partir de cet instant Philippe, dit « mon Féfé », devint dans la bouche, en public, « Monsieur mon frère », et cela dit nettement articulé, sans pouffer !

Évidemment les dames s'effondrant en des révérences lui offraient la vision délicate et blanche de leurs décolletés. Doux, blancs, tièdes... Il garda en secret l'habitude que Perrette vienne l'embrasser dès son réveil. Maman Régente l'accorda bien volontiers. Un Roi débutant a besoin de souvenirs d'enfance comme un royaume a besoin de son histoire.

Il devait se montrer roi. Un bien étrange état. Et feu Papa l'avait dit, se souvenait-il, et d'une voix douce pour une fois, un état bien solitaire aussi. Surtout au milieu de la foule et même dans les appartements de Maman où la tendresse régnait et où il retrouvait ce petit Féfé trublion devenu Monsieur mon frère.

M. de Mazarin, qu'on n'appelait pas encore « Le Cardinal », comme si le titre était mort avec le cadavre maigrichon rongé par les abcès, devint surintendant au gouvernement et à la conduite de la personne du Roi et de celle de M. le duc d'Anjou. Ce parrain choisit les maîtres qui, le rappelait Maman, étaient autant de serviteurs de Sa Royale Grandeur. Mais qu'il devait écouter, imiter, avec lesquels il devait apprendre le métier qu'eux n'exerceraient jamais, ni eux, ni son Féfé.

L'abbé de Péréfixe enseignait le latin et la morale. Un brin d'histoire antique aussi, mais moins vivante que les lectures de La Porte au coucher. Pierre La Porte, ancien porte-manteau, étrennait son nouveau titre, le valet de chambre était courtisé comme un prince. Les sieurs Bernard et Bertaut, ce dernier frère de Mme de Motteville, étaient « lecteurs de la chambre » ; M. Le Camus, maître à enseigner les mathématiques ; Jean Le Blé enseignait l'écriture ; Antoine Oudin, l'italien ; Henri Davire, le dessin. L'espagnol c'était Maman qui le professait depuis sa naissance.

Bernard Jourdan de La Salle grattait la guitare, Fleurent Indret le luth ; le Roi se jugeait bien moyen en ces deux activités, lui qui toujours honorerait la musique et ses musiciens.

À cheval, il suivait les cours du maître Arnolfini, venu de Lucques, jouait à la paume avec Jean Dauchin, et eut un maître pour les exercices de la guerre, le sieur de Bretonville, imposant moustachu aux joues burinées.

Un maître d'armes apparut bientôt : M. Vincent de Saint-Ange lui apprit à tirer l'épée quand Bretonville enseignait le maniement de la pique, de l'arquebuse et du mousquet contre les oiseaux des Tuileries. Mazarin lui construisit un fortin avec enceinte bastionnée dans ces jardins près du Louvre, un autre en bord de l'eau à Melun.

Il eut sept ans et rencontra son premier maître à danser, Henri Prevost. Le maître fut étonné, l'élève enchanté ; il adorait danser et se montra doué. Mieux que doué. Le plaisir était là, et la beauté gîtait dans les mouvements de son corps et des autres corps dans un ballet. Cela tenait de l'art militaire qui serait régi par un rêve, ou bien par des divinités de l'Olympe, comme on le lui apprenait, ou qui figuraient dans les tableaux couronnant les Rois passés et le petit Roi présent.

La guerre et la danse... Voilà les deux plus beaux métiers où le corps se dépense. Et se montre à son avantage. Louis réfléchit, car il sent là quelque chose d'important. L'épée ce n'est ni la force ni le talent mais une manière d'être seul face à Dieu puisque face à la mort reçue ou donnée. C'est un spectacle aussi à offrir aux autres que l'on doit dominer. Et l'escrime est une danse. La danse, elle, est la perfection de l'humanité. Le corps, fût-il beau ou laid, s'exalte et se sacre par la grâce du mouvement. On dansait sous Henri II, Henri III, Louis XIII qui composa des musiques de ballets entre deux *De profondis*. C'est là que le Roi se montre en grâce et masqué, nul ne voit son visage mais tous voient sa majesté. On ne doit plus voir en lui que la majesté, non du titre porté, mais de sa personne même, et la personne se nimbe d'une autre aura en dansant. Louis vient de découvrir le paraître, qui n'est pas hypocrisie de l'être mais son exaltation ; il est très satisfait.

Sa mère l'emmène aux frontières. Les troupes l'acclament, il a la poitrine barrée d'une écharpe blanche de maître de camp. Mazarin les rejoint, et l'ancien capitaine des troupes du pape enseigne au jeune colonel les méthodes d'approvisionnement, car une troupe ne se bat bien que le ventre plein et les barils emplis de poudre. Sinon, elle ravage le pays. Ce qui peut se faire quand le besoin est pressant, mais inutile de le dire si tôt à un enfant. L'enfant roi « fourrage » même pour les chevaux avec des sergents au rude langage. Louis aime ! Ramasser le bois pour les feux de bivouac. Il a neuf ans et couche sous la tente avec des officiers subalternes, enseignes et capitaines, puis dîne avec les généraux ; ses généraux. Il sait parler à tous, et voit la condition de soldat, de troupier qui lui paraît bien difficile et amère. Il trouve là aussi, avec chacun, jeune recrue ou vieux guerrier, les mots qu'il faut, se fait surnommer « Lafleur » comme n'importe quel coquin de n'importe quel régiment. On l'acclame.

Au siège d'Étampes, une volée de boulets tirée des canons d'Espagne ne passe pas loin. Il n'a pas frémi sur son cheval. Il jette un œil à Mazarin, de rouge vêtu mais cuirassé lui aussi. L'Italien n'a plus son œil de velours mais un regard d'aigle. D'aigle satisfait de l'aiglon qu'il couve. Le roi Louis est aguerri.

À Paris, qu'il craint car la ville est bruyante et pue, à Saint-Germain qui est son berceau, à Fontainebleau qu'il chérit, où il rêve encore de cet éléphant fantastique entrevu enfant et de ces nymphes courant nues les prés et les forêts, venues de la peinture italienne, il danse et il chasse. Mazarin lui explique les beautés de l'art, le Primatice et plus moderne encore. Louis est ravi. Ce qu'il n'avait que confusément ressenti un jour où père s'en revenait de guerre, à moins qu'il n'y partît, le souvenir était vague, se révèle à lui.

Et Mazarin lui offre une splendeur venue de bien loin, d'au-delà des Alpes. Le premier opéra monté en France, l'*Orfeo*, de Rossi ; musique, chants, danses, ballets d'animaux, de singes et d'ours au-dessus desquels volent des perroquets rapportés de toutes les Amériques, la machinerie des décors qui change un temple en palais, un palais en forêt de bergerie, une bergerie en Olympe des dieux, l'Olympe en Enfers où gémit Eurydice. Le spectacle dure six heures, la Cour s'y ennuie, les princes y bâillent, Louis reste de marbre, immobile, parfois fasciné par les machineries parfois somnolent, étouffant, lui, tout bâillement.

Louis veut tout cela chez lui, à Fontainebleau. Il l'a.

C'est aussi cela être roi, le « bon plaisir », qui date des édits du roi François Ier, qui aimait tant l'art... ce bon plaisir du Roi qui vaut loi.

Est-il satisfait de lui ? Il ne sait. Il n'est satisfait que si le regard de la Régente se pose sur lui avec approbation, que si le sourire malicieux mais inquiétant parfois de parrain Mazarin se dessine avec une certaine fierté sous la moustache élégante. Car Louis l'enfant roi sait que ces deux-là ne flagornent pas. Quand ils félicitent, le compliment est mérité. Sinon, ils grondent. Et le Roi juge cela juste. Le pitreries, les désobéissances sont permises à Philippe, pas à lui. Et c'est de cela que Louis est le plus fier, on ne lui passe rien car on attend tout de lui ; il en acquiert une certaine gravité. Trop peut-être. Trop certainement. On craint l'assombrissement qui nuisit tant au caractère de son père.

Mazarin lui conseille donc de s'amuser. De bavarder, de danser, de galoper, de lanterner, de paresser, de désobéir un peu, de rêver. D'écrire des poèmes, d'estropier les vers, de concasser les notes d'un luth, de regarder les jeunes filles mais toujours de les saluer, au détour d'un couloir ou d'une allée, fussent-elles princesse du sang, dame de la suite, cousine, ou fille de chambre.

Le jeune Roi salue les dames avec élégance et un mot aimable.

Ces mots vont jusqu'à Paris. Paris, qui n'aime rien sinon lui-même, aime ce Roi-là. Mais déteste son ministre.

Paris n'a jamais su être parfait puisqu'il pense l'être.

Paris est un Parlement, des salons et des hôtels, des traits assassins sortant de bouches cruelles. Paris est à conquérir qui n'appartient pas au Roi. Une tradition de famille puisque son grand-père Henri l'assiégea. Paris un peu assagi depuis cette époque-là.

Mais Louis écoute les rapports faits de la grand ville à sa mère régente. Souvent elle en rit. Louis est tout ouïe.

Une certaine Ninon a rompu le Carême ! Car Paris a ses reines, princesses, duchesses, mais aussi filles de rien, de simples prénoms (comme un roi qui n'est que Louis), de cette simplicité qui sacre un règne, Marion, Ninon, Louison, Arthénice, Roxane... Il les pare dans ses rêves de toutes les beautés et de toutes les vertus. Elles n'ont aucune vertu sinon celles du plaisir du corps et de l'esprit mais règnent sur la mode de Paris.

Donc Mlle de L'Enclos, dite Ninon, a rompu le Carême. Un os de gigot est tombé de sa fenêtre sur la tonsure d'un prêtre de Saint-Sulpice. Ce n'était qu'un pilon de poulet, volaille maigre, mais la mauvaise vue ou la mauvaise pensée en fit un bel os d'agneau. Paris enjolive quand il s'agit de nuire. C'est une ville de légende, depuis qu'elle ne fait plus l'Histoire, et s'en venge par des mots. Pour l'instant, seulement par des mots.

Maman est pieuse. Et l'os de gigot ou le pilon de poulet tombé des fenêtres de Ninon de L'Enclos fait grand bruit. Le curé de Saint-Sulpice, le bailli de Saint-Germain hurlent au crime, au blasphème, à l'irréligiosité. Paris s'amuse.

La Reine dépêche Guitaut, il faut bien un capitaine

des gardes buriné par les combats pour affronter la joliesse de la reine de Paris. Il a pour mission de dire à la belle enfant aux yeux de braise et bouche en cerise cœur-de-bœuf de se retirer en un couvent quelque temps, sur ordre de la Régente. Mazarin en a souri.

Mais l'affaire est politique, la Reine a décidé de se réinstaller à Paris, non au Louvre trop grand et trop sinistre, où ils vécurent les quarante jours qui seyaient au deuil du Roi Papa, mais à deux pas, dans l'ancien Palais Cardinal, devenu Palais royal quand Richelieu le légua à la Couronne à sa mort. Adieu, Saint-Germain et Fontainebleau, le pouvoir se réinstalle en bord de Seine entre les ponts si beaux sur les levers de soleil, les cris des mariniers et des marchands, à deux pas de l'hôtel des mousquetaires gris, dans ce vaste rectangle qui enclôt un jardin où pourra jouer et manœuvrer Louis. Y tirer le merle aussi dans les arbres, plus tard y traquer quelque sanglier ou daim, fauves lâchés entre les pelouses.

Il faut que le Roi connaisse cette ville qui gronde, chante et rit, il faut que cette ville aime enfin un de ses Rois.

Guitaut revint de sa mission délicate, de la rue Saint-Benoît.

— Alors, Guitaut ? dit la Reine.

— Mlle de L'Enclos se montra fort obéissante, Madame.

— Lui avez-vous dit qu'elle avait le choix du couvent où se retirer ?

— Elle en rend grâce à Votre Majesté.

— Qu'a-t-elle choisi ? Les Madelonettes ou les Filles de la Visitation ?

— Madame, Mlle de L'Enclos a dit choisir le couvent des Cordeliers.

L'œil du capitaine s'éclairait d'esprit malin, Ninon avait élu un couvent d'hommes pour sa retraite forcée.

Louis, qui était dans les appartements de la Régente, vit sa mère éclater de rire, comme il ne l'avait jamais vue. À s'en rendre malade, quand le grave capitaine lui-même souriait.

— Ah Ninon, dit Anne, tu portes mon prénom, et je comprends que tu règnes aussi, fût-ce sur les vices. Joue-t-elle aussi bien du luth que l'on dit ?

— Madame, oui. Elle chante aussi à ravir des airs espagnols...

— Elle ira aux Madelonettes y chanter des psaumes, sa voix plaira à Dieu mieux que sa conduite ; mais laissons-lui la semaine pour faire ses adieux à tous ses... amis. En avez-vous rencontré durant votre visite ?

— J'ai eu, Votre Majesté, l'honneur d'y croiser Monsieur le Prince, son frère Conti, M. de Beaufort, M. d'Entraigues, le marquis de Villarceau, M. de Coligny, deux maréchaux et trois académiciens plus le bonhomme Scarron et un dénommé Poquelin, qui dirige la troupe de l'Illustre Théâtre. J'oubliais Paul de Gondi, le neveu de l'archevêque, qui, myope, me prit pour un autre et m'entretint de politique, me répétant mille fois, comme envoi de quelque sonnet, « la Reine est si bonne ». Étaient là Voiture aussi et La Rochefoucauld qui disputaient un bel assaut.

— Un duel !

Anne avait sursauté.

— ... de bons mots.

— Guitaut...

— Oui, Madame, dit le capitaine en rectifiant sa tenue.

— Vous êtes-vous bien amusé ?

— Je le crains, Votre Majesté.

— Dommage que Ninon ne puisse être reçue à la Cour. Elle nous désennuirait parfois. Et Louis ferait peut-être avec un tel professeur des progrès en luth. Mais qu'en a-t-elle à faire, n'est-ce pas ? C'est chez elle que va notre Cour.

Louis écoutait et murmura « Ninon ». Il avait vu un médaillon de celle qui mettait Paris à ses pieds. Elle n'avait pas la joliesse de Marie de Hautefort, femme selon son cœur d'enfant, mais en effet l'œil pétillait. Maman Reine ordonnait et régnait, Ninon de L'Enclos séduisait et régnait autrement. Il y a là réflexion à approfondir pour un Roi.

— Mlle de L'Enclos se tient donc aux ordres de Sa Majesté.

La Reine sourit.

— Quelle bêtise que cette histoire de gigot en plein Carême ! Mais cela remue tout le faubourg de l'autre côté de la Seine. Il faut calmer le quartier et les dévots du Saint-Sacrement, qui verraient bien reflamber les bûchers pour les jansénistes comme pour les protestants.

La Reine avait craché plus que prononcé le mot « dévot », elle si croyante.

— Madame, j'ai appris deux choses.

— Dites.

— La première est qu'il s'agissait bien d'un pilon de poulet.

— Mais l'Église veut que ce fût du gigot ! C'en sera donc. Et la seconde ?

— Que Marie Barbe, sa mère, est morte hier. Ninon était en noir.

— Je lui laisse une semaine de deuil. Lui envoie

cent écus d'or pour les funérailles. Mais ensuite mes dames la conduiront aux Madelonettes. Elle y trouvera d'autres Madeleines en pénitence. Envoyez-lui un courrier. À moins, Guitaut, que vous ne teniez à la revoir et faire la course vous-même.

— Madame, je ne puis servir qu'une Reine, Régente de France et mère de mon Roi...

Le capitaine balaya les tapis devant Anne et Louis.

Guitaut sortit en entendant Louis demander à sa mère :

— Parlez-moi de cette Ninon, ma Maman.

À la porte, Guitaut sourit.

Il se rembrunit aussi. La Reine distribuait trop d'argent. Quand Louis XIII avait été avare et le Cardinal économe, sauf pour lui s'entend. Cent écus pour adoucir le deuil d'une courtisane et la faire mieux briller dans Paris. Mais il irait en l'église de Saint-Germain voir ces funérailles... Et voir surtout qui y assistait. Paris a ses mystères. Des mystères qui s'affichent pour étonner en espérant éblouir.

PAUL ET PAUL
OU LES FRÈRES DE LAID

M. de Beaufort était plus sot que son valet de chambre, l'évêque de Beauvais ne méritait que le bâton, et pas celui de maréchal, celui qui pousse les ânes ; or ces oreilles-là dépassaient de sa mitre. Ils firent mine, l'un et l'autre et l'espace d'un clin d'œil sur le vert iris de Sa Majesté la Reine, de gouverner. Après une mômerie d'une rare stupidité de l'évêque demandant aux Hollandais des Provinces-Unies de se bien vouloir convertir au catholicisme pour demeurer nos alliés, ce dont la Reine eut honte, Mazarin fut donc installé. Quelques jours seulement de flottement et d'honneurs pour deux histrions titrés, et la politique retrouvait un homme qui en possédait l'esprit.

Un autre homme d'esprit, plus laid et fort myope, allait profiter de la même manne. Et s'acharner à construire un véritable échec de sa vie, victime de son talent même, et qui lui assurerait plus tard la gloire. Posthume, celle qui ne satisfait pas.

Paul de Gondi n'imaginait pas l'échec. De pion il devenait fou et se rêvait cavalier. De la Reine bien sûr, qui à la Cour comme sur l'échiquier était à l'instant plus puissante que le Roi, cet enfant qu'il s'ingénierait à conquérir aussi. Mais il pensait avoir le temps. Paul de Gondi songeait et ouvrait ses songeries à ses amis. Car que faire en Paris à moins que l'on n'y songe ? Et qu'y fréquenter sinon qui peut servir ou qui on aime ? Paul fréquentait Mme de Guéménée qui le plaqua parfois pour le couvent, toujours sa vie fut une dispute entre les armes et l'état ecclésiastique, et l'abbé à petit collet se battait en duel pour échapper à l'état d'Église que voulait son père. Paul aimait Paul, l'autre, le plus que contrefait, Paul Scarron en son appartement de l'hôtel de Troyes. Scarron s'affaiblissait, et rêvait d'Amérique. Gondi rêvait de plus haut quand Scarron rêvait de plus loin. Mais les garnements du passé au collège de Montmirail se retrouvaient dans le privé, quand il ne s'agissait pas de paraître ce qu'ils n'étaient pas, et chacun d'eux le savait, dans la pavane mondaine, cet autre ballet qui régissait Paris qui commandait à la France. Du moins le croyaient-ils encore.

— Vous voilà coadjuteur, mon ami, et cela de votre oncle, dit Scarron.

— Qui me déteste d'être à ce poste. Et se montre mauvais archevêque.

— J'irai écouter votre premier prêche.

— Mon premier sermon de l'Avent se tiendra pour la Toussaint. À Saint-Jean-de-Grève.

— On m'y véhiculera. Dites quelques mots pour ceux qui souffrent et vivent l'Enfer sur terre sans espoir non plus de Paradis.

— Le désespoir est le pire péché, Scarron, mon ami.

— Paul, la souffrance du corps nuit à l'esprit. Ce matin je me sens grave. Et ne trouve pas les mots pour vous amuser comme vous le méritez.

— Laissez les mots au repos, qu'ils se refassent eux

aussi une santé. Qu'importe de briller avec moi ! Le silence ne nuit pas à notre amitié.

— Le silence ! L'éloge du silence, par vous qui êtes si bavard.

— Oui, j'aime me taire quand je suis en confiance. Il faut savoir garder l'épée au fourreau, et vous ne cessez de dégainer !

— Laid, je dois plaire. Laid, vous plaisez ! Frères de laid nous resterons.

— Voyez, vous dégainez encore votre langue rapière. J'aimerais vous rendre un sourire qui ne soit pas une méchanceté.

— Contez-moi vos amours encore, l'amour est aveugle et vous aviez un avantage, vous êtes myope !

— Je ne rêve pas d'amour ni de fredaines.

— Ah !

— Mais de pouvoir.

— Diable !

— Voilà qui vous renfrogne. J'en suis navré.

— Voilà qui m'apeure, pour vous.

— Me croyez-vous incapable ?

— Je vous sais capable de tout, surtout du meilleur. Avec moi du moins. Depuis Le Mans, personne ne fut si généreux que vous. Mis à part Marie de Hautefort et la Reine soi-même. Elle a daigné sourire de mes forfanteries et me donner pension de 600 livres puisque j'en suis « Premier malade de Sa Majesté » ; il faut dire qu'elle fait là une belle économie car mon corps recèle les maux d'un hôpital entier.

— La Reine est si bonne ; mais elle oublie le peuple. Je serai bon, et plus encore, avec le peuple. J'aime le peuple, Scarron.

— Je suis le peuple, Gondi. Le seul spécimen qui te soit connu de cette *terra incognita* pour toi.

— Ne crois pas cela, chanoine.

— Si Monseigneur me l'ordonne... Je suis las, Paul, désenchanté, plus souffrant qu'un galérien.

— Chut, mon ami.

— Votre oreille aujourd'hui n'est pas ouverte au malheur, votre oreille espère fanfare et hourra !

— Mon oreille écoute le bruit de la ville quand vous n'écoutez que vous. Écoutez Paris comme il vit !

— Paris ne vit pas dans une boîte ! Moi, si !

— Et au milieu de tentures de soie jaune, et des meilleurs mauvais esprits ; Paris, lui, vit dans la boue, dans sa merde de moutarde brune et mendie.

— Allez-y, sermonnez-moi, mettez-vous en bouche avant la Toussaint à Saint-Jean !

— Ne ricanez pas ! Je crois ce que je dis. Et je dirai ce que je crois.

— Paul de Gondi, je vous connais, dites-moi à moi, votre ami, ce qui vous démange le cœur et l'esprit. Dans cette boîte, ce cercueil à roulettes, je puis être une tombe, et si je claironne quelques bons mots dans Paris, plus quelques perfidies, jamais ils ou elles ne sauraient nuire à mes amis.

Paul de Gondi resta un instant silencieux. Il observait son ami qui baissait la tête non en signe de pénitence mais cloué ainsi par la maladie qui empirait certains jours.

— Scarron, tu connais tout de ma vie.

— Oui, et même ce que tu caches derrière ce que tu en inventes. Comme toi de la mienne. Il faut bien enjoliver le monde quand on est laid. Et que nul parent ne vous a jamais aimé.

— On subit sa famille, on choisit ses amis.

— Tu choisis aussi très bien tes ennemis.

— Amis, ennemis, c'est la même engeance que l'on nomme le monde.

— Et que tu parcours comme les anciens capitans espagnols sur leurs bateaux de fortune, ta soutane d'abord, claquant au vent des rues et des persiflages des hôtels, et maintenant tout camail et rochet dehors, tel un galion, que dis-je un galion, un vaisseau de haut bord, une galère amirale.

— Scarron, tu n'es pas là pour écrire une de tes dédicaces qui valent de l'or mais pour m'entendre et deviser dans le privé.

— Je ne suis qu'une oreille. Je ne promets rien de l'autre.

Gondi se leva, marcha dans la chambre, examina les tentures de soie jaune et ternie.

— Nous ne nous en sortirons pas par des mots d'esprit.

— Bon, Paul, parlons cœur à cœur, deux cœurs qui ont bien du mérite d'accepter d'irriguer sans relâche nos laideurs. Mais tu perds ton temps ici, toi qui galopes les ruelles, de l'évêché au Palais royal, de la place Royale à l'hôtel de Condé, qui écoutes Monfleuri à l'hôtel de Bourgogne, lis Bensérade et la gazette de Loret.

— Mon père, que j'estime encore et à qui j'ai pardonné cet habit que j'ai dû prendre, a choisi un couvent, moi j'ai élu ton ermitage avant qu'il ne se peuple afin de t'écouter distiller ton vin parfois aussi aigre que celui de Suresnes, mais tant plus charnu que celui de Bourgogne qu'il faut le couper d'eau.

— Il faut bien, pour que je mange, offrir l'ivresse d'un bon mot. Cela me vaut chapons et gigots. Un éclat de rire de la Reine me vaut pension.

— 1 500 livres l'an, plus un bénéfice de je ne sais quelle abbaye.

— 600 livres seulement et c'est faux quant au bénéfice, ce n'est qu'une prébende, c'est le Mazarin qui fait courir le bruit. Il s'est servi de toi d'ailleurs !

— De moi ! Cet Italiote !

— D'un mot de toi quand tu colportas partout « la Reine est si bonne »... Il en outra la bonté, du moins à mon sujet.

Paul de Gondi rit.

— Je salue ce nouveau Machiavel. Que ne puis-je le provoquer en duel !

— Un coadjuteur ne ferraille pas contre un cardinal !

— C'est à un coup d'épée que je dois cette mitre. Un coup d'épée fort apprécié par le feu roi Louis.

— Tu ne vas pas chanter sa gloire après l'avoir tant moqué chez Mme de Guéménée !

— Ce ne sont pas les Rois qui m'insupportent mais leurs cardinaux.

— Tu finiras sous un chapeau.

— Non, j'y débuterai !

— Paul, l'orgueil est péché ! Mais tu te trompes. Moi, auteur comique, je te sais, toi mon ami, personnage tragique.

Le coadjuteur haussa les épaules. Et se dirigea vers la fenêtre qu'il ouvrit.

— Referme cela, je vais mourir de froid dans ma boîte !

— Les bruits de Paris te réchaufferont. Ils sont mon âtre, mon foyer, le vin de mes pensées, mon sang qui bouillonne.

— Calme-toi. Ou ce sera la Bastille ou Vincennes, ou, pis, un couvent !

— Alors, celui de Ninon !

— Je crains que non. Aux Madelonettes on n'accepte que les repenties. Tu n'en prends pas le chemin et je te vois mal, avec ta face noiraude et ta barbe à six sous, te travestir en nonette.

— Tu t'ennuies, Scarron, moi aussi. Il y a là sous tes fenêtres quatre garnements qui tirent les pigeons. Les entends-tu rire ?

— Ils ne rient pas, Gondi, tu entends aussi mal que tu vois. Ils crient comme des chiens en chasse. Car ils ne s'amusent pas à tuer les volatiles qui chient sur les statues de nos Rois pour leur divertissement, mais pour les manger.

— Les pigeons de Paris sont immangeables.

— Ces gamins nous tueraient pour manger nos souliers, dont le cuir est assez fin. Tu ignores tout de la faim.

— Il est vrai.

— Quelles armes emploient ces jeunes Nemrod affamés ?

— Des frondes.

— Comme nous à Montmirail en notre enfance et aussi par-dessus les murs du collège à nuit tombée, quand nous trompions toute surveillance.

— Nous chassions plus gros gibier : bourgeois ou prélat revenant des bouges.

— Et nous étions fouettés... quand nous réussissions notre coup ! Nous collectionnions les chapeaux à faire voler loin des têtes.

— Dieu, que tu visais mal ! Tu as éborgné plus d'un bourgeois ou bosselé leur front pensif en visant seulement le plumet ! Quel coup de fronde as-tu dans l'esprit, Gondi ?

— Un autre chapeau. Je le vois bien celui-là, il est tout d'écarlate.

— Le Mazarin.

Scarron réfléchit puis chantonna : « Un vent de fronde s'est levé ce matin, Je crois qu'il gronde contre le Mazarin... »

— Déjà un hymne pour entrer en guerre !

— Ne déclare pas cette guerre-là, Gondi !

— Tu n'en serais pas ?

— Je n'abandonne jamais mes amis quand ils entreprennent une sottise. La bêtise me désennuie. Mon âme a l'impression d'avoir quinze ans et mon corps croit être ingambe. Mauvais rêve.

— Je t'expliquerai après mon prêche.

— Prends ton temps. Et tourne tes phrases à la virevolte, qu'une fois au moins les mots dansent dans une église et ne pèsent comme du plomb.

— J'y travaille, à la danse, et au plomb. Ce sera un sermon luisant comme un mousquet de parade.

— Et de pétarade ! ne mets pas trop de poudre, elle pourrait t'exploser au visage.

— Il est déjà noirci et noiraud ! Ce ne serait pas toi, par hasard, qui m'aurait surnommé Mgr Moricaud de Corinthe à cause de mon évêché *in partibus* ?

Gondi rit de sa laideur. Pour cela Scarron l'aima un peu plus. Il le cacha bien sûr. À quoi sert de déclarer son amitié à un ami ? Ce serait arroser l'océan ; pis, commettre un pléonasme.

UN VENT DE FRONDE S'EST LEVÉ CE MATIN...

Le roi Louis XIV est né quand le *Discours de la méthode* de M. Descartes avait un an. Le roi Louis l'ignore encore. M. Descartes évite Paris, vit aux Pays-Bas, songe à la Suède, répond aux jésuites, lie science et théologie, pense, croit, est malheureux, a peu de santé, a donné quelque idée au jeune Blaise Pascal et, pour se désennuyer et ôter ses tracas, songe au *Traité des passions*, une autre manière de voir la science, l'homme, l'univers, et toute déité. M. Descartes se sent incompris, rejeté, honni, et il l'est.

Et se lève dans Paris qu'il visite un exemple parfait du contraire de sa Méthode. Comme si l'humain défiait la Science (et donc Dieu). La Fronde... Nul n'y comprendra jamais rien, ni ses participants, ni ses victimes, ni ses historiens. Nul historien en effet n'en tirera jamais une logique, elle eut vingt raisons, ou vingt mille, c'est tout comme, mais ne répondit à aucune règle de la Raison. Il n'y eut sans doute rien à comprendre.

Sinon qu'elle fut une maladie, une de ces fièvres quartes qui bouillonnent, s'effacent et resurgissent. Fut-elle seulement une maladie ou un signe d'une maladie d'un corps où chaque pustule a bien sûr une cause, chaque abcès est le résultat d'une négligence, chaque saignement celui d'une démangeaison ? Le tout, brutal comme une attaque dont la totalité est un mal aberrant. Une maladie à plaire aux médecins que fustigera bientôt Molière et qui existent déjà, une de ces maladies qui signifient le triomphe de leur profession car elle permet toute glose dans une logorrhée de latin, un vomissement.

La Fronde, au nom de jeu de galopin, ne fut soignée que par la Régente et Mazarin dont le rejet par le corps français était le dessein avoué. Or il se passa que le mal invoqué était également son médecin, qui en triompha et ne provoqua nulle amputation. Il n'en va pas de même pour la saignée, cette supposée panacée qui tuait plus qu'elle ne soignait.

Dans le même temps, cette aberration forgea le caractère de l'enfant roi menacé par cette pandémie, le roi Louis. Au sortir de cette turbulence des sens plutôt que des esprits, car la rapacité vient du ventre et non des idées, il fut vraiment roi. Dessein également proclamé par l'immense et anarchique turbulence qui ravageait le royaume, mais pas selon le modèle dont les participants avaient rêvé, pur fantasme d'esprits vérolés.

Louis le Très Jeune suivit aussi, en dérive souvent, les méandres complexes de l'être humain, aux côtés desquels ceux de la rivière Seine, dans ses boucles de Paris, Boulogne, Saint-Germain, et bien d'autres villes, retardant son arrivée à la mer, n'étaient que ligne droite chère à M. Descartes le Raisonneur et au jeune M. Pascal le Géomètre.

Les mots déjà, depuis certaine séance au Parlement, régentaient la vie du Roi qui ne voyait le monde qu'à travers eux, mots incantatoires ; « Sire », « Votre Majesté », « au nom du Roi », « les armées du Roi », les mots plus que les concepts qu'ils tentaient d'exprimer, leur musique habituelle plus que leur sens vrai. Et Louis jouait avec eux. Y prenait goût au fur et à mesure qu'il devenait plus silencieux ; ils jouaient dans sa tête, il les basculait l'un contre l'autre, les intervertissait, et parfois lui échappait une espèce de gloussement dont on s'étonnait et dont il essayait de ne pas rougir, comme surpris à mal faire. S'il avait lu le *Traité des coniques* du trop sérieux jeune Blaise Pascal, dont la sœur aînée avait si bien flagorné la Reine enceinte du futur Roi en quelques vers troussés comme l'hagiographie (et la prébende) le commandait, et qui avait plu à Richelieu jusqu'à être assise sur ses genoux, il eût été tenté de voir en toute relation de la Fronde un traité des Comiques. À cela près qu'il joua bien involontairement dans la pièce. À cela près aussi que la comédie des erreurs des parlementaires puis des princes fut sanglante pour le peuple.

Mais déjà Louis, Quatorzième du nom, ignorait son peuple, s'en méfiait.

Il ne s'aperçut pas que jamais il ne lui avait souri et, quand il s'était étonné que sur son passage de Roi les acclamations dirigées vers sa mère et lui fussent certes fougueuses et sincères, de cette sincérité qui accompagnait le soulagement d'une crainte désormais morte (Richelieu et son père Louis), mais n'exprimaient aucune joie à le contempler vêtu de velours violet et brodé de tous les ors possibles. Depuis sa première séance au Parlement, ce sentiment le piquait comme une mouche intempestive et importune, acharnée à l'agacer. On écrase les mouches, on les chasse. Il ignorait que ce changement était dû au fait que Louis enfant devenu roi ne souriait pas.

Louis s'était claquemuré, cadenassé, tout occupé, trop occupé à paraître la fonction dans laquelle l'avaient engoncé – avec tendresse, avec respect – sa mère et son ministre. Mais ce n'était que paraître et ce paraître étouffait l'être d'un enfant oublieux qu'il avait été malicieux.

— Vous boudez, Sire ?

Il y avait une pointe d'ironie dans la voix de la Régente alors que ses yeux brillaient de tendresse moqueuse.

— Je ne boude pas, Madame (et il appuya sur ce mot), je fais le Roi.

— Depuis quand un Roi doit-il montrer triste figure ?

— Depuis qu'il est Roi.

— Le Roi s'ennuie donc...

— Seuls les enfants s'ennuient et les courtisans aussi. C'est là leur paiement à la vie qui les a fait bien naître. À l'agonie de mon père j'ai entendu un duc dire « Le Roi ennuie les spectateurs », comme si la mort de mon père eût été une pièce de votre Corneille.

— Corneille n'ennuie pas...

— Oh que si, Madame. Vous ne pensez qu'au *Cid* qu'il écrivit pour vous...

— Louis, qui vous a dit cela ?

— La Cour.

— La Cour a mille méchantes langues, on ne peut les couper toutes. *Le Cid* fut dédié à la duchesse d'Aiguillon, nièce du Cardinal.

— Et son incestueuse maîtresse ! Couper les

langues... non, Madame ma mère. Mais les faire taire... Je les ferai taire. Du moins en ma présence.

Anne regarda son fils. Était-il ridicule, était-il inquiétant ?

Elle rougit d'une telle pensée. Était-il roi seulement ? Elle le vit tout à coup comme il était. Joufflu et pourtant efflanqué, son pourpoint usé et trop petit, les chausses mal tirées, le cheveu sale, la chemise douteuse, une ride de tristesse traversant le front vers le nez, ce genre de rides qu'on n'a pas avant trente ans de soucis. Elle n'avait rien vu, personne ne lui avait rien dit. Le roi Louis s'était enlaidi et il n'avait pas dix ans. On eût dit un pantin, un de ces mauvais comédiens sur les tréteaux de province, un acteur nain, sans âge à cause de sa taille, mais aigri. Les nains de la cour d'Espagne, ces bichons humains, étaient vêtus de velours et de soie. Louis était sale.

On négligeait le Roi. Elle avait échoué ; le pouvoir, certes, était ailleurs, dans le portefeuille de Mazarin, et tous le savaient.

— Mon Dieu, Louis...

— Quoi donc, ma mère ?

— Rien. Il vous faut vous habiller en Roi.

— Y aurait-il Conseil ? Nous ne sommes ni lundi ni jeudi.

— Non non, ni audience aujourd'hui. M. Mazarin...

— Roule carrosse suivi de trente gardes. M. Mazarin est un Sardanapale !

— Qui vous a dit cela ? La Cour encore ?

— Paris. On le chante dans Paris...

Il prit un air sournois et poursuivit, détournant les yeux et rougissant :

— On le chante et vous chante aussi dans les mêmes couplets, qu'on cloue sur le Pont-Neuf et que je trouve sur ma courtepointe à mon lever. Comme si, la nuit, les diables se faisaient imprimeurs et voulaient m'informer.

Ainsi, il savait. Mais par qui ? La Porte ? Impossible. Ses maîtres... Non, ils n'oseraient, à moins que de perdre l'or de leurs leçons et leur position dans la Cour. Son jeune ami Brienne ? Peut-être. Mais à vérifier. Le jeune Brienne était plus enfant encore que le Roi bien qu'ayant le même âge ; il se préoccupait plutôt de ses soldats de bois, des jeux dans les jardins, à éclabousser les dames et les mousquetaires avec les jets du grand bassin, que des libelles contre le ministre. Et puis actuellement il souffrait de petite vérole et on l'avait éloigné du Roi.

— Mon Dieu, laissa-t-elle échapper à voix haute, puis pensa : son frère...

Louis la regardait, un mauvais sourire entre ses joues rebondies.

Lit-il aussi dans mes pensées ? Je perds la tête, la grâce de Dieu qui est sur un roi de France ne va pas jusqu'à l'omniscience.

Son frère est perfide, jaloux, plein du plus mordant esprit et rôde dans cette Cour comme renard au poulailler. C'est Philippe qui lui rapporte ces horribles « mazarinades ». Philippe qui n'aurait jamais erré en ce palais dans cette tenue lamentable, toujours à l'affût du dernier affiquet, de la dernière dentelle, du dernier ragot, de la dernière médisance, Philippe d'Anjou, le petit Monsieur, qu'elle voyait devenir pire que Monsieur Gaston frère de Louis XIII.

— Louis, avez-vous vu votre frère ces temps-ci ?

Le Roi rougit... Allons, tout est bien, il est encore enfant qui se trouble devant sa Maman.

— Vous savez bien, Madame, que M. Mazarin et

vous nous avez séparés puisqu'il ne sera jamais roi... à moins qu'il ne m'assassine !

— Allons, Louis. Votre frère vous manque ? Je vais...

— Personne ne me manque, même pas Papa. J'ai oublié son visage, à peine si je le reconnais en profil sur ces pièces qui, elles, me manquent et qui vont droit chez M. Mazarin. Il aime tellement, ce cher Italien, tous les portraits, qu'ils fussent en peinture ou frappés sur les écus ; moi, je n'ai que les liards. Mon père n'est que cuivre pour moi, mais d'or pour mon ministre.

— Louis, M. de Mazarin est un grand ministre et votre parrain.

— Alors pourquoi dans Paris le pend-on en effigie ?

— On faisait de même pour le duc de Richelieu.

— Non pas ! nul n'aurait osé. On le haïssait mais on le craignait. On me craindra.

— Non, Louis, vous êtes un Roi aimé.

— Parce que je ne suis pas encore roi. D'où ces vêtements. D'où cet oubli, je peux traverser les corridors sans que nul ne songe à veiller où je vais. Mon frère est un vrai prince, je suis un faux roi. Mes garçons d'honneur sont vêtus de velours noir doublé de petit gris, mais il s'agit d'uniformes. Les beaux soldats qui obéissent à un roi mendiant et qui ne peut même les récompenser quand il lui plairait. Ma mère, on me craindra. Je ferai en sorte. Je me moque d'être aimé. Louis XI, paraît-il, s'habillait en bourgeois, mais la France tremblait devant ses pourpoints de gros draps. Je ne suis même pas en bourgeois, je ressemble à...

— Votre père aimait aussi ces vieux habits pour menuiser, cuisiner, composer des chansons, se détendre l'esprit.

— Ma mère, vous venez de couper la parole au Roi !

— Excusez-moi, Louis.

— Faites de moi un roi... Vous aviez si bien commencé l'ouvrage. Ma mère, ma mère, pourquoi m'avoir abandonné ? Pour quoi ? Pour qui ?

Elle rougit.

— Nos frères d'Angleterre sont encore plus mal lotis. On décapite le roi Charles, et sa femme et sa fille gèlent de froid au Louvre l'hiver, M. Mazarin ne leur sert même pas de petit bois. Que mangent-ils ? Ah, Madame, on agit « au nom du Roi », mais cette époque déteste les Rois. Et notre Parlement où je dois paraître, où vous me forcez à paraître, où Dieu même veut que je paraisse, remâche son envie d'égaler Cromwell et Fairfax, ces tueurs de leur Roi ! Je me sens ignorant mais je sais l'histoire de mon temps.

Un grand vent de semonce se leva sur l'entourage du Roi. La Reine régente tempêta. Elle tança Villeroi, le gouverneur, le double de Mme de Sénecey décrétée gouvernante.

Les tailleurs s'affairèrent, et les coiffeurs, on doubla les gardes d'honneur, les enfants de compagnie, on changea le carrosse, Mazarin en commanda six, il choisit lui-même les chevaux, qu'il offrit de sa bourse. Sardanapale savait donner quand il s'agissait d'acheter. Le Roi sut recevoir dans un sourire. Ce fut une nouveauté qui méritait d'être saluée. Le ministre lâcha dans les jardins cerfs et sangliers, le Roi chassa comme un Bourbon. Il y prit le goût du sang et du parfum des entrailles fumantes des cerfs et des daims livrées à ses chiens mieux nourris que lui.

Le Roi portait beau les tenues de chasse, comme son

père avant lui. Elles affinaient sa silhouette, le velours jouait des reflets du temps, les bottes luisaient, la cravache fouettait l'air ou les basses feuilles des arbres avec élégance. Il parut au Parlement ainsi, et le Parlement fut outré de le voir ainsi vêtu « dans son privé » alors que Louis parla à ces messieurs d'hermine aux âmes de fouine avec une jeune arrogance.

Le gamin se sentait âme à régner. Il se sentait premier de tous, au-dessus de tous, vénéré par tous. Il ignorait que tous étaient sur le point de se rebeller. Et ce même pas contre lui... contre ce qu'ils jugeaient bien plus important et importun que lui.

Il pensait que sa mère ne comprenait pas ce que lui, à dix ans, comprenait ! Qui lui avait ainsi embastillé l'esprit ? L'indolence ou le ministre ? Il questionna La Porte sur le roi Charles Ier d'Angleterre.

Le valet de chambre soupira.

— Pourquoi s'est-il rendu, pourquoi a-t-on osé le tuer ?

— Sire, je l'ignore, ce n'est pas encore dans les livres d'histoire...

— La Porte, vous êtes au courant de tout depuis bien des années et vos fréquentations à l'hôtel de Chevreuse quand le roi d'Angleterre avait ici envoyé M. de Buckingham, celui que le peuple appelle Bouquinquant et que ma mère aima, dit-on.

— Sire, vous risquez de mal prendre...

— Je ne prendrai rien si vous ne dites pas, sinon une colère.

— Sire, le Roi Charles est allé contre les lois coutumières d'Angleterre et s'est voulu absolu.

— Les Rois ne sont-ils pas absolus ?

— Pas tous, Votre Majesté. Ce qui est vérité sur les bords-ci de la Manche ne l'est pas de l'autre côté.

— Admettons. Ensuite ?

— Sire, la faiblesse...

— Quelle faiblesse ?

— C'est la faiblesse qui a mis la tête du roi Charles sur le billot. Il aurait dû renvoyer son ministre que le peuple haïssait, mais il avait la faiblesse de le traiter en favori. Les sentiments sont mauvais étudiants en politique.

— Donc quand tout va mal, on renvoie son ministre...

— Sire, ce n'est pas ce que je voulais dire.

— La Porte, ce qui est dit est dit. Vous êtes courageux, n'est-ce pas, La Porte ?

— Je fus gens d'arme de Sa Majesté la Reine.

Louis rit, s'esclaffa, faillit s'étouffer.

— Ce n'est pas là que vous fîtes vos meilleures campagnes. Je vous sais courageux ; vous n'avez qu'à peine pâli devant la salle des tortures de notre bonne Bastille.

Sourire cruel de gamin.

— Je n'ai sans doute rien dit, mais j'ai beaucoup pâli.

— Je vous aime bien, La Porte, mais je n'aurai jamais de favori et un jour je n'aurai plus de ministre... Et pourquoi pas, aussi, de Parlement.

— Merci, Votre Majesté, de vos bons sentiments qui honorent et blasonnent ma minuscule personne.

Louis lui envoya un sourire éblouissant, certainement appris bien avant, en appréciant celui d'un certain Cinq-Mars. Tiens, qu'était-il devenu, ce marquis insolent mais que son père aimait tant ?

La Porte se risqua aussi à sourire à son Roi. L'enfant ne s'en montra pas mécontent. Ignorant qu'il ne sourirait plus avant ses quatorze ans. Mais il apprit à ricaner.

Le jeune Brienne, son préféré des quinze de ses garçons d'honneur en velours noir, revint le visage grêlé. Louis le jugea affreux. On les surprit souvent à chuchoter et Brienne, les larmes aux yeux. Puis un sourire éclaira la mine à petits points du favori.

Ils inventèrent la chasse aux dames ! Dans les corridors mal éclairés au crépuscule du Palais royal, malgré les hautes fenêtres donnant sur le jardin ou les superbes couchers de soleil de Paris, Louis poussait Brienne à se cacher derrière les pots d'orangers, les tentures, et lorsqu'une suivante de la Reine, une dame d'honneur quittait les appartements de sa maîtresse royale, il lançait Brienne contre elle, son visage grêlé cherchant à l'embrasser. La dame hurlait, les deux chenapans s'échappaient en courant. Ils notaient dans les carnets les noms de leurs victimes et le nombre de fois qu'elles avaient hurlé, ainsi que l'endroit où Brienne avait pu poser ses lèvres.

Cela les troublait un peu également.

— Il me manque Marie de Hautefort pour parfaire le tableau, dit Brienne. Et Mme de Sénecey.

— Non, pas elles, dit Louis.

— Pourquoi ? Chasse gardée du Roi ?

— Tu mérites les verges.

— Marie mérite la mienne.

Et ils pouffaient, même Louis tout en rougissant.

— J'ai baisé au sein Cathau la Borgnesse. Je vous les recommande, Majesté, fermes et ronds et parfumés. Mais elle, elle ne crie pas d'horreur... Elle n'a peur de rien.

— Ni de personne, dit-on dans cette Cour où elle fit

des heureux malgré son œil en moins. Arrache-lui son bandeau, Brienne, c'est pis que la trousser. Cette orbite est-elle vide ? L'œil est-il mort ou ôté ? Ce serait bien la seule cavité qu'elle cachât par pudeur. Enlevons-lui cette dernière.

— Je suis aux ordres de Sa Majesté.

Les deux jeunes loups ricanants se mirent en traque de Mme de Beauvais.

Cathau déniaiserait Louis bientôt ; il l'ignorait. Elle ne déniaiserait que le corps : Paris allait se charger de l'esprit.

Louis dans ses jeux fait le faraud, ne parle qu'à Brienne et Vivonne. Récite devant ses maîtres, sinon il se tait. Louis est en fait quasi muet, sauf quand on le déguise en roi pour quelque cérémonie. Muet, Louis est à l'école, il apprend quelque chose d'inconnu mais qui lui plaît. Le Roi apprend la haine. Il s'y montre doué.

Lansac et Brassac avaient été chassées. Il le regrettait, il les aurait tourmentées. Mais il avait d'autres cibles : Mazarin et, plus proche de lui, son frère. Le Grand Turc et le Petit Monsieur. Aussi un nouvel apparu dans les couloirs et antichambres du Palais royal, un être laid, presque autant que Fontrailles, que Louis aimait car il lui semblait que chaque bosse de ce marquis à qui sa mère avait tout pardonné, et dont elle riait, fût une réserve de fiel ou d'épines cruelles. Cet autre laideron était François Paul de Gondi, coadjuteur de l'évêque de Paris. Louis le surveillait à chacune de ses visites, de plus en plus fréquentes. De plus en plus bavardes. Il haïssait ce pruneau en soiries et dentelles, et qui le saluait sans donner l'impression de le reconnaître, de savoir qu'il était un être vivant, de chair, de sang, de pensées et non seulement un enfant représentant l'image de la Majesté.

Quelque chose s'était brisé en Louis, sans que nul n'y songeât. On ne lui avait rien fait, aucune maltraitance, aucune mauvaise action. Non, cela venait de lui. Au milieu des valets paresseux du ministre affairé de la Reine inquiète et mal à l'aise, Louis peu à peu se sentait aussi transparent que ce marquis de Chouppes qui faisait sursauter tout le monde dès qu'il ouvrait la bouche, sauf Mazarin et Louis, car rien n'échappe à un regard d'enfant, car nul ne semblait avoir vu sa présence avant qu'il ne prononce ses premiers mots.

Il y avait des leçons d'invisibilité à prendre de ce marquis appartenant au maréchal de La Melleraie. Être invisible et omniprésent... Ricanement. Savoir enfin la vérité. Et non des bribes arrachées çà et là, l'oreille aux aguets, ou bien à Philippe, à qui semblait-il tout le monde parlait et contait tous les ragots de cette capitale qui vivait et complotait hors des murs du Palais royal.

JE CROIS QU'IL GRONDE CONTRE LE MAZARIN...

Le Roi aime les femmes, à n'en pas douter, quand son frère Philippe aime la médisance. Mazarin a une idée ! Il en fourmille. Il fait venir nièces et neveux. Les petites Mancini sont jolies quoique trop brunes.

Louis XIV s'en fiche, il n'aime pas les petites filles, sauf celle de la cuisine, qu'on lui a enlevée et qu'il ne reconnaîtrait plus s'il la croisait. Il aime ce qu'il entrevoit des dames. Et on entrevoit beaucoup selon la mode. Lansac et Brassac parties, sa gouvernante est Mme de Sénecey. Son âge lui paraît canonique mais son cou « est à rendre les cygnes jaloux », lui dit-il un soir.

La marquise remercie le Roi comme s'il était un galant. Le gamin de dix ans ne sait quelle attitude prendre. On dit la marquise entichée de Guitaut qui serait son amant, parole de Philippe duc d'Anjou qui sait tout. Louis trouve Guitaut bougon et impressionnant.

La marquise, écroulée dans une révérence quelque peu outrée après le (joli, il faut l'avouer) compliment, dévoile des seins de jeune fille. Louis se penche, s'agenouille aussi et la marquise relevant la tête voit la bouche du jeune garçon se pencher vers son corsage.

— Sire...

Que faire, que dire ?

Il sursaute. Ses yeux brillent et risquent de s'emplir de larmes. Le jeune Roi rougit. Il a peur mais... La marquise voit tout cela en un éclair. Ils sont seuls avec La Porte. Elle regarde le valet de chambre, qui lève les yeux au ciel, hausse les épaules. Il est là pour préparer le Roi à son coucher.

— Que dirait, Sire, mon amie Marie de Hautefort ?

Elle sourit au Roi en s'agenouillant devant lui. Ils pourraient sembler en prière.

— N'est-elle pas votre plus tendre amie ?

Il hoche la tête, incapable de répondre, rouge comme lapin qu'on écorche. La marquise continue à voix douce et belle qui, elle l'ignore, rend le jeune Roi fou.

Son cou, sa voix, son allure très fine au milieu des rondeurs de la Cour lui rappellent une apparition vêtue de noir, un après-midi de Fontainebleau, et qui promena dans les jardins, dans les couloirs, entre les statues et fourrés, entre les tentures et portraits italiens, deux lignes de sang sur un cou de cygne blanc.

— Marie est aussi à la Cour ma meilleure amie.

Louis balbutie.

— Alors soyez aussi mon amie, Madame.

Cette fois, elle voit que le Roi va pleurer. Elle regarde à nouveau La Porte, lui-même ému et qui se fait discret. Louis se jette dans les bras de Mme de Sénecey qui le presse contre elle. Cet enfant a besoin de tendresse qui ne soit pas maternelle. Œil interrogateur vers La Porte pendant que les cheveux châtains de Louis sont sous son menton. La Porte s'attendrit. Elle a confiance en lui, elle le connaît depuis si longtemps.

Louis baise ses seins et elle sent sur sa peau une autre humidité que celle de sa jolie bouche d'enfant, une larme qui roule. Elle l'étreint un peu plus et fredonne à mi, à tiers de voix. N'a-t-elle pas l'âge d'être sa mère ? Maintenant le jeune roi sanglote.

— Vous êtes roi, Sire, et vous pleurez.

Elle pose ses lèvres sur les cheveux de l'enfant désemparé. Une jeune main cherche la sienne et la pose sur sa joue douce de Roi enfant au teint de lys qui fait fondre les dames. Elle le tient ainsi en silence, le laissant épancher un chagrin que nul ne connaît ; même La Porte, à qui parfois Louis se confie, présente un visage qui reflète l'ignorance. Il met son doigt sur ses lèvres.

Le silence devant ce chagrin d'enfant et ce réconfort somme toute bien innocent. Doucement, la marquise de Sénecey défait son corsage sous la bouche du jeune Roi. La Porte a la courtoisie de se détourner. Le busc s'est écarté et le jeune prince caresse timidement ces seins qui lui sont si aimablement destinés. Il lève ses immenses yeux sombres vers la marquise, presque implorant, et il découvre chez sa gouvernante un sourire. Ses paupières battent vite sur ses grands yeux sombres Médicis. Il découvre la présence de La Porte, s'apeure un peu, la marquise lui caresse à nouveau la joue. Il lui baise le bout des doigts et pose sa fossette sur les seins blancs. Il soupire.

— Il est l'heure du coucher, Sire.

La voix de la marquise est tendre, chuintante, toute consonnes sifflantes moelleusement enrobées du velours du *che* ou du *je*. Louis en redemande, elle le sent.

— Moi aussi je suis votre amie. Nous n'en dirons rien à Marie.

La voix est malicieuse, rajeunie et enfin l'enfant sourit. Puis se rembrunit ; il murmure trois mots à peine audibles :

— Ni à Maman.

Mme de Sénecey le relève, remet de l'ordre en son corsage, La Porte s'approche, déshabille le Roi et le couche.

— Ni à dame Perrette Dufour, poursuit la marquise à mi-voix. Voulez-vous qu'elle vienne vous donner son baiser de tendre nourrice ?

— Non, Madame. Perrette est le baiser du matin.

— Alors, bonne nuit, Sire, et n'oubliez pas votre prière, n'est-ce pas, La Porte ?

— Ce sera, Madame, une prière secrète dédiée à l'amitié tendre.

— La Porte, est-il convenable que j'obtienne un baiser de Madame ?

— Sire, dit le valet de chambre, on se baise entre amis et nul n'y voit mal.

Il l'installe au lit et le borde. Le Roi regarde par-dessus l'épaule de l'ami Pierre vers sa gouvernante. Elle s'approche, se penche et le baise au front.

— Dormez, Sire, et rêvez suavement.

— Madame, le Roi n'oubliera jamais son amie de ce soir. On m'a dit que vous m'avez soigné quand j'étais petit.

— Cela est vrai. Votre Majesté était si pressée de mettre des dents que cette impatience se mua en fièvre.

— Je n'ai pas oublié.

Oh que si, pense la marquise, les Rois oublient. Les valets de chambre doivent faire de même ! Elle observe une nouvelle fois La Porte. Celui-ci se taira.

— Ce sont les enfants qu'on embrasse sur le front, Madame, pas ses amis.

La marquise sourit. Ainsi ce grand timide d'enfant

peut être entreprenant. Elle se penche et effleure ses lèvres. Ou bien on lui a lu de vieux romans courtois.

— Sa Majesté est-elle satisfaite de l'obéissance de sa gouvernante ?

Le Roi s'éclaire.

— Non, Madame, de sa tendre amie.

Nouvelle révérence de la marquise.

— La Porte, raccompagnez Madame mon amie.

— Avec le plus grand plaisir, Sire.

La Porte ouvre le chemin à la marquise vaguement émue.

— Merci, Madame, lui chuchote-t-il, d'avoir mué ses larmes en sourire. Depuis de longs jours ce n'est pas la première fois que le Roi pleure, mais c'est la première fois qu'il sourit.

— On n'aime pas assez le Roi, cher La Porte.

— Et le Roi n'aime pas assez.

— Il est encore très enfant.

— Justement ! il lui faut recouvrer des sentiments. Merci, Madame, pour lui.

Dans son lit dont La Porte n'a pas encore tiré les rideaux, le Roi les regarde, les yeux brillants, presque joyeux.

La marquise sort. La Porte revient vers le lit, approche un tabouret.

— Quelle histoire voulez-vous entendre ce soir, Sire ? Une victoire, de longues batailles ?

— Non, Henri II et Diane de Poitiers.

— Ah, Sa Majesté se préoccupe donc d'amour... Très bien.

Louis glousse.

Dix secondes après il sursaute, et La Porte reste la bouche ouverte devant le livre qu'il feuilletait.

Des coups de fusils, de mousquets. Dans Paris, à nuit tombée, on vient de tirer sur la maréchaussée.

Guitaut sort de chez la Reine, croise dans l'escalier un mousquetaire qui se précipite hors de l'aile où loge Mazarin.

— Bonsoir, d'Artagnan.

— Bonsoir, Guitaut.

— Je fais doubler la garde.

— Je fais appeler des renforts.

— Que pensez-vous du Palais ?

— Comme vous, capitaine, il est indéfendable.

— On ne l'attaquera pas ce soir mais un jour sans doute.

— Ou une nuit. Conseillez à la Reine de se replier au Louvre.

— Elle le refuse, et Saint-Germain aussi. Elle croit y voir des fantômes. Ou, du moins, elle craint que le Roi n'ait peur d'en voir.

— Il faut que nous passions accord. Le temps est maussade dans Paris.

— Il menace de tempête, je sais. Mais vos mousquetaires plus mes gardes...

— J'obéis surtout au Cardinal, et vous à la Reine...

— Je sais, d'Artagnan, que vous ferez tout pour elle, et elle le sait mieux que moi encore.

Guitaut hésite. Puis tire, de la poche du pourpoint, un sac de cuir minuscule.

— Je crois que cela vous appartient.

D'Artagnan le regarde sans comprendre, ouvre le petit sac de cuir. Un diamant monté en bague.

— Mais...

— La Reine vous l'a donné, n'est-ce pas ?

Le Gascon ne dit rien, tournant la pierre entre ses

doigts, ôtant un de ses gants à crispin pour en mieux sentir la dureté de la pierre, sa pureté enchâssée dans la douceur molle de l'or.

— Oui... Où l'avez-vous...

— Richelieu. Il m'en a fait don peu de jours avant sa mort. À ma charge de la garder ou de la rendre à son ou sa propriétaire. Vous en fûtes le dernier.

— La Reine en fut la première, cette bague venait...

— D'un certain Bouquinquant.

— Alors, rendez-la-lui. Je n'en ai plus besoin. Je touche ma solde désormais, grâce à M. Mazarin. La Reine en a plus nécessité que moi... Pour traverser ce qui semble se préparer dans Paris, je pense que cette bague lui sera un réconfortant talisman. Ou bien elle est vôtre, désormais...

— J'ai peu de besoins, d'Artagnan. Encore moins d'avenir. Et aucun enfant.

D'Artagnan remet la bague en son sachet de cuir, referme les cordelettes presque tendrement.

— Alors, à la Reine.

— Ne voulez-vous pas la lui remettre vous-même ?

— Elle me répondra qu'une reine ne prête pas quand elle donne ! Et puis je suis timide.

— Vous !

— Comme vous, Guitaut. Elle nous intimide car nous l'aimons.

— La Reine... Mazarin... N'oublions pas que nous sommes d'abord capitaines du Roi.

— Comment est-il ? Je le vois si peu.

— Je parlerai franc. Le Roi est malheureux, coléreux, silencieux, un jour il explosera.

— Si nous lui organisions une parade ? Vos gardes, les mousquetaires... Des tambours, des trompettes, des dames...

— Surtout des dames, d'Artagnan. Elles semblent le réveiller, lui redonner vie et sourire.

Le mousquetaire rit.

— Il ne ressemble pas à son père, alors !

Ils s'interrompent pour donner leurs ordres, envoyer des patrouilles dans les rues proches, des escouades dans les étages, appartements de la Reine, du Roi, de Mazarin, du duc d'Anjou.

— Indéfendable, maugrée Guitaut... Vous avez raison. Je remonte chez le Roi.

— Vous l'aimez bien, lui aussi, Guitaut ?

— Il faut bien que quelqu'un l'aime !

D'Artagnan frise sa moustache.

— Oui, oui, mais est-il aimable ?

La Reine et Mme de Sénecey étaient dans la chambre du Roi qui retenait La Porte près de son lit.

La Reine vit son fils saisir la main de sa gouvernante. Celle-ci jeta un regard suppliant à la Reine qui ne dit mot mais s'approcha et entoura son fils de ses bras.

— Ce n'est rien, Louis, une échauffourée du côté de Saint-Eustache. M. d'Artagnan et M. Guitaut ont fait doubler la garde. Et puis nul n'oserait venir ici importuner son Roi.

— Les Anglais l'ont fait, ma mère. Et plus qu'importuner !

— Le Parlement anglais...

— Nous avons un Parlement à Paris. Et on dit qu'il remue.

— Où avez-vous entendu cela, mon fils ?

— Chez vous, de la bouche de cet affreux Gondi.

Il se tourna vers Mme de Sénecey.

— Ma mère a parlé de M. de Guitaut, Madame, on le dit votre bon ami.

— C'est exact, Sire.

— C'est bien, Madame. C'est un brave, pense ma mère. Pour sa bravoure et pour l'amour de vous, je le ferai maréchal de France.

Mme de Sénecey n'y crut pas, mais... être maréchale par un second mariage... Ou par la main gauche de l'amour... Comme Marion de L'Orme fut « madame la Grande » ! Elle rougit plus de la pensée que de la comparaison. Rougir à mon âge. Elle se jugea ridicule.

Pas aux yeux du Roi. Ni de la Reine qui la regardait avec une sorte d'attendrissement.

La Reine s'approcha de sa dame et, pendant que La Porte contait quelque histoire au jeune Roi, chuchota :

— Mon fils est amoureux de vous...

— Non, Madame, de ma gorge, qui fut là au moment où Sa Majesté en eut un besoin... enfantin.

— Comme Cinq-Mars, dit la Reine, malicieuse, j'ai pu remarquer qu'il y posa souvent son beau regard.

La marquise esquissa le geste de se signer, renonça.

— Dieu ait l'âme de ce jeune homme, qui ne vieillira pas.

— Votre gorge, Marie-Catherine, est un refuge pour enfants par temps troublés. Parce qu'elle semble celle d'une jeune fille... Qu'en pense un vieux guerrier comme notre cher Guitaut ?

Mme de Sénecey baissa les yeux.

Guitaut lui-même la tira d'embarras en apparaissant porteur de nouvelles.

— Madame, on tire, cette nuit, dans Paris. Et ce contre les gens d'arme du Roi, du moins son lieutenant civil.

— Qui tire ? Et pourquoi ?

— J'ai envoyé mon neveu Comminges et des gardes vêtus en bourgeois. D'après les premiers rapports, ce sont justement des bourgeois qui font le coup de feu. Plutôt des pétarades. Avec poudre et bourre et sans balle parfois. Des tirs de sommation. Du bruit pour attirer l'attention.

— Le cardinal de Mazarin est-il au courant ?

— À cette heure, Madame, M. de Batz-Castelmore d'Artagnan lui tient le même rapport.

— Sont-ce des émeutiers ?

Guitaut hésita, réfléchit, opta :

— Pas encore.

— Vous sous-entendez qu'ils le deviendront.

— Ils annoncent, en effet, qu'ils le pourraient devenir.

— En a-t-on attrapé ?

— Comminges s'en charge, mais je sais que ces gens si habiles du mousquet sont habiles aussi à se fondre dans l'ombre. Paris est si mal éclairé. Et cette nuit, semble-t-il, aucun bourgeois, aucun noble n'est sorti précédé de torches. Les hôtels des Grands et des financiers ne sont pas non plus illuminés. On croirait Paris en deuil !

— Comme c'est curieux, en cette ville qui dit ne dormir jamais...

La Reine resta pensive.

— Je ne sais, Madame, si Paris dort parfois, mais cette nuit Paris ne repose pas.

— Il y a là conspiration.

— Disons fort soupçon d'agitation.

— Quelles dispositions pouvons-nous prendre ?

— Des pelotons de gardes et de mousquetaires parcourent les rues, avec armes et torchères. Principalement vers les quartiers de Saint-Martin et Saint-Denis ; c'est là qu'on a le plus fait de bruit.

— Merci, Guitaut.

— Et les lieutenants civils ont été éveillés afin qu'ils prennent leurs propres mesures.

— Oui, bien sûr...

La Reine ne savait que dire ni que faire. Pourquoi donc le ministre ne la rejoignait-il pas ?

— Ma mère, Paris reste donc dans le noir la nuit ? Est-ce normal pour la ville où réside le Roi ?

La voix claire de Louis venait de rompre le silence embarrassé de sa mère.

Guitaut l'en remercia mentalement, il détestait voir Anne d'Autriche dans l'hésitation. Il remarqua aussi que le jeune Roi conservait en sa main celle de la gouvernante. Il n'en ressentit que plus d'amour pour Mme de Sénecey, qui avait conquis le plus haut cœur du royaume.

— Voyez-vous, Louis, la ville est trop vaste...

— Et si Sa Majesté le permet (Guitaut s'approcha du lit), Paris est toujours sillonné de torches portées par ses habitants qui ont bien des habitudes nocturnes. Flambent aussi les quinquets des cabarets. Aujourd'hui seules brillent encore quelques chandelles dans l'île de la Cité, dans le très ancien palais de nos très anciens Rois, là où siège votre Parlement. Mais, c'est tradition, elles montrent dans les salles pourtant vides qu'en votre royaume la loi ne sommeille jamais.

— Il n'est donc, monsieur de Guitaut, que le Palais royal et le Parlement d'illuminés ?

— Oui, Sire, à cette heure, c'est l'exacte vérité.

— Eh bien, faites souffler les chandelles du Parlement sur son île, que Paris sache bien qu'il n'est qu'un phare en ce pays et en cette ville, et que ce phare porteur de lumière ne peut être que là où le Roi réside.

« Oh là, pensa Guitaut, voici qu'il fait le Roi ! À dix ans, voilà aussi qui promet ! Je le conterai à d'Artagnan. Ces choses-là lui plaisent ! » Il regarda la Reine qui, quelque peu éberluée, considérait son fils désormais assis bien droit en son lit et que n'avaient plus besoin de soutenir ses oreillers.

— Louis...

— N'ai-je point raison, ma mère ? N'est-ce point ce que vous m'avez enseigné ?

— Si fait... Sire.

Elle cacha le sourire qui lui venait devant ce qu'elle prit pour un mot d'enfant.

Pas Guitaut, qui savait reconnaître un ordre et salua en s'approchant d'un pas, et déclara hautement :

— Il en sera fait selon l'ordre de Votre Majesté.

— C'est bien ainsi qu'il faut agir. Et vite maintenant !

Voilà que cet enfant me tance ! Et tout en tenant la main de la femme que j'aime ! François Ier vient de toucher son véritable héritier ! Il se préparait à sortir et se morigéna : Non, monsieur Guitaut, Louis XIV fait en ce moment l'apprentissage de lui-même. Un sourire s'esquissa.

— Ce qui serait mieux, cher capitaine, c'est que ces quinquets trépassassent non par le souffle ou l'éteignoir mais à coups de mousquets. On saurait aussi que la force des armes vaut loi, et n'appartient qu'au Roi !

— Je prendrai, Sire, mes meilleurs tireurs.

— Et ces messieurs d'hermine n'auront qu'à commander et payer le travail des vitriers. Car j'entends qu'on tire à travers les fenêtres et que les rues de

Paris entendent la mousquetade du Roi, en réponse à celle d'on ne sait encore qui !

— Bien, Sire.

Et le voilà qui déclare la guerre à son Parlement ! Et sans son ministre encore !

Ministre qui arrivait accompagné du capitaine-lieutenant d'Artagnan.

— Où courez-vous, Guitaut ? dit Mazarin toutes dents et tout miel.

— Ordre du Roi, Monseigneur, Sa Majesté m'envoie moucher des chandelles !

Ainsi d'Artagnan, au-delà du ministre auquel on l'attachait, vit enfin son Roi de près, c'était la vingtième fois, certes, mais la première où le mousquetaire le rencontrait en son privé. L'enfant ne lui déplut pas. En chemise, sur ses oreillers, il avait une allure de jeune Gascon sur le point d'entreprendre une aventure, un duel, bref, une aimable et téméraire sottise.

Le lendemain dimanche, la Reine est assaillie par deux cents femmes hurlantes sur le court chemin qui mène son carrosse du Palais royal à la messe de Notre-Dame. Si la Reine est pieuse et suit chaque matin le service divin, elle est aussi devenue politique par nécessité ; or en ce dimanche en la cathédrale doit prêcher M. le Coadjuteur, François Paul de Gondi. Sur les conseils de Mazarin, nul n'est averti de la future présence de cette fidèle pas comme les autres parmi les ouailles de la grand-messe du matin. Surtout pas le prédicateur, a bien conseillé Mazarin. Elle y va masquée, comme toute dame de qualité, et escortée de gardes travestis en valets mais cachant sous manteau pistolets, dagues et rapières.

Deux cents femmes sont là, contre une autre femme. Car le Roi n'accompagne pas sa mère. Les dévotions du jeune homme seront faites en son oratoire. Il n'est pas question pour le Prince de quitter son palais. Cette Reine que l'on clame « si bonne » seule part à l'aventure et à la reconnaissance du terrain. Brave soldat en éclaireur, eût dit Guitaut, à qui on a aussi caché l'aventure, le capitaine n'étant pas de quartier en ce jour du Seigneur.

Elles sont là et hurlent et supplient. On pourrait cravacher, frapper du plat de l'épée... Non. Ces femmes, épouses d'artisans et de boutiquiers, forces vives et nombreuses qui enrichissent Paris de leur travail, s'agenouillent sur le Pont-Neuf et supplient. Mères de famille, elles s'adressent à la première mère de France, la plus sacrée, la plus sincèrement pieuse aussi, la mère de l'enfant qui reçoit par fonction et naissance la grâce divine, la mère de l'Enfant Roi, et à genoux comme elles se seraient prosternées devant la mère de l'Enfant Jésus, ces mères réprimandent une mère.

Elles lui reprochent d'avoir « un homme chez elle, qui prend tout », et qu'« avec lui elle dissipe le bien de son fils ». La Reine frémit. Les agenouillées persistent, et évoquent « l'intendant de votre maisonnée, Madame, le contrôleur général des Finances, Particelli d'Emery, qui dépense le reste avec des garces ». Elle sait que ce Particelli, si inventif en nouvelles taxes, entretient Marion de L'Orme, depuis la mort de Cinq-Mars, et ne manque pas d'offrir des cadeaux à Ninon de L'Enclos, cette ravissante Madeleine si peu repentante des Madelonettes que les plus beaux carrosses des meilleures familles et des plus riches bourgeois font queue devant le couvent. Les femmes ayant dit leur protestation lui laissent la voie libre. Anne peut assister enfin à la messe. Mais son incognito n'est plus qu'une farce, on l'admet pour ne pas la froisser quand elle pénètre en la cathédrale en masque, comme une simple dame de qualité.

Bien qu'on ne fût point au jour des Rois, M. de Gondi trouva dans le calendrier occasion de glisser de royauté céleste et de loi divine vers la royauté terrestre et la loi de ce royaume, qu'un empereur, Charles Quint, arrière-grand-père de certaine dame assistant à l'office, avait décrété plus beau royaume après celui des Cieux, en déclarant un soir que, s'il eût été Dieu et qu'il eût deux fils, il eût fait le premier Dieu, le second roi de France.

On l'avait serinée, Stéphanille l'avait fait dans l'enfance d'Anne, cette phrase du grand homme et la bonne Doña Stefania n'avait pas manqué de la répéter encore avant le mariage avec Louis XIII, et la rencontre de Fontarabie.

Gondi savait qu'elle était ici. Elle ne s'en étonna pas. S'il était myope, d'autres voyaient pour lui.

« Il y a plus de douze cents ans que la France a des Rois. Leur autorité n'a jamais été réglée comme celle des rois d'Angleterre et d'Aragon par des lois écrites. Elle a été seulement tempérée par des coutumes reçues et mises en dépôt dans les mains des Parlements. Les enregistrements des traités et les vérifications des édits pour les levées d'argent sont des images presque effacées de ce sage milieu que nos pères avaient trouvé entre la licence des Rois et le libertinage des peuples. Ce juste milieu a été considéré par les bons et sages princes comme un assaisonnement de leur pouvoir, très utile pour le faire goûter à leurs sujets ; il a été regardé par les malhabiles et par les malintentionnés comme un obstacle à leurs dérèglements et à leurs caprices. »

Les chuchotis incessants, qui accompagnent tout sermon dans une église comme toute tirade au théâtre entre les gens que la qualité de leur naissance ne saurait condamner au silence, se turent. Le coadjuteur apprécia du haut de sa chaire ce silence. Il poursuivit, renforcé par une si belle écoute :

« Les Rois qui ont été sages ont rendu les Parlements dépositaires de leurs ordonnances pour se dégager d'une partie de l'envie et de la haine que l'exécution des plus saintes lois et même des plus nécessaires produit quelquefois. »

Il prit un temps et sa voix se fit plus forte. « Voilà Jean Bouche d'Or qui va nous assener une vérité assassine », pensa une dame masquée...

« Ces sages Rois n'ont pas cru s'abaisser en se liant eux-mêmes à ces lois, semblables en cela à Dieu, qui obéit toujours à ce qu'Il a commandé une fois ! »

Un frisson dans l'assemblée silencieuse.

« Les ministres, eux, qui sont toujours aveuglés par leur fortune pour ne se pas contenter de ce que ces ordonnances permettent, ne s'appliquent qu'à les renverser ; et feu le Cardinal de Richelieu, plus qu'aucun autre, y a travaillé avec autant d'imprudence que d'application. Or il n'y a que Dieu qui puisse subsister par Lui seul. Les monarchies les plus établies et les monarques les plus pleins d'autorité ne se soutiennent que par l'assemblage des armes et des lois. Les lois désarmées tombent dans le mépris ; les armes qui ne sont pas modérées par les lois tombent dans l'anarchie ou la tyrannie. »

Il attaque Mazarin sous la pourpre de Richelieu... La Reine masquée en eût souri si Gondi ne vilipendait pas à cette heure, dans une cathédrale, tout ce qui vivait au Palais royal.

« Qui eût dit qu'il peut naître en un Etat où la maison royale est parfaitement unie [il flatte, songea Anne], où la Cour était esclave du Ministre [il distille son fiel], où les provinces et la capitale lui étaient soumises, où les armées étaient victorieuses [il encense les Condé, ce chien noiraud], qui eût dit qu'il pût naître assez de malheur pour pousser des mousquets à tirer dans Paris contre les armes de la sainte autorité royale ! À moins que ce ne fût contre certain édit né de la plume d'un ministre. Paris gronde, en effet. Car Paris cherche à tâtons des lois justes venues du Parlement garant des droits et des franchises. On ne trouve plus ces lois, on s'effare, on crie, on questionne ; les réponses sont obscures, on les soupçonne d'être odieuses ! Le peuple vient d'entrer en un sanctuaire et de lever le voile qui doit toujours couvrir tout ce que l'on peut dire des droits des peuples et de celui des Rois qui ne s'accordent jamais aussi bien ensemble que dans le silence. Or, les mousquets du Roi ont répondu en mouchant les chandelles du palais de nos lois ! On a profané un mystère, on a besoin que la loi des Rois et des sujets soit restaurée, en un autre palais, ce palais des lois en l'île de la Cité. »

François Paul de Gondi, évêque *in partibus infidelium* de Corinthe, avait livré son épître aux Corinthiens de Paris, mais peu dans la manière du grand saint Paul.

Rentrée au Palais royal, rouge derrière son masque, la Régente de France songea à l'exiler, l'emprisonner, le décapiter. Mazarin souriant proposa plutôt de souvent l'inviter à la visiter, de lui laisser entendre qu'on promettait et de ne jamais tenir. Ou du moins de tarder toujours, de lanterner, de rendre le prélat patient ou, s'il montrait de l'impatience, de le laisser commettre la bévue qui le perdrait à jamais. Gondi était trop ambitieux et trop myope pour ne pas se réveiller un jour aveuglé de sa propre fausse gloire.

— Le temps, Madame, joue toujours pour le vrai pouvoir. Et ce pouvoir vrai et sacré ne repose nulle part ailleurs qu'en vos mains avant que vous ne le déposiez en celles du Roi votre fils.

Elle craignait son pouvoir qui lui semblait de sable et insaisissable entre ses propres mains, qu'elle regarda, désemparée. On en vantait la beauté, elle n'y vit qu'impotence.

Gondi visita, la Reine lui sourit, le Roi le détesta un peu plus, Mazarin l'écouta.

— On m'a dit, monsieur le Coadjuteur, que vous déclamâtes en chaire un vibrant éloge des lois divines et terrestres et que vous comparâtes deux sanctuaires, la Sainte Église et le Parlement.

— Sans oublier, Eminence, le palais du Roi.

— On a sans doute oublié de me le rapporter, tant votre harangue était vibrante et si bien composée à étourdir les âmes.

— Il est vrai que j'y ai mis du feu, le sujet n'était pas tiède que de parler de loi Royale et de loi de Dieu.

— À quoi donc, monsieur le Coadjuteur, vouliez-vous mettre ce feu ?

Le sourire du cardinal de Mazarin était des plus engageants. Gondi le myope n'en vit pas tout l'éclat des dents.

Louis, présent et silencieux, le vit, lui. Il en frissonna sous le velours et le petit gris. Encore ce goût de sang...

LA NUIT DES ROIS ET AUTRES FACÉTIES

Si François Paul de Gondi s'était entiché du peuple jusqu'à le traiter en maîtresse dispendieuse, lui distribuant 12 000 écus venus du comte de Soissons et qu'il confia à sa pieuse tante, Mme de Maignelais, à sa charge de les distribuer, en précisant bien que c'était en son nom, aux nécessiteux – et à quelques autres, plus utiles – afin de les chauffer, les frimas passés, non dans leurs corps mais dans leurs esprits jusqu'au point d'ébullition, et les nourrir, malgré la cherté permanente des denrées, plus d'idées séditieuses que de chapons, Louis, Roi, allait, lui, connaître ce peuple qu'il ignorait, les princes dont il ne mesurait pas encore la nuisance dissimulée sous leurs rubans et révérences et ce Parlement contre qui une détestation immédiate l'avait saisi, à son premier lit de justice, sur ses quatre ans.

Dans le Nord, l'armée de Condé, l'ancien duc d'Enghien, devenu Monsieur le Prince à la mort de son père, remporta la glorieuse victoire de Lens, le 21 août. La nouvelle en fut connue à Paris le 24. Comme c'était la date d'une funeste Saint-Barthélemy, qui hantait encore les esprits des témoins de ces ruisselets de sang qui augmentèrent le sombre des eaux de la Seine, on ne fit chanter un *Te Deum* que le 25, jour de la Saint-

Louis, jour de la fête du Roi, autant dire jour de la fête de tout le royaume.

Dans sa cathédrale, dans ses ors, dans ses drapeaux espagnols pris de haute lutte qui décoraient les statues des saints, les piliers et jusqu'au chœur qui pourtant recelait, en son tabernacle, les hosties muées en chair du Christ de paix, le Roi n'imaginait pas vivre gloire plus grande. Un Roi en Victoire, béni par un Dieu qui aimait la France et son lieutenant couronné. La prophétie de Charles Quint se réalisait au-dessus de la tête d'un enfant de onze ans. Louis Dieudonné se sentit ce jour-là le fils puîné de Dieu. On avait tout fait pour cela et même M. le Coadjuteur, qui remplaçait une nouvelle fois son oncle en pieuse retraite quelque part en Anjou, ajouta une couche de miel plus brillant que l'or, commentant le testament de Saint Louis, Roi ayant atteint la béatitude et qui chantait le soin que tout monarque à venir se devrait de prendre de ses grandes bonnes villes, miel enrobant le poivre, mais rehaussant encore cette sorte de sacre d'avant-majorité qui ne tomberait que dans les deux ans.

La gloire des armes avait toujours enfiévré les Français et les Parisiens qui s'en estimaient la crème sur le lait. La gloire des armes impliquait la gloire des Lois, Paris avait bien entendu le prêche de Gondi devant une Reine masquée et n'avait pas oublié.

Le Parlement non plus, qui savait que les victoires faisaient passer les pilules amères ; pas cette fois. Paris était ville franche, dispensée de taxes. Or l'édit du tarif, que l'on contestait, taxait les propriétaires d'offices. On acclama le Roi, moins la Reine, se tut devant le Ministre, applaudit ces messieurs d'hermines qui entraient en Notre-Dame, Omer Talon, Potier de Blancmesnil, le conseiller Broussel, âme de la Grand-

Chambre, sévère et honnête comme un « vieux Romain », disait-on, c'est-à-dire comme un républicain !

Toutes les rues entre le Palais royal et la cathédrale étaient bordées de gardes de Guitaut et d'autres compagnies. Trois bataillons en tout dont le commandement se partageait entre le Pont-Neuf et la place Dauphine.

Après la cérémonie somptueuse, chantée divinement par les chœurs, le Roi retourna en son palais sous des acclamations payées de 36 000 écus dépensés en libéralités et aumônes entre le 28 mars et le 26 août par M. de Gondi, si friand désormais de garder pour soi « l'amitié des peuples » qu'il avait découverte un après-midi en devisant avec son ami Scarron. Qu'on acclame le Roi, c'était acclamer Dieu sur terre, mais personne d'autre ! sauf les tenants de la Loi terrestre, ces messieurs du Parlement qui avaient déclaré la réunion des Cours souveraines (les Aides, la Chambre des comptes et ledit Parlement) afin de réformer l'État. La Reine, ancienne infante d'une monarchie cadenassée, avait renâclé. Mazarin avait laissé faire. Il avait une idée.

L'idée, Comminges, lieutenant et neveu de Guitaut, l'exécute le lendemain à l'heure du dîner de midi. Il frappe à la porte et pénètre au nom du Roi en la maison modeste, rien d'un hôtel à l'extérieur, à la façade roide et sévère semblable à l'âme incorruptible de Pierre Broussel, cet homme qui se prend pour un sénateur romain. Ses mœurs sont simples, son intérêt pour le peuple sincère, sa probité inattaquable, donc même un Mazarin ne saurait l'acheter, et il œuvre au bénéfice des lois depuis quinze ans déjà.

Il est le symbole d'un « parliament » à l'anglaise. Or

on martèle les symboles lorsqu'ils sont gênants, depuis l'Égypte antique.

Le symbole est à table, devant ses potages. Comminges entre et demande que le symbole le suive jusqu'au Palais royal.

Pierre Broussel répond qu'il vient de prendre médecine, un lavement, après les fatigues de la cérémonie, et qu'il doit se retirer dans le cabinet de sa chaise percée, quelques minutes.

Minutes fatales et mensongères. Une servante crie par les fenêtres que Mazarin arrête M. le Conseiller.

La rue s'émeut, Comminges saisit le Romain sur sa chaise percée, on lui remonte les chausses, le sort par le collet, l'enfourne en carrosse et fend la foule qui commence à s'assembler pour barrer la route jusqu'au Palais royal, mais on galope vers l'ouest jusqu'à Saint-Germain. Potier de Blancmesnil, lui, est saisi au logis et mené à Vincennes avec moins de bruit.

Louis apprend les nouvelles par les rapports des officiers. Sa mère bat des mains, Mazarin sourit, le roi Louis à son habitude ne dit rien.

Au coucher il demandera un baiser à Perrette Dufour, qui est pourtant seulement « le baiser du matin », car elle est pour lui aussi le seul exemple connu du peuple, et donc que le peuple le baise aussi au soir, et commande à La Porte un chapitre d'histoire ; sur la justice de Saint Louis et le chêne sacré qui est l'âme même des Rois. Il se souvient que dans ses lettres codées Richelieu nommait le roi Louis XIII le Chesne, et sa mère Anne, La Chesnelle. La Porte est un historien précis et une bibliothèque d'intrigues.

Laissons-le s'endormir, rêver peut-être ; quand il se réveillera, six cents barricades bloqueront Paris.

M. de Gondi tint bien sûr à endosser la livrée du messager, en grande tenue au motif qu'il n'avait pu se changer après l'office. Or Gondi ne célébrait jamais de messe avant onze heures, ayant occupé sa nuit « à faire le mal par dessein » et le jour le bien par fonction imposée en évitant le ridicule de mêler à contretemps le péché et la dévotion. Le messager entrait donc en camail, dans une main le fantôme du drapeau de la rébellion, dans l'autre un espoir tout aussi dissimulé de chapeau cardinalice et de pouvoir de ministre. Difficile de saluer avec deux mains aussi étrangères l'une à l'autre mais Gondi est habile, du moins le croit-il. Louis se renfrogne et garde le silence. Le marquis de Chouppes, au nom qui l'amuse tant, passe pour invisible, le Roi, lui, s'est déclaré muet, on ne l'entend pas.

Gondi conta que même les enfants jetaient des pierres sur le maréchal de La Meilleraie et ses troupes, qui ne pouvaient manœuvrer dans les ruelles sordides, que le peuple partout criait « Broussel, Broussel ! ». La Reine l'écoutait, l'œil espagnol flambant, entre M. Gaston, M. de Longueville, le maréchal de Villeroy, Mazarin, Guitaut et le Roi.

Gondi ne vit ou ne voulut voir que la Reine et Mazarin, c'est-à-dire le pouvoir, et Monsieur, qui pouvait parfois passer pour l'espoir. Il négligea le jeune enfant silencieux le cul posé sur son velours. Le chancelier Séguier entra et flatta la Reine. Et conta aussi ce qu'il avait vu dans les rues... Guitaut s'impatienta de tant de dissimulation et fourberie caressantes, et grinça entre ses dents :

— Qu'on rende ce vieux coquin de Broussel mort ou vif !

Le jeune Roi sourit.

Gondi s'enflamma :

— Mort, ce ne serait digne ni de la piété ni de la prudence de la Reine ; vif, cela pourrait faire cesser le tumulte.

Louis ricana en silence. La Reine s'approcha de Gondi.

— Je vous entends, Monsieur, vous voudriez que je donnasse la liberté à Broussel. Je l'étranglerais plutôt de ces mains !

Elle agita ces belles mains d'étrangleuse des sierras près du visage de Gondi afin qu'il les vît mieux et sa voix gronda :

— Lui et tous ceux qui...

Gondi recula, le Roi se retint de rire. Observa Mazarin chuchoter deux mots à l'oreille de sa mère qui se radoucit.

L'affaire méritait réflexion.

Mazarin endormit Gondi sous des flots de paroles qui se contredisaient mais par lesquelles l'esprit échauffé quoique fin du coadjuteur se laissa bercer :

— Il n'est que vous, Monsieur, qui pouvez faire cesser l'émotion.

— Qu'elle cesse en effet, dit la Reine non plus radoucie, mais doucereuse, et nous libérerons Broussel. Et cela au nom du Roi.

Gondi avait oublié celui-ci. Mon Dieu, c'est vrai, il existe un Roi aussi.

Et rochet et camail au vent, porteur de nouvelle, distribuant bénédictions, donnant sa bague à camée à baiser comme bague épiscopale, François Paul franchit la foule, harangua, promit, s'enfla de la promesse de libération par lui extorquée alors que l'idée venait d'un capitaine bougon, et tomba sur La Meilleraie à la tête de chevau-légers prêts, lui semblait-il, à le soutenir, ou à le tuer au premier faux pas.

« Liberté à Broussel et vive le Roi ! » criait-on, mais on prenait les armes au lieu d'effondrer les barricades.

« Ah Paris, comme je t'aime », pensait Paul heureux en son tumultueux diocèse.

Un coup de pistolet tiré par le maréchal cassa la tête d'un crocheteur qui le menaçait d'un sabre. À ses côtés, le marquis de Fontrailles fut blessé au bras en se portant au-devant d'un vilain armé d'un mousquet. Gondi jugea temps de s'interposer. On finit par le reconnaître, selon le dessein même de cette vêture de grande cérémonie.

« Vive monsieur le Coadjuteur ! »

Il n'est pas de parole plus douce. Gondi mena la troupe des émeutiers vers les Halles, les alentours du Palais royal étaient libérés et La Meilleraie sauvé. Il fit déposer les armes, vieilles pétoires et sabres ébréchés, et songea qu'il devait séance tenante retourner au lieu du pouvoir suprême narrer sa belle action.

Le peuple le suivit à pas moins de quarante mille têtes, plus ou moins apaisées. La Meilleraie l'attendait aux barrières, l'embrassa et le mena lui-même chez la Reine qui tenait conseil en son cabinet.

— Voici celui, Madame, dit le maréchal, à qui je dois peut-être la vie, mais à qui Votre Majesté doit sûrement la sûreté de son palais.

La Reine sourit, de ce sourire que Louis le Muet savait moqueur, et plein de future vengeance. Le sourire qu'on donne à une Lansac, à un Chavigny avant de les chasser.

Gondi atténua l'éloge du maréchal :

— Non, Madame, il ne s'agit pas de moi qui vous visite ici, mais de Paris soumis et désarmé qui se vient jeter aux pieds de Votre Majesté.

— Il est bien coupable et bien peu soumis, monsieur

le Coadjuteur, répondit la Reine aux joues flambantes, et s'il a été si furieux qu'on l'a dit, comme s'est-il radouci en si peu d'heures ?

Louis admira la logique de Maman.

Gondi ouvrit la bouche, un geste de la main de la Reine la lui ferma.

— Allez vous reposer, Monsieur, vous avez bien travaillé.

Gondi enragea, le roi Louis s'en aperçut et lui sourit avec un coquin petit geste d'adieu de la main.

Gondi sortit en se demandant ce que lui avait signifié ce gamin.

Au souper chez la Reine et en présence de Louis, que la Régente ne voulait pas éloigné de plus de dix pas d'elle en cette période, on moqua sérieusement Gondi. Deux heures entières de raillerie, de bouffonnerie, d'imitation de sa myopie, on se noircit même le visage au bouchon brûlé à une chandelle, de fausse compassion de Mazarin, de perfidies cruelles, d'éclats de rire de Sa Majesté. Louis se pensait au théâtre en une de ces nouvelles comédies des médisances qui paraît-il faisaient les beaux soirs de l'hôtel de Bourgogne.

Le gamin selon Gondi avait senti le peuple et son odeur fauve. Et vu le mensonge à l'œuvre.

Il se moquait bien qu'on rendît ou non Broussel à la populace.

Le 24 octobre la guerre de Trente Ans prit fin en Westphalie, dans les villes de Münster et d'Osnabrück. Mazarin avait bien agi et rétabli la paix avec l'Empire. Anne d'Autriche était en paix avec la moitié de sa famille. Restait l'Espagne...

Louis se fit expliquer par son parrain tous les codicilles de ces traités. Il régnait désormais sur la haute et basse Alsace, sur Brisach et Philipbourg, belles places sur le Rhin, sur les Trois Évêchés de Toul, Metz et Verdun, sur la Décapole et sur Haguenau.

Paris n'en fit pas compliment à Mazarin, qui pourtant l'eût mérité.

Gondi s'occupait lui aussi à étendre son royaume, sur les mécontents du Parlement, les dévots, les membres de la Compagnie du Saint-Sacrement qui auraient bien brûlé Ninon de L'Enclos, héritiers de cette Ligue qui déclencha un massacre de protestants et assassina un Roi, il enjôla le prince de Conti, frère du Condé victorieux, et sa sœur Anne Geneviève, duchesse de Longueville. On la disait incestueuse, elle était superbe, comme une héroïne de roman à clé. Il reçut même un député d'Espagne comme s'il était à lui seul un gouvernement. Gondi gouvernait un fantôme, son propre fantasme.

On l'avait moqué deux heures chez la Reine et le Mazarin, et toutes les perfidies et, ce qui est pis, toutes les vérités lui avaient été rapportées. Pendant un an, il ourdit, le Palais royal allait voir qui était le maître de Paris !

Le Palais royal ne vit rien.

Par une nuit de janvier, la nuit des Rois la bien nommée, Gondi ignora qu'existait plus ingénieux que lui : Guitaut, qu'il traitera en ses Mémoires de sot et d'esprit commun ; et Anne d'Autriche, qu'il jugeait indolente et un peu lente quant à l'intelligence.

Guitaut l'omniprésent et qui aimait sa Reine et son Roi ; et avec d'Artagnan protégeait le Cardinal. L'esprit fécond mais brouillon de Gondi n'aurait pu machiner ni moudre une telle merveille de tromperie et d'organisation.

Les bruits disaient que la Reine allait éloigner le Roi de Paris. Paris voulait garder son jeune Roi, par respect mais aussi en otage. On espionnait, on écoutait, on chuchotait. On ne trouvait rien.

Ce soir d'hiver glacé, la Reine et Mazarin se séparèrent. Le ministre soupait et jouait – donc trichait, sauf que ce soir-là il ne tricha pas, ce qui eût pu mettre puce à quelque oreille – chez le maréchal de Gramont. L'esprit préoccupé d'autre machination, Mazarin acceptait de perdre en cette partie de bassette pour mieux gagner ailleurs.

La Reine recevait en ses appartements avec les courtisans et ses deux enfants. Elle proposa qu'on tirât les Rois. On apporta brioches aux fruits et galettes à la Gaston (fourrées de frangipane). On banda les yeux de Marie de Hautefort qui désigna à qui allait chaque part. La fève échut à la Reine sous les applaudissements de circonstance d'une Cour conquise par tant de légèreté en une période grave, et ceux, plus sincères, du petit Roi, qui abandonna toute gravité pour s'aller agenouiller aux pieds de Maman et baiser le bas de sa robe en toute humilité pendant que Féfé (le duc d'Anjou redevenait Féfé dans les moments de calme et d'affection ou de fête), empruntant un manteau de duc adulte et s'en faisant un surplis d'archevêque, couronnait l'heureuse élue par le sort d'une tiare babylonienne de carton doré.

— Il nous faut de l'hypocras, cria Louis, la Reine a soif !

On passa les verres, les coupes, les gobelets, et Louis XIV, bon échanson des temps anciens, clama :

— La Reine boit !

Anne souriante trempa ses lèvres dans une coupe de vermeil avant de la présenter à son fils pour qu'il y goûtât une gorgée. On s'amusait. Les bruits d'une revanche du Palais royal sur Paris étaient oubliés. La Reine fit coucher ses enfants par Mme de Sénecey, Mme de Beauvais et le fidèle La Porte. On salua leur sortie avec encore plus de pompe qu'à l'ordinaire, le duc d'Anjou et le Roi lui-même s'en amusèrent, outrant la noblesse de leur port et se laissant aller à envoyer des baisers aux dames et de grands saluts aux messieurs. On les jugea merveilleux.

La Reine vécut ainsi sa soirée à l'espagnole, c'est-à-dire fort tard, nonchalante, accoudée à une table de marqueterie, infante au milieu de ses nains, écoutant chansons et ragots, et se déclara lasse vers une heure. Le ruban des courtisans s'effilochait au fil du temps, allant à d'autres plaisirs, rapportant ailleurs que le Palais royal allait s'endormir jusqu'au lendemain où nul ne savait ce qu'il adviendrait de Paris.

À deux heures, la Reine quitta son lit. Fit réveiller ses fils.

On descendit au jardin par l'escalier dérobé de ses appartements. Deux carrosses attendaient. Dans le second prirent place le maréchal de Villeroy, précepteur du Roi, Guitaut et Comminges son lieutenant, un autre capitaine des gardes, Villequier, Mme de Beauvais, cette Cathau la Borgnesse, qui se rendrait bien utile. On sortit sans encombre par une rue donnant sur les arrières, les foules parisiennes de surveillance étant endormies du côté du Louvre et de la Seine, de la tour Saint-Jacques et du faubourg Saint-Antoine, et de sa porte dite « de la clé des champs » sous la haute stature de cette chère Bastille.

En route vers l'ouest, dans Paris abruti de folie et de

vin, on rejoignit d'autres carrosses de femmes dépeignées, de gentilshommes froissés. Officiers et ministres avaient eux aussi réveillé leurs familles et les avaient tassées comme bétail dans le charroi. Même Monsieur avec sa femme et sa fille, Mademoiselle, qui comptait bien épouser le petit Roi, à demi vêtue, simple beauté un peu maigre de seize ans, dans un simple appareil. Condé avec sa mère, sa femme, son fils emmailloté, Conti et Longueville qui n'avaient pas pu résister au prince et abandonnaient donc Gondi sans le lui avoir fait savoir, timidité due au regard de Guitaut leur annonçant en fin d'après-midi l'ordre de la Reine mais surtout du prince de Condé – ce Guitaut avait les sourcils les plus sévères de France.

De son côté Mazarin était resté jusqu'à deux heures chez les Gramont, mais ses domestiques et ses nièces étaient déjà parties, veillées par Mme de Sénecey, en qui le ministre avait confiance. Son fidèle Millet de Jeure, factotum, secrétaire et espion, avait sorti de certain coffre deux boîtes de velours contenant des pierreries, de haute valeur mais de petit volume. Car on ne sait jamais.

Quant à d'Artagnan, il avait dès l'après-midi filé à Saint-Germain, reconnu les lieux, inhabitables lui sembla-t-il, aussi acheta-t-il toutes les réserves de paille de toutes les écuries car il y aurait du monde à dormir cette nuit-là et même la paille est plus confortable qu'un parquet ou que les dallages de pierre du château déserté depuis des mois. Évidemment, contrairement à la coutume, aucun meuble, tenture, lit, buffet n'avait précédé la Cour dans son déménagement. Il régnait un froid de gueux, le capitaine-lieutenant vola le bois d'un appentis qu'il démolit, le porta dans les chambres destinées à Leurs Majestés, dénicha trois lits de campement de bas-officiers en un réduit, laissa un mousquetaire de garde devant ses montagnes d'emplettes, souffla dans ses doigts, regagna Paris à la nuit et attendit près d'une certaine porte, ne portant ni casaque ni chapeau à plumet mais deux dagues, sa meilleure épée de longueur et quatre pistolets chargés.

Il attendait dans une taverne que se présente un autre cavalier. En ces périodes troublées où la conversation des buveurs était toute politique et souvent fort sotte, d'Artagnan méconnu passait pour quelque frondeur attendant un autre comploteur ; et puis on s'en fichait.

Devant sa pinte de vin blanc de Touraine, d'Artagnan supputait la somme que lui rapporteraient ses bottes de paille en multipliant le prix par dix. À cinq heures du matin, il le multiplierait par vingt.

Un cavalier apparut à la porte : Millet de Jeure, en manteau noir du parfait comploteur. D'Artagnan jeta une pièce sur la table pour son vin, sortit de la taverne, et aperçut tant bien que mal un autre cavalier qui attendait déjà à cheval, dans l'ombre d'un angle de mur, vêtu de gris et de ponceau, sous un grand chapeau. On n'échangea pas un mot, pas un salut et on prit la route de Saint-Germain.

Le mousquetaire embourgeoisé par ses vêtements mais armé comme un ruffian songea que le Cardinal n'était pas peureux d'avoir traversé Paris seul avec Millet au risque d'être reconnu, sa face pendant en effigie à bien des potences. Il estimait les ministres courageux. Et Mazarin avait belle allure en cavalier. On galopa dans la froidure.

Paris s'éveilla dans un gel qui mordait les lèvres et sans Roi. Un canard auquel on coupe le cou continue de marcher, mais ne sait où il va. Paris, sans sa tête sacrée du Roi, se montra assez bon canard de basse-cour. Il courut partout, donna contre les murs, tomba à la Seine, trébucha, ne sut où aller ni que faire, brûla quelque hôtel pour chauffer sa colère plus que ses onglées, voulut battre un financier en chemise et bonnet, cracha sur des mousquetaires, ce qui valut quelques coups d'épée, cogna à des portes et réveilla Gondi qui dormait tard.

Le coadjuteur était bien maître dans Paris. Mais maître de quoi ? Il fut assailli des bruits les plus fous. La reine Christine de Suède marchait à la tête de ses troupes inoccupées depuis les traités de Westphalie pour aider le Roi. Elle viendrait à Paris, mais ce serait pour assassiner son amant Monaldeschi et tenter d'enlever Niwen dont elle était tombée folle. Les mercenaires allemands de Condé, vainqueurs de Lens, viendraient assiéger la ville et lui réserver le sort que les Poméraniens de Gassion réservèrent à la Normandie. Le Parlement avait trahi ! Gondi harangua, caressa, menaça, calma, bénit. Il s'adorait bénissant ces foules tout à sa dévotion et qui ne voyaient que par lui, c'est-à-dire pas plus loin que son nez retroussé et noiraud.

Dans sa boîte Scarron riait de ce chahut et de tout ce qu'on lui rapportait, tenant en sa main torse celle, blanche et jeune, d'une demoiselle d'Aubigné, nobliaute ruinée depuis les guerres de religion et descendante du grand et si grincheux Agrippa, et à laquelle il avait dit : choisissez le couvent ou bien m'épousez. Elle n'avait pas encore répondu ; mais se savait réduite à ces extrémités. Qu'arrivait-il, là, à Scarron, peu chantre du mariage ? Rien ou tout. Un effet de mode : la jeune Françoise d'Aubigné, née aux Indes occidentales de la Martinique, ancienne pensionnaire des Ursulines, évadée de Niort et autres lieux sans intérêt, comme Scarron du Mans, avait su, par sa fraîcheur et son apparition en Lysiane dans la *Clélie* de Mlle de Scudéry, séduire l'esprit vif et le corps contrefait de l'auteur du *Roman comique*. De plus Somaize la mit en scène en Stratonice. Scarron s'enchanta donc en se mettant en tête d'épouser une héroïne de roman.

Que faire en une boîte à moins que l'on y songe ? Et que faire à Paris sinon étonner Paris ? Elle avait une jolie voix, non pour chanter comme Ninon, courtisane à voix d'ange, mais pour lire. Et Scarron lui faisait lire les descriptions faites d'elle par ces auteurs à la mode. Pour la Scudéry, Françoise d'Aubigné – Lysiane – était « grande et de belle taille, le teint uni et beau, les cheveux d'un châtain clair, le nez bien fait, la bouche bien taillée, l'air noble, doux, enjoué, modeste, et pour rendre sa beauté plus parfaite et plus éclatante, les plus beaux yeux du monde ; noirs, brillants, doux, passionnés, pleins d'esprit. La mélancolie douce y paraissait quelquefois avec les charmes qui la suivaient toujours ; l'enjouement s'y faisait voir à son tour avec les attraits que la joie peut inspirer... Elle ne faisait pas la belle quoiqu'elle le fût infiniment. »

Françoise, de plus, rougissait à lire ces portraits d'elle. Elle comptait seize ans, orpheline et sans fortune, écrivant des lettres à ravir, et sans dot pour trouver un mari convenable ni être acceptée par un couvent. Scarron adorait cette rougeur de la modestie. Il savait soigner cela !

Scarron avait belle âme dissimulée sous les sarcasmes, et grand cœur dissimulé sous la difformité. Cette fille lui plaisait et puis elle n'était plus vierge, ayant été culbutée en une grange, disait-on, en quelque campagne des bords de l'Eure par un marquis. Elle ne s'offusquerait de rien, sinon, en jolie Précieuse, des fautes de vocabulaire. On la courtisait chez lui, cela l'amusait en sa boîte, mais l'esprit qu'elle mettait à répondre pour ne pas succomber enchantait le chanoine et le rassurait sur sa pudeur.

Alors que Paris bouillonnait, défilait, s'armait, s'inquiétait, se révoltait, courait çà et là, Scarron menaçait de faire une fin de sa vie de garçon avec une beauté inespérée qui, bien sûr nous le savons mais il ne pouvait malgré son esprit fertile l'imaginer, régnerait sur le plus grand Roi que connaîtrait la France, jusqu'à l'épouser. Roi vieillissant il est vrai, alors qu'il était encore un puceau grelottant sur un lit de camp dans le matin glacial de Saint-Germain. Méconfort que sa mémoire, bâtie comme forteresse, n'oubliera jamais.

En effet, le Roi, non plus que Scarron, n'oublierait cette journée-là.

Le Roi n'oubliera rien de ce qu'il entendit. Il entendit le Parlement décréter Mazarin « perturbateur du repos public, ennemi du Roi et de l'État », lui accorder vingt-quatre heures pour quitter la Cour, une semaine pour franchir les frontières du royaume et, passé ce délai, ordonner à tout Français de lui « courre sus ». Ainsi les gardiens de la loi selon Gondi rejetaient toute loi de justice, condamnant un Cardinal ; ils n'y étaient pas habilités, refusant à un « accusé » tout moyen de défense. Qu'étaient donc ces supposés gardiens de la loi qui choisissaient l'illégalité ? Et qu'étaient ces têtes de fouine engoncées dans l'hermine qui séparaient la notion de Roi de celle d'État ? Louis, à son habitude, garda ses interrogations pour lui, il connaissait ses propres réponses.

Il apprit qu'on rançonnait les banquiers. Il sourit.

Il apprit que Mme de Longueville, qui avait prétexté d'une fièvre la nuit des Rois pour rester à Paris, avait fait quitter Saint-Germain à son frère Conti, qu'on bombarda généralissime des armées du Parlement, vagues bataillons de bourgeois, d'artisans, de marauds qui ignoraient tout des armes. Louis ricana.

Il apprit qu'on avait libéré Ninon des Madelonettes. Louis soupira.

Il apprit que Turenne passait en défection ! On avait licencié son armée d'Allemagne, inutile. Louis songea à la guerre et à la paix et à l'ennui des généraux qui n'ont plus de bataille à livrer. Turenne était protestant. Louis se signa.

Turenne commandait aussi la meilleure armée d'Europe depuis le retour de Condé, et la Reine elle-même le nommait « le bras droit de la Régence », bien que composée de reîtres allemands de Saxe-Weimar. Et s'ils marchaient sur Paris et Saint-Germain... Louis s'inquiéta.

Il apprit alors le coup de dés de Mazarin. Qui trouva dans un Trésor supposé vide de quoi payer les soldats de Turenne qui lâchèrent leur généralissime. Louis comprit que donner tard était donner bien. Et que les banquiers étaient précieux aux Rois puisque la solde des reîtres fut tirée des coffres de Barthélemy Hervart, qui fit le voyage d'Allemagne lui-même avec de bons arguments, dictés par Mazarin et étayés par un million et cinq cent mille livres. Turenne dut prendre la fuite jusqu'à Heilbronn.

Pendant ce temps, Condé le Victorieux établissait le siège de Paris, avec l'art que chacun lui reconnaissait. Louis l'observa, visita les campements, les placements d'artilleries, les contrescarpes. Ils marchèrent bras dessus, bras dessous, s'appelant « mon cousin ». Louis aima beaucoup et comprit en contemplant le nez de son glorieux et grand cousin pourquoi feu son père le roi Louis XIII aimait tant ses gerfauts et autres rapaces. Ils exhaussaient par métaphore l'idée de race.

Condé fit tirer une canonnade sur la ville, pour le plaisir du Roi.

Paris creva de faim, mangea des rats. Louis jubila.

Paris se rendit après quelques escarmouches où de vrais soldats faisaient détaler de simples bourgeois. Le Parlement n'eut pas de Cromwell et le Roi avait Condé. On signa une paix à Rueil chez l'ancien Cardinal, cet ennemi de tout Parlement.

Louis sourit en douce du choix du lieu.

Le 18 août, Condé ramena le Roi et la Régente sa mère, après une préparation monétaire et psychologique (le mot n'existait pas mais la technique si), sous des acclamations d'une spontanéité stipendiée, les harengères criant haut le nom même du Cardinal, qui avait annulé le paiement de leur droit à l'étal. Ce fut triomphal, ce fut brouillon, ce fut faux, mais ce fut !

Le 5 septembre, on fêta l'anniversaire du Roi et ses retrouvailles en sa capitale par un bal à l'Hôtel de Ville. Il n'eut pas lieu en soirée mais dans l'après-midi, la Régente était prudente. Et puis ainsi on invitait les bourgeoises qui faisaient concurrence à bien des duchesses dont la majorité fut frondeuse. Le Roi ouvrit le bal avec sa cousine Mademoiselle, seize ans et une tête de plus que lui, par une courante durant laquelle elle le regarda de haut ; il la trouva attrayante sensuellement mais détestable. La Reine, elle, s'étonna de la munificence des bijoux des dames non titrées. Ces bourgeoises étaient de vrais étals de joailliers, mieux que bien des corsages de duchesses à tabouret. Elle en fut songeuse. Le bourgeois est meilleur économe que le duc.

Gondi, lui, vécut une scène de ménage. Son amante Guéménée avait fui Paris, et donc avait abandonné son amant dès l'installation du siège. Elle revenait de Port-Royal-des-Champs, outrée que Gondi ait tant visité l'hôtel de Chevreuse pendant son escapade, au moins autant que le Parlement, et pour d'autres satisfactions et intrigues, la belle Chevrette étant rentrée de Lorraine aux premiers troubles, car on ne se refait pas, et ayant recommencé à changer d'amant comme de jupe et d'enjôler le coadjuteur.

Pris de folie, Gondi saisit son amie à la gorge ; prise de furie, Mme de Guéménée le frappa d'un chandelier. Et menaça l'assommé de lui couper les parties et de les envoyer en un bassin d'argent à la si accueillante duchesse blonde, comme la tête du Baptiste à Salomé, afin qu'elle se les monte en parements et affiquets.

Dans les dix minutes, on pansa les bleus, soigna l'estafilade et se raccommoda au lit, sans rien trancher à personne. On ne se réveilla qu'à midi.

On tut ces événements-là à Louis. Ce qui peut se révéler dommage, l'affaire était riche d'enseignement pour un jeune corps encore puceau et qui rêvait de ne l'être plus.

De son côté Mazarin, qui avait plus d'esprit que d'âme, s'apprêtait à rouler Condé comme poisson dans la farine, après lui avoir beaucoup promis, M. le Prince lui ayant reconquis Paris, plus sur son nom que par les armes.

Dieu merci, tout n'était pas fini.

L'AMOUREUX DE LA REINE

Pendant les émeutes, la Régente avait caché Louis, que le peuple voulait emmener avec lui à l'Hôtel de Ville, et c'est ainsi qu'on avait dû fuir à Saint-Germain. Maintenant l'enfant savait la version de ce désagrément. Un jeune officier, Roger du Plessis de La Roche-Pichemer, marquis de Jarzay, le lui avait conté, et comment avec quelques autres « braves » il avait proposé à la Reine de se faire tuer à sa porte. Louis dans sa jeunesse le jugea bien exalté. Il l'était. Puis l'enfant comprit que ce Jarzay était amoureux de sa Reine. Cela passionna et intrigua les onze ans de Louis.

C'était ridicule, émouvant, mais affaire d'État et fit voir à Louis le monde autrement. Il épia la Cour. Il épia sa mère. Et si ces libelles que lui passait en douce son frère Philippe d'Anjou disaient vrai sur ce satrape de Mazarin ? Louis rougit. Mais en son jeune corps bien des choses avaient changé, bien des choses le torturaient. Il eut des boutons, des crises de larmes et de colère. En cette complexion vive de garçon, la raison toujours étouffait tout, sentiments et pulsions ; Louis donna des coups de pied à son frère, gifla Brienne méchamment, voulut se battre avec Vivonne. Ses instituteurs se plaignirent, la Reine gronda. Louis quitta la pièce et rôda dans les jardins.

Il chassa de sa compagnie M. de Villeroy, l'homme qui disait toujours oui. Mme de Sénecey, sa gouvernante, s'approcha du jeune Roi.

— Sire, confiez-vous. À vos amis, à votre mère. Quel chagrin, quelle colère vous meut ainsi ?

— Madame, vous passez pour la personne la plus sage et pieuse de cette Cour. Je vous sais aussi la plus généreuse. De cette générosité du cœur que tous ici étouffent.

— Merci, Votre Majesté. Accordez alors à cette générosité de lui dire ce qui vous tourmente. Je suis également discrète, silencieuse, et sais garder ce qu'on me confie.

— Ma mère la Reine régente a un amant !

— Jarzay... mais c'est une calomnie ! Ce jeune exalté pousse en effet des soupirs à fendre les pierres, regarde ses mains comme des reliques saintes, se parfume, devient ridicule.

— Ma mère lui a donné le commandement des gardes de mon frère.

— Jarzay appartient à Condé, ce commandement est destiné à remercier M. le Prince de ses bonnes actions durant les émotions qui ont secoué Paris. De la politique.

Louis resta rêveur et fit quelques pas dans les allées. Regarda la marquise dans les yeux.

— Ma mère a quarante-neuf ans. Et ce Jarzay...

— Oh, vingt-cinq ! C'est un muguet, comme il en pousse cent par mois en ce Palais.

— Vous, Madame...

— Moi, Sire ?

— Avancez en âge et avez un amant. Que nul ne vous reproche. Le comte de Guitaut est brave, mon père l'aimait, ma mère a toute confiance en sa protection, moi-même lui remettrais en gage ma vie et ma couronne.

— Sire, M. de Guitaut en effet mérite ces louanges.

— Et vous, Madame, méritez l'amour de Guitaut. Mais...

— Mais, Sire... ?

— Madame, le Roi vous en prie, donnez-moi votre main.

— Elle est à vous, Sire.

Le jeune homme prit doucement la main de sa gouvernante, la contempla, baisa le bout des ongles et la retint entre ses doigts.

— Mais vous n'êtes pas Reine régente de France et mère du Roi.

— Je ne suis que votre gouvernante, honneur que je sais grand, mais qui fait de moi votre servante, et c'est un autre honneur que de servir le Roi. Une servante peut avoir un amant et non une Reine ? Est-ce cela, Sire, que votre discours signifie ?

Louis se tut. Ils marchèrent en silence ; Mme de Sénecey, de gestes discrets, éloignait qui songeait à s'approcher.

Le jardin du Palais royal leur appartenait, son autre population de promeneurs longeait les arcades.

— Sire... Puis-je ?

— Oui, Madame, vous, vous pouvez.

— Sire, une femme, fût-elle duchesse ou lavandière, marquise ou reine, peut refuser l'amour de qui que ce soit. Mais doit-elle refuser toute admiration ? Être admirée n'est pas contraire à son honneur.

Louis réfléchissait ; Mme de Sénecey trouva qu'en ce garçon monté en graine ressortaient tout à coup des rondeurs et un regard revenus de l'enfance qui n'était pas si loin, et rôdaient encore en ce jeune corps trop grave, au port d'une noblesse outrée. Un gamin qui joue à la parade, mais sans doute un homme déjà. Quel combat enfance et maturité naissante devaient se livrer en cette âme. « Et en son corps, ajouta-t-elle en rougissant. Il est jaloux de sa mère car il est jaloux de l'amour dont il ignore tout. »

— L'honneur... oui. Les femmes bien sûr ont leur honneur...

« Au moins aura-t-il appris quelque chose », pensa la marquise. Se tenant par la main, ils regardaient le grand bassin.

— J'aime les eaux jaillissantes. Je ferai construire un château dont les parcs seront des parterres d'eau. C'est un joli mot, parterre d'eau. Il y aura des grottes aussi, comme à Saint-Germain. J'étais très enfant mais j'aimais ces grottes avec leurs statues et leurs fontaines, quand vous m'y meniez.

— En effet, Sire, les grottes de Saint-Germain...

— Saint-Germain où nous avons couché sur la paille dans le froid d'un janvier glacial. Mais nous parlions de l'honneur des femmes, qui, en effet, bafoué est aussi gravement blessé que l'honneur d'un Roi contraint de fuir sa capitale.

— Sire...

— Je sais, Madame, je deviens ennuyeux.

— Non, Sire, profond et grave. Cela se nomme intelligence. Elle ne règne pas que dans les sphères de la mathématique et de l'érudition, son meilleur lieu d'expression est la vie du quotidien, et elle seule, cette intelligence, peut rendre cette vie meilleure ; pour soi et ceux d'alentour. Étouffée par une certaine lâcheté devant les passions qui nous assaillent, elle mène alors la vie au pire. Je ne parle pas des débordements, qui ne sont que fumées qui passent et disparaissent, mais de l'état d'aigreur qui en résulte, de la méchanceté, de l'abus de sa position, d'une tyrannie qui étouffe ladite intelligence. Je la crois lumineuse mais fragile.

Louis se tourna vers la marquise. La regarda, qui franchissait la quarantaine, son élégance discrète, sa beauté se fanant, l'éclat superbe et joyeux de ses yeux qui balayaient les traces du temps. Il sourit.

— Madame ma gouvernante, savez-vous pourquoi je vous aime ?

— Sire, je suis...

— Parce que vous me parlez comme à un homme, non comme à un enfant. Parfois pas comme à un Roi !

Il rit de bon cœur.

— Je n'oublie jamais que vous êtes le Roi. Mais vous fûtes un roi enfant. Maintenant cet état est passé. Aussi, si Votre Majesté voulait bien m'entendre, et vous le désirez puisque vous me questionnez, considérez Madame votre mère la Reine régente avec votre hauteur et votre intelligence d'homme, non avec vos besoins d'enfant ; si j'osais...

— Osez, vous, vous le pouvez. Voilà que je rabâche !

— Vous aurez des amours, Sire. Et au-delà du plaisir que l'amour donne aux sens, ce qui n'est pas rien, il octroie aussi aux deux personnes, aimée et aimante, une nouvelle intelligence de la vie.

— Vous aimez Guitaut de cet amour-là ?

— Oui, Sire. Ce qui n'advint pas hélas avec feu mon mari. Ni de sa part, ni, je me le reproche, de la mienne.

Louis la regarda droit dans les yeux.

— Et vous eûtes des amants avant ce veuvage, pendant votre mariage ?

— Je l'avoue. Des passades charnelles, et quelque

peu sentimentales. Ma piété me les fait reprocher, mais non regretter. Je fus discrète, seuls Dieu, mon confesseur, moi-même et ces hommes savent ce qu'il en fut. Tant pis si certains eurent la lâcheté de s'en vanter... Maintenant le Roi aussi le sait.

Et ce fut la marquise qui offrit, aux massifs de pivoines venues de Chine et dont son teint prenait peu à peu la couleur d'un pourpre si soyeux, son plus éblouissant sourire. Celui auquel rêvait encore son cousin le duc de La Rochefoucauld.

— On pourra toujours tout confier au Roi, sans crainte jamais qu'un autre sache ce qu'on dit à son oreille. Je serai secret ; je le suis déjà. Ce secret est de ma fonction. Mais je suis franc aussi. Ainsi, je suis heureux, Madame, que vous soyez ma gouvernante.

Louis tira son chapeau et salua la marquise. La marquise fit la révérence.

— Mais Jarzay ?

Ainsi il ne lâchait pas le lièvre, chasseur comme son père !

— Sire, c'est un pitre. Mais il amuse. Un divertissement pour période troublée.

— Oui, une marionnette, sans doute, mais que Condé anime !

Ainsi, il voit cela !

— M. le Prince en effet le protège.

— Et Jarzay, petit marquis, n'appartient qu'à lui. À ce grand cousin victorieux. Qui l'a placé ici comme un coin dans une pierre à fendre. Comme une dague de théâtre dans le dos du Cardinal.

Le Roi fit quelques pas, baissant la tête, ce qu'il semblait d'habitude s'interdire.

— Un jour, Madame, je n'aurai plus de ministre. Plus de princes au Conseil, mais des hommes utiles, des intelligences (il sourit à la marquise) nécessaires et qui me devront tout, à qui je ne devrai rien, surtout pas un retour à Paris !

— Et en ce jour-là, Sire, vous n'aurez plus non plus de gouvernante !

— Voilà bien la seule fâcheuse nouvelle de ce futur changement d'état. Aurai-je mon baiser d'amie, ce soir au coucher ?

— Sire, si vous le désirez.

— C'est bien la seule chose à laquelle un Roi ne peut contraindre.

La marquise ne dit rien. Un enfant, encore ! Qui ignore qu'il contraindra à bien pis. Mais déjà il désire des lèvres de femme sur les siennes. Et pas des lèvres de nourrice. Il serait temps que sa mère la Reine lui fournisse plus... et une bouche plus jeune que la mienne.

— J'ai vu des couples s'embrasser en ce jardin. Il m'est arrivé de les envier. Embrassez-vous Guitaut derrière ces arbres ?

— Oh, Sire ! M. Guitaut est aussi discret que moi. Et si j'osais, aussi « secret » (elle appuya le mot) que Votre Majesté.

Elle avait lâché la main du Roi dans son mouvement de retrait ; il ne dit rien mais la reprit.

— Il n'empêche...

— Oui, Sire ?

— J'aimerais recevoir un baiser. Ou vous le donner.

Mme de Sénecey pencha à peine son visage, le Roi avait grandi, et les lèvres de Louis se pressèrent sur les siennes. Il écarquillait ses yeux sombres venus des Médicis, elle eut l'idée de clore un instant ses paupières. Mon Dieu ! que fais-je ? lui montrer comment une femme se rend !

Il tenait son chapeau à la main, se recoiffa.

— Merci, Madame. C'était un baiser d'amour, je crois.

— En effet, Sire. Et je l'ai reçu de vous.

— Mieux, Madame, vous l'avez accepté comme tel. Il semble que ma mère en ait accepté d'ainsi tournés de M. de Buckingham dans certain jardin d'Amiens.

« Et plus encore, pensa Mme de Sénecey. Le voilà qui se tourmente au sujet de sa mère. Ce Jarzay lui empoisonne l'esprit... et les chansons sur Mazarin aussi. »

— Je suis une femme, la Reine aussi.

— Je dois veiller sur elle. Comme je veillerai sur vous. Je vous ferai duchesse.

Et si je comptais vingt ans de moins, ta maîtresse ! Elle frissonna.

M. de Jarzay déplaisait à Mazarin comme il déplaisait au Roi, et pour des raisons voisines. Capitaine des gardes de Mgr le duc d'Anjou, Jarzay était admis dans le particulier de la Régente au nombre des rares gentilshommes, comme des Jars, Mortemart, père du jeune Vivonne, et Guitaut. Une intimité, donc, réservée aux proches féaux. Si ces messieurs savaient faire leur cour à la souveraine, Jarzay, lui, tentait de lui faire la cour. Les compliments pleuvaient ; les regards s'éternisaient, et tous s'en amusaient.

Mme de Sénecey ne cacha rien à la Reine de sa promenade et de la conversation dans les jardins, car en une Cour tout se sait, donc autant confirmer.

La Reine écouta son amie. Mais toléra encore Jarzay, car, depuis le siège de Paris, la Reine ne comptait guère de distractions mais multipliait les soucis. Mazarin lui-même ne réussissait pas à la divertir et n'en avait guère le temps, ni le goût, épuisé par le travail, énervé par les libelles contre lui, craignant même pour sa vie.

Jarzay s'en donnait à cœur joie et, aux dires de tous, ne manquait pas d'esprit. Trop. Il dit chez Condé qu'« une femme espagnole, quoique dévote et sage, se pouvait attaquer avec quelque espérance ». Il avait par ailleurs, avec maints cadeaux et promesses, gagné sa dame de chambre, Cathau la Borgnesse, Catherine Bellier, dame de Beauvais et future comtesse dans l'année pour services rendus à la Couronne...

Par Cathau, un poulet amoureux atteignit la toilette de la Reine. Mazarin exigea les renvois ! Louis le Silencieux observait sans mot dire. La Reine défendit Mme de Beauvais qui la coiffait si bien. Pour Jarzay...

Devant ses dames, elle s'écria :

— Il paraît que j'ai un amant ! Un jeune muguet, sans doute en mal de mère.

On se moqua fort du jeune capitaine et marquis. Les traits de ces dames, dont certains de Mme de Sénecey qui y prit, dut-elle en convenir, grand plaisir dans la férocité, furent bien sûr rapportés.

Jarzay ne désarma pas pour autant. Bravant le ridicule, cette arme fatale des cours souveraines, et ce depuis les siècles des Valois, il se présenta encore au particulier de la Reine.

Là, la Reine, qui avait appris son texte sur une lettre de Mazarin, tint son rôle de grande comédienne.

— Voyez-moi ce joli galant ! Vous me faites pitié avec vos soupirs. Il faudrait vous enfermer avec les fous des Petites Maisons, mais il est vrai qu'il ne faut pas s'étonner de votre folie présente, car vous la tenez de race. Un de vos oncles n'a-t-il pas courtisé Marie de Médicis jusqu'à l'exil !

C'était une insulte publique. Jarzay fit front, se redressa :

— L'aventure était belle, le crime honorable, et je ne suis nullement honteux d'en être accusé.

Il quitta les lieux, rendit sa charge. Condé entra en rage !

« Le vieux galant italien a chassé le jeune Français ! » hurlait M. Le Prince à qui voulait l'entendre, ou ne voulait pas d'ailleurs, tant il criait haut. Le prince commanda des mazarinades immondes qui ne lui firent pas honneur sur la sexualité du « bougre de Calabre » et divers aspects de ses rapports charnels avec la souveraine... et les fils d'icelle.

Insultant à foison, il se clama insulté. Fort d'avoir sauvé la monarchie, il l'attaqua. Il entra chez la Reine comme en place forte, demanda explication : comment osait-on chasser de la Cour le protégé d'un prince du sang ?

La Reine plaida que le marquis n'avait rien voulu entendre, et qu'elle avait donc dû recourir à certaine sévérité, toute femme ayant le souci de sa réputation.

Condé opina mais rugit et exigea le pardon de Sa Majesté et cousine à son ami et féal Jarzay.

Jarzay revint aux gardes mais non au particulier.

Condé avait cherché et trouvé la rupture. Poussé par sa sœur amoureuse, Anne Geneviève de Longueville, mauvais ange mais fougueuse maîtresse, qui exigeait que la famille qui avait sauvé la monarchie et le bougre de Calabre chapeauté de rouge obtînt plus. La Reine avait déjà donné le gouvernement de Champagne à Conti, celui de Damvillers à Marcillac, duc de La Rochefoucauld, cousin de Mme de Sénecey dont il fit l'amoureux et amant de la duchesse de Longueville, dont le mari deux fois cocu obtint celui de Pont-de-l'Arche, place forte clé de la Normandie.

Condé se montre insociable, insultant, ignore « Louison », baptisé ainsi d'un nom de servante alors qu'il s'agit de son Roi, ne salue personne, bouscule les gardes du Cardinal, fait imprimer dans ses caves des horreurs à placarder dans Paris.

Peuple, n'en doutez plus il est vrai qu'il la fout,
Et que c'est par ce trou que Jules nous canarde ;
Les grands et les petits s'en vont à la moutarde :
Respect bas, il est temps qu'on le sache partout.
Son crime est bien plus noir que l'on ne pense pas ;
Elle consent l'infâme au vice d'Italie,
Et croirait sa débauche être moins accomplie,
Si son cul n'avait part à ses sales ébats.

Ce n'est plus Mazarin qu'on brocarde, c'est la Reine qu'on insulte. De faux attentats contre un frondeur qui n'est que paille dans un pourpoint, contre le carrosse vide de Condé, deux coups de feu sont tirés. Qui machine ? qui invente ? qui ment ? À qui profite le mensonge ? Nul n'a plus d'ami, tous sont ennemis. Chacun invente contre soi un complot, Gaston crie à son assassinat, Mazarin sait qu'on veut sa peau, interdit à la Reine de sortir sans une forte escorte, le Roi ne doit pas quitter Guitaut de la longueur d'une botte. On a surpris des échevins buvant à la santé de Cromwell !

Condé, lui, enrage. Les nerfs ont pris le dessus ainsi que le fiel de sa si belle sœur. L'ami cousin du Roi devient fou dangereux.

Et Louis, qui ne digère pas Louison, vit comment se faisait la politique, selon du moins le génie de M. Mazarin.

Il fit revenir, invités, l'oncle Gaston et sa fille Mademoiselle, qu'il dut faire danser tant qu'il put, ce qui le vexait, bien qu'il aimât la danse, la duchesse de Chevreuse, et donc les Lorraine, les Rohan. Même M. le Coadjuteur, le grand vaincu des émeutes de Paris. Louis grimaça mais apprit que Condé et tous ses princes faisaient procès à Gondi au nom de qui, sinon du Roi ? À Gondi et ses amis, et au conseiller Broussel ! M. le Prince se plaignait qu'on avait voulu le tuer ! Le procès était faux et truqué, et la Reine donc prenait parti pour la justice, fût-elle en faveur de ses anciens ennemis. Du moins était-ce la noble apparence donnée. Il était si facile de pousser Condé à la rage, grand nerveux qu'il était, et, partant, à la sottise.

La Reine, après avoir acheté en vain les Bourbons, acheta les frondeurs parlementaires et il fut décidé, devant Gondi soi-même, que les princes seraient arrêtés. À Guitaut, Condé ; à son neveu Comminges, Conti ; à Villequier, le duc de Longueville.

Ce 18 janvier 1650, Conseil à la Cour. Les carrosses des princes se font attendre. Par principe : des Bourbon-Condé viennent de leur plein gré, on ne les convoque pas. La Reine a la migraine, diplomatique ou réelle ? Dans ce tumulte on l'aurait à moins. Aussi ferme-t-on les portes de son appartement pour lui épargner tout bruit. La princesse douairière de Condé la visite, inquiète de sa santé. La Reine rougit, bredouille, semble fort malade. Condé les aperçoit ensemble, cherche dans un couloir Mazarin pour lui extorquer une nouvelle requête. Arrivent alors Conti et Longueville enchiffrené qui ne cesse de moucher. Le Conseil de régence est enfin réuni.

On ouvre les portes de la grande salle, à son habitude

Louis de Bourbon Condé passe le premier, suivi de ses frère et beau-frère. S'approche alors, venant d'une fenêtre où il attendait, le capitaine Guitaut. Condé l'accueille très honnêtement, enfin un brave dans cette engeance de poulailler.

Que Guitaut lui demande une grâce, un de ses régiments de chevau-légers, il l'aura de suite. M. le Prince n'a cessé de distribuer des grâces depuis la fin du siège de Paris. Il fait le roi.

— Ah, Guitaut, je suis aise de vous rencontrer. Que me voulez-vous ? vous l'aurez ! Enfant sachez que je vous ai admiré, adulte il plairait de vous avoir à mes côtés dans nos futures batailles.

— Monseigneur, ce que je veux c'est que j'ai ordre de vous arrêter.

— Moi, monsieur Guitaut ! Vous, vous m'arrêtez !

— Oui, Monseigneur. Ordre de la reine régente de France.

Dans la suite de Condé qui est resté à la porte, Jarzay surgit l'épée à la main.

Guitaut lui saisit le bras, sans dégainer :

— Marquis, n'en avez-vous pas assez fait ? Une sottise de plus, et je vous casse la tête. Voilà où nous en sommes grâce à vos poulets.

Guitaut tient un pistolet.

Condé éloigne Jarzay, demande à voir la Reine. Guitaut promet de la trouver et laisse le prince seul, dans la galerie. Il pourrait s'évader. Guitaut n'est pas contre ; vilain métier que d'arrêter un héros.

La Reine est guérie, certainement par grâce divine, toute migraine l'a quittée ; en grande robe d'apparat, tenant Louis près d'elle, elle reste dans l'encoignure d'une porte et regarde. Elle ne recevra pas Condé.

Guitaut revient, Condé n'a pas bougé.

— Monsieur le Prince, veuillez me remettre votre glorieuse épée.

— À vous, Guitaut, je le veux bien. Mais je ne comprends pas. N'ai-je pas été le plus fidèle soutien de mon cousin le Roi, et le ministre ne m'a-t-il pas assuré de son amitié ?

Guitaut prend l'épée du valeureux soldat comme une sainte relique. Condé lui sourit :

— Eh bien, obéissons ; où m'allez-vous mener ? J'espère en un lieu chaud. Il gèle en ce janvier.

— Monseigneur, au château de Vincennes.

— Demeure royale et forteresse. C'est un bon lieu pour un soldat. J'y pourrai parfaire mes connaissances en architecture militaire.

Condé s'approche de Guitaut et lui prend le bras.

— Vous m'accompagnez dans mon carrosse, j'espère. On arrêtera aussi ma sœur ? Elle a des talents pour faire passer le temps.

— Mme de Longueville doit être à cette heure en route vers la Normandie, qui est du gouvernement de son mari.

Condé regarde le capitaine. Guitaut lève le sourcil.

— Vous êtes bon soldat, capitaine, vrai gentilhomme, et de plus galant homme. Cette affaire terminée, revenez me voir, je vous donnerai un régiment.

— Pas à moi, Monseigneur, mais pour un mien neveu j'y consens.

Ainsi ce prince qui affama Paris fréquente les rats de Vincennes. Du moins c'est ce que pense le peuple. Condé et ses frère et beau-frère sont plutôt bien logés. Mazarin a fait bâtir deux gracieuses ailes dans les cours.

Paris allume des feux de joie, crie « Vive la Reine » et même « Vive Mazarin ».

Ce que Richelieu et Louis XIII mirent vingt ans à coudre, un enfant le réalisa en deux ans. Comme ses deux grands prédécesseurs, il le fit contraint et forcé et, mieux qu'eux, en tira immédiatement des conséquences qui s'imprimèrent fortement en son esprit et ne le quittèrent jamais.

Louis allait reconquérir son royaume en fuyant. M. Pierre de Corneille avait écrit *Horace*, et son célèbre duel inégal, un contre trois, dans l'arène ; Louis battit ses propres Curiaces, princes du sang, seigneurs de la guerre, héros du royaume, en attendant qu'ils se lassent. Parfois, simplement, en apparaissant.

Mens agitat molem, lui avait enseigné dans Virgile l'abbé Hardoin de Péréfixe, qui lui inculquait la morale et le latin que Louis maniait avec certaine grâce et un classicisme tout cicéronien. Oui, l'esprit du roi Louis meut la masse. Et, aurait-il pu ajouter, et il le faisait *in petto*, doit la mouvoir. Le fervent latiniste silencieux, avec une patience qu'on ne lui connaîtra plus bientôt, et cela il le sait, l'a décidé, va le montrer, l'imposer, il en est sûr, pour fixer à jamais son univers sur lequel ne régnera que sa volonté, version moderne du vers panthéiste de l'auteur de l'*Énéide*, est pour l'instant bringuebalé, en voyages incessants, fuites camouflées, par les « masses » agitées de mouvements incontrôlables.

Alors il découvre ce qu'il ignore : son royaume et ses habitants.

Il a tout vu, il n'a guère compris l'incompréhensible, mais il a compris les hommes, Gondi, Condé, Mazarin.

La Bourgogne est séditieuse, la Normandie peu sûre, on y traque la duchesse de Longueville qui change de refuge chaque jour et semble avoir trouvé quelque bateau pour passer en Angleterre ; on l'oublie. On ignore qu'elle a rejoint Turenne, qui s'est enfermé à Senay, place forte sur la Meuse, et qui attend les troupes espagnoles de l'archiduc Léopold Guillaume. Bordeaux est révoltée, qui a accueilli Claire Clémence de Maillé-Brézé, épouse de Condé.

Tous ces gouvernements qu'on a généreusement distribués à leurs maîtres princiers ne sont plus au Roi.

On s'occupe d'abord de la Bourgogne.

Le Roi doit y rejoindre ses armées, une idée du Cardinal.

Louis voit. La Bourgogne fut terrain de combats, théâtre des opérations entre la France et l'Empire, cette guerre terminée en Westphalie. Les trois mille personnes qui l'accompagnent traversent villages détruits, aux paysans nus comme vers marchant dans la boue, femmes hagardes qui tendent la main, enfants semblant des squelettes à gros ventre et qui ne mangent que des brins d'avoine. Que faire pour eux quand dans son pourpoint de velours on n'a pas une seule pièce ? Ici on trouve un troupeau de cinq cents orphelins de moins de sept ans accueillis par un couvent. La Reine donne deux pendants d'oreilles pour les nourrir. On traverse sans trop regarder, on va à l'armée qui assiège Bellegarde.

La pluie noie tout. Des soldats se traînent sur des béquilles, les tentes laissent passer les gouttes froides d'eau noire mêlées à la suie des incendies. Mazarin est là, qui dirige les travaux, se prenant pour Richelieu devant La Rochelle.

Un cavalier fend le déluge, un cri :

— Le Roi vient ! le Roi arrive ! le Roi est là !

On tente de présenter ce qui ressemblerait à une armée.

Il approche, sort de son carrosse. Guitaut inondé du plumet aux bottes lui présente un cheval. Le Roi monte, il est très expert en ces choses. Il a grandi, il a minci, est beau. Les soldats ne l'ont jamais vu, ils sont séduits. Ils mangent des écorces, de la paille mêlée de farine à charançons qui sont leur seule viande, ou des produits de rapines, mais ils ont le Roi.

On lui présente une lunette, à cheval il regarde les remparts de la ville rebelle, voit s'en échapper un nuage de fumée, puis entend une seconde plus tard une détonation, puis encore un sifflement, et à six pas de lui s'écrase un boulet.

Louis n'a pas frémi ! Ses troupes l'acclament. Un drapeau blanc flotte à la porte de Bellegarde, un cavalier en sort, galope jusqu'aux royalistes. Il remet un pli que Guitaut tend au Roi. Le commandant de la place présente ses excuses à Sa Majesté de cette canonnade insensée et sacrilège.

Des remparts, viennent les cris en écho de « vive le Roi ». Bellegarde se rendra dans les deux jours. Et les soldats des deux camps pactiseront dans une fête générale, pour laquelle on pillera les villages voisins.

Il suffit d'apparaître, et l'ordre renaît. Quel enfant de douze ans ne penserait pas ainsi ? Parade et impassibilité.

Bordeaux la Rebelle. La Meilleraie commande le siège. Escarmouches, quarante morts en deux heures. Mazarin dit qu'il songe à négocier. C'est une feinte. M. de Gourville vient parlementer. On offre un mariage : Mlle Martinozzi, nièce du Cardinal, avec un Conti : elle deviendrait princesse du sang royal. C'est que les vendanges approchent et la guerre va tout gâter ! Or l'été fut bon dans les vignobles. On ouvre les portes, tant pis pour Condé. La récolte est sauvée.

On peut rentrer à Paris et retraverser ce pays que Louis guette derrière les glaces de son carrosse à la Bassompierre. Il voit la Guyenne, le Poitou, la Saintonge, la France lui plaît. Il voit des collines, des châteaux tranquilles, des églises blanches ou dorées, de longues rangées de peupliers qui bruissent dans le couchant. De ce côté, les villages sont encore pimpants, la guerre n'est pas passée ou si peu, par la faute des princes. Il semble qu'on vit bien, il mange sa première fougasse, elle est parfumée au cumin.

Mais nul visage ne rit. Le Roi ne rit pas plus.

À Paris, Maman est malade, Mazarin reparti aux frontières où M. de Turenne commande des Espagnols ! M. Gaston offre des dîners. On y médit sur tout. M. Molé, du Parlement, vient faire la leçon. Il parle des causes des désordres de la France. De ces causes, la principale est venue naguère d'Italie et impose une politique jugée infortunée. Louis écoute, enrage autant qu'un Condé. Se tait.

Gaston, qui se souvient d'être lieutenant général, propose qu'on relâche les princes et chasse Mazarin. Il est intouchable et en profite.

Louis songe. Paris hurle et clame encore cette fois pour les princes que la ville a tant honnis il n'y a pas deux ans ; Louis sourit de tant de versatilité.

C'est que le peuple crève de faim et cela il l'ignore. Le Roi ne fait pas bombance mais il mange, ce n'est pas le cas aux entours de son palais. La vieille Fronde, silencieuse, mendie au coin des rues, assassine pour un pilon de poulet, un reste de poisson. Elle ne porte pas le camail de Gondi, les rubans de Condé, elle crève et se raccroche à qui la veut. Scarron avait raison avec ses pigeons chassés par des garnements et que Gondi n'a pas compris.

Tout pourrait être renversé ; tout va demeurer.

Sauf Mazarin.

Le Roi est prisonnier en son palais, la Régente aussi. Le Coadjuteur a fait tendre des chaînes dans les rues alentour, pas question de repartir nuitamment pour Saint-Germain.

On a osé pénétrer jusque dans la chambre du Roi pour le voir dormir. C'est Monsieur qui a fait ce coup-là, allié à Gondi. Mais le peuple a mis chapeau bas et genou en terre devant le sommeil feint du petit Roi. Derrière son rideau de tête de lit, une ombre, un éclat. L'ombre est celle d'un homme, l'éclat, celui d'une épée. Guitaut.

Louis a vu tout cela, dont le sang-froid de sa mère. À minuit, devant une foule criant : « Le Roi va quitter Paris », elle fait ouvrir toutes les portes, baisser les armes aux gardes ; mais leur nombre a doublé, ils sont camouflés partout dans le palais ; elle pense que Gaston, lieutenant général du Royaume, veut enlever le Roi et le conduire en son propre palais du Luxembourg. Le capitaine des suisses de Monsieur, des Souches, est là. Il voit le Roi endormi, ressort le dire. Les bourgeois veulent aussi le voir.

Ils courent dans les couloirs, ralentissent, marchent sur la pointe des pieds, sont dans la plus grande intimité, Mme de Sénecey et la Reine soulèvent le rideau du lit. Louis ronflote, le visage tourné vers le mur. « C'est un enfant », murmure une marchande de dentelles. L'enfant tourne la tête vers eux dans son sommeil.

Il est beau.

Certains mettent genou en terre.

On se relève, sort de la chambre en silence.

Louis entrouvre un œil. Il a senti l'odeur du peuple, maintenant il voit son dos.

Le lendemain, dans le jardin du palais où il est consigné, il joue à la guerre avec Vivonne et Brienne. Et un nouvel enfant d'honneur, Paul Mancini, neveu du Cardinal. Il avait détesté nièce et neveu du Grand Turc au premier regard, maintenant il s'en accommode : ce Paul est de bonne compagnie et sa sœur Marie très gaie. Une Marie encore, une Hautefort jeune !

Le Roi joue mais compte aussi. Un compte à rebours, aussi précis que la mèche d'une bombe : dans quatre mois, le 6 septembre 1651, Louis XIV sera majeur.

— Ne peut-on sortir d'ici ? demande Brienne.

— Nous sortirons, dit Louis. Quand je serai le maître j'irai où je voudrai, et je le serai bientôt.

En attendant, au Parlement on se traite de « fils de putain » entre le clan Condé et le clan Gondi.

On libère les princes qu'on avait éloignés jusqu'au Havre. Mazarin s'est chargé lui-même d'ouvrir les geôles. La duchesse de Longueville change d'amant et prend le duc de Nemours, comme Mme de Clèves dans le roman de la comtesse de La Fayette, mais avec plus d'ardeur et moins de pudeur.

Mazarin sait qu'il doit partir. Un temps seulement. Il prépare tout devant la Reine, en l'absence du Roi qui écoute aux portes.

Il prépare son exil. Se confie à Le Tellier, excellent administrateur, puis se souvient d'un homme aux yeux creux, aux sourcils charbonneux, un homme tête baissée sur les papiers, un calculateur émérite, un comptable honnête, bien que parfois astucieux. Un tenace ; il vient de Reims où ses parents tiennent négoce. Il est dans les bureaux de Le Tellier, où il est chargé des biens du Cardinal. Un emploi de haute confiance.

Si je dois quitter Paris, je lui donne procuration générale. Mais donner à un seul, c'est se livrer poings et mains liés, et tout permettre. Et puis le Parlement pourrait tout confisquer.

À moins que...

Ils seront deux à gérer mes biens ; le comptable Colbert, chez Le Tellier, et ce jeune procureur général qui vient d'acheter sa charge et qui a aidé dans l'armement d'un vaisseau de course, la *Cardinale*. Ce brillant esthète de Nicolas Fouquet.

Le Cardinal les rencontre, séparément, ne parle pas à l'un de l'autre, signale simplement l'existence d'un second « conseiller ». Et dans une cassette met des joyaux de la Couronne. En prévision, en provisions.

On veut des états généraux ; Gondi les veut, le Parlement les exige, Condé songe à s'en servir, Monsieur à les pirater. La Reine hésite ; les annonce pour septembre...

Dans l'hôtel de Condé la presse à mazarinades tourne jour et nuit. Scarron y gagne quelque 2 000 livres pour quelques vers bien tournés mais se refuse, lui, à injurier la Reine ; il est son « Malade ».

Mazarin décide de faire ses adieux. Il prend un manteau à Millet de Jeure, un chapeau à Guitaut, « pour me sentir en sécurité » dit-il au capitaine, et quitte Paris une nouvelle fois en cavalier. Il emporte aussi la cassette de la Couronne. Les adieux furent fort nobles, pas de larmes, de l'impassibilité ; le Roi y assista, salua son parrain. Il franchit la porte. Un mousquetaire l'y attendait, qu'on venait de licencier mais que Mazarin s'attachait, Charles de Batz Castelmore d'Artagnan. Il connaissait les routes jusqu'aux frontières, les ayant parcourues plus qu'à son saoul.

Le Parlement avait gagné, la Reine avait cédé. Louis connut pour la première fois l'impatience ; et se le reprocha. La Reine régente était seule. Il lui fallait la soutenir. Mme de Sénecey n'avait-elle pas montré en un baiser qu'il était homme, et lui ne savait-il pas qu'il était roi ?

Alors Louis comprit que sa mère aimait Mazarin ; chaque jour elle écrivait au ministre, chaque jour des lettres arrivaient de Brühl où l'archevêque de Cologne l'avait logé au château.

Il chaparda des lettres, lui ou l'ingénieux Brienne. Ils lurent, le langage était codé. Une phrase le retint : « Je finirai en vous disant que jamais vous ne vous expliquez mieux et ne dites des choses plus obligeantes que quand vous retenez la plume et vous empêchez de déclarer certains sentiments. Croyez, je vous en supplie, la même chose de moi et comptez-moi en tout temps et en toute rencontre pour votre serviteur obligé, et sans réserve, et pour dire quelque chose de plus :*. »

Ainsi sa mère écrivait « des choses obligeantes » et « retenait sa plume pour déclarer certains sentiments ». Et le Cardinal ressentait « la même chose », « quelque chose de plus :* ». Figuré dans leur code par cette étoile, ce quelque chose devait être céleste !

Ces deux-là s'aimaient. Louis songea, se renferma, évita Brienne et Vivonne durant trois jours. Il rêvait d'une étoile à partager avec une femme.

MADEMOISELLE A « TOUÉ » SON MARI

Demain il sera roi mais ne peut dormir. La journée fut superbe, ensoleillée comme seul Paris sait l'être à l'automne avec ses ciels pommelés de nuages en moutons qui ne sauraient cacher le soleil. Le ciel est de tarlatane bleu pastel. Il a fait doux, un peu de brise, les buissons de fleurs attiraient les abeilles. Vivonne et lui ont fait courir en manège les chevaux de la Reine, Brienne, intrépide à son habitude, a failli se casser un bras.

Mais la Reine était en noir encore ; elle le fait souvent depuis le départ du Cardinal, et cette femme en noir émeut son fils le Roi. Il revoit autre chose, un fantôme certainement, dans les allées de Fontainebleau ou bien de Saint-Germain... ces châteaux aimés dont on l'a privé pour l'enfermer dans Paris dont il ne peut s'éloigner.

Une femme en noir, une princesse de conte de fées avec deux rangs de pierres sang au cou.

Sa mère la Reine qu'il aime d'un immense amour tout à coup en cette nuit débutante qui est la veille d'un autre jour fabuleux, sa mère porte, elle, deux rangs de diamants et un rang de pierres de jais.

« Ma mère », dit l'enfant en ce dernier jour où il est

un enfant. En ces dernières heures d'enfance. « Ma mère, je vous remercie pour tout. »

Il fit une prière pour elle. Il fit une prière pour lui.

Il avait éloigné La Porte. Il se voulait seul en cette nuit. Il se souvenait de ces contes lus par le bon valet de chambre, des contes de chevalerie. Le jeune écuyer y passait la nuit en prière avant que le matin l'adoube en une chapelle et qu'il se relève chevalier.

Et puis il sentit une larme perler.

Mme de Sénecey avait été pâle la journée durant, et avant le coucher avait fait la révérence. Avait baisé le Roi au front dans son lit.

— Sire, demain je ne serai plus votre gouvernante. La loi du royaume, la loi de Dieu le veulent ainsi. M. de Villeroy demeure votre gouverneur jusqu'à demain après la cérémonie. Moi je vous quitte ce soir. Vous n'avez plus besoin de moi.

— Si, Madame.

— Non, Sire. Je retourne auprès de la Reine votre mère. Elle a besoin de toutes et tous ses amis.

— Restez, Madame, comme mon amie.

— Sire, mon dévouement vous est acquis. Pour toujours. À vous et à Sa Majesté la Reine. Mais ma tendresse reste à l'enfant que vous fûtes. Et que demain vous ne serez plus.

— Change-t-on tant en une nuit ?

— Votre âme, non, et je l'espère, mais votre corps a déjà changé. Votre état dans le monde sera demain ce que nul autre ne sera jamais. Je vous souhaite, Sire, la meilleure de vos nuits, la plus belle de votre enfance, puisqu'il s'agit de la dernière.

— Vous voyez, je suis encore enfant, Madame ma gouvernante.

La marquise eut son merveilleux sourire triste qui fendit même le cœur de son féroce cousin La Rochefoucauld.

— Oui, Sire, jusqu'à la minuit, selon le calendrier.

— Alors, Madame ma gouvernante, restez près de moi jusqu'au douzième coup du carillon de Saint-Germain-l'Auxerrois. Comme il arrive dans les contes que vous m'avez lus, l'instant où la princesse retrouve ses haillons ou, à l'inverse, où le crapaud redevient prince.

— Ou l'enfant roi devient Roi. Je resterai.

— Merci, Madame. Merci pour vos soins, vos gronderies, vos rires, votre tendresse à laquelle j'ai répondu bien maladroitement. Je fus pataud, Brienne le disait, Vivonne s'en moquait. Mais je les aime quand même eux aussi. On m'a dit autrefois de ne jamais avoir d'attachement. Maman me l'a dit ; j'ai donc désobéi à ma mère que je vénère. Je lui ai désobéi pour vous. Ma tendresse est allée vers vous toujours et trop souvent en secret. Elle n'est pas celle que j'ai pour dame Perrette, ma nourrice. Elle fut pour vous toute d'admiration. Des princesses de contes et de la réalité, aucune ne vous a égalée dans mon esprit.

L'enfant muet parlait longuement. Puis se tut. Il regardait la fenêtre. Mme de Sénecey changea de sujet.

— Fin d'un beau jour, Sire. Le ciel est en accord avec votre vie. Il ne se fit jamais aussi doux qu'aujourd'hui. Vos mots non plus. Ils me touchent profondément au cœur.

— Ce cœur, Madame, fait de vous, pour moi, la plus belle femme du royaume.

— Oh, Sire, qu'en penserait Marie de Hautefort ?

— Marie, Madame, était jolie. C'est tout !

Il est bien devenu Roi !

Une cloche, puis deux.

— Il est l'heure, Sire.

— C'est Saint-Eustache ! La Porte dit toujours que son horloge avance de deux minutes. La Porte ne ment jamais ! du moins à moi. Attendons Saint-Germain ; votre main !

Mme de Sénecey la tendit, effleura le front, la bouche de son souverain, ce que nulle autre ne s'était jamais permis. Louis retint cette main sur sa joue. Il murmura :

— Encore une minute, Seigneur Dieu !

La marquise le baisa au front.

Le carillon sonnait, limpide, dans une nuit claire et douce.

Elle retira sa main, se releva, s'écroula en révérence.

— Que Dieu, Sire, vous accorde longue vie et long règne. Vive le Roi !

— Vous êtes, avec ma mère, la seule personne que Dieu daigne écouter dans Paris.

— Dormez, maintenant, Sire. J'appelle La Porte ?

Louis rit :

— La Porte dort en travers de ma porte ! Ne le réveillez pas en sortant.

— La Porte ne dort jamais tant que Votre Majesté ne sommeille pas.

— Je sais. Je vais donc dormir. Je ne le veux pas épuiser. Il se fait vieux. Bonne nuit, Madame.

— Bonne nuit, Sire.

Il se fait vieux ! La Porte a trois ans de moins que moi ! Mais j'ai eu droit à une déclaration d'amour du Roi !

Louis ne dormait pas.

Il craignait les rêves et les fantômes. Il craignait les

souvenirs des misères, des abandons, des fuites, du froid, des révoltes ; il ne dormait pas pour obliger son esprit à tout oublier de son enfance. Mais il souffrait d'une infatigable mémoire. Il fallait pourtant la maîtriser et tout oublier. Tout. La vie jusqu'ici ne lui avait pas plu. Il en exigeait une nouvelle, qu'il construirait de lui-même, qui naîtrait de ce même cerveau où tout se bousculait en images qui ne signifiaient rien mais surgissaient contre sa volonté.

Il devait trier, il devait effacer, barrer comme une erreur, un solécisme dans ses devoirs de latin devant l'abbé de Péréfixe. Faire de cette enfance une boulette de papier qu'on jette en la corbeille dans la salle des études. Un livre qu'on referme et qu'on demande à La Porte de cacher au plus haut dans la bibliothèque.

Il ne devait avoir aucun regret.

Louis nageait dans une étrange complexité où il craignit de se noyer. Tuer son enfance ! Voilà ! Comme un bourreau tranche un cou.

Tuer tout ce qui l'avait entouré. Pour pouvoir tout changer, même le passé. Le réinventer comme les historiens le réinventent. Non pas ainsi, les historiens rapportent les faits désincarnés, politiques, hagiographiques. Non, ce n'était pas cela encore.

Changer le passé. Le sien, créer un passé de Roi.

Déjà il avait oublié son père, lui dont la mémoire n'oubliait rien. Le visage ne lui en revenait pas, sinon ces bonnets à deux pointes, des chapeaux, peu de poil sur la lèvre du dessus et sous l'autre, cette pointe de flèche qui picotait.

Tiens, il avait oublié que Mazarin existait, alors qu'il n'était absent que depuis... depuis combien de mois ?

Faire comme si ce cardinal qui écrivait à sa mère n'était jamais apparu en France.

Mais il était son parrain.

Tuer Gondi.

Ne pas tuer Condé, il est si glorieux, mais l'abattre. Pourquoi n'est-il pas mon ami ?

Oublier le conin de Mme de Beauvais où il avait joui trois fois un après-midi d'accalmie au milieu des tempêtes de Paris dans une chambre près de celle de sa mère. Certes il devait être déniaisé, mais par celle-ci ! Avec son œil de verre et qui avait couché avec Chamarande qu'on disait bougre, et Vardes qui se montrait frondeur.

Tuer Vardes. Il est aux Condé.

Louis sourit de la sottise de Mme de Beauvais la Borgnesse quittant la chambre des ébats en robe d'intérieur de soie de Chine et claquant dans ses mains trois fois devant la Reine, Mazarin et Mme de Sénecey ! Imposture. Un peu de honte aussi. Trois fois Louis, à treize ans en ce jour fatidique et nécessaire, et somme toute plaisant, avait songé, et cela l'avait grandement aidé, que c'était en le conin de sa gouvernante que son guilleri s'était épanché ! Que c'étaient ses lèvres qu'il avait baisées. Seules lèvres de femme jamais posées sur les siennes, sauf celles de cette Cathau la Borgnesse en service commandé.

Choisir ses amours désormais.

Il fut ravi de la nuit et que le quinquet de veilleuse fût si faible car il rougissait d'une honte agréable, et merveilleusement sensuelle et troublante, à imaginer sa gouvernante tant aimée à la place de Cathau de Beauvais.

Il gloussa. La marquise l'ignorerait toujours. Mais lui, il décida de garder ce faux souvenir à la place du vrai. Et c'est sur un sourire que le roi Louis XIV devenu majeur s'endormit.

Un mensonge fait à soi-même est parfois le plus doux des oreillers.

Cinquante gardes-françaises en casque de parade et aux couleurs royales, cent chevau-légers de la Reine, deux cents chevau-légers du Roi en uniforme bleu chargé d'or, cent gardes suisses en toque de velours noir à gland d'or ; les trompettes en velours noir aussi et passementeries d'argent, les hérauts d'armes en cotte de velours cramoisi fleurdelysé, les pages coiffés de plumes bleues, blanches, rouges, le grand prévôt sur son cheval caparaçonné d'une housse d'or, le colonel des suisses en satin couleur de feu ; les gouverneurs des provinces désunies, les maréchaux de France, les grands officiers de la maison du Roi. Des haies de suisses et de gardes entre le Palais royal et celui du Parlement. Les fenêtres louées à des prix honteux d'être sans concurrence, les toits noirs de monde jusqu'au Pont-Neuf d'où six personnes tombèrent en Seine et quatre se noyèrent.

Et lui, monté sur un cheval barbe isabelle dont la fougue maîtrisée attestait la maîtrise de son cavalier à tenir les rênes d'un royaume. Le visage dont tout le joufflu de l'enfance avait disparu et qui affichait la gravité que certains avaient connue à son père et la majesté que tous reconnaissaient à sa mère.

Louis croulait sous des broderies d'or qui interdisaient de connaître la couleur de son pourpoint. Il était beau, et se savait l'être, sans complaisance aucune. Il tenait son chapeau à la main plutôt que de s'en coiffer, car il saluait le peuple tout entier.

Ce fut un cri d'amour mêlé d'un hurlement de joie.

Il avait réussi, tout était oublié, seul le présent comptait ; le présent d'où naissent tous les avenirs. Il brillait comme un soleil en cette matinée de 7 septembre, fête de saint Cloud.

Suivait sa mère en un carrosse d'or avec son frère le petit Monsieur, son Féfé, et le grand Monsieur son oncle plus parfumé que jamais, plus souriant qu'après une trahison, plus aimable qu'après un pardon extirpé.

Il allait vers le Parlement qu'il eût bien brûlé la veille ! Patientons.

Il arrive.

S'avance le prince de Conti, qui le salue bas et lui tend une missive de son frère le prince de Condé, qui présente ses excuses de ne pouvoir assister à la cérémonie.

Louis XIV touche à peine l'épître du bout des doigts, ne la lit pas, la tend sans un regard à M. de Villeroy, encore son gouverneur pour quelques minutes. Le dédain répondant au mépris.

Il y aura messe en la Sainte-Chapelle. Elle est célébrée par le confesseur de Sa Majesté en présence de M. le Coadjuteur dans le chœur. Louis ne voit personne ; du moins l'a-t-il décidé. Gondi un jour a trouvé l'enfant « sot ». Il verra à quelle aune il conviendra de mesurer sa propre sottise.

La procession quitte les lieux saints pour la grande salle des lieux de la loi.

Le chancelier fait son discours, très bref, Dieu merci.

Alors sa mère, en velours noir, en diamants, s'agenouille sur les degrés qui montent en quatre rangs vers le trône où siège le Roi. Les hérauts lui ont remis la couronne et l'épée de gloire.

— Sire, voici la neuvième année que, par la volonté du défunt Roi mon seigneur et votre père, j'ai pris soin de votre éducation et du gouvernement de votre État. Dieu ayant par sa bonté donné bénédiction à mon travail et conservé votre personne qui m'est si chère et est si précieuse à vos sujets, à présent que la loi de votre royaume vous appelle au gouvernement de cette monarchie, je vous remets avec grande satisfaction la puissance qui m'avait été donnée pour la gouverner et j'espère que Dieu vous fera la grâce de vous assister de son esprit de force et de prudence pour rendre votre règne heureux.

Tous les parlementaires mettent genou en terre pour rendre hommage au souverain.

Dans le même mouvement Louis se lève et relève sa mère, l'embrasse par deux fois, garde sa main en la sienne, la faisant monter au degré où il se trouve, et force sa voix :

— Madame, je vous remercie du soin qu'il vous a plu de prendre de mon éducation et de l'administration de mon royaume. Je vous prie de continuer à me donner vos bons avis et je désire qu'après moi vous soyez le chef de mon Conseil.

Et le Roi baise une des deux plus belles mains de son royaume.

Il faut retourner au palais, recevoir les hommages des fidèles et des traîtres, replonger dans le chaudron des réalités dont il a pu s'évader deux heures, en gloire.

Condé n'était pas venu. Le lendemain Condé était là. Pour quoi faire ? Pour protester. Prince du sang, cousin du Roi, membre du Conseil, il refusait l'entrée en ce même Conseil à Chateauneuf, Molé et La Vieuville.

Monsieur, élégant, souriant, appuya son cousin puis s'assombrit comme un acteur du théâtre italien, en fronçant le sourcil, et déclara qu'il ne paraîtrait au Palais royal si ces ministres étaient ici acceptés.

Louis XIV assis écouta, se tut. Puis se tourna vers le chancelier Séguier, lui réclamant les sceaux qu'il donnerait à Molé. Il fit appeler La Vieuville et Chateauneuf, et indiqua leur place à la table. Condé pâlit, Monsieur se tut.

Le Roi avait décidé.

Le lendemain Monsieur, qui n'en était pas à une promesse oubliée près, assistait au premier lever du Roi, le premier de soixante-trois ans de règne, et le soir soupait au Palais royal.

Et y dansait.

Le Roi était moins roi qu'il ne le croyait. Il dut une fois de plus ouvrir le bal avec cette grande haquenée (il aimait les mots) de Mademoiselle, sa cousine, fille de Monsieur, qui du haut de ses vingt-cinq ans entendait toujours épouser ce cousin couronné. Il y nota une différence. Désormais elle n'avait plus une tête de plus que lui. Si cela était il la couperait volontiers.

On ne peut dire que le visage du Roi reflète une grande joie bien qu'il aime tant danser, seulement danse-t-il avec élégance et y prend-il peu à peu plaisir, oubliant cette étrange cavalière qui pourrait s'engager dans ses dragons.

Son frère Philippe, duc d'Anjou, le nouveau Monsieur, s'amuse comme un fou. C'est son emploi dans la pièce, le cadet désinvolte et capricieux. Il invite même la fille de Cathau la Borgnesse pour un branle, pensant au passage que nul n'a songé, lui, à le déniaiser. Cela tombe très bien, il sait depuis longtemps qu'il préfère les garçons. Comme Papa mais avec plus d'ardeur. Mais Mlle de Beauvais lui plaît bien, elle rit, est insolente, se moque de tout et des gens trop guindés de cette Cour, dit des cruautés, rit aux grossièretés qu'il adore claironner. Il l'aime beaucoup, elle l'aime bien, ils s'amusent.

Ils changent les pas de la danse, du branle, de la gavotte, n'en font qu'à leur tête. Le Roi, lui, respecte les règles, Philippe et sa cavalière inventent. Avec tant d'audace que le duc d'Anjou glisse, se prend un pied dans le bas de la robe de Mlle de Beauvais et tombe sur son derrière.

On se précipite, Louis arrête de danser, salue et remercie Mademoiselle (cette haquenée !).

Mlle de Beauvais éclate d'un rire que seules les filles des rues savent lancer sur le passage d'un galant éconduit ou à l'idée d'une bonne farce à lui faire.

Philippe se relève, rouge pivoine sous ses rubans de feu, regarde autour de lui, scrute les visages contrits d'hypocrisie, celui sévère (comme à chaque heure du jour) de Louis (ce roi balourd) et déteste le rire de folle de la fille de Cathau la putain du roi gamin. Il la gifle à toute volée.

La musique cesse alors que le Roi ne l'a pas ordonné.

Mlle de Beauvais reste ainsi la bouche ouverte, surprise, glacée d'effroi, regardant le visage de Monsieur pâle comme la mort et prêt à recommencer. Elle lève un bras, attendant un prochain coup. La main de Philippe en effet le démange.

— Cessez, Monsieur mon frère.

Philippe se retourne vers le Roi, image de la fureur.

Louis est calme, raide, le regarde. Philippe reprend contenance mais ses yeux le trahissent.

Et le Roi sans ciller, sans crier, mais à voix très audible, dit :

— Qu'on le fouette !

Un murmure, une vague inonde la salle de bal.

Fouetter le frère du Roi, la seconde personne dans la hiérarchie du Trône, l'héritier immédiat de la Couronne !

— On ne gifle pas une dame devant le Roi. Qu'on le fouette !

Le Roi là aussi a décidé.

Mais sait-il qu'un Roi a besoin de mesure ?

Pendant ce temps Condé hésite. Ce que Richelieu et Louis XIII réussissaient en tergiversant, soudoyant, ondoyant, installer et imposer un ministère, le gamin l'a réussi en restant assis sur son cul et en décidant. Il sourit, du moins un rictus se dessine-t-il sous le bec d'aigle qui lui sert de nez ! C'est bien un Bourbon, que ce cousin-là. Un vrai ! Condé aurait presque envie d'applaudir. Avec une telle volonté, pourquoi aurait-il besoin d'un Mazarin ?

Se rallier à lui, être ministre, gouverner ensemble, en cousins. La Reine est fatiguée, parle de plus en plus du Val-de-Grâce où elle veut reposer, prier, se défaire de ce pouvoir qui l'enchaîne plus qu'il ne lui plaît.

Se rallier, devenir ministre. Laisser tomber ses amis, ses frères... Ce nabot noiraud de Gondi ! devenir... non.

Jamais Condé ne sera un bichon du petit Roi. L'instabilité du caractère est là, et le coup de folie, qui donne la victoire, comme à Lens, comme à Rocroi.

Ce gamin était pataud, il lui semble benêt. C'est sa mère qui lui a tricoté le camouflet de ce ministère. Bien sûr que ce n'est pas Louison. Trop enfant encore. La preuve, il fait fouetter son frère. Une bêtise de gamin.

Mais Condé hésite encore. Lui, se soumettre ! comme un vulgaire Gaston !

Il a vaincu la fronde du Parlement. Il veut bander la sienne.

Sa sœur vient le voir. Elle a quitté M. de Longueville, bien obligé de s'occuper de la Normandie. Elle vient entreprendre son frère, car Anne Geneviève veut la guerre et le pouvoir. Et sait que son frère hésite. Elle sait ce qui peut le décider ; il a trente ans, il est fou, il est génial, il est faible devant elle. Elle a deux ans de plus que lui, elle est belle, sensuelle, experte, impudique.

— Louis, allons à Bordeaux. La Guyenne est ton royaume, Louis II de Bourbon Condé. L'Espagne est à côté. Nous prendrons...

— Nous ne prendrons rien, le Roi est mon cousin.

— Le Roi n'est rien ! une apparence, un enfant étiré qui se prend pour le maître et n'est que capricieux. La Habsbourg en joue comme d'une marionnette, et la Habsbourg c'est le Mazarin. Ils s'écrivent chaque jour. Il envoie ses ordres de Cologne, elle se prépare à son retour. Elle t'endort. Alors que tu as sauvé le Trône on te mortifie en dédaignant ton avis et nomme les ministres contraires à ta volonté. Es-tu encore un Condé ? Comme à Rocroi, frère mon amour, à Nordlingen ? à Lens ? devant Paris ?

— Anne Geneviève, ma sœur. Il faut réfléchir.

— Tu es aussi lent qu'on dit l'autre Louis l'être, celui qui trône, parade et danse ! Viens.

Il la regarde, baisse la tête. « Voilà qu'il me fait la mine de ses seize ans », songe la pétroleuse.

— Viens, te dis-je, Condé, baiser ta sœur comme tu aimes !

Il ne bouge pas.

— Louis chéri.

Il se lève.

Anne Geneviève le mène au lit. Il ne lui a jamais résisté.

Ici, en ce lieu, en ce lit, en cet après-midi, dans le même temps les sens du plus grand général que la France ait connu se réveillent et rallument la guerre civile. Le frère ne peut offrir grande résistance dans les bras d'Anne Geneviève de Longueville. Nul homme ne l'a pu.

La Reine veut le retour de Mazarin.

Il faut poursuivre Condé et sa sœur, à Bourges puis en Guyenne ; Charles IV de Lorraine, nouveau prince pillard, comme aux temps barbares ravage l'Est ; on dénombrerait si l'on y pensait 60 000 mendiants dans Paris. On y attaque le carrosse de Mlle de Guise pour la détrousser et la trousser, le maréchal d'Ornano doit fuir à pied, on tue ses chevaux pour les manger.

Mazarin revient. Les mains pleines. Les petites boîtes de velours noir enfermant les diamants se sont délestées. Mais il amène avec lui 4 000 hommes, une armée modeste mais on peut en multiplier le nombre par dix, car à sa tête il a pu acheter le vicomte de Turenne, ancien général des rebelles qui commandera en chef contre l'ancien général du Roi, Condé.

Il rattrape le Roi et la Reine sur la route de Guyenne, le 30 janvier 1652, à Poitiers. Le Roi fait à son parrain l'honneur d'aller à sa rencontre et de l'inviter en son logis.

Mazarin absent trop longtemps voulut voir ses comptes et Cantarini. N'avait-il pas offert une armée et un général à la France, et cela avait coûté. On devait calculer et trouver des dédommagements.

Les nerfs de Cantarini avaient menacé de craquer mais M. Colbert veillait et tenait les livres de comptes dont Cantarini était ravi de se débarrasser, car si on les avait trouvés chez lui il était sûr d'être pendu et sa maison brûlée, dénoncé comme financier du bougre de Calabre et de ses voleries. Colbert ajusta les comptes en faveur de son maître et fut aidé en cela sur le plan jurique par M. le procureur général Nicolas Fouquet.

La Reine trouva 120 000 livres, mit au nom de son fils Philippe le régiment italien de Mazarin, et fit de ses vaisseaux corsaires des vaisseaux du Roi. Elle paya. Seul Fouquet, qu'elle chérissait pour ses inventions de magicien, sut avec quoi.

La Reine n'avait pas chômé et s'était gagné Gondi. Le chapeau de cardinal contre une accusation en bonne et due forme de Condé pour crime de lèse-majesté. Gondi écrivit le réquisitoire, Fouquet l'aménagea.

On rentra à Paris qu'on quitta vite pour Saint-Germain, les armées de Condé renflouées d'Espagnols remontant au pas de charge pour conquérir ce qu'il avait déjà assiégé, la capitale. On se battit à Bléneau, près de Gien, en avril. Condé quitta son armée pour entrer dans Paris. Turenne vainquit à Etampes cette armée privée de son esprit. Il fallut à Condé quitter les bras de Mme de Châtillon sa maîtresse pour reprendre le service. Condé réussit à ramener les troupes dans Paris.

Turenne prépara l'affaire, sans bruit, sans rumeur, discrètement. L'armée frondeuse campait au faubourg Saint-Antoine, à l'ombre de la Bastille. Et faisait face à l'est. Turenne attaqua vers la route de Charenton au sud, et dans le même temps à l'est vers la route de Charonne. Là, sur la colline, le Roi et Mazarin, cuirassés, regardaient l'échauffourée.

Enfin Turenne attaqua au centre, en direction du faubourg. Les charges se succédaient. La mêlée se fit sanglante. Turenne patientait. Il attendait. Il attendait que le maréchal de La Ferté amenât son artillerie.

Condé et les siens furent bombardés. Ils reculaient vers les fossés et allaient mourir fusillés, canonnés contre les remparts. Alors la porte de la clé des champs, la lourde porte de la ville, s'ouvrit. Ils s'y engouffrèrent. Quand retentit la détonation inattendue. Le canon de la Bastille qui servait si peu et si mal venait de tirer sur les troupes royales.

Tiré par une femme.

Mademoiselle avait tenté de persuader Monsieur son père de prendre les armes pour Condé. Monsieur se dit malade, pas assez pour garder le lit mais trop pour sortir. Alors elle sortit, casquée. Courut au faubourg, à l'Hôtel de Ville, obtint des échevins qu'on ouvrît la porte au Grand Condé. Grimpa à la Bastille, vit le canon pointé sur la ville, c'était une tradition, le fit tourner vers l'extérieur, convainquit le gouverneur, fils du conseiller Broussel, de le faire charger. Le fils de Broussel ne pouvait rien refuser à Mademoiselle.

Elle rencontra Condé, le col de chemise plein de sang, les cheveux mêlés, le visage poussiéreux, la cuirasse bosselée de coups, l'épée à la main ayant perdu son fourreau. Beau comme un dieu ! féroce comme un fauve blessé. Mademoiselle ordonna au canon de tirer.

Le Roi et Mazarin virent le panache de fumée qui s'élevait de la plus haute tour, puis entendirent la détonation. Louis sourit, cela lui rappelait une vision dans une lunette, il y avait peu, à Bellegarde, quand on avait tiré sur lui.

Mazarin contempla l'affaire, puis laissa tomber : « Ce canon-là a toué votre mari, Mademoiselle ! »

La fille de Monsieur n'épouserait jamais son cousin Louis et ne serait pas reine de France.

Deux mille morts, La Rochefoucauld aveugle, un neveu de Mazarin la tête cassée. Condé est dans Paris, vaincu mais en vie. Entouré d'Espagnols dont les écharpes rouges ont sur les Parisiens l'effet qu'elles ont sur les taureaux : la haine. L'ennemi chez eux.

Il y a pis. La chasse aux « mazarins » ou supposés tels est ouverte. On massacre tout ce qui peut sembler partisan du ministre et Condé laisse faire. Qui est un mazarin, qui est un condé ? Les riches sont mazarins car on peut les piller. Le 4 juillet trente notables sont massacrés à l'Hôtel de Ville. Une partie de la ville brûle.

Monsieur en son palais rappelle qu'il est lieutenant général du Royaume. Beaufort est nommé gouverneur, Condé généralissime des armées, et décide que pour vaincre il lui faut 800 000 livres. On prend l'or de l'Hôtel de la Monnaie et décrète un impôt sur les portes cochères. Les Parisiens fuient par la Seine et la ville se vide du tiers de sa population.

La Cour s'installa à Pontoise, le Roi y organisa un Parlement avec Matthieu Molé et Nicolas Fouquet. Mais que décider ?

Mazarin eut l'idée :

— Ce Parlement me demande de quitter le ministère, le Roi me l'ordonne, je pars... *ma*, pas très loin. À Bouillon !

Auparavant le frère de Turenne, le duc de Bouillon, avait été nommé ministre pour s'assurer la fidélité d'un général doué mais versatile.

À Paris on réclamait le retour du Roi en longue procession autour du Palais royal, comme autour d'un catafalque.

Condé hésita. Sa sœur n'était pas là. Il partit une nuit vers les Pays-Bas. Le prince de Condé se faisait général espagnol. Une semaine après, la Cour entrait à Paris mais oublia le Palais royal pour le vieux Louvre plus défendable.

Monsieur fut prié de rejoindre ses terres de Blois dès le 22 octobre en emmenant sa fille. Gondi se fit discret. Il avait marié son ami Scarron au plus fort de la tourmente et avait apprécié ce moment de paix.

Le mariage fut simple, un notaire, deux témoins puis la cérémonie religieuse célébrée par l'aumônier de l'hôtel de Troyes dans le petit oratoire particulier.

Gondi se rappela que la nappe qui couvrait l'autel était un jupon de Mme de Fiesque, qui avait des bontés dans tout Paris, dont on distinguait sous ciboire et cierges les grandes fleurs de brocatelles jaunes. Un mariage du religieux et de la galanterie. Scarron oublia, trop heureux, d'en traire un sonnet.

Désormais, Gondi voyait la Reine qui lui faisait bonne figure, le Roi qu'il trouvait trop silencieux et sévère pour avoir de l'esprit. Et, Mazarin parti, il se reprit à rêver.

Il vit le Roi tenir un lit de justice, dans la grande galerie des Peintures, et écouta aussi peu qu'il voyait. Cela l'ennuyait. Simplement constatait-il que Sa Majesté, du moins sa mère pensait-il, amnistiait tous les Frondeurs à l'exception de Condé, Beaufort, Broussel, La Rochefoucauld (« Pauvre duc, pensa-t-il, il voit encore moins que moi puisqu'il ne voit rien »), et Rohan.

Il ne prêta nulle attention au fait que le Roi décidait que le Parlement ne s'occuperait plus de finances ni d'autres affaires de l'État comme les relations avec l'étranger. François Paul avait la tête ailleurs : sous un chapeau rouge. La Reine avait accepté, le pape aussi, il était cardinal de Retz. La Reine lui avait proposé l'ambassade de Rome ; il préférait le trône archiépiscopal de Paris et le fauteuil de Mazarin. Il en rêvait encore.

Il sortit du Louvre en pensant que ce lit de justice avait été fort ennuyeux. Irait-il chez Scarron ? Sa femme était jolie. Il vit dans la grande salle de bal qu'on dressait des tréteaux.

— Qu'est-ce là ?

— Un théâtre, Monseigneur, que l'on construit.

— Et pourquoi donc ? Corneille aurait-il encore usiné une de ses infernales et interminables tragédies ?

— Non, M. de Benserade a écrit un ballet dit *Ballet de la nuit*. La musique est de M. de Cambefort.

— Ah oui, un ballet bien sûr. N'en est-on pas las ?

— Sa Majesté en raffole et danse fort bien.

— La Reine danse !

— Le Roi, Monseigneur.

— Bien sûr, le Roi.

Pour Gondi, « Sa Majesté » était une femme, ancienne infante espagnole, et non ce fils ingrat, silencieux, au regard de fourbe timide qu'on disait être roi de France.

— Il dansera pour la Noël.

— Fort bien, fort bien.

Et Gondi quitta le Louvre en se demandant qui visiter depuis l'exil de ses amis et le départ à Port-Royal de Mme de Guéménée. Elle s'était trouvé une âme janséniste et faisait là-bas des escapades plutôt que des retraites. Il se moquait bien qu'elle y eût des amants chez les sévères théologiens du grand Arnauld.

Il frissonna dans l'air frais. Après tout c'était mieux de se faire oublier. Et, contre toute intelligence et la résolution qu'il venait de prendre à l'instant, il se rendit à l'hôtel de Chevreuse, si proche et si tentant.

La duchesse avait de si beaux yeux et, croyait-il, un faible pour lui. Et puis il avait les prêches de l'Avent à préparer, et rien ne valait une jolie femme pour inspirer, même des textes pieux.

Mme de Chevreuse portait une soie verte qui allumait encore l'émeraude de ses yeux. La gorge était toujours ravissante et l'allure celle d'une princesse de Rohan. Mme de Chevreuse n'avait recouvré ni près de la Reine ni de toute la Cour son ancienne position, ni la confiance qu'elle avait espérée. Elle et Gondi parlaient donc, de souvenirs plaisants, d'aimables farces, peu de la Fronde, beaucoup du passé et du succès en Cour.

— Je n'y paraîtrai plus, Madame, dit le Cardinal tout neuf.

— Et pourquoi donc ?

— On m'y fait mauvaise figure.

— Je n'ai pas non plus beaucoup de grâces à y trouver.

— Vous que la Reine appelait sa sœur !

— Cela est du passé mort. Le présent est terne et malade. Mais vous êtes d'avenir. On sait des choses.

— Et que sait-on ?

— Que la Reine veut se raccommoder avec vous et donc avec l'archevêché, et, par ce siège, avec tout le clergé de Paris qui a tant souffert... et protesté. Vous en êtes une sorte de général.

— Vous croyez que la Reine se trouve en ces dispositions ; mais le Roi ?

— La Reine gouverne le Roi quoi que ce jeune homme en pense. Et le Roi est trop entiché du ballet qu'il prépare pour s'inquiéter d'autre chose. N'oubliez pas qu'il n'a que quatorze ans et toute cette politique l'ennuie. Il préfère danser. Savez-vous que ce ballet est fort joli, j'en ai vu des répétitions.

— Vraiment.

— On y voit le petit Monsieur travesti en Aurore, je dois avouer qu'il est né pour être fille, il est à croquer.

— On le dit assez fille, en effet, avec le comte de Guiche.

— Et sa voix est belle.

— Il chante aussi ?

— Oui, il prépare l'arrivée du Roi qui apparaîtra en Soleil. Le costume est fort beau, resplendissant d'or.

Mme de Chevreuse fit appeler sa fille, Charlotte, qui avait hérité des grâces de sa mère et de ses yeux à fracasser les âmes.

— Charlotte, voulez-vous chanter pour M. le cardinal de Retz ?

— Oui, Madame.

— L'entrée du *Ballet de la nuit* que nous vîmes répéter hier par le Roi, le petit Monsieur et M. de Villequier.

— Ah, dit Gondi, le capitaine des gardes du corps danse aussi.

— Quand le Roi danse, mon ami, tout est mobilisé. Rappelez-vous comme le Cardinal, le grand, le mort, dansait mal !

Gondi s'esclaffa.

— On eût dit un cheval. Mais j'empêche mademoiselle votre fille de faire entendre son adorable voix.

— Chantez, Charlotte. L'air de l'Aurore.

Charlotte chanta.

Le Soleil qui me suit, c'est le jeune Louis.
La troupe des autres s'enfuit,
Dès que ce Grand Roi s'avance,
Les nobles clartés de la Nuit,
Qui triomphaient de son absence,
N'osent soutenir sa présence.
Tous ces volages feux s'en vont évanouis,
Le Soleil qui me suit, c'est le jeune Louis.

Gondi applaudit doucement, avec élégance. Charlotte de Chevreuse salua, rangea son luth, sa mère l'embrassa et la congédia.

— Qu'en pensez-vous ?

— Flagorneur. Benserade chasse une pension !

— Mais encore ?

— La musique est jolie et la voix de mademoiselle votre fille a l'éclat de vos yeux, donc des siens.

— Arrêtez vos galanteries. Avez-vous compris ?

— Il y avait quelque chose à comprendre dans ces platitudes ?

— Voyons, mon ami. Supprimez certains mots : « La troupe s'enfuit », « Les nobles qui triomphaient en son absence n'osent soutenir sa présence », « Tous ces volages s'en vont évanouis »...

— De la politique en musique !

— Oui, le triomphe sur la Fronde. Et cette célébration où nous sommes tous conviés est en quelque sorte un pardon dont le Roi fait un spectacle.

— Il n'est roi qu'au théâtre, dit-on.

— On dit tout ! Et nous-mêmes avons tout dit, et des choses bien pires.

La duchesse rit à fracasser le cristal.

— Voyez, il faut paraître, le Roi même nous y invite, pour sa propre gloire.

— Vous avez sans doute raison, Madame, vous avez su décrypter bien des secrets de l'histoire.

Gondi décida de retourner au Louvre dès qu'il aurait écrit ses prêches de l'Avent.

Il s'y rend. Dans un couloir il rencontre le Roi avec ses gardes qui sort de chez sa mère et dit à Villequier, son capitaine des gardes du corps :

— Eh bien voilà, il me faut faire le Roi.

Gondi sourit en son intérieur. Oui, faire et ne pas être. Petit pantin benêt. Le Roi le voit et s'approche de lui, souriant. Gondi salue.

— Sire.

— Ah, bonjour, monsieur le Cardinal.

Le Roi est gai avec un grand regard d'enfant heureux après s'être ennuyé.

— Avez-vous vu ma mère, monsieur de Retz ? Elle souhaitait vous parler. De la Noël, je crois, en votre cathédrale.

— Non, Sire, je n'ai pas rencontré ni salué Sa Majesté.

— Venez, je vous y mène.

Et le Roi prend Gondi par le bras.

— Savez-vous que nous allons donner le *Ballet de la nuit*, où curieusement je danse le rôle du Soleil ?

Le Roi rit.

— Le soleil en pleine nuit. M. de Benserade a de ces idées. Mais la comédie est fort jolie.

Le père Paulin les rejoint.

— Il est, Sire, l'heure de la messe.

— Oui, mon Père, une seconde encore, je voudrais montrer les décors à M. de Retz.

— Sire, Dieu passe avant la comédie.

— Vous avez raison, monsieur Paulin. Je vous suis.

Et Louis se tourne vers M. de Villequier :

— Capitaine, prenez soin que nul ne monte sur le théâtre.

— Il en sera fait selon vos ordres, Sire.

Et Villequier se tourne vers Gondi :

— Suivez-moi, Monsieur, de par l'ordre du Roi.

— Quel ordre ? De me mener chez Sa Majesté la Reine ?

— De vous arrêter. Au mot théâtre, avait ordonné Sa Majesté... le Roi.

M. de Villequier le mena en ses appartements où on servit au prisonnier un fort bon dîner. Puis, sur les trois heures, on le fit passer par la grande galerie du Louvre. Descendre vers le pavillon de Mademoiselle qui en était exilée. Et dans la cour, on lui retourna ses poches, comme l'on fait aux coupeurs de bourses. Un carrosse attendait. Villequier monta avec son hôte, la voiture fut entourée de gardes et de gendarmes, roula vers la porte de la Conférence, la porte Saint-Antoine, et se dirigea vers Vincennes.

Trois exempts attendaient le cardinal de Retz, qui vit que sa chambre dans le donjon n'était pas chauffée.

— Mais il n'est pas de feu !

— Le Roi manque de bois ! Comme en la nuit des Rois à Saint-Germain !

LES EFFETS D'UNE COMPLEXION AMOUREUSE

À son premier lit de justice tenu à quatre ans, Louis XIV avait reçu comme conseil du président du Parlement, M. Omer Talon, d'imiter en toute chose la mémoire de son grand-père Henri IV dit le Grand.

Il imita.

Louis XIV touchait un âge où tout homme a besoin d'admirer. Il admirait avec tendresse sa mère, qui avait gouverné son royaume en des périodes où bien des hommes s'étaient montrés faibles et versatiles, où elle, une femme veuve et qu'on avait tenue loin des affaires, avait malgré quelques heurts tenu ferme les rênes du carroi afin qu'il ne verse pas, et il n'avait pas versé ; elle avait eu sous les yeux l'exemple anglais qui fut un temps la mort de la monarchie. Il avait eu sous les yeux, lui, la dissimulation ondoyante d'un Italien saisi par l'amour de la France, et il côtoyait assez ce Mazarin tant vilipendé, lui-même parlant à son sujet de Grand Turc et de Sardanapale, avant que de passer au plus affectueux nom de parrain, pour déguster à la fois ses victoires, celle de Rethel lui revenait bien que le peuple ne lui en fasse pas crédit, et la fin de la Fronde aussi, sur son coup de dés audacieux, faisant mine de se retirer, son nom attirant toutes les haines, afin de mieux revenir, et, on pourrait le dire, en gloire.

Louis était d'un âge aussi où on a besoin de s'admirer soi-même, et d'affirmer sa présence autrement que par le titre de Roi. Il admirait avec satisfaction la manière qu'il avait eue de faire arrêter un cardinal en son propre palais par ce que l'on peut appeler un coup de théâtre, puis son dernier mot qui avait été le mot de code par lequel Villequier devait se saisir de Retz né Gondi, et le mener à Vincennes d'abord, avant qu'on l'expédie plus loin, à l'autre bout de la France.

On le disait d'esprit lent, il savait qu'il prenait son temps pour réfléchir, et il prit celui de se pencher sur lui-même. Ce qui n'est pas mauvaise occupation ni suffisance quand on la pratique honnêtement. Et Louis se voulait honnête homme, comme les auteurs qualifiaient déjà l'homme idéal de son temps. Le Moyen Âge avait eu le chevalier, la Renaissance l'humaniste, eh bien sous Louis XIV il ne détestait pas que l'honnête homme triomphât. Un homme ayant des connaissances dignes d'un humaniste, une morale digne d'un chevalier, une détermination dans l'action, une volonté dans la pensée qui ne dédaignait pas qu'on l'enseigne.

Il remerciait d'ailleurs sa mère et son parrain d'avoir voulu que son éducation soit la plus concrète possible, en quelque sorte empirique, comme l'on disait en médecine ; et que seuls les faits avérés lui enseignent la compréhension de la vie.

Louis se jugea sage. Il jugea aussi que son valet de chambre La Porte lui avait plus appris que son gouverneur M. de Villeroy, qui en remerciement de son inefficacité avait été fait duc. Et rougit que sa gouvernante Mme de Sénecey n'ait point eu, elle, un tabouret de duchesse. Sa mère certes la traitait comme telle, mais le brevet du titre ne lui avait pas été accordé. Il se rembrunit à cette pensée, car le remords est désagréable à tout souverain ; il avait vu la marquise, à laquelle il avait voué un amour d'enfant mais quasi charnel, occupée à soigner les yeux blessés de son cousin frondeur, le duc de La Rochefoucauld, qui avait perdu la vue après l'engagement du faubourg Saint-Antoine et la recouvrait.

Là encore la leçon était tout empirique. Marie Catherine de La Rochefoucauld-Randan, marquise de Sénecey, aimée de Guitaut, le plus fidèle de ses officiers, et aimant celui-ci, trahissait-elle son Roi en soignant un de ses ennemis, ou bien, telle Antigone, soignait-elle cet ennemi qui était de sa propre famille au nom d'une morale qui transcendait les lois ? Louis se montra friand de ces débats intérieurs que Corneille, tant chéri par sa mère, et auquel elle avait donné un temps le gouvernement de Rouen car il avait été fidèle à la royauté pendant ces troubles agaçants, montrait en alexandrins sur le théâtre.

Un vers lui revenait d'une de ses nobles tragédies : « *Enfin je vous veux Roi, regardez si vous l'êtes.* »

Louis regardait donc, en lui et alentour. Dans les Rois passés dont La Porte lui avait lu les portraits, les grandeurs, les bassesses, les sagesses et les folies, et en l'avenir, c'est-à-dire en l'image que, dans ce grand livre d'histoire, lui, Louis XIV roi de France et de cette Navarre qu'il ne connaissait pas, y laisserait. Il ne rêvait plus alors comme il rêva enfant, n'osant pas trop vivre et s'affirmer en toute clarté ; il imaginait et désirait, ce qui en son esprit était déjà vouloir et agir.

Et le benêt et le sot selon Gondi-Retz (il en sourit sans trop de rage) fut gommé quand on lui rapporta ce mot du cardinal de Mazarin au maréchal de Villeroy, si mauvais gouverneur : « Le Roi se mettra en chemin un peu tard, mais il ira plus loin qu'un autre. » Vérité, pensa-t-il, et sans complaisance, ce qu'il commençait à aimer tout en le redoutant. Et cet autre mot du même homme paraissant si ondoyant et dissimulateur au commun, mais qui livrait des lumières de l'esprit, ce mot-là avait été assené à la table de jeu du maréchal-duc de Grammont, chez qui il aimait tricher (Louis sourit là encore, d'une coquine affection) : « Vous connaissez mal notre jeune Prince, il y a en lui quatre Rois et un honnête homme. » Tout compliment débité dans votre dos et dont on ignore s'il sera rapporté est de grande sincérité.

Il regarda Mazarin d'un autre œil. Était-il en amour avec sa mère ? Si sa mère avait besoin d'« amitié », elle était femme, la belle affaire ! Il la préférait heureuse à la Cour qu'au Val-de-Grâce dont elle parlait souvent pour s'y retirer. Ce que Louis craignait, et aussi espérait, comme cette solitude qu'avait évoquée son père sur le métier de Roi. Louis avait besoin d'elle, comme il avait encore besoin de Mazarin son parrain. Ce parrainage n'était point celui qu'avait célébré l'évêque de Meaux à son baptême, et Louis en cette cérémonie était en âge assez grandi pour s'en souvenir, mais un parrainage qui avait reçu l'onction de la vie. De la vie, de la révolte, de la guerre civile et de la victoire sur les séditions. Ainsi que d'autres victoires aux frontières.

La vie, le théâtre et la guerre. Un vers de Corneille et une canonnade, voilà qui était tout comme. Arrêtant Retz, et « faisant le Roi », comme il s'en était vanté, il avait inscrit le mot *fin* au dernier acte de cette bouffonnerie tragique que fut la Fronde ; et ce, il l'avait réalisé en prononçant le mot de code « théâtre ». Le mot préféré de cet amoureux des mots.

Les mots avaient leur importance dans le destin des hommes. Certains mots vous marquaient au front, comme l'huile sainte des sacres, ou l'eau lustrale des baptêmes. Et pour se faire lui-même roi, il s'était marqué du masque du théâtre. Il était assez jeune pour que cela l'amuse ; il devenait assez roi pour en tirer une leçon.

Il se savait encore assez timide, sauf dans son apparence qu'il imposait à la Cour, pour dissimuler ses pensées, qu'il aimait, car c'était plaisir, confier parfois au papier.

« Un prince, et un roi de France, peut considérer quelque chose de plus dans les divertissements publics, qui ne sont pas tant les nôtres que ceux de notre Cour et de tous nos peuples. Il y a des nations où la majesté du Roi consiste à ne point se laisser voir, et cela peut avoir ses raisons parmi les esprits accoutumés à la servitude, et que l'on gouverne par la terreur ; mais ce n'est pas dans le génie de nos Français et, d'aussi loin que nos histoires nous le peuvent instruire, s'il y a quelque chose de singulier dans cette monarchie, c'est l'accès libre et facile au Prince. »

Ainsi, entrant en lui-même, Louis XIV entreprend de vaincre cette timidité native qu'il se reconnaît, héritée aussi de son père, par l'accès facile et la monstration publique. Il danse, il paraît, il est. Si la porte de son cabinet s'ouvre et qu'il la doit passer, dans un seul mouvement se produit une métamorphose, Louis devient le Roi, il compose son attitude, prend une autre expression de figure, un masque noble, comme lorsqu'il paraît en Soleil dans un ballet, il fait le Roi !

Même s'il n'a pas tous les jours un cardinal frondeur à emprisonner, il a chaque jour son image à imposer.

De plus, il est beau. Il l'est devenu. Il y a travaillé. Par la danse bien sûr, par la chasse, le tir, le jeu de paume. Il aime le grand air, il aime l'exercice, répète tel ballet à s'en rendre malade, se baigne en rivière nu et nage. Et aussi il fait la guerre, ou du moins y paraît, mais y paraître c'est aussi essuyer un tir de boulets ou d'obus, c'est rester ferme sur son cheval à contempler l'assaut ou le siège, c'est être l'image sainte pour le soldat et le général, c'est le grand vent, la pluie, la neige, le froid ou la canicule qu'on affronte sans confort, volontairement sans confort. Louis a pris goût aussi à délaisser les carrosses pour voyager à cheval. Il se montre à « nos Français ». Car sa mémoire est phénoménale. Le cri d'amour d'un Paris noir de monde, de chapeaux et mouchoirs agités lors de sa majorité lui reste dans les oreilles. S'il joue plus mal de la guitare que son père, il possède en l'oreille un bon instrument de mesure des cris de joie, de liesse, d'amour des habitants d'une ville traversée ou conquise. On peut le tuer à cheval plus aisément qu'en carrosse, il le sait, il l'admet mais pense que sa majesté, celle de sa personne désormais qu'il a tant travaillée, vaut toutes les cuirasses, qui ne font que briller au soleil des aubes d'attaque mais n'arrêtent pas les balles des mousquets.

Il est beau, il est courageux. Il se livre au public mais il est seul.

Seul ? M. Vautier en doute, que sa mère lui a donné comme médecin et qui est vieux et connaît tout de la vie, du corps de Marie de Médicis jusqu'aux cellules de la Bastille. Or M. Vautier a décelé une blennorragie, cette maladie de garçon qui s'attrape avec les filles ! Mais qui ? Le Roi n'a pas d'amour connu !

La faculté de médecine y perd tous ses latins de cuisine. Vautier lui-même, qui connaît aussi les astres, ne voit nulle explication à la spontanéité du surgissement de cette maladie sur la verge du roi. On soigne, cela passe, la question demeure. Sa mère et Mazarin se perdent en conjectures avec le médecin. Le Roi couche, mais avec qui ? On se rend compte alors que le Roi, qui n'est plus puceau depuis le passage de dame Cathau de Beauvais à l'œil de verre, connaît certainement ces besoins du corps et les satisfait puisque son visage au teint frais n'a jamais eu ces boutons qui dénotent une abstinence forcée quand le corps ne peut travailler à sa satisfaction. Mais le Roi se tait.

Anne d'Autriche connaît-elle tout de son fils ? Non. Mazarin est-il si bien renseigné par les espions qui entourent la majesté encore si jeune, autant pour information du ministre que pour protection du souverain ? Que nenni !

Mais le Roi s'amuse avec des dames ? des filles de cuisine ? Est-il aussi priapique qu'Henri IV son grand-père ? On le croit. Mazarin s'inquiète, Anne s'étonne, puis admet les besoins de son fils. Elle interroge chaque dame ou fille d'atours, envoie La Porte espionner les servantes, les lingères. La Porte avoue son ignorance, lui qui ne quitte pas l'antichambre du Roi. Et n'a rien vu, rien soupçonné. On cherche une fille malade dans tout le château, les châteaux car on revagabonde de Saint-Germain à Fontainebleau et bien ailleurs aussi.

Mme de Sénecey se tait, par une fidélité curieuse, quasi amoureuse. Elle a vu un jeune homme de bonne figure, une nuit, sur les toits du Château Neuf de Saint-

Germain. Elle est sûre qu'il s'agissait du Roi, qui s'allait introduire dans une chambre dans l'aile des filles d'honneur par une fenêtre au risque de se tuer. Elle, qui a toujours informé la Reine qui lui accorde une si belle affection, ne dénonce pas l'ancien enfant qu'elle eut à gouverner. Elle s'en repent, mais demeure ferme. Elle a même songé à laisser sa propre fenêtre ouverte... sans trop d'espoir et avec beaucoup de honte d'une telle pensée. Désormais le Roi la croise, la salue tant il est courtois, mais si son regard la reconnaît il ne la voit pas ; il ne la voit plus.

On ignorera toujours où Louis prit ce mal et en prenant qui ?

Mais on n'ignorait pas, et la Reine moins que quiconque, que le roi Louis était, selon le mot de son médecin M. Vautier et de son second M. Vallot qui l'allait remplacer, M. Vautier étant fort avancé en âge et ne devant cette place honorable qu'à la reine Anne pour le consoler de huit années et demie de Bastille, que le Roi était de « complexion amoureuse ». Ce que les médecins ne dirent pas à Sa Majesté la Reine mère, mais ce que lui démontra avec son élégance pudique Mme de Sénecey, qui auprès de la mère gardait la confiance et la tendresse qu'elle ne croyait plus avoir auprès du fils, est que la Fronde avait changé les dames.

Certaines se donnaient du « prix », on les nommait d'ailleurs Précieuses, et faisaient lanterner les galants ; la fille de Mme de Rambouillet, la belle Julie d'Angennes, avait décidé de faire lanterner quatorze ans, ce chiffre de l'éternité chez les Anciens et de la majorité pour nos Rois, avant d'accorder... quoi que ce soit. On y parcourait la *Carte de Tendre* où la sexualité ne figurait pas, sinon sans doute dans les étendues de la *Terra Incognita*. Mme de Sénecey, amante satisfaite de son amant Guitaut et amoureuse sans trop l'admettre d'un enfant grandi en roi, voyait là des fadaises. Ce que la réalité lui montrait en revanche était que désormais les dames « faisaient la moitié du chemin et plus » dans l'aventure des rapports amoureux, car la Fronde avec ses enrégimentements et mobilisations d'hommes pris tout à coup par la rage de tuer ou de politiquer les avait privées en grande partie de poulets, de baisers, de soupirs, de galanteries, d'étreintes, sinon par le viol.

La Reine écoutait son amie, et, contemplant sa volière de jolies volailles allant de la poulette à la palombe, de la perruche à la paonne, n'y distingua pas d'oie blanche. Toutes avaient des amants et en changeaient souvent. Passèrent un fantôme et un jardin, M. de Buckingham dans les vergers d'Amiens... Elle rougit, Mme de Sénecey crut que Sa Majesté songeait à Mazarin.

— Ainsi le Roi...

— Il lui faut des maîtresses, dit la femme la plus pieuse de la cour de France, mais qui avait su soigner les gencives du Dauphin, les pleurs d'un enfant roi en lui abandonnant ses seins, et les détresses de son cœur et de son âme avec l'imposition des lèvres en un baiser d'amour échangé en un jardin au vu de toute la Cour.

— Une seule suffirait, sourit la reine Anne.

— Je ne le pense pas, Madame.

— Mais que faire, je ne puis toutefois renouveler l'épisode de Cathau, il s'agissait là de déniaisage, de formation d'homme. Je ne puis désigner... Mon Dieu, quelle pensée ! Que faire, mon amie ?

— Permettre. Sa Majesté le Roi dissimule les nécessités de ses reins. Cela peut être dangereux.

Elle repensait au jeune homme de belle mine sur les toits et qui avait risqué de se rompre le cou.

— Lui dire que tout lui est permis ? Ce n'est point là l'éducation d'un Roi ni le discours d'une mère.

— Le Roi comprendra sans qu'on le dise. Il a l'esprit profond et plus vif qu'on ne croit... surtout s'il s'agit des plaisirs, j'entends des siens.

— Laissons faire. Nous verrons bien.

Mme de Sénecey avait décidé de favoriser les amours d'un jeune homme qu'elle avait élevé en quelque sorte avec une tendresse qui n'avait fait que croître avec l'âge dudit enfant, qui n'en était plus un, et elle ne se sentait nullement le besoin de se repentir de la sorte d'amour qu'elle lui avait donné et lui vouait encore. Elle désirait que son Roi fût heureux.

Mazarin voulait clore le second acte de la guerre que le grand Richelieu avait commencée. Et ce pour les mêmes raisons, la grandeur du Royaume, de son Roi... et du ministre.

Désormais affermi dans son pouvoir, étayé de réussites exemplaires, sûr de l'amitié confiante de la Reine, moins certain de celle du Roi mais sachant que ce dernier l'écoutait et lui obéissait en maints domaines, acceptait les remontrances d'un air studieux quitte ensuite à rire et faire le galopin avec Brienne et Vivonne, qui annonçait, qu'il allait mal tourner, Mazarin rétabli rappela sa famille, sa meute, sa horde, ses neveux et nièces et cousins. Il maria à tour de bras. D'abord les anciennes, celles qui avaient connu l'exil et la détestation du temps de la fuite chez l'Électeur de Cologne. Laure Mancini épousa le duc de Mercœur. La petite Manizzotti avait épousé un Conti. Puis Olympe avec Eugène de Savoie, fils du prince Thomas, et il releva le titre prestigieux de comte de Soissons (M. le Comte, comme chez les Condé on était M. le Prince et M. le Duc), car la mère de Thomas était la dernière survivante de cette branche des Bourbons, celle de Madame Chrétienne, sœur du défunt Roi. Celles-ci avaient connu la Fronde. Et tinrent leur rang.

Louis courtisa Laure de Mercœur, qui resta fidèle à son mari. Avec Olympe on alla jusqu'au lit. On maria vite Hortense avec le jeune fils du maréchal de La Meilleraie, enfant qui fut fait, pour l'occasion, duc de Mazarin ! Elle coucha, sans doute pas assez, car Sa Majesté courtisait avec entrain Mlle d'Argenson, fille d'honneur de la Reine, qui ignora que Mme de Sénecey encourageait icelle à céder malgré certaines propositions et exigences que le Roi exposait à Mlle d'Argenson.

La Reine convoqua son fils qui sortit les yeux rouges de chez elle et on éloigna Mlle d'Argenson.

Voir le Roi les yeux rougis fendit le cœur de l'ancienne gouvernante qu'il croisa au sortir du privé d'Anne. Il la salua et cette fois-ci lui sourit. Le Roi se rappelait-il qu'elle avait pu être consolante ? La marquise en rosit.

Alors arriva la Précieuse, la pimbêche que toute la Cour jugeait fort laide, brune de cheveux, mate de peau, le caractère vif, hardie, bref mal élevée ! Mme de Sénecey savait qu'on se trompait, et que cette jeune fille, qui sortait tout juste de la Visitation, avec ses dix-sept ans séduisait par sa culture, son intelligence, son esprit, son goût pour les romans et la poésie, les raffinements de l'art, et, elle le sentait, son appétit de la volupté. Encore fallait-il prêter quelque attention aux êtres avant que de les juger. Elle se nommait Marie comme l'illustre Hautefort, et Mancini comme toutes les nièces de Mazarin.

À l'automne à Fontainebleau, Louis XIV fut empressé. Mlle Mancini n'aimait pas les manières de soudard et lui inculqua celles de la cour que l'on fait, selon les règles du Tendre, par réaction fort saine aux rudesses des mœurs, à la crudité du langage ; un Roi se devait de paraître un prince. Louis fut conquis. Et amoureux éperdu.

Voilà qui allait le calmer. La Reine était satisfaite de cette amourette envers une jeune personne qu'elle traitait comme une nièce, l'emmenant avec elle visiter couvents et hospices où la petite Mazarin se comportait fort bien ; et puis, trop brune, trop mate, Marie Mancini ne semblait pas à la Reine une beauté à voler l'âme de son fils. Les sens suffiraient et cela aussi était fort bien. Cela l'occuperait sainement, comme le pensait son amie Sénecey, jusqu'au mariage, car le Roi l'ignorait mais on l'allait marier.

Le Royaume et la paix l'exigeaient.

Mais Louis aimait la Couronne et la guerre. Il faillit en mourir. D'amour aussi. Après son métier de Roi, appris à la dure et dans les pires tumultes, et dont l'enseignement n'était pas terminé, il fit alors connaissance du métier d'homme qui n'est guère facile non plus.

Turenne avait bousculé Condé et Don Juan d'Autriche à Dunkerque à la bataille des Dunes. Et continuait sa promenade guerrière dans la Flandre Maritime. Le Roi pour lui rendre hommage rejoignit ses armées. Pour l'hommage mais aussi l'oubli de cette Cour qui lui pesait. Et pour penser à Marie au grand vent des boulets. Certains hommes sont ainsi faits qu'il leur faut la distance pour mesurer le manque, et la proximité de la mort pour chérir ce qu'ils chérissent le plus en leur pauvre vie.

Le Roi est donc aux armées, dans les miasmes des blessés, dans le froid et la pluie, on est en juin mais la bise de la Manche est glacée et vient du cercle Polaire.

Douleurs de tête effroyables, fièvre immense, le corps se couvre de taches rouges, on parle de fièvre pourpre, celle qui emporte les enfants et tue les adultes encore plus vite. La langue est noire. Le Roi se meurt, transporté à Calais. On dit des messes plus qu'on ne donne de médicaments.

À Paris, c'est la panique et la honte. La Cour assiège déjà le duc d'Anjou, ce Monsieur qu'on oubliait hors ses facéties et scandales avec ses favoris, on dit « ses mignons », dont le beau Guiche. Mme de Choisy se voit reine, elle épousera Monsieur, Mme de Fienne, maigre et garçonnière, veut coucher avec lui et s'habille en garçon.

On envoie des médecins, qui tremblent de peur devant une telle responsabilité. Olympe Mancini pense qu'elle a mal choisi son amant de naguère, et Marie pleure.

La Reine se rend à Calais avec Mme de Sénecey et d'autres suivantes. Elles prient. Et amènent Guénaud, médecin de la Reine. Et dame Perrette Dufour, nourrice de Sa Majesté. Le Roi, fiévreux, abattu, aux dernières extrémités, embrasse sa nourrice et son ancienne gouvernante.

On le purge, on ordonne des vésicatoires, rien ne fait rien sinon affaiblir ce beau corps de jeune homme terrassé.

— Sauvez-le, dit la Reine à Guénaud. Sauvez-le ! Philippe n'est pas digne de régner !

Guénaud va voir Vallot et Vautier. Ils discutent, sont

sérieux, il n'est qu'une audace, un risque à prendre, il peut tuer le Roi mais le Roi déjà se meurt. On mêle trois onces de vin, de l'antimoine et une tisane laxative. On l'administre au malade.

Il crie. Il souffre. Il vomit vingt-deux fois, soutenu par dame Perrette et la marquise de Sénecey, chacune tenant un bras du malade couvert de sueur. Une matière séreuse et verdâtre sort du corps meurtri et amaigri. Enfin il repose.

Le lendemain, après une nuit où il dort sans râler, nouveaux vomissements.

— L'antimoine est un poison, confie Guénaud encore inquiet, mais ce poison fait sortir le mal quand il est bien dosé.

Il tait qu'il espère que les trois mesures étaient la bonne mesure.

Le Roi vomit, devant sa mère et les deux femmes qui éclairèrent son enfance, une grande quantité de bile jaune comme du miel mêlée de filaments glaireux qui semblent pourries.

Il s'écroule sur les oreillers, saisit une main qui touche son front, pense que c'est celle de sa mère, la baise, ouvre les yeux pour rencontrer le regard de Mme de Sénecey :

— Veillerez-vous donc, Madame, toujours à ma sauvegarde ?

— Oui, Sire.

Le Roi s'endort, il est guéri. Le lendemain il veut savoir ce qui s'est passé dedans Paris pendant qu'il se mourait :

— Qui a souri, qui a conspiré, qui a pleuré ?

Dame Perrette se tait, la Reine détourne la tête. Mme de Sénecey s'avance :

— Mlle Marie Mancini, la cadette, a pleuré chaque jour quand souffrait Votre Majesté.

— Marie ?

— Oui, Sire, Marie Mancini.

— Merci, Madame. Et mon frère ?

La Reine s'avance et, bonne mère, le prend dans ses bras et lui conseille de reposer, le berce et le dorlote, fredonne un air castillan. Louis ne dit rien. Il se laisse aller dans ces bras de velours noir. Il y est bien. Il sait aussi que Marie l'aime vraiment. C'était la nouvelle à le remettre sur pied. Le frère ? Quelle importance puisque le voilà guéri. Doit-on se venger quand on le peut si facilement qu'il suffit d'ordonner ? Le Roi oublie Philippe et son Guiche et ses perruches. Il regarde ces trois femmes près de lui, qui depuis sa naissance n'ont cessé selon leurs talents de veiller sur lui. A-t-il été ingrat envers elles ? oui. Le sera-t-il encore ? certainement. Lui pardonneront-elles ? la belle question, qu'elles ne songent pas à se poser... Il demande aux trois de l'embrasser ; Mme de Sénecey le fait sur sa bouche, qu'il sait puer le vomi.

Il a un saut du cœur en sa poitrine, c'est elle, cette gouvernante d'autrefois, elle qui a osé prononcer le nom tant chéri de Marie, elle qui savait ce que le Roi attendait, le Roi ou le jeune homme épris ? Elle au visage si fin, trop fin, et dont la beauté se fane avec grâce, elle a tout compris. Et il chuchote, ses lèvres à un doigt des siennes :

— Je sais aujourd'hui que je vous aime toujours, Madame.

— Moi aussi... Louis.

Le prénom tout simple, de simple homme, fut, par une folle audace que seule peut permettre la passion, abandonné dans un souffle. Il lui a semblé l'entendre prononcé par Marie. Il lui demandera de le dire ainsi.

— Merci de votre amour, Marie... Catherine.

La marquise frissonne sous la plus tendre des espiègleries.

On se retrouva à Compiègne. La Reine annonça que durant la maladie de son fils elle avait fait vœu devant le saint sacrement de consacrer désormais toutes ses forces à la Paix. La maladie du Roi aux armées était pour la fervente Espagnole un signe de Dieu. Mieux valait qu'il danse plutôt qu'il combatte ! Qu'il danse donc ses ballets avec la petite « Manchine » ; décidément les Français ne voudront jamais prononcer convenablement un nom étranger. Voici la Manchine après le Bouquinquant !

Louis dansa sur son théâtre qu'il aimait tant. Louis subit *Nicomède* de Corneille, bâilla quand Marie s'enthousiasmait et débitait des vers à mi-voix. Mais alors, à la fin de la tragédie, fort bien jouée au demeurant, le chef de troupe s'avança et déclara :

— Nous prions Vos Majestés de nous accorder un moment. En l'honneur de la santé du Roi qui a vaincu la maladie autant qu'il a vaincu l'ennemi, qu'on nous permette céans de présenter quelque acte de comédie, *Le Docteur amoureux*, qui amusa de fort honnêtes personnes en province.

Le Roi fit signe qu'il acceptait.

Dix minutes après le Roi et la Cour, et Marie qui était maintenant le baromètre des plaisirs de Sa Majesté, riaient aux éclats.

Le Roi se fit présenter la troupe.

— Jean-Baptiste Poquelin dit Molière, directeur de l'Illustre Théâtre et fils d'un tapissier de Sa Majesté.

— Eh bien, Molière, vous me plaisez.

Puis, se tournant vers Philippe, duc d'Anjou, Louis poursuivit :

— Monsieur mon frère, la politique aussi est un théâtre. Parfois tragique, parfois comique. Je ne puis vous offrir mon royaume, mais prenez celui-ci où l'on tue les Rois, épouvante les Reines dans les tragédies, et où la vie n'est que farce dans les comédies. De plus les comédiennes sont jolies, l'auteur plein d'esprit. Vous ne perdez pas au change. Monsieur Molière, si vous l'acceptez, vous voilà, ainsi que vos amis, Comédiens de Monsieur, Frère du Roi.

Philippe salua bien bas son frère en le remerciant, il outrait toujours ses saluts par dénigrement et singerie, et accepta le don, qu'il devrait payer par une pension aux histrions, car dans le ballet il avait remarqué quelque danseur sur la gauche qui lui plaisait. Celui qui distribuait avec tant d'impertinence les lavements.

TOUTES CES REINES

Le mariage du Roi mêla comédie et tragédie, et eut le plus beau résultat, que nul n'espérait plus ; la paix des armes.

Ce que la Reine n'avait pas avoué, en donnant à savoir ce vœu de paix fait devant les plus saintes espèces, est que cette paix passait par une alliance, sur le parchemin certes comme tout traité, mais aussi au doigt de son fils le Roi. L'idée venait de loin, de ses défunts malheurs au temps du défunt Roi, quand, après la naissance inespérée du Dauphin Louis Dieudonné, elle avait appris celle, divine surprise pour elle, d'une infante Maria Teresa à la cour d'Espagne. Une cousine, presque une sœur pour son fils chéri. La guerre alors faisait rage, mais avait-elle cessé sa rage depuis ?

Il fallait marier Louis de France à Marie-Thérèse d'Espagne, la Reine désormais pensait en français jusqu'aux noms de sa famille d'outre-Pyrénées.

Mais Philippe IV, malgré des défaites à répétition, ne voulait point désarmer.

Alors Mazarin, qui nous venait d'Italie, de l'opéra et de la commedia dell'arte qui triomphaient désormais à Paris, eut une idée de canevas, de scénario, comme il dit.

On envoya des ambassades en Savoie, au motif d'un

mariage entre le roi de France Louis XIV et de la princesse Marguerite, fort laide, autre cousine du Roi par sa mère Madame Chrétienne, sœur de Louis XIII.

Toute la Cour se rendit à Lyon. Le Roi apprit cette nouvelle dans la plus belle indifférence. Il allait pouvoir chevaucher tout au long de la route avec le grand amour de sa vie, Marie de Mancini. Le *de* avait été ajouté par la Cour devant l'image qu'offraient les deux amoureux.

Marie, au contraire des donzelles, chevauchait et chevauchait bien, préférant comme son royal et quasi divin amoureux (et amant) le grand air sur le visage au confiné des carrosses qui sentaient le cuir des mantelets, la poussière qui se logeait dans le velours des coussins, et la promiscuité de corps ballottés et trop parfumés...

« Et puis, pensait le Roi, je verrai bien. Il me suffira de dire non. Je suis le Roi ! » Justement, sire...

« Je verrai » devenait sa formule favorite. Sa réponse habituelle. On l'avait jugé un peu lent, il jouait de cette lenteur, ce qui était de bonne guerre et donnait le temps de réflexion nécessaire pour éloigner l'erreur.

Ce voyage fut bonheur, amour, passion, épanchements, étreintes. Le bavardage de Marie était éblouissant, sa mise d'une élégance si sobre qu'elle devenait princière, ou bien celle d'une nymphe, rôle qu'elle chantait et dansait à ravir dans chaque ballet que le Roi multipliait et dont son Molière, appartenant à son frère, bâtissait des arguments qu'un violon italien, un Lulli, mettait en musique avec grâce. La Reine et Mazarin se taisaient. Et applaudissaient au spectacle. Ils en avaient un autre en tête.

Il fut d'une intelligence toute cruelle.

On voyagea ainsi du 26 octobre au 24 novembre. À Lyon les attendait un ambassadeur d'Espagne, don Antonio Pimentel, que la Reine reçut fort bien.

Le Roi s'étonna. On expliqua.

Il clama partout son bonheur d'épouser la princesse de Savoie. Don Antonio en aurait avalé sa Toison d'or ! Marie s'inquiéta. Le Roi lui avoua que ce mariage n'était que comédie. Mais ne lui avoua pas qu'un mariage pouvait en cacher un autre. On n'est pas toujours courageux quand on est amoureux et on déteste aussi les larmes dans les beaux yeux qui ont déjà pleuré quand vous frôliez la mort.

On répéta les rôles.

Le Roi se montra froid avec la princesse Marguerite alors qu'il avait la joie au cœur. Après trois jours de tractations qui n'avaient aucun but du côté français, la reine Anne avertit sa belle-sœur, qu'on nommait Madame Royale, mère de la « fiancée », que l'affaire ne se pourrait conclure.

Madame Royale demanda des explications. La Reine l'envoya à Mazarin pendant qu'elle recevait, elle, don Antonio, à qui on avait courtoisement demandé de patienter un peu.

Madame Royale entra dans les appartements du Cardinal comme naguère les troupes de Savoie dans Pignerol reprise aux Français avant de la reperdre.

— Que je le plains, dit la Reine, elle va le tourmenter, elle est plus aigre que son frère.

Dernier hommage au caractère de son défunt mari.

Il fallut surtout plaindre Nicolas Fouquet qui dut trouver séance tenante 500 000 livres pour dédommager la maison de Savoie et autant en cadeaux.

Fouquet les trouva. Dans les bureaux de Mazarin,

Colbert se demanda toujours où son ennemi (déjà, dès le premier regard !) avait pêché cela ! Même Mazarin n'en revint pas.

La Savoie regagna Chambéry. Pimentel se faisait aussi invisible que le marquis de Chouppes, ne rencontrant plus que Mazarin, en secret. Pendant ce temps, Louis et Marie parcouraient à cheval la place Bellecour, dont le nom leur faisait penser à leur amour (ah, délicieuse Précieuse et sa *Carte de Tendre*) ; le Roi ordonnait l'exercice des mousquetaires, M. d'Artagnan lui abandonnait bien volontiers son commandement ; la Reine visitait les couvents et les hospices ; le Roi à la soirée tombée menait Marie en carrosse, prenant les rênes au cocher, et l'on s'arrêtait dans quelque parc pour traquer parmi les étoiles l'éclat de Vénus, que lui trouvait plutôt en son mont sous la soie.

Le comte de Soissons se plaignit que le Roi négligeât ainsi de coucher avec Olympe, sa femme, au profit de ce petit laideron de Marie.

Le Roi était devenu fidèle et avait abandonné oies blanches, perruches et escapades sur les toits. On rentra au Louvre. L'amour continua, Pimentel suivit ou précéda, ayant rendez-vous aux étapes avec le Cardinal, parfois avec Doña Ana Maria Mauricia, ancienne infante et reine mère en France.

Don Antonio Pimentel avait un souci dont il s'ouvrit ;

— Le Roi n'est-il pas trop amoureux pour se résoudre à convoler avec une autre que cette demoiselle Mancini ?

Il posait la bonne question que chacun évitait soigneusement de soulever.

On mentit, bien sûr, il ne s'agissait que de politique d'un côté, de foucade de l'autre.

Beau mensonge qui dura cinq mois ! Pimentel était patient mais tout de même... il est vrai que dans le même temps tout se négociait entre ministres. Et qu'après plus de vingt années de guerre certains dossiers demeuraient encore pleins d'épines. Mais se concoctait jour après jour le bienvenu traité des Pyrénées.

Enfin l'accord tomba, sans lever les doutes de l'Espagnol. Il fallut avertir le Roi, qui déclara fort posément qu'il n'épouserait que Marie.

Anne menaça d'entrer immédiatement au Val-de-Grâce.

— Vous êtes libre d'y aller, Madame ma mère.

On se fâcha. Mazarin raccommoda. Marie s'inquiéta. Louis devint triste. Marie lui lut des poèmes anciens de Louise Labbé. Cela le fit pleurer par leur beauté et leur détresse. Elle proposa un ballet. On dansa. Mazarin grommela :

— Ma nièce est un Cinq-Mars en jupons !

Ce n'était pas un compliment.

Ce fut pis qu'un meurtre.

Marie fut exilée à Brouage, près de La Rochelle. Les adieux firent même pleurer certains à la Cour pourtant peuplée de cœurs de fer. Le Roi ne quittait pas Marie d'un cheveu, le Roi la conduisit au carrosse, s'accrocha à la portière. La Reine envoya Guitaut, qui faillit refuser pour la première fois d'obéir à un ordre.

Il attendait, impassible, deux pas derrière le Roi. C'était jour de l'été, la nuit la plus courte et la plus étoilée de l'année. Nul ne partait. Guitaut attendit, entendit les mots d'amour, entendit les sanglots ; partagé entre l'émotion et le reproche devant cette attitude qui n'était en rien celle du plus grand monarque du monde.

— Vous pleurez, vous êtes le maître et je pars.

La voix de Marie était brisée.

Guitaut s'approcha du Roi qui se retourna, vit le regard de son capitaine, et il le haït d'une haine de forcené. Guitaut ne broncha pas, ne dit mot, mais fit signe au cocher de fouetter les chevaux. Le Roi eut l'ombre d'un geste. Guitaut le regarda dans les yeux. Il fit un signe : deux gardes amenaient des montures.

Le Roi comprit. Ils se mirent en selle et firent en silence sur dix lieues l'escorte de la nièce d'un cardinal qui quittait un roi de France. Puis Guitaut s'adressa au Roi.

— C'est assez loin, Sire.

— Que dites-vous ?

— Nous pouvons rentrer.

— Pourquoi ?

— Vos yeux ont séché.

Louis pleura tous les soirs, Louis écrivit chaque matin et chaque soir ; la Reine autorisait que les amants échangent au moins des mots. Mazarin fit passer le courrier par le bureau de Colbert qui en tint copie.

La Reine mena la Cour à Fontainebleau, château favori du Roi depuis l'enfance. Elle lui parla chaque jour avec tendresse dans la plus totale intimité. Le Roi fut malade. On le soigna mais que peut-on faire contre le pire chagrin, celui de l'amour ?

— Commandons une comédie à Molière et faites aussi venir mon... « Amour médecin ».

La Reine ne comprit pas.

— Ma gouvernante, Mme de Sénecey. N'a-t-elle pas toujours trouvé le remède ?

La Reine sourit.

Au plus privé du plus privé, Louis XIV s'abandonna dans les bras et le giron de celle qui fut sa gouvernante. Elle ne dit mot, serrant ce jeune homme contre elle, subissant ses sanglots, les tressautements de ses épaules et de tout son corps. La nuit tombait. La nuit noircissait. La nuit était au plus profond du noir. Mme de Sénecey baisait les cheveux du Roi et le berçait.

Il releva la tête au visage ravagé.

— Que faire, Madame ? À vous j'obéirai.

— Sire, vous n'avez pas à m'obéir.

— Est-ce crime que d'aimer ?

— Sire, me demander cela ?

— J'épouserai l'Espagne, je le vois. Mais l'infante est fort laide, pire que la Savoie !

— Oui. Mais Dieu a établi les Rois pour veiller à la sûreté et au repos de leurs sujets, non pour sacrifier à leur passion, fût-elle la plus belle du monde.

— Le pensez-vous ou récitez-vous une leçon apprise de ma mère ou du Cardinal ?

— Sire, j'ai passé l'âge de réciter des leçons et de vous en donner. Nous sommes depuis quatre heures en cette chambre, vous en ai-je donné ?

— Non. Vous fûtes la tendresse même. J'étais petit enfant.

— Non, Sire, un homme malheureux.

— Un homme mort !

— Non, Sire. Malheureux, torturé par le plus noble des sentiments.

— Vous seule savez me parler d'amour. Et ce depuis toujours.

— Parce que toujours je vous ai parlé, Sire, en toute sincère vérité, sans rien vous celer de la vie, de ses aléas, de ses tourments, de ses bonheurs et des tourments qui naissent aussi du bonheur. Je sens, Sire, que je glisse vers de tendres banalités que Marie n'aurait point proférées. Vous m'excuserez de n'avoir pas son délicieux et inégalable esprit.

Le Roi rit.

— Oui, Marie, ma Précieuse. Comme vous, elle m'a dégrossi. Elle a parfait votre œuvre.

— Et donné ainsi à l'humanité son chef-d'œuvre.

— Un trait d'esprit, Madame ! Joliment vêtu en compliment !

— Non, Sire, rien qu'un mot ! Je suis cousine de La Rochefoucauld.

— Mais vous m'êtes plus fidèle.

Le Roi regarda autour de lui.

— J'ai faim !

— J'ai fait préparer un médianoche.

— Comme une femme qui reçoit son amant ! Que ne suis-je Guitaut !

— Vous êtes le Roi. Je pense qu'il sied de vous le répéter. Vous plaisantez pour éloigner la douleur, c'est une bonne médecine.

Elle se leva, ouvrit la porte, on apporta des plateaux, on s'esquiva.

Le Roi se servit un verre de vin, hésita et le tendit à la marquise.

— À vous, Madame...

La marquise but à peine et reposa le verre. Le Roi le prit, but où la marquise avait mis ses lèvres.

— Je ne plaisantais pas. Depuis mes dix ans ou douze, j'ai toujours envié Guitaut d'être votre amant.

Il se servit de poulet, prit une assiette, en prépara un blanc qu'il mêla de jambon pour sa commensale.

— Madame, c'est plaisir que vous servir. C'était plaisir de servir Marie à tout moment de sa vie.

— C'était ?

— Oui, « l'amour est morte » ! Jolie chanson... Des temps courtois. Vous la chantiez pour moi autrefois.

— Il est vrai. Ai-je bien fait ? Elle est si triste.

Elle picora dans le poulet. Quelque chose l'étranglait. Le Roi se leva pour se rendre à la fenêtre.

— Où est-elle maintenant ?

— Elle contemple l'Océan du haut d'une forteresse. Et pense à vous. Ou bien elle vous écrit et signe d'une larme.

La voix du Roi se fit si rauque que la marquise n'osa s'approcher.

— Il faut vivre, n'est-ce pas ? Et elle, et moi.

— Oui, Sire. Vivre et régner quant à vous. Marie n'a que la moitié de votre devoir.

— Et vous, Madame ?

— Vivre, c'est tout. Survivre même. C'est moins.

— Madame, je vous dois un aveu.

— Un aveu ? Un Roi qui avoue !

— Non, un homme. Louis... comme vous avez dit à Calais ; eh bien cet homme de Calais a haï Guitaut cette vêprée.

— Je m'en doute. Sa tâche était ardue et malvenue.

— Puis j'ai chevauché en compagnie d'un vrai gentilhomme.

— Il l'est.

— Il m'était supérieur ; j'ai pensé à le blesser.

— Guitaut, Sire, est fin bretteur ; il est vrai que devant son Roi il n'eût pas tiré l'épée.

— Oh, pas ainsi ; une blessure à jamais, pas une estafilade.

La marquise se tut. Elle vint près du Roi qui regardait le jardin sous la nuit.

— Vous ne voulez pas savoir comment ?

— Non, Sire.

— Par la pire cruauté.

— Elle serait inutile, Sire, ce que vous vouliez lui prendre je vous l'aurais donné. Et vous le savez.

— Me le donneriez-vous encore ?

— Non, Sire.

Le Roi hocha la tête, revint en le mitan de la chambre, but un autre verre de vin. Il entendit la marquise murmurer doucement à la nuit :

— Oui. Et vous le savez bien.

Sur le rectangle plus clair de la fenêtre Louis voyait se découper une mince et frêle forme noire. Oui, à Fontainebleau les apparitions abondaient, il le savait depuis l'enfance. C'étaient des femmes amoureuses qui hantaient les bosquets ou les longs corridors. Elles commandaient le respect.

— Partez, Madame. Laissez-moi.

La forme se tourna lentement, entra dans la lumière, elle n'était plus vêtue de nuit noire mais de soie et satin verts. Elle s'approcha du Roi, assis à la table du médianoche. Ombre triste devant un être torturé.

— Merci, Sire, de ce congé.

— Vous m'aimez comme Marie m'aime.

— Oui.

— Voici le plus beau mot entendu ce soir, mademoiselle... de La Rochefoucauld. Et prononcé par la plus tendre bouche qui se fût posée sur la mienne. Restez avec moi.

— Votre maîtresse pour une nuit ?

— Oui. Je vous désire ainsi, Madame.

— Malgré Marie.

— Malgré Guitaut aussi.

Et le Roi baisa la main de Mme de Sénecey comme celle d'une princesse du sang.

— Ne craignez rien ; l'homme que je suis n'a qu'une qualité de Roi : le secret quand il est nécessaire.

— Je vous en sais au moins une autre, Sire.

— Et laquelle, marquise ?

— Être l'amant le plus désirable de la terre !

Le Roi épousa l'infante. À Saint-Jean-de-Luz, sur la route, il rencontra Marie et ses sœurs à Saint-Jean-d'Angély. Marie parut folle. Le Roi terrassé de douleur. On les sépara. Le mariage eut lieu à Saint-Jean, célébré par l'évêque de Bayonne. Sur l'île des Faisans au milieu de la Bidassoa, les diplomates et ministres s'escrimaient avec leurs plumes, avec les mots, avec espoir, avec crainte.

En naquit le traité des Pyrénées.

On s'embrassa entre Rois sur l'île des Faisans.

Et le cortège parcourut la France : Bordeaux la Rebelle, Poitiers, Richelieu, cette Florence peuplée par des vaches, Chambord... Paris qui s'était donné un air de théâtre avec des arcs de triomphe, des portiques, des verdures, des bergeries, ce fut le triomphe du Roi triste, la bienvenue à la Reine laide, le rêve d'Anne d'Autriche, la gloire de Mazarin.

La paix était faite !

Elle était née du malheur du Roi qui n'aurait pas dû naître quand le pays de sa mère et celui de son père se faisaient une guerre qui se perpétuerait jusque dans leur couple.

La Reine abusa du chocolat espagnol, but son hypocras avec des glaçons car l'Espagne torride connaissait la glacière et installait les poissons sur des lits de neige en plein juillet ! Elle avait embrassé son frère :

— Vous me pardonnerez de m'être montrée si bonne Française, je le devais à mon fils.

Le Roi embrassa sa sœur et devant elle couvrit de louanges son neveu.

— Maintenant je peux mourir, dit-elle à Louis.

— Le Roi vous l'interdit bien, Madame ma mère.

Dieu merci, ce n'était pas elle que Dieu allait rappeler.

On rit beaucoup à *L'Étourdi* et aux *Précieuses ridicules* de Molière. Sauf la jeune Reine qui parlait mal le français malgré les leçons de sa belle-mère et de Mme de Sénecey.

Le Roi était de plus en plus entiché de Molière. Anne avait ri aussi mais Mazarin avait toussé comme s'il s'ennuyait.

L'homme le plus haï de France était le plus glorieux et paraissait maussade bien qu'il fût aussi le plus riche, selon Colbert et selon Fouquet pour une fois d'accord.

D'ailleurs Mazarin devait s'ennuyer toute la journée car il toussait sans cesse. Des médecins le visitaient en secret.

« Le poumon », crie un personnage de Molière. Oui, le poumon qui tue le ministre.

Nul ne le sait. Il veut que nul ne le sache.

Il aménage Vincennes, château royal, dont il s'est nommé gouverneur, le Roi qui ne pensait qu'à Marie a signé sans regarder, avec Le Vau, le grand architecte du moment. Il y entasse des millions « réservés » que Colbert (sans Fouquet) a tâche de compter, de préserver et de donner au Roi, à la mort du ministre ; il a fait inscrire, par le même Colbert, dans son testament le vœu que son cœur soit déposé en l'église du couvent des Théatins, en bord de Seine, au sud, face au Louvre :

— Voilà qui fera plaisir à votre confesseur, qui appartient à l'ordre.

— Oui. Oui...

Colbert le regarde. Il cache quelque chose.

— Savez-vous, Colbert, comment se nomme cette église ?

— Non, Monseigneur, je l'avoue.

— Sainte-Anne-la-Royale...

Colbert rougit. Mazarin fait à la Reine mère une déclaration d'amour posthume.

Mazarin lui offre pour prix du secret 20 000 écus pour s'acheter la terre de Seignelay que lui-même fait ériger en marquisat.

— Vous voilà au-dessus de Fouquet, marquis !

Colbert déteste quand Mazarin rit ou se penche vers lui pour murmurer un secret ou une vilénie ; le Cardinal a une haleine à tomber évanoui.

Le Cardinal le sait et s'en sert aussi pour tourmenter ce gratte-papier. Il en épargne la Reine. Le Roi, il le voit peu. Il s'en méfie, et le Roi est occupé.

Colbert le suit partout dans la bibliothèque qui est la plus belle d'Europe, donc du monde, devant les Titien, les Carrache...

— *Ma*, il va falloir quitter tout cela. Ma pauvre famille va retomber dans la ruine.

— Léguez tout au Roi, Monseigneur, il se fera honneur de refuser l'héritage...

— Vous croyez cela ?

— Je ne côtoie pas le Roi, mais je sais le mesurer autant que je sais compter.

— Il faut voir le Roi, Colbert, il n'est que temps !

Le Cardinal est pressé. N'a-t-il rien oublié alors que cet œdème lui ronge un poumon et attaque l'autre ?

Il est beaucoup d'agonies ici, dans la jeunesse d'un monarque qui fuit tant la mort qu'il interdira bientôt dans sa Cour toute forme de deuil, sauf pour sa mère, et que la mort poursuivra durant toute sa longue vie, tuant ses enfants et petits-enfants. Nous ne conterons donc pas celle de Mazarin, qui fut longue et terrible souffrance. Le Cardinal-Ministre, joueur et tricheur, a réussi le plus grand coup politique de son siècle, laissons-lui cette image. D'autres se sont chargés de la ternir... avec son aide il est vrai. Le 9 mars 1661 Mazarin rend son âme à Dieu, ou plutôt à la Mère du Christ : « Sainte Vierge, ayez pitié de moi et recevez mon âme », s'était-il écrié à trois heures du matin.

Cet homme, qui n'avait accordé quelque confiance et n'avait sans doute aucun livré son âme qu'à une reine de France, s'abandonnait désormais à la Reine d'un autre royaume fabuleux, celui des Cieux.

Il laissait aussi, outre les millions et les souvenirs d'art, des lettres admirables qui font de lui un prosateur digne du style de son ennemi Retz. Lettres adressées à Anne d'Autriche mais aussi au roi Louis XIV et qui sont manuels de conduite pour un souverain. Louis en fit-il bon usage ? Louis n'en était pas là, Louis, une fois encore, apprenait à exister. Comme à sa naissance.

C'est assez que d'être.

NYMPHES ET DÉMONS

Grande et terrible fut cette année-là, mille six cent soixante et unième depuis la naissance du Christ et vingt-troisième depuis la naissance du Roi.

Grande et terrible car ce Roi naissait une nouvelle fois, avec une grande et terrible idée. Et un sentiment d'urgence frisant l'impatience, comme si, ayant attendu dans les limbes trop longtemps – vingt-trois ans également – sa naissance, il courait maintenant la poste vers l'avenir le plus long que connût jamais nul monarque.

La mort de son ministre lui donna des éperons dans le ventre, comme il donnait au ventre de sa monture préférée, une jument barbe isabelle.

Mazarin cadavre dans ce même château de Vincennes, le Roi dort encore. Il s'éveille près de la jeune Reine qui sommeille et fut honorée ainsi que la loi et les sens le demandent.

Dame Perrette entre pour le baiser du matin. Il est sept heures. Louis tend son front. Le rite déjà s'est ancré dans la vie quotidienne.

— Est-il mort ?

Il parle à voix basse.

Perrette opine.

Il se lève. Sans bruit. On dit déjà la reine Marie-

Thérèse enceinte. Au bout de huit mois, le Roi n'a pas chômé. Ce Dauphin-là n'attendra pas vingt-trois ans de mariage pour mordre les seins d'une nourrice.

Le Roi refuse toute aide, ne veut pas que Perrette appelle les valets ni les gentilshommes. Ce premier jour de Roi sans ministre, le Roi se vêt seul.

« On me l'a changé », pense dame Perrette qui assiste chaque matin au lever. Il lui fait un signe d'adieu et va s'enfermer en son cabinet.

Perrette sourit, le Roi tient ses chaussures à la main comme un mari volage rentrant de bordée, et marche sur ses bas, mais là c'est encore par respect pour le sommeil de son épouse.

Deux heures durant le Roi reste seul.

Puis il ira rendre ses devoirs au ministre défunt, son parrain.

Il envoie également des dépêches aux trois principaux membres du Conseil : Le Tellier qui tient la guerre, Lionne les affaires étrangères, Fouquet les finances. Ne rien signer avant le Conseil de demain, quelles que soient les affaires en train.

Le lendemain est convoqué le Conseil dans l'aile du Roi que Mazarin a commandée à Le Vau, en face de l'aile de la Reine, dans la cour de cet immense château qui sert aussi de forteresse et de banque, mais cela seul Colbert le sait.

À quatre heures le Roi paraît, salue ses ministres, se recoiffe, reste debout, le poing sur la hanche, et entame sa grande scène que tout le monde connaît et résumera en trois mots qu'il ne prononça pas : l'État c'est moi.

Il s'adresse au chancelier Séguier qui seul a le droit de s'appuyer à la table, vu son grand âge de chancelier éternel et revenu après l'intermède de Molé.

« Monsieur le Chancelier, je vous ai fait assembler mes ministres et secrétaires d'État, pour vous dire que, jusqu'à présent, j'ai bien voulu laisser gouverner mes affaires par feu M. le Cardinal. Il est temps que je les gouverne moi-même. Vous m'aiderez de vos conseils quand je vous les demanderai.

« Messieurs, la face du théâtre change : j'aurai d'autres principes dans le gouvernement de mon État, dans la régie de mes finances et dans les négociations au-dehors que n'avait feu M. le Cardinal. Vous savez mes volontés. À vous de les exécuter. »

Sa mère l'attend et le mande. Elle n'a pas été invitée au Conseil. Elle hésite un temps pour le messager, Guitaut ou Mme de Sénecey ; l'un est respecté par son fils, l'autre touche son cœur et sa conscience. Pas de sévérité, elle envoie sa chère Marie-Catherine. À laquelle elle vient de dire : « Je savais bien que mon fils voudrait faire le capable ! »

La marquise a ri avec elle.

Elle est annoncée dans le cabinet du Roi, qui la reçoit immédiatement, se lève et va l'accueillir à la porte, comme une princesse du sang.

« Il me jauge, pense-t-elle. Il est courtois mais me jauge. »

— Sire, Sa Majesté la Reine... la Reine mère désirerait que vous la visitiez.

Il sourit à la belle messagère. Il va ériger sa terre de Randan en duché pairie. Son tabouret chez sa mère et sa femme, les deux Reines, ne sera plus de grâce mais d'honneur et de reconnaissance.

— Je la visiterai à six heures si ma mère le veut bien.

Elle se déplace pour éviter le soleil rasant. Elle préfère la pénombre. Il voit que je suis vieille !

— Bien, Sire.

Elle tombe en révérence et recule.

— Restez, Madame. Un instant !

Il s'approche. Il lui prend la main, la mène vers une table.

— M'aimez-vous toujours...

— Sire, vous avez la réponse. De toute mon âme.

— Comme en cette nuit de Fontainebleau, aussi ?

— Il faisait nuit, Sire, vous le dites, et l'ombre gommait...

— Vous n'avez pas répondu.

— Oui, Sire. De la même façon.

— Pourquoi parliez-vous d'ombre et de gomme ?

— Sire, ne me tourmentez pas. Je sais mon âge...

— Je le sais aussi. A-t-il tant changé depuis ?

— De quelques mois supplémentaires.

— Mais l'amour que vous me portez...

— Il est immuable.

— Alors, Madame, regardez.

Il lève un voile de soie de dessus la table. C'est un plan. Des jardins, des bassins, une sorte de château aux ailes immenses comme si cet oiseau de pierre se voulait albatros. Un Grand Canal comme si Venise était en France.

Elle regarde le Roi.

— Nous avons parlé un jour dans le jardin du Palais royal, devant des pivoines venues de Chine, de « parterres d'eau ». Le nom vous avait amusée, j'étais un enfant encore.

— En effet, Sire, votre mémoire est étonnante.

— J'ai bonne mémoire. Je vous avais dit que je

construirais un château à nul autre pareil. Et que je vous y mènerais.

— Je crois, oui, mais suis moins sûre de la promesse...

Elle sourit.

— Le château est là, sur le papier. Je tenais à ce que vous fussiez la première à en voir l'esquisse et le plan. Pour vous prouver que je tiens toutes mes promesses, même celles d'un enfant. Et que je n'oublie rien des bienfaits ni des consolations, même si je fais mine d'en oublier les causes. Qu'en pensez-vous ?

— Où sera-t-il construit ?

— Chez mon père, dont je néglige trop le souvenir. À Versailles.

— Versailles. Il y vente sur des marécages.

— Il y ventera mais les marécages seront asséchés.

Le Roi se renfrogne légèrement.

— Vous me croyez ?!

— Oui, Sire. Toujours.

— À leur place il y aura des jeux d'eaux comme nous les aimions tant, mais en plus magnifique, des bosquets où l'on donnera théâtre et musique. Des galeries pleines de miroirs pour y surprendre votre merveilleux sourire.

Il replace le voile soyeux sur le plan.

— Je tenais à votre regard sur mon rêve d'enfant.

— Sire, c'est un honneur dont...

— Non, Madame, je vous le dois.

Elle baisse la tête. Il ne me doit rien du tout.

Il reprend sa main.

— Vous aussi fûtes mon rêve d'enfant. Et vous l'avez exaucé avec amour la nuit de l'été à Fontainebleau.

Il lui baise la main.

— Mon amour secret que nul ne connaîtra jamais.

— Sire, mon amour de toujours.

Il la reconduit à la porte.

— À six heures, Madame, je serai chez ma mère.

Chez la Reine mère était M. Fouquet. Anne l'appréciait, il était beau, aimable, créature de Mazarin, et avait ramené son cher Corneille au théâtre. Et puis il fournissait toujours l'argent qu'on demandait. Un magicien ! Il plaidait là une cause, celle d'une charmante personne, Mlle de Manneville, une nymphe qu'il osait demander dans un sourire éblouissant à la Reine mère de prendre au rang de ses filles d'honneur. Pourquoi désobliger un être si charmant. Et elle si endettée ! De plus il lui parlait d'une fête et Anne, Reine mère et écartée du Conseil, craignait de s'ennuyer.

Elle était satisfaite, elle avait obtenu 200 000 livres du surintendant pour ses travaux à son cher Val-de-Grâce qui un jour la recevrait à demeure, sa dernière demeure, comme elle le souhaitait. Bien sûr, qu'il n'en dise mot au Roi !

Fouquet dit tout. Il en avait l'ordre et, à celui-ci, il obéit.

À six heures le Roi gronde sa mère, lui interdisant de demander ou d'ordonner la moindre chose au moindre des secrétaires d'État.

La Reine proteste, Louis est de glace, ils se séparent fâchés.

Le 1er avril ils sont réconciliés, ils arrivent enfin à marier ce bel homosexuel de Monsieur avec Henriette Stuart, princesse d'Angleterre. L'ancienne exilée du Louvre qui quémandait du bois et du pain à son cousin qui n'avait pas liard en poche, tous les beaux portraits d'or sur les écus du roi Louis XIII allant dans les poches de Mazarin. Depuis tout a changé.

Henriette est laide selon les canons du temps, mais elle est piquante ; elle lui semble un squelette. Lui semblait, dans son souvenir. Mais elle apparaît. Bien vêtue, resplendissante, animée et entraînante, elle est la reine de la fête et non seulement parce qu'elle est la jeune épousée. Le Roi ne la quitte plus au bout de deux semaines.

Henriette loin des oubliettes du Louvre règne sur le Roi. La reine Marie-Thérèse ne voit rien, la Cour voit tout, la Reine mère demande à Henriette de se faire plus discrète. Rien n'y fait. On écrit au roi Charles II. Alors Henriette invente le plus doux stratagème : que Louis fasse semblant d'être amoureux d'une de ses filles d'honneur et ils auront la paix pour être amants.

La fille choisie passe pour nigaude et timide ; de plus elle boite.

Henriette et Louis s'aiment à la folie. Un nouvel épisode Marie. Mais celui-ci ne risque en rien de compromettre une paix.

La fille d'honneur Louise de Lavallière aime le Roi sincèrement, sans calcul, sans retenue. Et le Roi le voit et s'en satisfait. On jase. Henriette trépigne de joie, le piège a fonctionné, mais ignore que son beau-frère et amant se partage désormais entre elle et la boiteuse !

Encore Fontainebleau, ce château lui réussit, Louis est aux anges. Deux amours. Deux maîtresses. Il se fait discret. La Cour ne jase plus, Henriette ignore qu'elle est trompée, un homme se met sur les rangs de courtiser Mme de Lavallière, il a besoin de renseignements, chez Monsieur, toujours amant de Guiche, et Madame, maîtresse du Roi. C'est Fouquet.

Louise dit tout au Roi ! L'été était si beau pourtant à Fontainebleau.

Le démon de la vengeance s'empare du cœur du Roi.

Fouquet a promis de l'argent à Louise ! Comme il a acheté sa mère il veut acheter l'amour de la maîtresse du Roi. En août Fouquet invite la Cour en son château de Vaux.

Louis réfléchit, fort sombre. Emmener des mousquetaires et l'arrêter. Colbert déjà prépare les dossiers. Non. Voir d'abord. Et puis il y a Molière. Il y donne la comédie que le Roi lui-même lui a inspirée, *Les Fâcheux*. Ils n'ont jamais tant abondé.

La vie est un théâtre. Le Roi prépare son coup, mais Molière d'abord, Comédien de Monsieur que le Roi pensionne parfois. Et lui indique les caractères qu'il aimerait voir sur scène. Des gens qui l'entourent, des gens qui l'agacent, des gens qui l'étouffent, et qu'il écrive aussi ses belles comédies-ballets qu'enchante ce violon de Lulli et qu'Henriette danse avec la grâce de Marie.

Molière obéit, touche la pension de son titre de Tapissier de Sa Majesté auquel le Roi ajoute celui de Valet de Chambre, ce qui leur permet de se rencontrer dans le particulier.

La fête est au-delà du somptueux. Louise en est la reine, Henriette la princesse, le Roi en est le dieu, la Reine mère la conscience outrée.

Le Roi sourit à Fouquet dès l'entrée du parc, quand partent mille feux d'artifice.

Ces jets d'eaux qu'il aime tant montent dans l'or du couchant au-dessus du château de Vaux. Le Roi se fige, puis sourit.

Vatel a préparé un souper servi dans de la vaisselle d'or.

Au bout d'une allée un théâtre de verdure est entouré de sapins. On prend place. La Béjart, fol amour de Molière, entre en scène à peine vêtue de transparence. « C'est Louis qui le veut, nymphes sortez, faune sortez. » Des bosquets surgissent nymphes et faunes ainsi appelés, suivis de satyres et dryades.

Louis remontera dans son carrosse à trois heures du matin, après le bal qu'il aura ouvert avec sa femme, continué avec Henriette pour après ne plus lâcher Louise et partager un sorbet avec Mme de Sénecey, duchesse de Randan.

Mme de Sénecey hésite dans le carrosse de la Reine qui les ramène à Fontainebleau. Elle qui a vu certain plan comprend bien vite cet homme qu'elle connut enfant et suivit en ses heurs et malheurs, consola bien tôt et bien tard.

Fouquet a bâti avant Louis le rêve du Roi. Son château de Vaux possède des « parterres d'eau ».

Elle hésite dans les cahots et la Reine mère dodeline de la tête sur cette route de Fontainebleau.

— Madame...

— Oui, Marie-Catherine ?

— Vous appréciez M. Fouquet.

— Comme vous le savez.

— Le Roi... est mécontent de lui.

— Le Roi est mécontent de tous ceux que j'aime ! C'est sa nouvelle méthode de gouvernement. Mécontent de lui ! après une telle fête donnée en son honneur. Mon fils est un ingrat, mais jusqu'alors il ne l'était qu'avec moi. Ce qui dit-on est normal, il faut à un fils oublier sa mère s'il veut être libre de grandir et de conquérir la terre.

— Madame...

— Pourquoi vous inquiéter ? Laissez, il est jaloux car Fouquet, m'a-t-on dit, a courtisé la petite Lavallière. Il ignorait tout du penchant du Roi. J'en ai fait remontrance à mon fils.

— Il ne s'agit pas de maîtresses : le Roi est audessus de ces fadaises.

— Ah, Marie-Catherine, vous le défendrez toujours. Il eût dû vous faire maréchale de France, vous eussiez été un brave Turenne.

— Oui, Madame, j'aime le Roi.

— Il en a besoin, il est de moins en moins aimable. Vous l'aimez depuis son enfance. S'en rend-il compte ?

— Je crois. Il faut Madame que je vous dise que M. Fouquet, pour qui vous montrez de l'amitié, risque... énormément. Il a commis une faute que le Roi ne pardonnera pas.

— Quoi donc ?

— Il lui a volé son rêve !

La Reine mère rit aux éclats, bien réveillée maintenant en son carrosse alors que l'aube pointe.

— Volé son rêve ! La cousine de La Rochefoucauld ne se pique pas de maximes, mais de poésie...

— Madame, écoutez-moi.

La Reine mère voit que son amie a les larmes aux yeux.

Elle ne rit plus, saisit la main fine de la marquise dans sa main si célèbre. Deux mains de presque douairières s'étreignent dans une beauté inespérée. La Reine a cinquante-neuf ans, la marquise bien moins, mais se sent tout soudain prête à être rejetée par le monde.

— Dites-moi, mon amie.

— Je vais parler, Madame, et ensuite me retirer au Val-de-Grâce si vous m'y acceptez.

— Dites.

La marquise de Sénecey, duchesse de Randan, dit tout. Ou presque. Le plan du château... Les secrets des amours (pas les siennes), Colbert qui ourdit, mais elle tait comment elle a obtenu cette confidence, une nuit, la nuit de l'été à Fontainebleau l'an passé, quand le Roi venait de lui avouer un autre rêve de ses douze ans, la posséder. Rêve qu'elle partageait.

Elle trahit son Roi. Comme elle a trahi Guitaut. Elle n'est plus digne d'aimer qui que ce fût.

— Demain, je parlerai au Roi, dit la reine Anne.

Elle parla.

Vous êtes devenu mécréant.

Vous ne recevez plus les sacrements.

Vous punissez la vertu.

Vous menacez la noblesse d'âme du plus brillant hôte qui vous ait jamais reçu.

Vous êtes incestueux avec votre belle-sœur. J'ai le grand tort d'avoir fermé les yeux.

Vous allez peupler cette Cour de bâtards !

Vous n'êtes plus Roi mais vous vous sacrez tyran.

Vous êtes mon fils.

Je ne vous verrai plus sans que vous vous amendiez.

Les larmes montèrent aux yeux de l'Espagnole. Que tous les Habsbourg m'aident à convaincre ce Bourbon !

Le Roi se taisait.

La Reine se leva. Il fit de même.

Je quitte cette cour de... Sardanapale. J'y reviendrai quand ce sera celle du Roi que j'ai fait, du Roi enfant dont j'ai fait, moi, le plus grand Roi du monde et qui me doit tout.

Le Roi blêmit.

Elle a raison, il est coureur, rancunier, vaniteux, mais cette femme l'agace. Il n'est plus un enfant. Nul ne l'a fait. Nul ne le fera plus. Il se fait seul !

Je préfère, Louis, aller au Val-de-Grâce, car la seule chose dont vous ayez besoin est de prières, celles-là mêmes que vous méprisez et ne rendez plus à Dieu. Vous vous montrez à la messe chaque jour ? Ouiche, comme on va au théâtre, pour y paraître, pour y jouer, pour tromper le monde.

Il la regarde, baisse la tête, la relève.

— Allez, Madame, où vous désirez, votre Roi vous le permet.

Il resta seul, regardant l'ombre amincie – serait-elle malade ? – qui sortait, digne comme une reine d'Espagne.

Elle le quittait.

Il s'approcha de la fenêtre. Palefreniers et valets attelaient un carrosse noir, celui-là même dont elle avait demandé qu'on ôtât tout ornement.

Il ne pouvait la rattraper. Le Roi ne court jamais sauf quand il galope pour une maîtresse.

Marie...

Il rougit.

Henriette... Louise... les autres.

La rattraper est impossible à son orgueil. À son état.

Colbert le pourrait.

Oui. Le commis qui proteste et dit oui est là pour courir.

Il traversa deux pièces sans regarder quiconque, le trouva dans son cabinet avec un secrétaire, qui sortit.

— Colbert !
— Oui, Sire.
— Fouquet sera pendu. Préparez le procès.
— Mais... oui, Sire.
— Activez Versailles.
— Il nous faut bien deux millions pour les débuts.
— Mazarin les eût dénichés, Fouquet les eût payés ! Vous les trouverez !
— Oui, Sire. Ils sont à Vincennes. Je les y ai gardés à l'abri... de la Surintendance.

Le Roi se tut, regarda vers la fenêtre mais sans s'approcher. Puis il fixa Colbert dans les yeux :

— Colbert. Courez et envoyez Guitaut et d'Artagnan, l'un avec douze gardes, l'autre douze mousquetaires, faire escorte à Mme la Reine Mère jusqu'à son nouveau logis du Val-de-Grâce où elle veut faire retraite quelque temps. Que les deux capitaines gardent ses portières... et...

Colbert attendit.

— Si elle questionne au sujet d'une telle garde d'honneur, qu'ils répondent : « Ordre du Roi ! »

Il se retirait, se retourna, Colbert était encore courbé.

— Non. Qu'ils disent : « Ordre du Roi, votre fils ! » Courez, Colbert, courez !

Le Roi sortit.

Seul, il affronta les murmures d'antichambre, la marée de plumets et de gorges, ne regarda personne, rentra en ses appartements, posa canne et épée sur une table italienne incrustée de nacre et de corne.

Il songeait.

La lente marche de la dame en noir sortant de son cabinet, rejointe par deux religieuses en cette cour sablonneuse...

Une autre image venue de loin dans le passé... Il la

traquait mais ne pouvait encore la voir. Un fantôme de dame en noir. Il était enfant, et l'image l'avait marqué...

Marie princesse de Gonzague. Voilà ! De velours et faille noirs, la blancheur du cou tranchée de deux rangs de rubis rouge sang. Dans les chères allées de Fontainebleau. Elle venait, altière, Némésis chrétienne, protester ainsi contre le meurtre de Cinq-Mars...

Une autre dame qui paraissait en noir à une autre fenêtre de Fontainebleau, la nuit de l'été même. La nuit la plus douce de l'année qu'il avait entamée en pleurant dans les bras de sa gouvernante, comme un enfant. Encore une mort, la mort de l'« amour morte » : Marie Mancini, aujourd'hui princesse Colonna. Et cette autre dame en noir dans l'encadrement d'une fenêtre expliquait à cet enfant contrarié ce qu'était l'amour vrai. Ce qu'était un Roi. Ce qu'était un homme. Et quand il désespérait, car lui, Louis, roi de France, avait désespéré, lui avait démontré combien il était amant, roi et homme. Elle avait risqué, sans doute souillé ou terni du moins son propre amour pour panser le sien. Exilée quand il était bébé, elle n'avait cessé de le tenir dans ses bras, enfant, jeune homme, roi... une nuit, avait-elle dit. Une seule nuit. Elle avait tenu parole. Il avait tenu la sienne. Le secret.

Voilà ; et une autre dame en noir aujourd'hui le fuyait, l'abandonnait à sa vengeance. Des princesses et reines en deuil l'affrontaient et l'évitaient.

La conscience est une femme belle et en noir, en deuil d'un espoir condamné.

La conscience disparaissait dans des allées bordées de statues d'allégories morales et glorieuses. L'une avait annoncé ainsi la mort de Richelieu puis de son père, Louis XIII. La seconde, la mort de l'amour de Marie. Qu'annonçait le départ de sa mère ? Quelle mort ?

La mort dans l'âme ?

Il sentit un regain de cette timidité qui l'avait quitté peu après la mort de Mazarin. Avait-il un regret, un remords face au dos de cette ombre qui à cette heure devait être montée en son carrosse de deuil, escortée par deux hommes parmi les plus vaillants de France et qu'elle préférait à des ducs et pairs ?

Une autre ombre la rejoignait maintenant. Bien sûr celle-ci n'aurait su la quitter ; elle aussi ferait retraite avec sa Reine et son amie. La pieuse et amoureuse Mme de Sénecey. Il eut envie de... Non. Comment chantait-elle quand il avait six ans ?

« L'amour est morte. »

Bonne idée d'avoir mandé Guitaut en escorte ! Celui-ci sera fait demain chevalier de l'Ordre. L'honneur en est immense, il lui est donc dû !

Elle a regardé vers cette fenêtre. Elle m'a vu. La consolation s'en va. Il faudra agir, souffrir, faire souffrir seul.

Il en eut un frisson délicieux.

Louis sondait son âme. Il se reprocha avec joie ce regain de timidité qui l'avait enveloppé un instant car il avait remporté sur lui-même une victoire cruelle : il avait su cacher sa plus grande tendresse.

Il en fut satisfait, s'en sentit grandi. Peut-être était-ce pour cela qu'il restait debout dans cette pièce où personne n'osait pénétrer, même pas Colbert ; où il ne prenait la pose que pour lui-même devant le grand miroir offert par Venise.

Il observait cette apparence d'ingratitude qu'il venait

de livrer à son public le plus cher, ce masque du visage sur lequel aucun trait n'avait bougé, comme ces masques d'or qui le dissimulaient pour mieux en faire reconnaître la majesté quand lui, le Roi, dansait et devenait peu à peu sa vérité première, masques qui l'enveloppaient mieux que rubans et rhingrave, et cela était à la fois moelleux comme velours et soie, et dur comme cuirasse quand il allait en guerre ; tout cela le confortait dans sa science si nouvelle qu'il se savait Roi et né pour l'être. Et qu'il était le seul sur cette terre à qui Dieu avait octroyé cet état. Le seul né du ventre de sa mère.

Il ceignit à nouveau son épée, à la garde d'or et pierreries, reprit sa canne, avança sur le parquet comme on marche en campagne, au bruit la porte s'ouvrit, il allait réapparaître au monde ; à celles et ceux qu'il avait choisis pour être son monde, qu'il avait domestiqués et dont il entendait la rumeur comme on entend près d'une plage celle incessante de la mer.

« Sa Majesté le Roi ! » aboya l'huissier.

À Paris, près l'hôtel de Bourgogne,
en la paroisse Saint-Eustache,
le jour de la Saint-Jérôme 2002 A.D.

REMERCIEMENTS

L'auteur avoue toute sa gratitude, d'abord, à Mmes Noëlle Dufreigne et Muriel Beyer, pour leurs encouragements et leur patience.

Ensuite à MM. Olivier Orban qui nous a imposé cette idée folle, et Alexandre Dumas, qui nous en a soufflé l'esprit.

Ainsi que, pour le plaisir des lectures, et leur collaboration involontaire, à Mmes Françoise Chandernagor ; Claude Dulong ; Anka Muhlstein ; Marie de Rabutin-Chantal, marquise de Sévigné ; Marie Geneviève Pioche de La Vergne, comtesse de La Fayette ; Françoise Bertaut, dame de Motteville ; Gilberte Perrier ; Françoise Hamel.

Ainsi qu'à MM. Jean-Baptiste Arouet, dit Voltaire ; Philippe Beaussant ; Claude Duneton ; Alain Decaux ; Hercule Savinien Cyrano de Bergerac ; Philippe Erlanger ; François Paul de Gondi, cardinal de Retz ; Jean Orieux ; Gédéon Tallemant des Réaux ; abbé Timoléon de Choisy ; Blaise Pascal ; Emmanuel Le Roy Ladurie ; Roger de Rabutin, comte de Bussy ; Louis de Rouvroy, duc de Saint-Simon ; prince Michel de Grèce ; Pierre (de) La Porte ; Paul Scarron.

Ainsi qu'à Mlles Dominique de Chevilly et Marianne François pour la vigilance de leur révision et la pertinence de leurs propositions de corrections.

TABLE DES MATIÈRES

Livre Troisième

Entre devoir et bravoure

(Pocket n° 12639)

Les cinq premiers tomes du
Cycle de Gui de Clairbois
sont disponibles
chez Pocket.

Le royaume de France connaît des heures sombres : Charles VI a été empoisonné. En proie à des crises de démence, il ne peut plus s'opposer à ceux qui cherchent à le destituer. Toutefois il leur reste un homme à écarter du pouvoir : Olivier de Clisson, le connétable de France au service duquel Guy de Clairbois est entré pour gagner ses éperons de chevalier. En plein cœur de la Guerre de Cent ans, le jeune homme va devoir combattre les ennemis de la France et les siens, à l'étranger comme à la Cour…

Il y a toujours un Pocket à découvrir

Composition et mise en page

NORD COMPO
multimédia

Imprimé en novembre 2006 en Espagne par LIBERDÚPLEX
St.Llorenç d'Hortons (Barcelone)
Dépôt légal : novembre 2006

POCKET 12, avenue d'Italie - 75627 PARIS Cedex 13